Sternenmelodie

Prolog

Geburt eines Helden

Ihrer beider Sternzeichen waren die Zwillinge, und für diejenigen, die glauben, daß die Sterne unser Schicksal bestimmen, muß dies das Bindeglied zwischen ihnen gewesen sein. Als sie sich schließlich begegneten, berief das Mädchen sich hilfesuchend auf den Himmel. *«Könnte ich deine Sternenschwester sein?»* sollte sie ihn fragen. *«Könnte ich nicht wenigstens das für dich sein?»*

Sicherlich würde es ohne Magie und Sternenkunde schwerfallen, das Leben der kleinen österreichischen Fürstentochter, die in einem berühmten Schloß geboren und in Anwesenheit von Kaiser Franz Joseph auf ein Dutzend klangvoller Namen getauft wurde, mit dem eines anderen Kindes in Verbindung zu bringen, das in einen halbvermoderten Sack gewickelt am Hafenkai einer düsteren englischen Industriestadt gefunden wurde – und auch das nur, weil es aus Leibeskräften schrie.

Ihre Geburt wurde in der Familienchronik verzeichnet, dokumentiert und gefeiert (obwohl sie ein Junge hätte werden sollen). Aber die des anderen Kindes, das ein Junge geworden war...

Es war purer Zufall, daß ihn überhaupt jemand fand, denn das graue Bündel lag zwischen Bergen alter Jutesäcke auf einem der Docks am Tyne, wo sich an jenem Morgen des Jahres 1891 Pakete und Kisten für die Frachtschiffe nach Skandinavien, rostige Fässer und aufgerollte Taue stapelten neben Bergen von Kohle, die die Schleppkähne gelöscht hatten. Aber unter den Frauen, die eingemummelt in ihren Schal und in klappernden Pantinen zur Arbeit am Fischhafen gingen, war eine, die scharfe Ohren hatte und außer dem Kreischen der Möwen noch etwas anderes hörte: das verzweifelte Schreien eines Babys.

Eine Stunde später war der Inhalt des Bündels auf der Polizeihauptwache von Newcastle upon Tyne als männlich befunden und als das 14. Findelkind in dieser Stadt in jenem Monat registriert worden.

Am Abend lag das Kind gefüttert, gebadet und in ein von den Damen des Christlichen Frauenvereins besticktes Baumwollhemdchen gekleidet in den Armen der Vorsteherin des Byker-Waisenhauses und bereitete dieser vortrefflichen Frau ein gewisses Kopfzerbrechen.

Dieses Baby, das mit so viel Energie brüllte, daß sein kleiner Kahlkopf abwechselnd rot und aprikosenfarben anlief, und das sie mit den lasziven Augen einer tunesischen Bauchtänzerin anblinzelte, schien aus einem robusteren Stoff gemacht als jedes andere, das durch ihre Hände gegangen war. Bestimmt hatte sie noch kein Kind gesehen, das so gierig an seinen Händchen saugte oder so kräftig strampelte. Als sie es dann in das zwölfte Bettchen von links legte, war ihr klar, daß die Frage nach dem Überleben des Säuglings, die sie sich so oft bei Findelkindern stellen mußte, hier unangebracht war. Wenn sich bei diesem neuesten Zugang eine Frage stellte, dann eher die, ob sie *ihn* überleben würden.

Bei der Suche nach einem Namen für das Baby in Bett Nr. 12 legte die Vorsteherin, einem Instinkt folgend, die Namensliste beiseite, die ihr das Vorstandskomitee als Richtlinie in die Hand gegeben hatte. Dieses kompakte und explosive Individuum, dessen zorniges Gesicht so gar nicht zu dem festonierten Kragen seines Nachthemdchens passen wollte, war kein Albert oder Edward und auch kein Algernon. Attila, der Hunnenkönig, wäre der richtige Namensvetter gewesen, aber das hätten die Herren, die ihr Gehalt bezahlten, wahrscheinlich nicht genehmigt. Sie nannte den Jungen Guy, und als Nachnamen wählte sie den einer Inselgruppe vor der Küste von Northumberland, der Farne-Inseln, zu denen sie ihr Vater, der von Beruf Fischer war, als Kind einmal mitgenommen hatte.

Es folgte eine relativ ruhige Zeit, in der Guy Farne Muskeln entwickelte, seine Gliedmaßen koordinierte und ein paar Haare und Zähne bekam. Dann begann er ungefähr drei Monate früher als erwartet zu krabbeln; bald darauf konnte er laufen, und nun hatte das Leben richtig begonnen.

Spekulationen über die Herkunft ihres Babys gestatteten sich die Vorsteherin und ihre schwer arbeitenden Helferinnen nur selten. Über keines ihrer Findelkinder waren jemals Nachforschungen angestellt worden, und noch nie wurde eines zurückverlangt. Das Waisenhaus konnte sie zu reinlichen, gottesfürchtigen und für die Arbeit als Hausangestellte oder Hilfsarbeiter geeignete Menschen großziehen, aber mehr war nicht drin. Bei Guy Farne jedoch lag der Fall anders. Als er sich vom Kinderverklopper zum Brandstifter entwickelte und sich gelegentlich auch der Körperverletzung und des unerlaubten Waffenbesitzes schuldig machte, versuchten seine Erzieher zu beweisen, daß dieses besondere Findelkind unmöglich englischer Herkunft sein konnte.

«Also, ich finde, er sieht nicht englisch aus», meinte die stellvertretende Vorsteherin. «Außerdem hat man ihn in den Docks gefunden. Ich meine, da kommen die Schiffe von überall her.»

«Mit den hohen Wangenknochen und so wie seine Augen geschnitten sind, könnte er alles mögliche sein.»

«Wo's Schiffe gibt, gibt's allerlei», sagte die Köchin und nickte wissend. «Sogar Litauer.»

Die Tendenz, den Litauern die Schuld zu geben, verstärkte sich bei den Mitarbeitern des Bykerschen Waisenhauses, als Guy Farne drei, vier, fünf Jahre alt wurde.

«Trotzdem kann man nicht sagen, daß er bösartig ist», sagte

die Vorsteherin, während sie ein dickes Mädchen verband, dem Guy in die Wade gebissen hatte. «Ich meine, Maisie hat Dory gepiesackt.»

Das stimmte, aber für die Mitarbeiterinnen im Waisenhaus war es ein schwacher Trost. Es stimmte auch, daß Billie mit einer Gehirnerschütterung ins Haus gebracht wurde, weil er einem Hündchen, das der Schwester der Vorsteherin gehörte, eine Blechdose an den Schwanz gebunden und Guy ihn dafür gegen eine Backsteinmauer gestoßen hatte; und daß Guy einem dicken Waisenhausdirektor eine goldene Uhr aus der Westentasche geklaut hatte, um sie dem alten Heizer zum Geburtstag zu schenken. Das alles traf zu – aber als Guy sechs Jahre alt war, reichte es der Vorsteherin trotzdem, und sie sah sich nach einem geeigneten Opfer um.

Ihre Wahl fiel – wie das eben in einer schönen Märchengeschichte so zugeht – auf eine arme Witwe namens Martha Hodge.

Mrs. Hodge hatte sehr früh ihren Mann verloren, der bei der Arbeit auf der Werft verunglückt war. Seitdem hatte sie zwei kleine Mädchen in Pflege genommen und sehr erfolgreich großgezogen. Für das eine, das einen Gehörschaden hatte, fand sie später bei einer freundlichen Dame eine Stellung als Hausmädchen, für das andere eine gute Stellung als Magd auf dem Land. Also schrieb die Vorsteherin in ihrer gestochen scharfen Handschrift an Mrs. Hodge, ob sie nicht Lust hätte, ein weiteres Kind aufzunehmen, und sie vergaß nicht anzumerken, daß die Gemeinde den Pflegesatz von wöchentlichen drei Shilling Sixpence auf großzügige fünf Shilling angehoben hatte, damit sich die Pflege weiterhin auch finanziell lohnte.

Mrs. Hodge hatte dies bisher nicht feststellen können, aber sie begab sich trotzdem in Hut und Mantel zum Waisenhaus und erklärte der Vorsteherin mit allem Respekt, sie sei bereit, wieder ein Pflegekind zu übernehmen, aber es müsse ein Mädchen sein.

«Denn ohne 'n Mann, Frau Vorsteherin, werd ich mit 'nem Jungchen wohl nich' klarkomm'.»

Die Vorsteherin unterdrückte einen Seufzer und sagte, das könne sie durchaus verstehen. «Aber wo Sie nun schon hier sind ... Wollen Sie sich den Jungen nicht einfach mal ansehen?»

Guy wurde hereingeführt und sah Mrs. Hodge ohne jede Hoffnung oder Erwartung an. Er war sechseinhalb Jahre alt und klein für sein Alter. Mit finsterem Gesicht, aber auch mit der für ihn so typischen Festigkeit stand er da und wartete. Er hob das Kinn, fest mit der Mitteilung rechnend, daß er nicht annehmbar sei. Seine unheimlich sauber geschrubbten Knie glänzten und waren vernarbt und wund. Sein von Natur aus krauses Haar klebte, mit viel Vaseline und Wasser gebändigt, an seiner Kopfhaut.

Mrs. Hodge sah ihn an und fühlte sich schwach und müde und sterblicher als sonst. Von diesem merkwürdig aussehenden Jungen ging eine Kraft aus, die beinahe sichtbar war – wie die Strahlen von einem Leuchtturm, dachte sie. Aber es war unmöglich. Sie würde niemals mit ihm fertig werden.

Der Junge stand da und wartete. Seine Augen, die merkwürdig schräg über den hohen Jochbögen saßen, hatten eine seltsame, tiefgrüne Farbe, für die Mrs. Hodge Vergleiche außerhalb ihres Lebensbereichs suchte: grün wie Malachit, undurchsichtig und wolkig wie das Wasser des Nils.

Es war sehr still im Zimmer der Vorsteherin. Als plötzlich die Socke am linken Bein des Jungen hinunterrutschte, weil das Strumpfband gerissen war, wurde die innere Anspannung des Kindes deutlich, und Mrs. Hodge sagte unwillkürlich:

«In Ordnung. Wir versuchen es einfach mal.»

Sie hatte sich an die Vorsteherin gewandt. Als sie sich gleich danach dem Jungen zuwandte, verschlug es ihr fast den Atem. Er hatte sich nicht von der Stelle bewegt, und er lächelte auch jetzt nicht; aber er war völlig verändert. Kein mürrischer Mund mehr, keine geballten Fäuste – alles an ihm schien sich wie aus einer harten Knospe entfaltet zu haben, schien Freude auszudrücken und eine gänzlich unvermutete Anmut. Am rührendsten war, daß sich in den seltsamen grünen Augen ein Schimmer von reinstem Himmelblau zeigte.

In diesem Augenblick ahnte sie, daß sie keine Chance hatte.

Der erste Monat, den Guy in Marthas Reihenhaus in der schmalen, kopfsteingepflasterten Straße neben der Werft verbrachte, verlief unnatürlich ruhig. Jedes Waisenkind wußte, daß es für Pflegeeltern oder für die Adoption einen Monat Probezeit gab. Die Bilder von verschüchterten und entmutigten Kindern, die mit ihrem Bündel ins Waisenhaus zurückkehrten, hatten sich Guy bereits eingeprägt, als er vier Jahre alt war. Am letzten Tag im Februar packte er, auf das Schlimmste gefaßt, seine Siebensachen und kam zu Martha in die Küche. «Ich bin fertig», sagte er.

«Fertig womit?»

«Ich kann jetzt zurückgehen.»

«Zurückgehen?» sagte Martha. «Ja warum denn, du Dummchen? Willst du nicht hierbleiben?»

Guy wollte bleiben. Als er dies klargemacht hatte, wobei seine Augenfarbe wieder einmal von Grün nach Blau wechselte, lag Martha rücklings auf dem Roßhaarsofa, ihr Besen war durch die Luft geflogen, und ihre Haarnadeln lagen verstreut auf dem Fußboden.

Seine Heftigkeit und Aggressivität nahmen nun eine andere Richtung. Im Waisenhaus hatte er gegen die Welt gekämpft; nun warf er sich für Martha Hodge in den Kampf, sobald sich jemand etwas gegen sie herausnahm. Als sie ihm erklärte, daß treten, beißen und die Arme verdrehen nicht das geeignete Mittel sei, um schlecht erzogene Kinder eines Besseren zu belehren, brachte er sich das Boxen bei. Martha verarztete die blutigen Nasen seiner Opfer und wünschte, sie hätte den Mund gehalten. Es konnte auch nie festgestellt werden, ob die seit langem verwitwete und immer noch attraktive Martha gewollt oder nicht gewollt hätte, daß sie der Fischhändler küßte, wenn er mit frischen Heringen die Gasse heraufkam; denn sobald er die Arme um Marthas Taille legte, kam Guy aus dem Kohlenschuppen geschossen, stürzte wie ein Rammbock auf den armen Mann zu und streckte ihn nieder.

Die Schule, die Martha herbeigesehnt hatte wie ein erschöpfter Hirsch das Dickicht, brachte kaum Erleichterung, denn obwohl Guy mit Schwielen am Allerwertesten heimkam, die vom Stock des Lehrers herrührten, reichte seine Energie immer noch für mehrere Stunden Chaos, bis es Zeit war, ins Bett zu gehen. Trotzdem kam aus dem kleinen roten Backsteinbau zwischen Schlachthof und Leimsiederei die Erlösung. Zwei Jahre nach Guys Einzug in Marthas Haus wurde sie gebeten, zum Schuldirektor zu kommen.

«Er ist ein Teufel, Mrs. Hodge. Ein regelrechter Satansbraten», sagte Mr. Forster und begann aufzuzählen, was sich Guy Farne während seiner kurzen Zeit an der Titley Street Board School so alles geleistet hatte. «Aber...»

Bei diesem «Aber» hob Martha den Kopf, und nun wurde ihr mitgeteilt, daß ihr Pflegekind über eine bemerkenswerte Auffassungsgabe verfügte, kurz gesagt, über mehr Hirn als jedes andere Kind, das in den letzten zwanzig Jahren durch Mr. Forsters Hände gegangen war. Mr. Forster war der Meinung, Guy könnte ein Begabtenstipendium für die Lateinschule gewinnen.

Zu Hause brach Martha in Tränen aus. Guy war enttäuscht, daß sie nur ein langweiliges Stipendium von ihm wollte, wo er viel lieber eine Armee aufgestellt oder eine Flotte gebaut hätte, aber er nahm an dem Wettbewerb teil.

Als er sein Stipendium erhielt, gab es ein Straßenfest, und Guy, der jetzt stolz einen schwarzen Blazer mit einem Turm auf der linken Brusttasche trug, ging nun auf die Königlich Englische Lateinschule. Seine Leidenschaft waren die naturwissenschaftlichen Fächer, aber er hatte auch ein Ohr für Sprachen und für Musik. Er prügelte sich noch immer bei der geringsten Provokation, aber jetzt gab es auch normale sportliche Aktivitäten, die seine Energie kanalisierten. Und obwohl er zu argwöhnisch war, um von sich aus Freunde zu gewinnen, fanden mit der Zeit andere in ihm einen Freund.

Das Stipendium für Cambridge war für niemand eine Überraschung, ausgenommen für ihn selbst. Er studierte Naturwissenschaften, und Martha bereitete sich darauf vor, ihn klaglos aus ihrem Leben gehen zu lassen, so wie sie sich während der Jahre seiner Kindheit auf das mögliche Auftauchen seiner unbekannten Eltern eingestellt hatte.

Diese Vorbereitungen waren jedoch unnötig, denn es sollte sich nie jemand melden, der behauptete, mit Guy verwandt zu sein, und Guy machte keinerlei Anstalten, seiner Pflegemutter den Rücken zu kehren. In den großen Ferien arbeitete er, um etwas für Kleidung und Extras hinzuzuverdienen, aber an Weihnachten und Ostern kam er nach Haus, und wenn der Zug über die Tyne-Brücke rollte, schlüpfte er mühelos in seinen alten Byker-Dialekt und Habitus, so wie man einen anderen Mantel anzieht. Mit neunzehn war Guy Farne immer noch ziemlich klein, und er schleppte seine Kraft und Kompaktheit mit sich herum, als wären seine Muskeln aus Eisen. Sein dunkles Kraushaar, die abstehenden Ohren, die ihm Martha vergeblich mit Heftpflaster am Kopf befestigt hatte, und seine hohen Wangenknochen gaben ihm das koboldhafte «ausländische» Aussehen, das man im Waisenhaus auf die Litauer zurückgeführt hatte. Sein breiter Mund und das kräftige Kinn ließen dagegen auf eine einheimische Herkunft schließen. Während jener Jahre in Cambridge, als er sich beim Studium und im Sport bewährte und Freunde fand, waren seine Augen selten ohne den blauen Widerschein, der sein seelisches Wohlbefinden anzeigte. Nur mit den Frauen ließ er sich Zeit, obwohl oder gerade weil seine sexuelle Kraft außer Zweifel stand.

Er machte ein erstklassiges Examen und ging an die Universität Wien, wo man 1911 konkurrenzlos an der Leitung von Metall-Ionen durch Wasser arbeitete. Martha Hodge erfuhr nie, was in jenem Jahr passierte, als er voller Selbstvertrauen nach Wien gegangen und grünäugig und schweigsam zurückgekehrt war mit der einzigen Erklärung, die Universitätslaufbahn interessiere ihn nicht mehr. Er war offensichtlich tief verletzt, und daß eine Frau dahintersteckte, war nicht schwer zu erraten. Martha war klug genug, keine Fragen zu stellen, und hörte sich freundlich und aufmerksam an, daß es einzig und allein darauf ankomme, reich zu sein.

Die erste Million ist angeblich am schwersten zu verdienen. Guy machte sie, indem er dem Hause Rothschild (eines der jüngeren Mitglieder hatte er in Wien kennengelernt) einen detaillierten und kühnen Plan für Termingeschäfte mit Optionen auf Versandrechte verkaufte. Der Plan beruhte auf der Vorhersage eines Krieges, der aufgrund eines beinahe erreichten Gleichgewichts der Kräfte in Europa ein langer Krieg sein würde, und wurde dem erstaunten alten Bankier in einem roten Quartheft vorgelegt, das zu einem Familienerbstück werden sollte. Das Risiko war minimal, denn die Prämien an die Reedereien sollten als zinslose und kündbare Darlehen gelten und boten die Möglichkeit, den Chartermarkt für Frachtgut innerhalb von fünf Jahren aufzukaufen.

Nachdem sich Guy den Lohn für seine Arbeit mit der Drohung beschafft hatte, die Einzelheiten des Plans zu veröffentlichen, fuhr er nach Südamerika, wo er ein Vierteljahr lang die abgelegene und mineralreiche Gegend um Minas Gerais erforschte. Innerhalb eines Jahres hatte er der brasilianischen Regierung eine Option auf die Schürfrechte im Ouro-Prêto-Gebirge abgerungen, indem er als Gegenleistung ausländische Investitionen und den Bau von Straßen und Schulen für die Indianer anbot. Sein Hauptinteresse galt nicht den Gold- und Smaragdvorkommen, sondern dem Kobalt, weil er die kaum zu befriedigende Nachfrage in der westlichen Welt nach hochwertigem Stahl voraussah.

Mit diesem Modell, das er in jenen ersten Jahren entwickelte, machte er seinen Erfolg zur Legende. Er nutzte seine wissenschaftliche Ausbildung, um Ereignisse vorauszusehen, hatte den Mut, seinen Ahnungen zu glauben, und den praktischen Unternehmergeist des Mannes vor Ort. Auch später kehrte er immer wieder zu den Bodenschätzen und dem Abenteuer, sie zu gewinnen, zurück.

Als der Krieg ausbrach, besaß er eine *facienda* am Amazonas und war an verschiedenen Unternehmen beteiligt, von Öl bis zu Immobilien und Grundstücken. Er hielt seine Verpflichtung gegenüber den Indianern ein, und 1916 kehrte er nach England zurück. Nachdem er einen Posten im Kriegsministerium abgelehnt hatte, ging er zur berittenen Miliz Northumberland und kämpfte im Ersten Weltkrieg mit schonungslosem persönlichen Einsatz weniger gegen den «Feind» als gegen die Narren, die diesen Krieg angezettelt hatten. Ein Jahr später wurde er mit einem zerschossenen Bein und einem Orden als dienstuntauglich entlassen und gründete eine eigene Investmentgesellschaft. Inzwischen verfügte er über einen persönlichen Mitarbeiterstab, er genoß internationales Ansehen und hatte Büros in einem Dutzend Länder der Welt; aber jedesmal, wenn er Martha Hodge besuchte – einmal, um fließendes Wasser, ein andermal, um elektrischen Strom, dann ein Badezimmer in dem Haus installieren zu lassen, das sie partout nicht aufgeben wollte –, machte diese sich Sorgen um ihn wegen seiner Augenfarbe.

Im Frühling 1922 fuhr er wieder nach Wien.

I

Guy kam in ein Land, das durch den Sturz von der Großmacht zum Kleinstaat und durch den wirtschaftlichen Zerfall der Länder der ehemaligen Donaumonarchie völlig andere soziale Strukturen bekommen hatte und sich aufgrund der hohen Reparationsleistungen in einer fast aussichtslosen Lage befand. Aber Wien war immer noch schön. Die Theater spielten, die Konzertsäle waren voll. Die Menschen im gebeutelten Wien tanzten und sangen, und manchmal aßen sie sogar.

Guy bezog eine Suite im Sacher, besorgte eine geeignete Unterkunft für Sekretärin und Chauffeur und frönte eine Woche lang auf seine bekannt verwegene Art seiner Leidenschaft als Unternehmer. Nachdem er einem armenischen Syndikat die Kupferkonzessionen in den Eisenerzer Alpen abgekauft und einen südafrikanischen Großindustriellen im Rennen um die Braunkohlenlager bei Graz geschlagen hatte, meldete er sich sichtlich erfrischt beim Finanzministerium, um sich in die Arbeit zu stürzen, die ihn nach Wien geführt hatte.

Er hatte einen äußerst wichtigen und schwierigen Auftrag übernommen, der jedoch nach außenhin völlig unauffällig bleiben sollte. Österreich bemühte sich um einen Kredit vom Völkerbund, um wirtschaftlich wieder auf die Beine zu kommen. Die britische Regierung, die befürchtete, daß ein permanent geschwächtes Österreich den Anschluß an Deutschland suchen könnte, hatte Guy nach Wien geschickt, um der neuen Republik bei der Vorstellung ihres Anliegens beim Völkerbund zu assistieren. Niemand, der ihn Tag für Tag höflich und geduldig erlebte, wäre auf die Idee gekommen, daß ihn die schwerfällige Bürokratie und die zeitraubenden gesellschaftlichen Usancen in den großartigen, aber verstaubten Räumen der Hofburg bis aufs Blut reizten.

An einem schönen Samstag nachmittag Ende März fuhr Guy auf Anraten seines jungen Sekretärs David Tremayne ins Burgenland, um sich Schloß Pfaffenstein anzusehen.

Die Lage des Schlosses war atemberaubend schön. Über einem dunkelgrünen See, dessen Wasser sich auch im Hochsommer kaum erwärmte, erhob sich ein am Fuß bewaldeter, durch eine Laune der Natur von oben bis unten gespaltener Felsenturm, der im Osten senkrecht zum ungarischen Tiefland abfiel und im Norden in waldigen Hügeln auslief. An den sanften Hängen der Westseite lagen Weinberge und Obstgärten, und dahinter sah man die verschneiten Gipfel der Alpen.

Auf dem Felssporn errichteten die Franken zur Zeit Karls des Großen eine Burg, aber auch sie waren nicht die ersten, die sich hier niedergelassen hatten. Zweihundert Jahre später, zur Zeit der Kreuzfahrer, erhielt der Bau vier Wehrtürme und eine Zugbrücke über die schwindelerregende Schlucht, und die Pfaffensteiner zogen unter ihrem Banner mit dem Greifen und dem roten Handschuh prächtig gerüstet ins Heilige Land, um gegen die Ungläubigen zu kämpfen.

Zu der Zeit, als Richard Löwenherz vor seiner Gefangensetzung in Dürnstein hierhergebracht wurde, war Burg Pfaffenstein eine romanische Zitadelle mit einem Versammlungssaal, einer Kapelle und einem Dorf am Fuß des Felsens. In den folgenden Jahrhunderten, als die Tataren in Ungarn einfielen, die Ungarn in Österreich und die Türken in beide Länder vordrangen, gewann Pfaffenstein immer mehr an Ruhm und Bedeutung, und die Besitzer wurden dank Eroberungen und Heirat Grafen, Markgrafen und schließlich Fürsten.

Der Sieg Prinz Eugens über die Truppen von Sultan Mohammed IV. nach der zweiten Belagerung Wiens bedeutete den endgültigen Sieg der Christenheit in Europa. Nun wurden die Bollwerke und Wehrmauern geschleift und neue Gebäude errichtet, und der kaiserliche Glanz unter den immer mächtigeren Habsburgern spiegelte sich auch im wachsenden Prunk und Pomp von Schloß Pfaffenstein wider. Über den tief in den Felsen gehauenen Verliesen und Folterkammern der einstigen Festung bauten die Fürsten von Pfaffenstein an der Südseite einen Palast, dessen große Saalfenster direkt über dem zum See hin abstürzenden Felsen lagen. Sie sprengten Terrassen in den Fels und versahen die flankierenden Ecktürme mit Erkern und Türmchen. Ein musischer Pfaffenstein ließ ein Theater bauen, ein von Italien begeisterter umgab die Innenhöfe mit Arkaden, einer, der ein Kirchenfürst geworden war, barockisierte zur Ehre Gottes die romanische Kapelle mit viel Stuck und Gold. Bis zum Ende des 19. Jahrhunderts lieferte Schloß Pfaffenstein zahllosen Malern und Dichtern Motiv und Inspiration. Im Baedeker erhielt es drei Sterne.

Zu diesem Schloß fuhr nun Guy Farne in seinem speziell für ihn angefertigten, rosenholzverkleideten Hispano-Suiza an einem Frühlingstag des Jahres 1922 mit der Absicht, es möglicherweise zu kaufen.

Wie alle, die aus Wien kamen, führte auch ihn die Straße am Westufer des Sees entlang, und als der phantastische Komplex vor ihm aufragte, kräuselten sich seine Lippen zu einem anerkennenden Lächeln.

«Ja», sagte er zu dem jungen Mann neben ihm, «das ist es. Das ist es ganz sicher. Gut gemacht, David.»

Der Sekretär David Tremayne, hinter dessen tadellosem Aussehen und jungenhaftem Wunsch zu gefallen sich ein unermüdlicher Fleiß verbarg, sah seinen Chef erleichtert an. «Ich dachte mir, daß es Ihnen gefallen würde. Ich habe mir noch ein paar andere Projekte angesehen, aber das hier stellt alles in den Schatten.»

«Das spricht eindeutig für Pfaffenstein», sagte Guy grinsend.

Aber als er den Motor abstellte und aus dem Wagen stieg, hielt er doch kurz die Luft an. Pfaffensteins Rolle als Festung, als Refugium und als Palast war sichtbar in jedem Stein; doch im Spiegel des stillen grünen Sees, mit all den Türmen und Zinnen, wirkte es wie Walhall oder der Venusberg im *Tannhäuser* – das Schloß als Traum.

«Sind Sie sicher, daß es der Besitzer verkaufen will?»

«Absolut sicher, Sir. Es gibt nur noch zwei alte Damen und eine Großnichte in Wien.» David dachte voller Mitleid an die stolzen, verarmten Familien, die ihm verzweifelt ihr Schloß, ihre von Wall und Graben umgebene Burg oder ihr hochherrschaftliches Jagdhaus zum Kauf angeboten hatten.

Guy nickte und musterte die Straße, die am oberen Ende des Sees direkt unter der steilen Felswand verlief und dann in der Schlucht verschwand.

«Dann wollen wir mal sehen, ob wir es ohne Sauerstoffmaske schaffen», sagte er und stieg wieder ein.

Während Guy den Wagen geschickt durch die haarsträubenden Kurven lenkte, die zur Burg hinaufführten, wunderte sich David erneut über die Anweisungen, die ihm sein Chef gegeben hatte: Finde ein imposantes – wortwörtlich hatte er gesagt, ein «aufgeblasenes» – Schloß, das die Besitzer vermieten oder lieber noch verkaufen wollen.

Nur warum? Das hatte Guy Farne seinem absolut vertrauenswürdigen Sekretär nicht gesagt. Das ganze Unterfangen schien dem Geschmack und den Neigungen von Davids Arbeitgeber zuwiderzulaufen, der zwar mehrfacher Millionär war, aber zum Leidwesen seines Chauffeurs Morgan, seiner Sekretärin Miss Thisbe Purse und auch von ihm, David selbst, einen spartanischen Lebensstil bevorzugte. Farnes Gleichgültigkeit gegenüber Komfort, seine Fähigkeit, ohne Schlaf und Essen auszukommen, sein Abscheu vor Prunk und Protz waren geradezu sprichwörtlich, und er hatte nie einen Hehl daraus gemacht, daß er jene Leute verachtete, die nach dem Krieg verarmte Familien um ihr letztes Hab und Gut brachten. Sicher, sein Aufenthalt in Österreich würde einige Zeit dauern, und er brauchte so etwas wie eine Basis – aber warum dieses gigantische Schloß? In Brasilien, wo andere reiche Leute wie er sich Paläste kauften, hatte er in einer schlichten, wenn auch sehr schönen *facienda* am Fluß gewohnt; seine einzige Extravaganz war ein Dampfboot gewesen, mit dem er die labyrinthischen Wasserwege des Amazonas erforschte. In London hatte er eine Wohnung im Albany, in Paris eine Mansarde auf der Ile St-Louis, in der – von den sanitären Anlagen einmal abgesehen – jeder arme Maler oder Dichter der Rive Gauche hätte hausen können. Nur für die Dinge, die der Fortbewegung dienten, wie elegante Boote, schnelle Autos und – seine neueste Erwerbung – ein kleiner Doppeldecker, gab er Summen aus, die seinen enormen Reichtum verrieten.

Sie hatten die letzte Haarnadelkurve genommen, die Zugbrücke überquert, passierten die steinernen Greife am Torbogen und hielten in einem großen, stillen Hof.

Zehn Minuten später, nachdem sie einem alten Faktotum in der dunkelrot und flaschengrünen Pfaffensteinlivree durch einen Gang mit Kreuzgewölbe und mehrere großartige, aber mit Tüchern verhängte Räume gefolgt waren, standen sie vor den zwei alten Damen, die jetzt die einzigen Bewohner des Schlosses waren.

Augustine-Maria, Herzogin von Breganza, war über achtzig mit einem Gesicht wie Pergament, das nur aus Adlernase und zwei scharfblickenden grauen Augen zu bestehen schien. Sie trug ein schwarzes Seidenkleid, an dessen Saum Spinnweben und etwas, das anscheinend ein Stückchen Käse war, klebten, und auf dem schütteren Haar eine Haube aus unbezahlbarer vergilbter Spitze. Die ziemlich arthritischen Hände ruhten auf einem wundervoll geschnitzten Elfenbeinstock.

Ihre Schwägerin Mathilde, die Markgräfin von Attendorf und Untersweg, war etwas jünger und trotz der allgemeinen Lebensmittelknappheit mollig und rund. Im Gegensatz zur Herzogin, die aufgestanden war, um die Herren zu begrüßen, blieb die Markgräfin sitzen mit einem hechelnden, glotzäugigen und leicht übelriechenden Mops auf dem Schoß, dessen untere Extremitäten in einem Chorrock mit kostbarer Florentiner Goldstickerei steckten.

Zunehmende Armut, der Krieg – Pfaffenstein diente zeitweilig als Lazarett – und nicht zuletzt Alter und Gebrechlichkeit hatten die Damen gezwungen, sich aus immer mehr Räumen zurückzuziehen und im Westturm Zuflucht zu nehmen in einer Art Vorzimmer, das früher die großen Prunkzimmer mit dem Küchentrakt verband.

Die runden Wände waren mit Gobelins behangen, von denen Guy vermutete, daß man sie mehr nach ihrer Zugluft abhaltenden Eigenschaft denn nach künstlerischen Kriterien ausgesucht hatte. Auf den meisten waren Menschen zu sehen, die abgeschlagene Köpfe hielten: Judith den von Holofernes, Salome den von Johannes dem Täufer, St. Hieronymus den eines erlegten Hirschs. Der Meißener Porzellanofen war nicht geheizt, auf den geschnitzten Armlehnen der ausladenden Sessel lag Staub, aber die huldvolle Herablassung der Damen minderte dies alles nicht.

«Willkommen auf Pfaffenstein, Herr Farne. Hoffentlich hatten S' eine angenehme Reise.»

Guy, der sich über die ausgestreckte Hand der Herzogin neigte und schicklich antwortete, hörte mit Vergnügen ihr Schönbrunner Deutsch – ein Dialekt, der den Hochadel mit den Wiener Fiakerkutschern verband. In der Tat hatten beide Damen am kaiserlichen Hof in Schönbrunn gelebt, und im nachhinein erwies sich die Zeit, die sie dort verbrachten, dank der spanischen Etikette, der nicht vorhandenen Abtritte und des selten guten und reichlichen Essens am Hof als ausgezeichnete Vorbereitung für ihr jetziges Leben.

Erfrischungen wurden angeboten und freundlich abgelehnt, die notwendigen Höflichkeiten waren ausgetauscht, und Guy, der recht gut Deutsch sprach, kam auf den Grund seines Besuchs zu sprechen.

«Sie werden bereits wissen, daß ich Schloß Pfaffenstein gern kaufen würde. Meine Anwälte haben Ihnen mein Angebot genannt.»

Die Herzogin neigte den Kopf. «Es ist ein faires Angebot», sagte sie, «und wir sind bereit zu verkaufen. Aber wie ich Ihrem Sekretär schon gesagt habe, warten wir mit der endgültigen Entscheidung, bis wir Antwort von der Butzi haben.»

Bei dem Wort «Butzi» schoß der Mops aus seiner goldenen Umhüllung hervor und begann kläffend im Zimmer umherzulaufen. Guy warf seinem Sekretär einen besorgten Blick zu. Wenn der Hund Butzi hieß, konnte die Sache heikel werden.

Doch die Gefahr ging vorüber. Denn Butzi, so erklärten die Damen, war die Großnichte in Wien, genauer gesagt die Fürstin von Pfaffenstein und – weil Butzis Mutter eine Erzherzogin war – von einer ganzen Reihe anderer Orte, und sie war die alleinige und legale Besitzerin des Schlosses mit den dazugehörigen Dörfern, Molkereien, Sägewerken, der Brauerei, einem jetzt stillgelegten Salzbergwerk und 56 627 Hektar Land.

«Denn sehen Sie, als ihr Vater eingezogen wurde, hat er die ausschließlich männliche Erbfolge abschaffen können. Sie können sich denken, was für Scherereien das gab. Am End haben wir sogar unseren armen Vetter Pippi aufsuchen müssen», sagte die Markgräfin.

«Aber sie ist bestimmt einverstanden. Sie will ja schon lang, daß wir verkaufen. Die Butzi ist halt sehr modern», sagte die Herzogin. «Und das Geld wird ihr recht gelegen kommen für die Mitgift, denn der Maxi ist arm wie eine Kirchenmaus.»

Die Manie der Österreicher, jeden mit einem Diminutiv oder einem Spitznamen zu versehen, verwirrte Guy immer wieder aufs neue. Nachdem sich der arme Vetter Pippi als Monsignore entpuppt hatte, wurde Guy auch über Maxi alias Maximilian Ferdinand, Fürst von Spittau und Neusiedl, aufgeklärt, den Butzi zu heiraten gedachte, nachdem es wegen des mörderischen Krieges und der leidigen Revolutionen einfach keinen anderen mehr für sie gab.

«Der Gastini-Bernardibub wär schon recht gewesen», sagte die Herzogin, die über den Maxi nicht so recht glücklich zu sein schien. «Aber er ist tot. Und ich muß sagen, in Triest haben s' wirklich sehr oft die Cholera.»

«Der Schweini war auch ein netter Bursch», warf die Markgräfin ein.

«Red keinen Unsinn, Tilda. Die Trautensteins haben nur zwölf Plätze im Wappen.»

«Aber im Gotha sind s' trotzdem ...»

Der folgende Disput wirkte ein wenig überflüssig, weil Schweini – obwohl für die Ulanen geradezu prädestiniert –, bevor er sich mit Ruhm bedecken konnte, in seinem eigenen Jagdrevier von einem Eber durchbohrt worden war. Guy wollte nicht den Anschein erwecken, als wären ihm Butzis Heiratsaussichten gleichgültig, fand es nun aber doch an der Zeit, darauf hinzuweisen, daß er gerne das Schloß besichtigen würde.

Wenn er gehofft hatte, dies in aller Ruhe und nur in Davids Begleitung zu tun, hatte er sich getäuscht. Das Faktotum wurde gerufen, der Mops eingefangen, Schals, Gehstöcke und etliche Schlüsselbünde wurden herbeigeschafft, und dann brach die Expedition auf.

Zehn Minuten später wußte Guy, daß Pfaffenstein innen und außen genau das war, wonach er gesucht hatte. Das Schloß war vernachlässigt, aber doch erst in letzter Zeit. Die drei Monate, die er für eine Restaurierung vorgesehen hatte, könnten reichen. Die riesigen barocken Repräsentationsräume mit der atemberaubend schönen Aussicht auf den See waren ideal für seinen Zweck; die Gästeunterkünfte in der Loggia waren tadellos, und in den Stallungen, Remisen und Dienstbotenwohnungen in den äußeren Höfen konnte er seine Arbeiter unterbringen. Vor allem das entzückende Theater mit den grünblauen Vorhängen, vergoldeten Logen und Deckenfresken war ein Juwel, das den perfekten Rahmen abgeben würde für das, was seine Pläne besiegeln sollte.

Guy hatte genug gesehen, um sich für das Schloß zu entscheiden, doch den beiden Damen war dies unmöglich zu vermitteln.

«Das hier», verkündete die Herzogin, während sie die Herren in ein niedriges Gebäude führte, wo vom Boden bis an die Decke Totenköpfe gestapelt lagen, «ist das Beinhaus.»

«Die Schädel rechts sind von den Pesttoten», erklärte die Markgräfin.

«Und die linken sind die Protestantischen», fuhr die Herzogin fort, und als ihr einfiel, daß Guy und sein Sekretär wahrscheinlich Anglikaner waren, erwähnte sie nur noch murmelnd, daß es da ein paar Probleme gegeben hatte während des Dreißigjährigen Kriegs.

Vor einem Schädel, der in einer Art Vogelkäfig auf einem Sockel thronte und noch Teile eines mumifizierten Ohrs aufwies, blieben die Damen stehen und berichteten mit besonderem Stolz, daß diesen hier die Butzi, «der kleine Fratz», gefunden hatte, als sie durch die Verliese zur Südfassade geklettert war.

«Sie glaubt, er war einer von den Türken. Wir haben es nie übers Herz gebracht, ihr das auszureden, obwohl es sehr unwahrscheinlich ist, denn die Türken sind alle an der Ostmauer gepfählt worden.»

«Wahrscheinlich war's ein fahrender Händler, der zu ihrem Urgroßvater wollte.»

«Wegen der Sattelseife», ergänzte die Markgräfin.

«Wissen S', er ist durch den Haupteingang gekommen. Der Rudi war schon recht impulsiv.»

Sie besichtigten die Kapelle, stiegen über eine weitere Treppenflucht zur Waffenkammer hinauf, wo reihenweise Steinschloß- und Perkussionsgewehre in den Schränken standen. Dann folgte das Museum mit den ausgestopften Köpfen von Wölfen und Ebern und dem des letzten Auerochsen, den Kaiser Wilhelm II. im Pfaffensteiner Forst erlegt hatte und zum Dank dafür von der dreijährigen Butzi ins Bein gebissen worden war. Anschließend ging es wieder hinunter, vorbei an dem Brunnen, in den sich im 17. Jahrhundert eine junge Pfaffensteinerin gestürzt hatte, weil sie den Mann, den man für sie ausgesucht hatte, nicht heiraten wollte.

«Als die Butzi klein war, ist sie oft hier gesessen und hat auf einen Frosch gewartet», fuhr die Herzogin fort. «Sie wollte ihn an die Mauer werfen, damit er sich wie im Märchen in einen schönen Prinzen verwandelt.»

«Und dann ist eines Tages tatsächlich ein Frosch gekommen, und sie hat geweint und geweint. Der Frosch hat ihr besser gefallen als der Prinz im Märchenbuch – sogar besser als der Schweini, obwohl der Schneckerl gehabt hat. Ich sag Ihnen ...»

«Sie hat ihn dann in der Oubliette als Haustier gehalten. So, und hier müssen wir ein bisserl vorsichtig sein», mahnte die Herzogin, während sie eine mit Eisennägeln beschlagene Tür öffnete, hinter der grün bemooste Stufen ins Dunkle führten. «Die Foltergerätesammlung des dritten Grafen wird Sie bestimmt interessieren. Seit der Inquisition ist hier nichts verändert worden.»

Doch schließlich war man wieder zurück im Turmzimmer der Damen, die Namen der Anwälte und Notare wurden ausgetauscht, Handwerker und Lieferanten genannt, und das Faktotum holte aus dem Weinkeller eine Flasche Margaux Jahrgang '83.

«Und wann sollen wir ausziehen?» fragte die Herzogin wie nebenbei.

Guy lehnte sich in dem geschnitzten Sessel zurück, und nachdem ihm die Damen erlaubt hatten zu rauchen, wählte er eine Monte Christo, rollte sie zwischen den schlanken Fingern und führte mit viel Bedacht all die Verrichtungen aus, die dem Anzünden einer Zigarre vorausgehen.

«Es ist nicht nötig, daß Sie jetzt schon ausziehen – es sei denn, Sie möchten es», sagte er. «Tatsächlich ist es so, daß ich mit dem Kaufangebot für Pfaffenstein auch Ihre Mithilfe erwirken möchte.»

Die Damen, deren kleines, erleichtertes Aufseufzen ihm nicht entgangen war, sahen ihn fragend an. «Woran denken Sie, Herr Farne? Doch nicht an Touristen? Ich fürchte, das könnten wir nicht unterstützen.»

«Nein, nein», sagte Guy beruhigend. «Nichts in dieser Art. Ich habe vor, hier eine Einladung zu geben. Sie soll eine Woche dauern. Es wird einen Ball geben, ein Bankett, vielleicht eine Regatta auf dem See. Zum Abschluß eine Theatervorstellung. Und Sie sollen die Gäste aussuchen.»

«Wir?» rief die Herzogin.

Guy neigte den Kopf. «Ich möchte nur, daß die Gäste aus Ihrem Bekanntenkreis sind.»

«Sie möchten für unsere Freunde ein Bankett und einen Ball geben?» sagte die Markgräfin verblüfft.

«Und sie eine Woche lang unterhalten», wiederholte Guy. «Ich selbst werde nur einen Gast mitbringen – eine Dame.»

Guys Stimme klang völlig nüchtern, aber David beugte sich plötzlich nach vorn. Das also war es, dachte er, und gleichzeitig überkam ihn ein unerklärliches Unbehagen.

«Eine Dame», fuhr Guy fort, «die ich heiraten möchte.» Und als Antwort auf Davids verwirrten und leicht gekränkten Blick fügte er hinzu: «Sie ist die Witwe eines im Krieg verwundeten Offiziers, und ihre Trauerzeit endet erst im Juni. Deshalb kam eine offizielle Verlobung noch nicht in Frage.» David sah, wie sich Guys Augenfarbe vor Freude und Glück veränderte. «Ich habe sie vor Jahren in Wien kennengelernt.»

«Ist sie eine Österreicherin?»

«Nein, Engländerin», antwortete Guy, «aber sie liebt Ihr Land. Ich sollte vielleicht hinzufügen, daß ich ein Findelkind war und in einer so verrufenen Gegend gefunden wurde, daß sich ein Versuch meinerseits, Eingang in die vornehme Gesellschaft zu finden, von vornherein erübrigen würde. Ich habe auch keinerlei Ambitionen in dieser Richtung. Mrs. Hurlingham legt jedoch Wert darauf. Ihre Tante», fügte Guy erklärend hinzu, «ist eine ‹Honorable›.»

Die Herzogin und die Markgräfin sahen sich an. «Das ist kein sehr hoher Adelsrang, Herr Farne», sagte die Herzogin.

«Trotzdem möchte Mrs. Hurlingham verständlicherweise ihren Platz in der Gesellschaft haben. Und ich», fuhr Guy plötzlich mit rauher Stimme fort, «möchte nicht, daß sie darunter leidet, mit einem Mann verheiratet zu sein, der nicht nur niedriger, sondern gar keiner Herkunft ist.»

«Das wird schwierig», stellte die Herzogin fest.

«Sie ist nicht vielleicht eine Howard? Oder eine Percy – die Tante, meine ich?» erkundigte sich die eher optimistische Markgräfin.

«Ich glaube nicht.»

«Oje.» Die Herzogin war bestürzt. Da sie wußte, wie es in der Welt zuging, wußte sie auch, daß der attraktive Herr Farne mit seinem Reichtum und seiner offensichtlichen Gleichgültigkeit gegenüber dem, was andere von ihm dachten, weitaus größere Chancen hatte, akzeptiert zu werden, als eine Verlobte mit Ambitionen. «Sehen Sie, unsere Freunde sind recht eigen. Der Fürst Monteforelli zum Beispiel ...»

Guy amüsierte sich im stillen über diese alten Damen, deren Snobismus nicht gelitten hatte, obwohl sich ihr Land jetzt auf der Karte wie eine abgetrennte, verkleinerte Bauchspeicheldrüse ausnahm und die höfischen Zeiten ein für allemal vorbei waren; aber er fand auch, daß es jetzt Zeit war, ihnen seine Haltung klarzumachen. Also lehnte er sich bequem zurück, streifte vorsichtig einen Teil der duftenden Zigarrenasche an dem Louis-Quatorze-Spucknapf ab, den man ihm als Aschenbecher hingestellt hatte, und sagte seelenruhig, daß er, wenn sich die Damen außerstande sähen, Mrs. Hurlingham in den europäischen Hochadel einzuführen, leider sein Kaufangebot zurückziehen würde.

Nun zogen sich die Damen zur Beratung hinter einen Wandschirm zurück. Sie flüsterten miteinander, aber weil sie ziemlich taub waren, konnten alle übrigen im Raum mühelos hören, was sie sagten. Sie wollten Butzi auf keinen Fall um ihre

Mitgift bringen, und das angekündigte «Bankett» zerstreute rasch ihre Sorge, die Freunde könnten es als Zumutung empfinden, eine Dame vorgestellt zu bekommen, deren Tante, obwohl eine Ehrenwerte, mit den großen englischen Adelsfamilien nicht verwandt war.

«Also gut, Herr Farne», sagte die Herzogin schließlich mit einem Seufzer. «Wir werden Ihre Bekannte bei uns einführen.»

«Schön», sagte Guy. «Sie werden in ein paar Tagen von meinen Anwälten hören. Bis dahin werden Sie sicher mit Ihrer Großnichte gesprochen haben. Danach werde ich die Handwerker schicken. Mr. Tremayne hier», fuhr er mit einem Lächeln an David gewandt fort, «wird sich um alles kümmern. Mein Name soll bei dem Geschäft nicht genannt werden. Die Verträge werden auf den Namen einer meiner Firmen ausgestellt. Es wäre mir lieb, wenn auch die einheimische Bevölkerung nicht erfahren würde, daß ich der neue Besitzer bin, solange nicht alles komplett ist. Ich schlage den 18. Juni für den Empfang und den Eröffnungsball vor.»

«Einverstanden, Herr Farne.»

«Und noch etwas. Ich möchte ein Opernensemble engagieren. Können Sie mir eines empfehlen?»

Soviel Anmaßung beeindruckte sogar die Damen von Schloß Pfaffenstein.

«Es gibt da angeblich eine recht gute Truppe in der Leopoldstadt. Die Butzi hat oft davon gesprochen.»

«Und sie ist sehr musikalisch. Sie studiert ja auch Musik.»

Guy bedankte sich freundlich, entfernte die Spinne, die in sein Weinglas gefallen war, und verabschiedete sich.

Erst auf der Rückfahrt nach Wien, beim Abendessen in einem Gasthof, war Guy in der Stimmung, seinem Sekretär eine Erklärung zu liefern.

«Sie sind sehr geduldig gewesen, David. Wahrscheinlich halten Sie mich für verrückt. So viel Aufwand für eine Frau. Aber sie hat ein scheußliches Leben gehabt. Erst hat man sie in eine Ehe gezwungen; dann hat sie vier Jahre mit ansehen müssen, wie ihr Mann stirbt.» Er starrte eine Weile stumm in die Kerzenflamme, und der übliche, leicht spöttische Ausdruck verschwand vorübergehend aus seinem Gesicht. Mit einemmal sah er um Jahre jünger aus und für David, der ihn verehrte, auf erschreckende Weise verletzlich.

«Ich will, daß sie alles hat, was sie sich mit siebzehn gewünscht hat – einfach *alles*», fuhr Guy fort. «Sie weiß nicht, daß ich reich bin. Wir haben uns erst vor vierzehn Tagen, kurz bevor ich aus London abreiste, wiedergesehen, und ich habe ihr nichts gesagt. Als ich sie kennenlernte, war ich zwanzig und ohne einen Penny. Ich möchte, daß sie in ein festlich beleuchtetes und hochherrschaftlich bevölkertes Schloß Pfaffenstein kommt – in ein Märchenschloß. Und sie soll wissen, daß alles ihr gehört.»

«Sie muß sehr schön sein», sagte David leise.

«Sie war die schönste Frau, die ich je gesehen habe. Und sie ist immer noch sehr schön. Aber damals mit siebzehn – o Gott!»

Und zum erstenmal in seinem Leben erzählte Guy von seiner Liebe zu dem Mädchen, das Nerine Croft hieß.

2

Ob es die Schönheit der Stadt war, die sich damals in kaiserlichem Glanz sonnte, die weltoffene Gesellschaft, die Guy hier kennenlernte, oder das Prickelnde jener Wiener Epoche, in der Schönberg die Musik revolutionierte, Klimts goldglänzende exotische Frauen die Kunstwelt schockierten und Sigmund Freud seine unerhörten Theorien veröffentlichte, die den Blick der Menschen auf ihr eigenes Ich für immer veränderten, oder ob es einfach daran lag, daß er jung war und im Vollbesitz seiner Kräfte – jedenfalls legte Guy eine Pause ein. Das Studium, die Welt, sogar er selbst konnten warten. Er begann, das Leben zu genießen.

Und es geschah das Unvermeidliche, das aber für Guy wie für jeden aufrichtig und leidenschaftlich empfindenden Mann ein Wunder darstellte – das Wunder der ersten Liebe.

Wien war in jenen glücklichen Tagen nicht nur eine fröhliche und elegante Metropole, sondern auch Zentrum eines blühenden internationalen Wirtschaftszweigs: Es war Europas populärster Heiratsmarkt. In die vornehmen Mädchenpensionate kamen die Töchter von amerikanischen Millionären, britischen Industriellen und französischen Neureichen, angeblich um Deutsch zu lernen und Musik und Kunst zu studieren, in Wirklichkeit aber, um die ersten Vorkehrungen zu treffen, um zu gegebener Zeit einen sowohl adligen als auch reichen Ehemann zu bekommen.

Begleitet von streng blickenden und unterbezahlten Gesellschafterinnen zogen diese Mädchen scharenweise durch die Museen, besuchten Konzerte und Militärparaden und unternahmen Ausflüge in die ländliche Umgebung.

In diese verführerische Treibhauswelt hätte jemand wie Guy nie Einlaß gefunden, wäre ihm nicht der Zufall zu Hilfe gekommen. Als er im ersten Monat seines Aufenthalts in Wien die Vorhalle der Universität betrat, sah er, wie ein bleicher junger Mann mit dunklem langen Haar von zwei Burschenschaftlern bedrängt und über seine Abstammung befragt wurde.

Guy hatte ein ungewöhnlich ruhiges Studentenleben geführt, aber nun breitete sich ein Ausdruck reinen Vergnügens auf seinem Gesicht aus. Er legte einem der Studenten die Hand auf die Schulter und sagte, er wäre ihm sehr verbunden, wenn er seinen Freund in Ruhe ließe.

Das hier sei eine Sache, die ihn nichts anginge, antwortete man ihm barsch, und Guy bot sein bestes Deutsch auf, um zu erklären, daß er es nicht lustig fand, wenn mit Andersgläubigen Schindluder getrieben werde. Außerdem stünde er jederzeit zur Verfügung, wenn einem Duell mit jemand, der im Fischhafen von Newcastle upon Tyne zwischen stinkenden Säcken gefunden und höchstwahrscheinlich unehelich geboren wurde, nichts im Wege stünde. Andernfalls jedoch würde er dem Kommilitonen, wenn er nicht sofort Leine zog, eine verpassen, daß er seine läppischen Schmisse in Zukunft auf dem Hinterkopf tragen würde. Als der andere der zwei Burschenschaftler auf Guy losging, fand er sich Sekunden später mit blutender Nase auf der Ringstraße wieder.

Daraufhin traten beide etwas betreten den Rückzug an. Ihr Opfer, ein Sprößling einer ungarischen Adelsfamilie, war Guy sehr dankbar und lud ihn in die Opernloge seiner Familie ein. In der Nachbarloge saßen, den Blicken aller ausgesetzt wie die Himmelszier, mehrere Mädchen aus Frau von Edelnaus höherer Töchterschule. Es waren hübsche Mädchen, hinreißende Mädchen – und eine, die Guy am nächsten saß, war eine unvergleichliche und atemberaubende Schönheit.

Die Engländer sind kein besonders hübsches Volk, aber hin und wieder und meistens, wenn ein keltischer Vorfahre mitgemischt hat, erreichen sie eine unglaubliche Vollkommenheit. Nerine Crofts dunkle Locken wurden von einem goldenen Band auf dem Kopf zusammengehalten und tanzten auf ihren bloßen Schultern. Ihre Augen waren so blau wie die Vergißmeinnicht auf ihrem Musselinkleid, und die Nase, die ein klein wenig, aber nicht minder entzückend eine Stupsnase war, schien entschlossen, den Vorwurf, Vollkommenheit sei kalt und seelenlos, zu entkräften.

Es wurde *Die Zauberflöte* gespielt. Als sich der Vorhang hob, stieß das Mädchen einen kleinen erwartungsvollen Seufzer aus, und nach Taminos wundervoller Arie von dem bezaubernd schönen Bildnis drehte sie sich im weichen Dunkel der Loge um und lächelte Guy an.

Die Eltern von Guys neuem Freund kannten Frau von Edelnau und stellten Guy in der Pause vor. Nerine, die sehr erfreut war, einem Landsmann zu begegnen, sagte ja, der Gesang sei wunderbar gewesen und gewiß, Guy könne ihr ein Eis bringen.

Und so fing es an. Frau von Edelnau pflegte junge, auf ihre Eignung geprüfte Männer zu privaten Tanzveranstaltungen und Ausflügen mit ihren Mädchen einzuladen. Zu diesem ausgesuchten Kreis von Offizieren und Studenten gehörte nun auch der zwanzigjährige Guy, der mit seinen Wolfsaugen und der Ausstrahlung einer irgendwo in seinem Inneren komprimierten Energie eine merkwürdig unwiderstehliche Erscheinung war. Und Nerine, praktisch von der Wiege an dazu erzogen, zu betören, zu flirten und zu gefallen, war reizend zu ihrem jungen, mutigen und überaus intelligenten Landsmann, der an der Universität schon fast zur Legende geworden war.

So widerfuhr Guy in einer Stadt, die vielleicht besonders dafür geschaffen war, das Wunder – die verwandelnde Alchimie der ersten großen Liebe. Er schrieb Gedichte an Nerine und ließ sie, zu Schiffchen gefaltet, die Wien hinunterschwimmen. Nachts stand er stundenlang unter ihrem Fenster. Fasziniert von seiner Verliebtheit, umschwirrten ihn Freunde wie schwärmende Bienen. Er entdeckte die Sezessionisten, kletterte auf die schwindelnd hohe, mit Grünspan überzogene Kuppel der Universität und fand kaum Zeit zum Schlafen. In jenem Frühling und Sommer seines einundzwanzigsten Lebensjahrs fühlte sich Guy unbesiegbar.

Erst später fragte er sich, was wohl Nerine für ihn empfunden hatte. Sie war immer reizend, sah zu ihm auf mit ihren arglosen blauen Augen, und die anderen Mädchen akzeptierten ihn als «ihren» Verehrer. Frau von Edelnau und ihr Personal hatten ein perfektes System zur Beaufsichtigung der Mädchen entwickelt. Guy durfte auf den Hausbällen mit Nerine tanzen, aber nie öfter als zweimal; er durfte im Prater neben ihrem Wagen gehen, bei Manövern und Paraden, die die Wiener so liebten, Limonade besorgen; aber es war unmöglich, einmal mit Nerine allein zu sein.

Bis zu jenem Ausflug auf den Kahlenberg. Man fuhr im Wagen hin, picknickte, die Anstandsdamen dösten, die Mädchen pflückten Kornblumen und Margeriten und flochten sich Kränze.

«Was kann es Schöneres geben als das hier», sagte eine sommersprossige Amerikanerin, während sie auf die Stadt mit den grünen und goldenen Kuppeln hinunterblickte.

«Oh, da wüßte ich einiges», entgegnete Nerine.

«Was denn?»

«Zum Beispiel reich sein... schöne Kleider haben... rauschende Ballnächte... ein Schloß.»

Guy war wie stets an ihrer Seite.

«Ich werde dir ein Schloß kaufen», sagte er.

Nerine wandte sich um und sah ihn an, weniger verblüfft über das, was er gesagt, sondern wie er es gesagt hatte. Es war beinahe, als ob dieser mittellose Junge wirklich die Kraft hätte, Wünsche zu erfüllen. Verträumt blickte sie vor sich hin. Dann hatte Guy einen Platz mit wildwachsenden Orchideen und

Tausenden gelber Schmetterlinge entdeckt. Er bot den Mädchen an, sie hinzuführen. Eine kleine Gruppe machte sich mit ihm auf den Weg in den Wald. Die anderen blieben zurück, und als Nerine, von einem plötzlich durch das Laub fallenden Sonnenstrahl geblendet, über eine Wurzel stolperte, fing Guy sie auf und küßte sie mit all der Leidenschaft seines Wesens.

Und Nerine erwiderte seinen Kuß.

Für den von Martha Hodge erzogenen, allein in einer fremden Stadt lebenden Guy bedeutete dieser Kuß alles. Als Nerine nach England zurückkehrte, folgte er ihr. In seinem Glücksrausch stellte er sich in der mit viktorianischem Pomp ausgestatteten Villa der Crofts in Twickenham vor und bat um Nerines Hand.

Es ist kaum zu verstehen, warum man nicht freundlich mit ihm war. Hätten ihm ihre Eltern nicht erklären können, daß Nerine noch sehr jung war, daß er sein Studium noch nicht beendet hatte, daß eine siebzehnjährige Tochter kaum wissen konnte, was sie wirklich wollte? Statt dessen legten die Crofts eine Grausamkeit und Arroganz an den Tag, die Guy bisher noch nicht gekannt hatte.

«Unverschämtheit… Schnösel», schnaubte Mr. Croft, eben aus seiner kommunalen Bank nach Hause gekommen, mit hochrotem Kopf. «Wie können Sie es wagen! Ich sollte Ihnen eins mit der Reitpeitsche überziehen.»

«Keine Herkunft, keine Familie, keine Aussichten», höhnte Nerines Bruder, ein farbloser junger Mann in Guys Alter. «Ich muß schon sagen, Sie haben Nerven!»

«Und Sie sind mittellos!» brüllte Mr. Croft, für den Armut das größte Verbrechen war.

«Sind Sie sich bewußt, daß Nerines Tante eine Honorable ist?» erkundigte sich Mrs. Croft, eine kleine, schmallippige Frau mit berechnenden Augen.

Unfähig, auch nur einen Finger zu rühren, stand Guy in der Mitte des Salons. Er sah die züchtig verhüllten Beine des Flügels und die aufgeplusterten Samtkissen. Aber als dann der

Diener kam, um ihn auf Mr. Crofts Geheiß «hinauszuwerfen», drehte sich Guy wortlos um und ging.

Nerine war bei diesem Gespräch nicht zugegen. Seine Briefe an sie kamen ungeöffnet zurück.

Das alles war nun zehn Jahre her. Vielleicht ist es übertrieben, zu behaupten, die Wunde sei nie verheilt. Wenn Guy damals sein Studium an den Nagel hängte und beschloß, reich zu werden, um sich an den Crofts dieser Welt zu rächen, so bereute er diesen Schritt nie. In den folgenden Jahren hatte er zahllose Liebschaften. Aber verliebt war er nie wieder – und vergessen hatte er auch nichts.

Dann, zwei Wochen vor seiner Abreise nach Wien – er kam gerade aus dem neuen siebenstöckigen Geschäftshaus an der Fleet Street, in dem sich auch das Büro seiner Associated Investment Company befand – sprach ihn jemand an: «Guy?» Und da war sie.

Sie trug Halbtrauer. Ihr schwarzes Haar unter einem mit Federn besetzten Samthut war hochgesteckt. Sie war üppiger geworden, und ein paar winzige Fältchen lagen um ihre schönen Augen. Aber als Guy sie ansah, blickte er auf seine Jugend.

Sie war erfreut, ihn zu sehen, erfreut und überrascht, wie sie betonte. Sie habe keine Ahnung gehabt, was aus ihm geworden war. Ihre Geschichte war traurig. Sie hatte den Sohn eines kleinen Adligen geheiratet, der einen Titel und ein Gut für ein angenehmes Auskommen erben sollte. Statt dessen war er langsam an einer Kriegsverwundung dahingesiecht.

«Also lebe ich jetzt wieder zu Hause», sagte Nerine und wandte ihm ihr Gesicht mit dem entschlossenen Ausdruck zu, sich tapfer ins Unvermeidliche zu schicken. «Und du, Guy? Wie geht es dir?»

«Ich bin auf dem Weg nach Wien und praktisch schon weg», sagte er, als er seiner Stimme wieder trauen konnte.

«Ah, Wien! Ich war so glücklich dort! Weißt du noch...?»

Wie hätte er es vergessen können?

Nerines Vater war tot. Ihr Bruder hatte ungeschickt an der

Börse spekuliert. Jetzt war Guy, obwohl er seinen Wohlstand geheimhielt, in der Villa in Twickenham ein willkommener Gast. Als er nach Österreich abreiste, nahm er Nerines Versprechen mit, daß sie, sobald ihre Trauerzeit um war, mit ihrem Bruder nachkommen würde. Obwohl noch nichts entschieden war, kehrte er als ein Mann nach Wien zurück, dessen Herzenswunsch sich wider Erwarten erfüllen würde.

3

Tessa war emanzipiert. Und sie hatte es eilig. Trotzdem begann sie den Tag mit dreihundert gleichmäßigen Bürstenstrichen durch ihr fast knielanges, karamelfarbenes Haar. Sie war streng erzogen worden, und es wäre ihr schwergefallen, ihre Kindheitsgewohnheiten aufzugeben trotz des wundervollen neuen Lebens, das sie nun in Wien führte und das sie ganz in den Dienst der Kunst im allgemeinen und der Oper im besonderen gestellt hatte. Dazu kam, daß sie mangels stattlicher Größe, wogenden Busens und auch mangels einer römischen Nase, für die sie viel gegeben hätte, einen gewissen Trost in ihrem langen gelockten Haar fand, auf dem sie bequem hätte sitzen können, sofern ihr Jakob Witzler, ihr Arbeitgeber, je Zeit dazu gelassen hätte.

Die Frage, ob Tessa auf der Lohnliste von Witzlers Opernkompanie unter zweite Garderobiere, Assistentin des Beleuchters, Stellvertretung des Perückenmachers, Souffleuse oder Laufbursche geführt wurde, war rein theoretisch, weil sie gar keinen Lohn erhielt. Tessa hatte Herrn Witzler versichert – und dabei leuchteten ihre hellbraunen Augen vor Liebe zur Kunst –, daß es für sie ein unschätzbares Privileg sei, im Opernhaus arbeiten und alles lernen zu dürfen. Herr Witzler teilte diese Ansicht vollkommen und hatte sie ihr von vornherein selber nahegelegt. Obwohl Tessa damit zunächst vor dem Nichts stand, hatte sich alles wundervoll geregelt, weil Frau Witzler, eine ausgezeichnete frühere Woglinde und speerschwingende Walküre, in der Wipplingerstraße eine Familie gefunden hatte, die Tessa als Gegenleistung für ein wenig Hilfe bei den drei kleinen Kindern das Dienstmädchenzimmer im Speicher angeboten hatte, das einen wundervollen Ausblick über die Dächer der inneren Stadt und auf den Stephansdom bot.

Nun flocht sich Tessa rasch einen Zopf und steckte ihn zu einem Nest gerollt fest. Sie wusch sich Gesicht und Hände, schlüpfte in ihren Arbeitskittel aus ungebleichtem Leinen und lief hinunter ins Kinderzimmer, wo die drei Kugelheimerkinder schon auf sie warteten.

Während der nächsten halben Stunde wickelte sie das Baby, setzte die dreijährige Klara auf das mit Rosen verzierte Töpfchen, lief in die Küche, um die Milch warm zu machen, zog den vierjährigen Franzl an, kochte Kaffee für Frau Kugelheimer – und dann, nachdem ihr der Postbote noch einen Brief in die Hand gedrückt hatte, den sie ungelesen in die Kitteltasche steckte, war sie schon unterwegs.

Es war noch nicht einmal ganz hell. Die Stadt wachte gerade erst auf. Über den kopfsteingepflasterten Petersplatz liefen ein paar Buben, Ministranten und Chorknaben, in die Frühmesse. Die Tauben an der Pestsäule, von denen nach den Hungerjahren in Wien nicht mehr ganz so viele im Kochtopf landeten, begannen eben, sich für den Tag zu putzen. Ein Bäcker, der seinen Rolladen öffnete, rief Tessa ein «guten Morgen» zu, und sie schenkte ihm ein so strahlendes Lächeln, daß er ihr nachschaute, bis sie in die Kärtnerstraße einbog, so, als wollte er sich an einem Sonnenstrahl wärmen. Tessa erfüllte immer wieder ein ehrfürchtiges Staunen, daß diese Stadt, wo Schubert und Mozart gewirkt hatten, jetzt auch ihre Stadt war.

Das Theater, das Witzlers Opernkompanie beherbergte, gehörte einst zum Stadtpalais eines reichen Adligen, das abgerissen werden mußte, als die Stadtmauer geschleift und die Ringstraße gebaut wurde; das Theater jedoch blieb erhalten. Der Zuschauerraum mit den verzückten Nymphen im Dekkengemälde, den mit rotem Samt ausgeschlagenen Logen und dem vergoldeten Proszeniumsbogen entrang jedem Kenner des österreichischen Hochbarocks einen glücklichen Seufzer. Hinter der Bühne erinnerte das Theater mehr an den Kerker von Kalkutta (im Jahr 1756 waren dort 123 von 146 gefangenen britischen Soldaten erstickt) und die öffentliche Toilette einer stillgelegten Bahnstation. Der Graben war zu klein für das Orchester, das Büro des Chefs war ein fensterloses Loch, und wenn man den Abblendlichtschalter bedienen wollte, galt es, das Herz in beide Hände zu nehmen. Jeder, der hier arbeitete, verfluchte den Ort von morgens bis abends und lehnte dennoch vehement jeden Vorschlag ab, in ein moderneres Haus umzuziehen.

Tessa schloß den Bühneneingang auf und roch beglückt den vertrauten Geruch von Kleister, Farbe und Staub. Wie immer war sie morgens die erste, und das Gefühl, daß das dunkle und kalte Theater nur darauf wartete, zum Leben erweckt zu werden – durch sie –, war ein immer wiederkehrendes Entzücken. Heute war ein besonders aufregender Tag. Sie gaben die letzte Vorstellung von *Lucia di Lammermoor,* bei der Raisa Romola den Verstand verlor, wie dies nur eine zweihundert Kilo schwere, rothaarige rumänische Sopranistin schaffte, und damit einen Riesenerfolg erzielte. Anschließend würde Herr Witzler vor den Vorhang treten und die neue Oper ankündigen, für die nächste Woche die Proben begannen.

Tessa sortierte flink die Post in die entsprechenden Fächer, brachte die an den Direktor gerichteten Briefe nach oben ins Büro, leerte die Mausefallen unter seinem Schreibtisch, rüttelte die Asche aus dem alten rostigen Ofen und füllte frische Kohlen auf. Dann ging es wieder hinunter und zur Vorderseite des Hauses, um das Licht anzuschalten, die Putzfrauen hereinzulassen und die Polizei telefonisch zu informieren, daß in Reihe D Sperrsitz eine Handtasche liegengelassen wurde mit dreitausend Kronen und einer Fahrkarte nach Karlsbad.

Dann eilte sie zurück durch den Orchestergraben, wo sie

rasch die Pokerecke aufräumte, die die Posaunisten unter der Bühne eingerichtet hatten. Sie lief zwei Treppen höher auf einer eisernen Wendeltreppe zur Garderobe der Starsopranistin, um das Wasser in Raisa Romolas Blumenvasen zu wechseln, den Freßnapf ihres Dackels auszuwaschen und das blutbefleckte Nachthemd für den dritten Akt zur Reparatur mitzunehmen, auf das ein tolpatschiger Bühnenarbeiter getreten war, während die schweratmende Diva in der Kulisse auf ihren Vorhang wartete.

Wieder unten traf sie den Perückenmacher Boris Slatarski, der inzwischen gekommen war und düster auf «Die Mutter» starrte.

Boris war Bulgare, der auf ein langes Leben durch Joghurt hoffte. Letzteren bereitete er aus einer Kultur, die aus einem Dorf in den Südkarpaten stammte, wo fast nur Schafhirten hausten. Die Kultur, genannt «Die Mutter», lebte in einem Marmeladenglas auf dem Abtropfbrett der Waschküche, roch schlecht, flockte aus, wurde blau und legte im allgemeinen alle Anzeichen eines künstlerischen Temperaments an den Tag.

«Mir gefällt nicht, wie sie heute morgen aussieht, Tessa», sagte Boris, während er sein langes gelbes Gesicht und den kahlen Schädel aus einem gigantischen Wollschal wickelte. «Sie fällt fiel zu schnell aus.» Er kramte in einem Korb, fand eine Bauernbluse aus *Die verkaufte Braut* und begann, Die Mutter durch den weißen Musselinärmel zu seihen. «Hast du die Milch schon geholt?»

«Ich bin gerade dabei», sagte Tessa. Sie schnappte sich die Milchkanne, lief zum Milchladen, der drei Straßen weiter lag, kam wieder zurück und versteckte das Ei, das sie dem Milchmann abgeschmeichelt hatte.

Inzwischen war das Theater völlig erwacht. Im Kulissenraum wurde gehämmert, Teile des Bühnenbilds flogen plötzlich nach oben. Der Ruf «Wo ist Tessa?» ertönte immer häufiger – von der Garderobiere, Frau Pollack, die wissen wollte, warum Tessa die Kostüme für *Tosca* nicht heruntergebracht hatte, die Schnallenschachtel nicht sortiert, der Kaffee noch nicht fertig war... vom Beleuchter, für den sie einen Scheinwerfer halten sollte... vom Zimmermann, dem ein Splitter ins Auge geflogen war.

Um elf Uhr traf Direktor Jakob Witzler ein und begann, den Stapel mit Rechnungen und Mahnbriefen durchzusehen, in denen ihm wie schon so oft mit der Sperrung von Wasser, Telefon und Strom gedroht wurde.

Jakob Witzler hatte Froschaugen und ein Magengeschwür. Mit Hingabe, Opferbereitschaft, faulen Tricks, Schmeicheleien und mit seiner Tyrannis hatte er seine von niemand subventionierte Opernkompanie seit über zwanzig Jahren durch finanzielle Krisen, Krieg und Inflation gesteuert und sich trotz der Intrigen der Konkurrenten halten können.

In gewisser Hinsicht war seine Vita eine einzige Katastrophe. Jakob stammte aus einer wohlhabenden und nicht besonders musikalischen mährischen Lederfabrikantenfamilie. Sein Lebensweg war aufs schönste für ihn vorbereitet: Erst kam die Bar-Mizwa, dann der Eintritt in die Familienfirma, die Heirat mit einem netten, von seiner Mutter bereits ausgesuchten jüdischen Mädchen, die Geschäftspartnerschaft...

An einem einzigen Nachmittag ging Jakob dieser angenehmen Zukunft verlustig, als er im Alter von elf Jahren, sauber und gewaschen und in einen Matrosenanzug gesteckt, *Carmen* sehen durfte, gespielt von einer Wanderbühne.

Rings um ihn saßen andere, von ihren kulturbeflissenen jüdischen oder christlichen Eltern mitgeschleppte kleine Jungen und Mädchen, die ungeduldig auf die Pause warteten, in der sie endlich Limonade trinken und pinkeln gehen konnten.

Aber nicht so unser Jakob. Die nilpferdförmige Mezzosopranistin hatte die Castagnetten fallen gelassen, Escamillo stolperte über seinen Degen, dem Orchester fehlten zwei Trompeten, drei Geigen und die Pauken – aber das alles war nebensächlich. Von all den Kindern war nur ein einziges fasziniert: Jakob Witzler. Und ihn hatte es richtig erwischt.

Dreißig Jahre später war sein Vermögen zerronnen, seine Gesundheit ruiniert, sein Glaube dahin. Er schluckte eine Tablette gegen Verdauungsstörung und machte sich an die Arbeit. Die Claque wollte bezahlt werden, aber das war natürlich absurd. Raisa würde heute abend genug Applaus bekommen. Die Wahnsinnsszene schaffte es immer, und nächste Woche spielten sie abwechselnd *Tosca* und *Die Fledermaus*, beides alte Schlachtrösser. Frau Kienbaum wollte die Taxifahrten mit ihrer Harfe erstattet haben...

Am Telefon meldete sich ein Tenor, der für den Chor vorsingen wollte. Der Direktor hatte kaum aufgelegt, als die Feuerwehr anrief. Man wollte die Brandschutzmaßnahmen inspizieren. Und gleich darauf klingelte es wieder...

Gegen Mittag legte Jakob den Federhalter nieder und schickte nach Tessa.

«Grüß Gott, Herr Witzler.»

Die zweite Garderobiere stand artig vor ihm. Auf ihrer kessen kleinen Nase war ein Schmutzfleck, ihr Haar war zerzaust und ihr Kittel mit Farbe bekleckert, aber als er die kleine, erstaunlich ernsthafte Person ansah, die stets bereit war, sich nützlich zu machen, fühlte er sich sofort besser. Sein Blutdruck fiel, sein Magengeschwür gab Ruhe.

Daß er Tessa erlaubt hatte, bei ihm zu arbeiten, war eine seiner gelungensten Taten, und wenn die Polizei eines Tages kommen würde, um sie zu holen, würde er mit Zähnen und Klauen um sie kämpfen. Zwar hatte sie ihn ganz offensichtlich angelogen wegen ihres Alters – er bezweifelte, daß sie zwanzig war, geschweige denn dreiundzwanzig, wie sie behauptet hatte –, und sie hatte bereits eine halbe Stunde nach dem ersten Gespräch mit ihm vergessen, auf den Familiennamen zu hören, den sie ihm genannt hatte. Sie schien weder Verwandte noch Dokumente, noch Referenzen zu haben. Für Jakob war klar, daß sie aus irgendeiner Anstalt entlaufen war. Er hatte sich gefragt, ob er der Verrückte war, weil er sie bei sich arbeiten ließ; aber inzwischen wußte er, daß es nicht so war.

Sein Instinkt hatte ihn nicht getrogen, sondern sich tausendfach bezahlt gemacht. Es lag nicht nur daran, daß diese zerbrechlich aussehende Waise mit ihren erdbraunen Augen fünfzehn Stunden am Tag arbeitete, unermüdlich durch die labyrinthischen Gänge lief, bepackt mit Lasten, die ein Saumtier erschöpft hätten; und ebensowenig lag es daran, daß sie keine Ambitionen hatte, Sängerin, Tänzerin oder Schauspielerin zu werden, sondern nur helfen und lernen wollte. Nein, es war ihre Begeisterung, der Kunst dienen zu dürfen, die sein absurdes Leben und seine Obsession irgendwie rechtfertigte. Er und sein Findelkind litten an derselben Krankheit.

«Was ist mit Frau Romolas Bukett für heute abend?» begann er.

«Ich kann es nach dem Mittagessen abholen.»

«Meinen Sie, man kann es ein wenig kleiner ausfallen lassen?»

Raisas Blumensträuße waren ständig geschrumpft wie das Pferd, dem man jeden Tag ein Haferkorn weniger zu fressen gibt. Tessa brachte respektvoll ihre Meinung zum Ausdruck, daß sie inzwischen das Stadium erreicht hatten, wo das Pferd tot zusammenzubrechen droht.

«Aber ich könnte Herrn Klaskys Knopflochsträußchen davon abzweigen», sagte sie, sich auf den Dirigenten beziehend. «Damit wäre ein bißchen etwas gespart.»

«Gut, tun Sie das. Wurde der Wein für die Feier heute abend geliefert?»

«Ja, und ich habe ihn ganz unten in den Perückenofen gelegt, damit er schön *chambré* wird.»

«Und die Reservierung in Baden-Baden für meine Frau?»

«Ist erledigt. Ein Zimmer für eine Woche ab 18. Juni im Parkhotel mit einem Kinderbett für Ihren Sohn.»

Jakob nickte düster. Er hatte Leopoldine Görtl-Eisen geheiratet, nachdem bei einer *Rheingold*-Matinee, als sie hoch in der Luft hing und «Weia! Waga! Woge du Welle» sang, das Stahlkabel gerissen und sie auf die Bühne gestürzt war. Obwohl er die massive, ziemlich übel zugerichtete schlesische Sopranistin zunächst nur geehelicht hatte, damit sie seine Opernkompanie nicht auf Schadenersatz verklagte, war diese Ehe glücklich geworden. Verständlicherweise hatten die Nerven seiner Rheintochter etwas gelitten, und wenn jetzt irgendwo in Wien *Rheingold* aufgeführt wurde, mußte Jakob sie nach Baden-Baden schicken, und das war immer ein teurer Spaß.

«Dann kommt heute um drei Uhr ein Tenor zum Vorsingen», fuhr er fort. «Respini kann nicht kommen, deshalb müssen Sie ihn begleiten.»

«Aber ich spiele nicht gut genug.»

«Für einen Tenor reicht es», sagte Jakob. Dann seufzte er. «Ich denke die ganze Zeit über eine Balletteinlage für *Tosca* nach.»

Tessa verzog das Gesicht, so daß sie noch mehr wie ein verwahrloster Gassenjunge aussah, und dachte nach. Sylphiden in der Folterszene? Schwäne im Gefängnishof?

Witzler gab sich unendlich Mühe, in beinahe jedes Stück ein Ballett einzubauen, aber im Grunde machte er sich nichts aus der Hopserei. Trotzdem hatte er drei erfreulich hübsche Balletteusen engagiert – die kollektiv die Heidis hießen (weil zwei auf diesen Namen getauft waren) – in der Hoffnung, sie würden den reichen Gönner anlocken, den er so verzweifelt herbeisehnte.

«Wenn man die Heidis in die Proszeniumsloge setzen würde, in ihren Tütüs und mit Rosenknospenkränzchen und ein bißchen Tüll auf den Schultern, verstehen Sie?» schlug Tessa vor. «Wir könnten die Logenbeleuchtung gedämpft anlassen. Dann könnten die Herren sie sehen, und wenn sie Lust hätten... danach... könnten sie...»

Jakob strahlte. «Ja! So machen wir das! Jetzt müssen wir nur noch die neuen *Fledermaus*-Programme beim Drucker abholen, und dann möchte ich, daß Sie zu Grabenheimer gehen und ihm sagen, wenn ich seine Plakatentwürfe nicht bis Freitag habe, kann er sie sich sonstwohin schieben, und wenn dieser Nebbich im türkischen Bad ist, holen Sie ihn *raus*!»

Um sechs Uhr erschien der Dirigent und verlangte sein Knopflochsträußchen. Zoltan Klasky war Ungar. Er hatte einen gequälten Blick, eine lange dunkle Mähne und strahlte jene abgrundtiefe Unzufriedenheit aus, die die Magyaren jahrhundertelang gen Westen galoppieren ließ und allen die Hölle heiß machte. Er war ein glänzender Musiker, der Sopranistinnen, Tenöre und alles, was sich bewegte und gleichzeitig sang, haßte, ausgenommen den einen oder anderen nasalierenden Zigeuner, der aber arm sein mußte.

Er dirigierte die seichtesten Operetten mit größter Sorgfalt und arbeitete zu Hause an der Komposition einer expressionistischen Oper – mittlerweile seit sieben Jahren. Das Libretto, das auf einer authentischen Zeitungsmeldung basierte, handelte von der Frau eines Dorfpolizisten, die von einem Fabrikbesitzer verführt wird, ein Kind bekommt und sich erhängt, worauf der wahnsinnig gewordene Polizist versucht, das Kind zu töten und es dem Fabrikbesitzer als Frikassee vorzusetzen.

Tessa fand die Sache mit dem Frikassee ungeeignet für eine Oper, aber sonst glaubte sie wie der Rest der Kompanie fest an Klaskys Oper, die für Streicher, Mandolinen und dreißig Schlaginstrumente gesetzt war und eine neue Ära im atonalen Musikdrama einleiten würde, wenn sie eines Tages zur Aufführung käme.

Nun ertönte jedoch aus der Stargarderobe empörtes Geschrei. Raisa Romola war eingetroffen, und innerhalb von fünf Minuten hatte Raisas Dackel (der die Hungerjahre während des Kriegs unbeschadet überstanden hatte) eine Pfütze gemacht. Raisas Textbuch war in einem Zustand, der ihr die Weiterarbeit unmöglich machte, und der Tenor Pino Mastrini hatte sie beschuldigt, sein Ei genommen zu haben.

Tessa klärte die Sache mit dem Hund, lief hinunter, um ein anderes Ei für die Kehle des Tenors zu holen, und wieder nach oben zum Umkleideraum des Chors, um Lucias Clansleuten mit den Schottenschals zu helfen.

Und dann ging der Vorhang hoch.

Drei Stunden später stand Tessa mit einem Glas Wein in der Hand an einen Grabstein gelehnt zwischen den Kulissen und vernahm Jakob Witzlers Ankündigung, daß die neue Produktion Debussys lyrisches Meisterwerk *Pelleas und Melisande* sein würde.

Es schlug zwei, als sie das Haus in der Wipplingerstraße betrat. Erst als sie an ihrem Dachbodenfenster stand und sich wieder die Haare bürstete, fiel ihr der Brief ein, den sie am Morgen erhalten hatte und der immer noch ungelesen in ihrem Kittel steckte.

Sie öffnete ihn, wobei sie befriedigt feststellte, daß die Tante inzwischen gelernt hatte, den Namen auf die Adresse zu schreiben, den sie ihr angegeben hatte. Dann las sie den Brief einmal und noch einmal.

Es waren ganz und gar gute Nachrichten; das mußte sich Tessa wiederholt vorsagen, weil sie trotzdem, nun ja, so etwas wie einen Stich empfand und ihr Magen zu schwimmen schien. Es war, als ob ihre ganze Kindheit in ein Vakuum sackte. Aber das war natürlich absurd; nichts als Sentimentalität und Mutlosigkeit – und außerdem hatte sie sowieso keine andere Wahl. Sie mußte sich sagen, daß sie jetzt frei war – frei für die Arbeit, die Kunst, für das Leben!

Sie öffnete das Fenster und ließ ihr langes Haar über das Fensterbrett fallen. Dann stützte die Fürstin Theresa-Maria von Pfaffenstein den Kopf auf den Ellbogen, blinzelte die dummen Tränen fort, die ihr in die Augen gestiegen waren, und blickte lächelnd hinauf zum Mond.

4

Im Frühstückszimmer von Schloß Spittau, beäugt von zwei sich mausernden Schwänen am gegenüberliegenden Ufer des Wassergrabens, saß die Fürstin Dorothea von Spittau und las einen Brief.

Von den Fenstern des Zimmers wie von allen anderen Fenstern des Schlosses blickte man auf Wasser. An die langgezogene, niedrige Vorderfront mit den Stukkaturen und den zwei flankierenden Zwiebeltürmen schlugen die Wellen des Neusiedler Sees, ein großes, melancholisches Gewässer, das sich mit einem breiten Schilfgürtel bis hinter die ungarische Grenze erstreckt. Die Nord-, West- und Südseite des gelb gestrichenen Wasserschlosses waren von einem breiten und schlammigen Graben umgeben. Nur ein einziger Damm verband das Schloß mit dem von Tümpeln und Teichen durchsetzten Sumpfland, das in dieser trostlosen Gegend als Festland gilt.

«Pfaffenstein ist verkauft!» sagte die Fürstin mit einem Blick auf ihren Sohn, der ihr gegenübersaß. «Und das sogar gut. An einen Ausländer. Einen Millionär!»

Der angesprochene Fürst Maximilian von Spittau hörte für einen Augenblick auf zu kauen und sagte: «Da wird die Butzi aber froh sein.»

«Sie wird nicht nur froh, sondern auch reich sein», sagte seine Mutter. «Jetzt gibt es nichts mehr, worauf du warten müßtest. Jetzt mußt was *tun*, Maxi. Hörst?»

Maxis blaue Augen traten noch etwas stärker hervor, als er

das eben Gehörte in sich aufnahm, und seine rudimentäre Stirn legte sich in Falten. Freilich, er war ein Mann der Tat. Im Krieg hatte er viele Leute erschossen und danach jede Menge Schnepfen, Wildenten, Krickenten, Brachvögel, Tafelenten und Gänse, denen er im Stakkahn, im Ruderboot, in hohen Watstiefeln praktisch von morgens bis abends nachstellte. Auch jetzt ruhten seine Füße unter dem Tisch auf ein paar triefnassen Pointern, Retrievern und Settern, die seit Sonnenaufgang mit ihm draußen gewesen waren. Aber seine Tätigkeit und das, was seine Mutter unter «etwas tun» verstand, waren zwei Paar Stiefel.

Der Fürst war weder als Kind noch später auf den Kopf gefallen. Kaiser Wilhelm II. war Gast bei seiner Taufe gewesen, und eine Schar gestrenger Kinderfrauen hatte ihn von Zimmer zu Zimmer gereicht in dem großen, jetzt von den Alliierten beschlagnahmten Schloß in Schleswig-Holstein, in dem er geboren worden war. Ein gewisses Defizit an Hirnmasse schien eher angeboren; es war der Preis für die Verwandtschaft mit Johanna der Wahnsinnigen und Kaiser Karl II., dessen Habsburger Kinn und bourbonische Nase sich so ungünstig gekrümmt hatten, daß eine Nahrungsaufnahme beinahe unmöglich war. Aber Maxi von Spittau war keineswegs unattraktiv, auch wenn sich seine geistigen Aktivitäten auf die wöchentlichen Besuche im Rathaus von Neusiedl beschränkten, wo man die neuesten Filme aus Hollywood zeigte. Der Schmiß vom Duell war etwas danebengegangen und viel zu gut verheilt, aber ein bißchen sah man ihn schon noch über dem linken Auge, und das wirkte recht fesch. Sein blonder Schnurrbart wellte sich hübsch, und wenn er nicht gerade mit seiner Mutter zu tun hatte, war er locker und liebenswürdig.

«Ich hab viel Geduld mit dir gehabt, Maxi», fuhr seine Mutter fort, deren Spitzname, «die Schwanenprinzessin», sich eher auf schwarze Knopfaugen und einen bissigen Schnabel bezog als auf Anmut und Schönheit, «und desgleichen die Butzi-Tanten. Aber jetzt langt es. Im Juni geben s' auf Pfaffenstein eine große Gesellschaft. Die Butzi wird bestimmt dabeisein, und dann wirst sie förmlich um ihre Hand bitten und auf der Stell' die Verlobung verkünden.»

«Aber Mama, ich hab die Butzi schon dreimal gefragt, ob sie mich heiraten will. Und genau wie du mir gesagt hast: an ihrem 18. Geburtstag, dann im Frühjahr darauf und wieder vor einem Vierteljahr, wo ich sie in Wien zum Essen ausgeführt hab, was du mir nicht angeschafft hast. Sie liebt mich nicht», sagte Maxi mit einer Spur verzeihlichen Unverständnisses in der Stimme.

«Red nicht wie ein Lackel», fuhr ihn die Fürstin an. «Die Butzi weiß genau, daß sie dich heiraten muß. Ich muß schon sagen, ihr Charakter enttäuscht mich. Aber die Herkunft ist tadellos, und mit dem Geld, das sie von Pfaffenstein mitbringt, können wir den Ostflügel abstützen und das Dach flicken. Jedenfalls würde niemand nach Spittau passen, der nicht dafür erzogen ist.»

Das war nun gewiß wahr. Schloß Spittau, das beinahe auf dem Wasser schwamm, war nichts für schwache Gemüter. Im Winter lag ringsum Nebel, und frierende Vögel schrien auf dem Eis. Wenn der Frühling kam, mischte sich das Husten der von Rheumatismus geplagten Dienerschaft mit dem Platschen der räuberischen Hechte im Graben, von den Mauern fiel brockenweise der Stuck in den See, und im Sommer fielen die Stechmücken ein wie die Grande Armée.

Maxi sah immer noch mutlos aus. Er war sich durchaus der Vorteile einer Heirat mit Butzi bewußt. Außerdem mochte er sie. Wenn man mit der Butzi auf den See hinausfuhr, brauchte man keine Lockente. Sie konnte wie kein anderer den Ruf eines balzenden Erpels nachahmen. Mit ihr war es immer lustig, und sie war keine Spielverderberin. Aber diese ständige Bettelei um ihre Hand und ihre Mitgift ging einem aufrechten Mann gegen den Strich.

Doch plötzlich hellte sich seine Miene auf, und er strich dem Vorstehhund neben ihm, der mit seinen seelenvollen bernsteinfarbenen Augen zu ihm aufsah, über die weichen Ohren.

«Wenn ich die Hunde zu dem Fest in Pfaffenstein mitnehmen würde», sagte er, «meinst du, die Butzi würde mich dann heiraten wollen? Du weißt, wie gern sie sie mag.»

Die Fürstin warf einen Blick auf die fünf Hunde, die mit den nassen Schwänzen auf den Fußboden klopften und vor Erwartung zitterten. Sie öffnete den Mund, um Maxi zu sagen, er solle nicht so blöd sein – doch dann schloß sie ihn wieder.

Denn ihr schien, als hätte Maxi zum erstenmal recht. Was die junge Pfaffensteinerin für den für sie vorgesehenen Bräutigam empfand, wußte der Kuckuck, aber hundertprozentig sicher war, daß sie die Hunde liebte.

«Auf *französsisch* kann ich nicht singen!» erklärte Raisa Romola am Morgen nach Witzlers Ankündigung.

«Debussy ist amelodiös», befand Pino Mastrini. «So etwas erwartet mein Publikum nicht von mir.»

«Ich werde zu Schalk gehen!» drohte die Sopranistin, und der Direktor erbleichte, denn Schalk war der Leiter der massiv subventionierten Wiener Staatsoper und für Jakob Witzler ein rotes Tuch.

Doch er faßte sich schnell und stürzte sich in ein leidenschaftliches Plädoyer für Debussys fein geschliffenes impressionistisches Werk, seine übereinandergelagerten Harmonien, die erlesene Klangfarbe, die pulsierende Schönheit...

Letzteres hatte eine leicht beruhigende Wirkung auf Raisa, die ihre gierigen Mandelaugen zusammenkniff und sagte, wenn Jakob bereit sei, über einen Bonus nachzudenken, könnte sie vielleicht auch auf «französsisch» singen.

Tessa, die im Hintergrund eine Kulisse für *Tosca* frisch bemalte, hörte interessiert zu. Es stimmte schon, daß es seltsame Dinge in *Pelleas und Melisande* gab. Zum Beispiel wußte man nie genau, wer genau Melisande war. War sie eine Sterbliche oder ein Wesen aus einer anderen Welt? Hatte sie ihren Mann Golo tatsächlich mit seinem hübschen jüngeren Bruder Pelleas betrogen? Und warum verlor sie immerzu etwas in tiefen

Brunnen – ihre Krone, ihren goldenen Ball, ihren Ehering? Aber die ganze Oper, die weitgehend hinter einem Gazevorhang und mit romantischer Beleuchtung gespielt wurde, war reine Poesie – und modern obendrein.

Deshalb war sie ein wenig enttäuscht, als Boris in der Mittagspause, während er sich Joghurt auf seinen Teller löffelte, mit düsterer Miene sagte. «Du weißt, was *Pelleas* bedeutet, nicht wahr? Es bedeutet Haare. Und Haare sind kaum noch zu kriegen.»

Boris hatte recht. Das Besondere an Melisandes geheimnisvoller Schönheit ist ihr knielanges, golden schimmerndes Haar. Mit diesem Haar, das sie aus ihrem Fenster fallen läßt, spielt der liebestrunkene Pelleas; an diesem Haar zerrt sie der eifersüchtige Golo kreuz und quer über die Bühne, und ihr Haar umgibt sie wie ein Glorienschein, wenn sie stirbt.

Das Haar für Perücken kam früher vor allem aus italienischen Klöstern, weil die Italienerinnen sowohl zu Frömmigkeit als auch zu üppiger Haarpracht neigten. Hunderte von Ordenskandidatinnen wurden jedes Jahr geschoren, um Bräute Christi zu werden. Aber Österreich hatte nicht nur seine Besitzungen in Italien, sondern auch Böhmen und Mähren, Galizien, Ungarn, die Krain, Bosnien, Kroatien und Dalmatien verloren, all die Länder, die früher die Hauptstadt der Donaumonarchie beliefert hatten, vom Paprika bis zu den Haarflechten der Mädchen. In jüngster Zeit mußte Boris versuchen, mit den einheimischen Klöstern ins Geschäft zu kommen, was keineswegs einfach war, denn nach dem Zusammenbruch der Monarchie und dem Aufbruch in die neue Republik waren die religiösen Berufungen bei den jungen Wienerinnen stark zurückgegangen.

Schon bei der ersten Probe zeigte sich, daß man sich mit gebleichtem Roßhaar oder einer alten Perücke aus den *Meistersingern* nicht würde behelfen können. Max Regensburger, der junge Regisseur, den Jakob für die Produktion engagiert hatte, war ein Realist durch und durch. «Diese Melisande muß aus

Fleisch und Blut sein», erklärte er, und mit Raisas Leibesfülle vor Augen mußte ihm das Ensemble recht geben.

Folglich fuhr Tessa an einem kalten Morgen in der zweiten Probenwoche mit der Tram zu den Ausläufern des Leopoldsbergs und ging die steile Allee zum Herz-Jesu-Kloster hinauf. Doch sie wurde von einer verzweifelten Mutter Oberin mit den Worten empfangen: «Es tut mir so leid, meine Liebe, aber das Mädchen, von dem ich gesprochen habe, kann das Gelübde nicht ablegen.» Und mit gesenkter Stimme fuhr sie fort: «Wir haben sie mit dem Schreiner erwischt, der ein paar Reparaturen durchführen sollte. Ist das nicht eine Schande? Wir haben sie heimschicken müssen.»

Zwei Tage später läutete Tessa an der Pforte des Klosters Maria Verkündigung im Arbeiterviertel Ottakring, nur um festzustellen, daß ihr ein schweizerischer Händler um einen Tag zuvorgekommen war und die gesamte Haarernte aufgekauft hatte.

«Sehen Sie, er hat in Schweizer Franken bezahlt», entschuldigte sich die Präfektin, «und unser Orden ist arm.»

Das Kloster Mariä Himmelfahrt stand wegen Typhus unter Quarantäne. Im Auferstehungs-Kloster ergatterte Tessa ein mickriges Zöpfchen, das Boris verächtlich von sich schob.

«Die Farbe kann ich machen, aber ich brauche die Länge», sagte er unwirsch.

Eine Woche vor der Kostümprobe schien Boris der Verzweiflung nahe. Eine Perücke zu machen ist eine mühsame Arbeit, denn rund viertausend Strähnen müssen in das Haarnetz geknüpft werden.

«Was soll ich bloß machen?» jammerte er. «Jesus Maria, was mach ich bloß?»

Tessa, die Silbersterne auf Melisandes Umhang nähte, blickte auf, sah ihn traurig an und sagte es ihm.

Auf Pfaffenstein lief alles planmäßig. Die abwesende Fürstin Pfaffenstein hatte in den Verkauf eingewilligt. Die Handwerker hatten, beeindruckt von den Dollars, in denen sie bezahlt wurden, versprochen, die nötigen Reparaturen schnellstens auszuführen, und David Tremayne, der als Leiter des ganzen Projekts im Gasthof «Wappen von Pfaffenstein» wohnte, hielt sich an die Anordnung seines Chefs, bei den Vorbereitungen für das Fest im Juni weder Kosten noch Mühe zu scheuen.

Guy war nach Wien zurückgekehrt, wo er sich wieder in die Arbeit stürzte, und erst, als er seinen Bericht über den vorläufigen Stand der Verhandlungen mit dem Völkerbund fertiggestellt hatte, fand er Zeit, sich um die Sache mit der Oper zu kümmern.

Daß die Musik eine große Rolle bei der Unterhaltung seiner Gäste spielen sollte, war selbstverständlich: ein Orchester für den Ball und das Feuerwerk; Kammermusik am Abend für die Musikliebhaber, und für den Höhepunkt seines Festes beabsichtigte Guy nichts Geringeres als eine Aufführung jener Oper, bei der er Nerine zum erstenmal gesehen hatte. Ort der Aufführung sollte das Theater von Schloß Pfaffenstein sein.

Am Anfang jeder Liebesgeschichte gibt es einen Augenblick, der für immer im Gedächtnis bleibt. Manchmal ist es nicht mehr als eine Geste – wie *sie* sich einer Blume zuneigt oder wie *er* den Kopf eines Kindes berührt. Für Guy war dieser Augenblick gekommen, als Nerine jenen kleinen Seufzer der Vorfreude von sich gab, als sich der Vorhang vor der Traumlandschaft von Mozarts *Zauberflöte* hob. Noch einmal mit ihr die Musik Mozarts zu hören, den er von allen Komponisten am meisten schätzte, ihrem Blick zu begegnen, wenn Tamino ewige Liebe schwört – das würde wie nichts anderes die Freude und das Wunder ihrer Wiedervereinigung besiegeln.

Nun klingelte er in seiner Suite im Sacher nach Thisbe Purse.

Die Frau, die daraufhin eintrat, war ein streng blickendes ältliches Fräulein mit einem leicht ergrauten Haarknoten und einer Stahlrandbrille. Die einst beste Schülerin ihres Jahrgangs an Mr. Pitmans Schule für Schreibmaschine und Stenographie begleitete Guy auf allen Reisen und bildete mit dem Chauffeur

Morgan und David Tremayne das unersetzliche Trio, das Guys volles Vertrauen genoß.

«Thisbe, ich möchte bitte Karten für die Oper. Für heute abend.»

«Sehr wohl, Mr. Farne», sagte Thisbe, die in der ständigen Hoffnung auf ein Erdbeben, eine Sturmflut oder Feuersbrunst lebte, um – wenn nötig mit Zähnen und Klauen – ihren Chef zu retten. «Für die Staats- oder die Volksoper?»

«Nein, keine von beiden. Ich habe da von einer privaten Opernkompanie gehört.»

«Die gibt es, Sir. In der Braungasse.» Da sie die Musikliebe ihres Chefs kannte, erkundigte sie sich in jeder Stadt sofort nach allen musikalischen Veranstaltungen. «Ich werde in der Zeitung nachsehen.»

Kurz darauf kam sie mit der *Wiener Presse* zurück. «Heute abend spielen sie *Pelleas und Melisande* von Debussy. Eine Premiere.»

Guy hob überrascht die Brauen. Von einer kleinen privaten Opernbühne hätte er eher so etwas wie *Walzertraum* oder *Die lustige Witwe* erwartet.

«Sehr schön. Bitte besorgen Sie mir eine Karte.»

«Keine Loge, Sir?»

«Nein. Ich gehe allein. Eine Karte. Sperrsitz Mitte.»

«Sehr wohl, Sir», sagte Thisbe Purse. Daß es für eine Premiere vielleicht keine Karten mehr gab, war ihr bewußt, aber sie sagte es nicht. Wenn Mr. Farne eine Karte für die Vorstellung wollte, bekam er sie.

Das Theater mit seiner barocken Unbekümmertheit gefiel Guy. Er überflog das Programm und fiel in den Beifall für den Dirigenten ein, dessen gequälter Blick, als er sich vor dem Publikum verneigte, ein furchtbares Martyrium zu verheißen schien.

Das Vorspiel begann, und Guy entspannte sich. Das Orchester war gut, die Interpretation einfühlsam und präzis. Der Vorhang hob sich…

Melisande kauerte verirrt und furchtsam neben dem von Mondlicht beschienenen Brunnen. *«Ne me touchez pas, ne me touchez pas»*, sang Raisa tadellos auf französisch. Aber Golo berührte sie, heiratete sie und brachte sie auf sein düsteres Schloß, wo sie durch ihre Liebe zu Pelleas zugrunde gehen sollte. Vom Tenor Pino Mastrini hatte nicht einmal der Spielleiter verlangt, daß er *spielte*; er sollte nur die Noten so singen, wie sie komponiert waren. Die herrliche Stimme, die Gott in die Kehle dieses stiernackigen Bauernsohns aus der Emilia-Romagna gelegt hatte, genügte vollkommen.

Guy fand auch die Inszenierung interessant. Die Szene, in der Melisande am Fenster ihr Haar herunterläßt und Pelleas mit ihrem Haar spielt, war bemerkenswert gelungen. Es war schönes Haar und sogar echt – nicht der übliche Rapunzelkitsch, den man sonst zu sehen bekam. Dieses weich fallende Haar machte die Liebesszene sehr bewegend, und selbst Pino Mastrini verstand damit zu *spielen*. Lange bevor sich der Vorhang über Melisandes Sterbebett senkte, wußte Guy, daß Witzlers Opernkompanie genau das war, was er suchte.

Am Bühneneingang schob er sich durch die wartende Menge der Studenten und Bewunderer, zeigte seine Visitenkarte und bat, den Direktor zu sprechen. Doch sobald man ihn eingelassen hatte, folgte er der Wegbeschreibung, die ihm der Türsteher (beeindruckt von Guys gebieterischem Auftreten) unterwürfig gegeben hatte; aber er ließ sich Zeit und ging ganz gemächlich weiter, warf einen Blick auf die Mitteilungen am Schwarzen Brett und betrachtete schmunzelnd die Graffiti an den gekachelten Wänden. Guy hatte manch glückliche Stunde in kalten Theaterkorridoren verbracht, als er während des Kriegs in Frankreich auf Urlaub war und auf die entzückende Claudine vom Pariser Opernballett gewartet hatte oder im Teatro Amazonas in Manaus auf eine spanische Soubrette oder die zierliche Russin von den Ballets Russes, die in London ein Jahr seine Geliebte war.

Wo aus Raisa Romolas Garderobe laute Stimmen drangen,

wandte er sich nach links. Dann bog er nach rechts ab und stieg eine wacklige Wendeltreppe hinunter. Plötzlich blieb er stehen.

Das Geräusch, das er gehört hatte, war leise, aber unmißverständlich, und in diesem kerkerhaften Kellergeschoß entnervend. Irgend jemand weinte hinter der dunkelgrünen Tür, an der er eben vorbeigegangen war.

Er kehrte um, stieß die Tür auf und trat ein.

Der nur von einer nackten Glühbirne erhellte Raum war vollgestopft mit Perücken, Perückenständern, falschen Zöpfen, Tabletts mit Schnurrbärten und übereinandergetürmten Hutschachteln. Da war ein Bügelbrett, ein Spülbecken, ein Tisch voller Scheren, Kleistertuben, Bändern. Auf dem Abtropfbrett standen ein Weckglas mit saurer Milch und ein zerbeulter Samowar, und auf dem Boden Körbe voller Theaterkostüme.

Dieses ganze Durcheinander nahm Guy nur allmählich wahr, denn sein Blick fiel zuerst auf den einzigen Menschen in diesem Raum – ein Mädchen, das noch keine zwanzig sein konnte. Es war ein Mädchen in einem zerknitterten, mit Farbe bekleckerten Kittel. Sie saß auf dem Deckel eines großen Weidenkorbs, und als er eintrat, ließ sie den Spiegel, den sie in der Hand hatte, sinken und wandte ihm ihr kleines, erschrockenes und etwas theatralisch mit Staub und Tränen verschmiertes Gesicht zu – ein Gesicht mit riesigen Augen, wie vom greisen Tizian mit dem Daumen hineingemalt.

«Oh! Es tut mir leid!» Sie stand auf und versuchte, die Tränen wegzuwischen mit Fingern, die so staubig waren, daß sie die Marmorierung auf ihren Wangen nur verstärkten. «Ich fürchte, Sie haben sich verlaufen. Fräulein Romolas Garderobe ist oben. Oder wollten Sie zu einer Heidi?»

Guy in seinem eleganten Abendcape stand da und starrte sie auf eine für ihn untypische Weise an. Es waren nicht die großen verschmierten Augen, nicht ihre Hände – die Hände einer Altendorfer-Madonna, wären sie sauberer gewesen – und auch nicht ihre zerlumpte Kleidung. Nein, was ihn wie angewurzelt dastehen und starren ließ, war ihr Haar oder vielmehr die Stellen, wo man normalerweise Haare zu sehen erwartete. Über den verängstigten Lemurenaugen und der hohen Stirn gab es nur ein paar Büschel, wie sie bestimmten Kapuzineräffchen wachsen, und ihre Ohren, die aussahen wie die zurückgeschlagenen Kronblätter eines Alpenveilchens, saßen in einer Art Stoppelfeld, dessen Farbe – ein warmes Beige mit einem Bronzeschimmer – ihm irgendwie bekannt vorkam. Als ihm plötzlich ein Licht aufging, sagte er: «Mein Gott! Das war *Ihr* Haar, das Haar der Melisande! Aber warum?»

Tessa stammelte hastig ihre Erklärung. «Ich habe es gern getan, ehrlich. Schließlich hat sich Cosima Wagner auch die Haare abgeschnitten und sie ihrem Richard ins Grab gelegt. Es war das mindeste, was ich tun konnte. Nur... als ich jetzt in den Spiegel gesehen habe – vor der Premiere hatte ich keine Zeit dazu, Sie wissen, wie das vor einer Premiere ist –, da habe ich plötzlich gesehen... Ich meine, ich habe nichts anderes.»

Mit ihren kleinen und ungewöhnlich ausdrucksvollen Händen skizzierte sie die ersehnten Kurven, die ihr ihr Schöpfer versagt hatte.

Guy sah sie sich genauer an. Es stimmte schon, was sie sagte, aber doch nicht ganz. Der schmutzige Kittel und das gerupfte Haar hatten etwas, aber er hätte es nicht benennen können. War es Stil? Nein, es war etwas Vertrauteres, das Guy jetzt bei den Malern suchte, die er am meisten liebte – eine gewisse Unschuld mit traurigen Augen, aus denen schon Erfahrung sprach. Hier war jemand, der sich sehr jung in sein Schicksal fügen mußte. Und während vor seinem inneren Auge die kleinen, in ihre Seidenkleider hineingezwängten Infantinnen von Velasquez und die ernsten Holbein-Mädchen mit ihren Hauben vorüberzogen, fielen ihm die zerlumpten, schönen Betteljungen von Murillo ein: Sie war der eine, der im Schatten steht und zusieht, wie die anderen die Kirschen, die saftigen Melonenschnitze, die dicken Brotbrocken essen.

«Wo wohnen Sie?» fragte er unvermittelt, denn das Kind sah vollkommen erschöpft aus.

«In der Wipplingerstraße.»

«Und wer bringt Sie nach Hause?»

«Mich? Du liebe Zeit, niemand! Es ist bloß ein Fußweg von einer halben Stunde. Ich muß nur noch zusammenkehren, den Hund von Fräulein Romola ausführen und die Mausefallen aufstellen. Dann bin ich weg.»

«Mein Wagen steht draußen», sagte Guy. «Ich gebe Ihnen zwanzig Minuten. Solange werde ich mit Ihrem Direktor sprechen. Dann bringe ich Sie nach Hause.»

«O nein, das möchte ich wirklich nicht!» Tessa war entsetzt bei der Vorstellung, diesen eleganten und bedeutend aussehenden Ausländer mit den geschwungenen Brauen und dem Abendcape mit Samtkragen um sein nächtliches Vergnügen zu bringen.

Guy lächelte sie an. «Keine Sorge. Ich habe nichts mit Ihnen vor – ich verspreche es.»

«Wie könnten Sie auch», sagte sie und fuhr sich mit der Hand über den Kopf.

Guys Gespräch mit dem Direktor versetzte diesen in einen Freudentaumel, der an Delirium grenzte. Es war eingetreten! Endlich, endlich, geheimnisvoll aus der Nacht wie jener Fremde, der Mozarts *Requiem* in Auftrag gegeben hatte, war er aufgetaucht – der reiche Gönner. Als wollte er Jakobs wildeste Träume parodieren, hatte er angeboten, seine Kompanie für eine Woche im Sommer zu engagieren, zu beherbergen und zu beköstigen und die neue Produktion einer Oper zu finanzieren. Und was für eine Oper! Keine schmalzige Operette oder ein modisches Salonstück, sondern *Die Zauberflöte*!

Dieser Auftrag würde Großartiges bewirken, davon war Jakob überzeugt. Was die Esterhazys für Haydn, die geheimnisvolle Madame von Meck für Tschaikowsky waren, das würde Mr. Farne für Witzlers Opernkompanie sein. Allerdings war der Mann Engländer. Wer weiß, was er im Krieg alles angestellt hatte. Und er wollte, daß der Ort der geplanten Aufführung sowie seine Rolle als Auftraggeber geheim blieben, was alles teuflisch kompliziert machen würde. Na, wenn schon? Für das Geld, das Mr. Farne ausgeben wollte, hätte Jakob die Goldene Horde totgeschwiegen.

Das Theater auf Pfaffenstein war angeblich das schönste seiner Art in ganz Österreich, und es hatte angeblich eine sagenhafte Akustik. Außerdem fiel das Engagement in den Juni, eine Zeit mit generell verheerenden Zuschauerzahlen, und noch dazu genau in die Woche, in der er die Rheintochter nach Baden-Baden hätte schicken müssen! War es Raisa, die dieses Wunder vollbracht hatte? Er war etwas besorgt gewesen, als sie darauf bestand, die Melisande barfuß zu spielen, aber offensichtlich hatten die Hühneraugen der Diva den Engländer nicht verschreckt. Oder war es das Stupsnasenprofil einer Heidi, der sie diese Großzügigkeit verdankten?

Vergnügt schlüpfte Jakob in seine Galoschen, um heimzugehen und seiner Rheintochter zu erzählen, daß sie ihre Perlen jetzt nicht ins Pfandhaus zu bringen brauchte.

Als Guy in den Perückenraum zurückkehrte, wartete sie schon auf ihn. Ihr Gesicht war so sauber geschrubbt, daß es glänzte, und als er sah, was sie anhatte, hob er amüsiert eine Braue.

«*La Bohème?*» fragte er.

Sie nickte und wickelte sich enger in den blauen Samtumhang mit der gekräuselten Kapuze. «Aus dem dritten Akt, Sie wissen schon, wo sie im Schnee auf Rudolf wartet und hustet.» Sie schaute ihn nachdenklich an und sah aus wie eine Haselmaus in einem blauen Zelt. «Ist mir ein bißchen zu groß, nicht wahr?»

«Nun, ein bißchen schon», antwortete Guy, während sie versuchte, den weiten Umhang zu raffen, der eigentlich für Raisas Umfang gedacht war. «Aber es fällt nicht weiter auf. Ist der Muff auch aus *Bohème?*»

«Ja. Aber die Handschuhe sind aus *Traviata*, als sie wieder eine Kurtisane wird und ungeheuer elegant auf dem Fest erscheint.» Sie streckte eine Hand aus, die völlig in einem modisch zerknautschten Glacéhandschuh verschwand. «Jetzt kann niemand meine nicht vorhandenen Haare oder sonst etwas von mir sehen, so daß ich Ihnen vielleicht keine Schande machen werde.»

«Ich kann mir nicht vorstellen, daß Sie das könnten», sagte Guy freundlich. «Aber ich wüßte gern, wie Sie heißen.»

«Tessa», sagte sie.

«Nur Tessa?»

Sie nickte und ließ sich schweigend aus dem Theater geleiten. Vor dem Auto, das unter einer Laterne auf der anderen Straßenseite parkte, schnappte sie hörbar nach Luft. «Oh!» sagte sie bewundernd. «Was für ein schöner Wagen! Sind Sie möglicherweise extrem reich?»

«Nun, ziemlich extrem. Es freut mich, daß er Ihnen gefällt. Steigen Sie ein.»

Guys Chauffeur hielt ihr die Tür auf. Korrekt wie er war, ließ er sich nicht die geringste Überraschung anmerken. Er hatte schon oft Frauen von allen möglichen Bühneneingängen abgeholt und zu den verschiedensten Örtlichkeiten bringen müssen – in ein Chambre séparée im Maxim, eine Suite im Ritz –, allerdings noch nie eine wie dieses ärmliche kleine Ding.

Aber als sie in den Wagen stieg und er die Decke um ihre Knie legte, lächelte sie und sagte überraschend würdevoll: *«Thank you, you are very kind.»*

Guy drehte sich ruckartig um. Wenn es zwei Worte in der englischen Sprache gibt, die den Nicht-Engländer verraten, dann sind es die Worte *«Thank you»*. Diese kleine Bühnenarbeiterin hatte sie in einem sowohl akzentfreien als auch guten Englisch gesprochen.

«Wie kommt es, daß Sie so gut Englisch sprechen?» erkundigte er sich in seiner Muttersprache.

«Ich hatte eine englische Großmutter und war oft bei ihr, als ich klein war. Sie war eine wundervolle Frau. Ich habe sie sehr gern gehabt.»

Inzwischen hatte Guy dem Chauffeur seine Anweisungen gegeben, und der Wagen fuhr los. «Erzählen Sie mir von Ihrer Großmutter», sagte er.

«Sie stammte aus Nordengland, wo es viele Schafe gab – mehr Schafe als Menschen, hat sie immer gesagt – und Moore mit purpurfarbenem Heidekraut. Sie hat nach Kärnten geheiratet, wo mein Großvater lebte, aber ich glaube, sie hatte ihr Leben lang Heimweh.»

Nur eine etwas vorsichtigere Sprechweise, eine kaum wahrnehmbare Betonung auf bestimmte Worte verrieten, daß sie nicht mehr in ihrer Muttersprache redete.

«Wenn ich recht verstanden habe, lebt sie nicht mehr.»

«Ja. Sie ist gestorben, als der Krieg zu Ende war. Ihr ganzes Eheleben hat sie in ein und demselben Dorf gewohnt und viel Gutes getan. Aber im Krieg fingen die Bauern trotzdem an, Schauermärchen über die Engländer zu erzählen. Sie würden Leichen kochen und Öl daraus machen und ... na ja, Sie wissen schon.»

«Ja, leider weiß ich es tatsächlich», sagte Guy verbittert. «Auf unserer Seite gab es die gleichen bösartigen Erfindungen.»

«Man sagt zwar, Menschen können nicht wirklich an gebrochenem Herzen sterben», fuhr sie fort, «und das mag ja richtig sein. Aber sie können auf einen Vorwand warten. Bei ihr war es die Grippeepidemie vor drei Jahren. Auch meine Mutter ist damals gestorben.»

«Und Ihr Vater?»

Sie zuckte die Achseln. «Er ist 1914 bei Tannenberg gefallen.» Doch dann besann sie sich auf ihre Pflicht als Einheimische gegenüber einem Ausländer. «Waren Sie früher schon einmal in Wien?»

«Ja.»

Etwas in seinem Ton ließ sie aufblicken, aber als sie weitersprach, blieb sie beim Thema. «Dann werden Sie vielleicht wissen, daß wir gerade an dem Haus vorbeifahren, in dem Mozarts Schwägerin zum erstenmal die Partitur von *Don Giovanni* gesehen hat.»

Guy, der sich bewußt war, daß ihm hier ein Blick auf Wien geboten wurde, der ihm bisher nicht vergönnt war, sagte, das habe er nicht gewußt, und während sie durch die beleuchteten Straßen fuhren, zeigte ihm Tessa das Geschäft, wo Anton Bruckner sein Notenpapier gekauft hatte; das Café, wo Schönberg die Idee zu «Verklärte Nacht» gekommen war; und als sie in die Kärtnerstraße einbogen, wo die Primadonna der Staatsoper ihre Dessous kaufte.

«Ach, es ist so schön, daß die Laternen wieder leuchten. Jetzt fängt alles neu an. Haben Sie nicht auch das Gefühl?» Ihre Stimme hatte sich verändert. Sie dachte nicht mehr an ihr Haar. «Es wird keine Kriege mehr geben, und die Kunst wird alle gleich und frei machen», sagte die kleine Garderobiere mit leuchtenden Augen. «Und es ist wundervoll, arbeiten zu dürfen! Ich kann Ihnen gar nicht sagen, wie schön das ist.»

Guy fragte sich, welche Kindheit sie erlebt hatte, daß die offensichtliche Schufterei bei Witzlers Opernkompanie zu einem Privileg wurde. Aber er hörte ihrem Geplauder zu und war nicht wenig erstaunt, als sie plötzlich leise fragte: «Waren Sie sehr glücklich, damals, als Sie das letztemal in Wien waren?»

Es entstand eine Pause. Dann sagte Guy: «Ja. Glücklicher als je in meinem Leben.»

Sie nickte zufrieden ob des Tributs, den er ihrer Stadt zollte, und schon plauderte sie weiter.

«Die Leute erzählen einem immer als große Besonderheit, daß hier die Herzen aufbewahrt werden von den Habsburgern, die in der Kapuzinergruft bestattet sind», sagte sie und wies mit der Hand in dem viel zu großen Handschuh auf den vom Mond erhellten Turm der Augustinerkirche. «Aber ich finde, viel interessanter ist, daß die Haushälterin von Brahms jeden Tag hierher kam, um eine Kerze anzuzünden, als Brahms Leberbeschwerden hatte. Sie kam jeden Tag!»

Sie fuhren weiter über kleine Plätze, durch enge kopfsteingepflasterte Gassen, vorbei an der Stelle, wo Christoph Willibald Glucks kleiner Hund beinahe von einer Kutsche überfahren worden wäre, und am Haus des Friseurs, dessen Vater dem Johann Strauß immer den Schnurrbart gefärbt hatte.

Aber der Höhepunkt sollte erst kommen.

«Könnten wir vielleicht kurz anhalten?» fragte sie, als sie über den Michaelerplatz fuhren. «Dort drüben, links, ein Stück die kleine Straße hinunter.»

Guy gab Morgan die entsprechende Anweisung, und der Wagen hielt gegenüber einem kleinen altmodischen Kaffeehaus, aus dem ein trüber rosa Lichtschein auf das Trottoir fiel. Tessa wirkte plötzlich angespannt und besorgt. Doch dann atmete sie auf und sagte: «Ja, da ist sie. Dort in der Ecke neben der Schusterpalme. Sehen Sie sie?»

Eine alte, in Schwarz gekleidete Dame saß allein an einem Tisch und verzehrte mit sichtlichem Appetit ein großes Stück Kuchen.

«Wer ist das?»

Tessa seufzte vor Befriedigung und Ehrfurcht. «Das ist Schuberts Großnichte», sagte sie. «Leibhaftig.»

Guy bedauerte es beinahe, sie vor dem Haus, in dem sie wohnte, absetzen zu müssen. Als sie ausstieg und sich bedankte, rutschte ihr die Kapuze vom Kopf. Instinktiv zog sie sie wieder hoch, um ihr gerupftes kleines Haupt zu bedecken.

«Nein!» Guy zog ihre Hand weg. Er drehte ihren Kopf ins Licht der Laterne und musterte das schmale, zartknochige Gesicht. Dann nickte er. «Sie brauchen sich keine Sorgen zu machen. Es wird ein Riesenerfolg, sobald es richtig geschnitten ist. Glauben Sie mir.»

«Aber es soll doch wieder wachsen?»

«Auf gar keinen Fall», sagte Guy. Er öffnete ihr die Haustür – und war fort.

Tessa blieb stirnrunzelnd und verwirrt im Hausgang stehen. Sie wußte, was Phantomschmerzen waren; daß ein nicht mehr vorhandenes Bein oder ein verlorener Arm weh tun konnte. Ihre Wange, die der Engländer berührt hatte, tat nicht eigentlich weh – aber komischerweise *spürte* sie sie.

5

Guy irrte sich, wenn er dachte, Nerine wüßte nicht, wie reich er war. Seit ihr Bruder Arthur, der regelmäßig die *Financial Times* las, auf die Idee gekommen war, daß der Farne, über dessen imponierende Aktivitäten so häufig berichtet wurde, möglicherweise derselbe junge Mann war, der die Stirn hatte, ihr vor Jahren einen Heiratsantrag zu machen, hatte sie keine Ruhe mehr. Arthur wurde losgeschickt, um in der City Nachforschungen anzustellen. Er kehrte mit der Information zurück, daß Guy Farne zusätzlich zu den Unternehmen, die seinen Namen trugen, Vorstandsvorsitzender der Ouro Preto Inc. war, daß er an neun weiteren Gesellschaften maßgeblich beteiligt war und als einer der sowohl reichsten als auch brillantesten Männer Europas galt.

«Es heißt auch, er soll geadelt werden», fügte Arthur hinzu, «obwohl er noch so jung ist.»

«Ein Adelstitel!» Nerine war erschüttert. Es sah so aus, als hätte ihre Familie ihren jugendlichen Verehrer völlig falsch eingeschätzt.

Ihre zufällige Begegnung mit Guy vor dem Gebäude der Associated Investment ergab sich deshalb nach einem sorgfältig ausgetüftelten Plan, denn Nerines erster Versuch, eine glänzende Partie zu machen, war katastrophal gescheitert. Daß ihre Eltern sie gezwungen hätten, Charles Hurlingham zu heiraten, stimmte nicht ganz. Vor allem Mrs. Croft, deren Snobismus an eine religiöse Berufung grenzte, hatte Nerine dringend geraten, auf fettere Beute zu warten. Aber dummerweise hatten damals zwei von Nerines Freundinnen aus ihrer Wiener Zeit geschrieben, daß sie heiraten würden: die kleine Französin einen Marquis und die sommersprossige Amerikanerin einen jungen Industriellen. Von zwei Mädchen, die ihr in jeder Hinsicht unterlegen waren, am Altar überholt zu werden, war nicht nach Nerines Geschmack. Charles Hurlingham sollte den Rang eines Baronets und einen großen Landsitz in Wiltshire erben. Sie nahm seinen Antrag an, doch nach seiner Verwundung in Flandern erwartete sie ein vierjähriges Martyrium. Unsägliche Jahre, völlig isoliert auf dem Land mit Charles, der wollte, daß sie ständig bei ihm blieb, obwohl er ausgezeichnete Pflegerinnen hatte, und der sie mit seinem Hundeblick verfolgte, sobald sie das Zimmer verließ! O Gott, diese vergeudeten Jahre, diese Langeweile, diese Enttäuschung!

Nun, es war vorbei. Charles war tot, und Guy – das hatte sie sofort gemerkt, als sie sich wiedersahen – würde mühelos zu haben sein.

«Ich denke, du weißt, was du tust», sagte Mrs. Croft, «aber verlange nicht, daß ich es billige. Man hat ihn unter einem alten Sack gefunden, in Newcastle upon Tyne! Ich finde, du solltest Lord Frith heiraten.»

Der Salon der Villa in Twickenham hatte sich kaum verändert, seit Guy dort hinausgeworfen wurde – dieselben züchtig verhüllten Beine des Flügels, die dicken Samtkissen und mauvefarbenen Portieren; dieselben braunen Porträts von beleibten Crofts.

«Neben Guy ist Frith ein armer Schlucker», sagte Nerine, die eine Liste der Kleider zusammenstellte, die sie für Österreich brauchen würde. Aber sie hatte dem jungen schottischen Edelmann, der sich in seinem zinnenbewehrten Turm im Grampiangebirge so sehr nach ihr sehnte, noch keinen Korb gegeben, denn diese Reise nach Wien sollte zunächst einmal dazu dienen, grundsätzliche Dinge zu klären. Wenn sich herausstellte, daß Guy knauserig war oder verlangte, daß sie mit Leuten unter ihrem Niveau verkehrte, konnte sie immer noch ihre Meinung ändern. Die Trauerzeit, über die sie sich absichtlich nur vage geäußert hatte, erwies sich als ausgesprochen nützlich.

«Und dann diese schreckliche Pflegemutter», fuhr Mrs. Croft fort. «Du hast doch nicht vor, sie zu besuchen?»

«Natürlich nicht. Guy hat es auch nur angedeutet. Ich werde ihr einen freundlichen Brief schreiben, sobald die Verlobung bekanntgegeben wird. *Wenn* es dazu kommt.» Nerine runzelte die schön geschwungenen Brauen, aber nur kurz, denn Runzeln schadete der Haut, und weil sie auf solche Dinge achtete, war ihre Haut wunderbar jung geblieben. Guys Liebe zu dieser Mrs. Hodge, einer Art Waschfrau, soviel sie verstanden hatte, war sicherlich ein Nachteil, aber sie glaubte nicht, daß er seiner zukünftigen Frau die Gesellschaft einer solchen Person aufdrängen würde.

«Ich hoffe nur, daß Guy Farne weiß, was er tut», sagte Arthur. «Es heißt, er habe in Brasilien wie ein Arbeiter gelebt. Ich werde auf jeden Fall Flohpulver mitnehmen und Andrews Liver Salt. Man kann nie vorsichtig genug sein.»

Guy hatte geschrieben, er habe für sie eine Suite im Grand Hotel reserviert; er selbst würde im Sacher bleiben. So weit, so gut – aber danach sollten sie aufs Land fahren, um an einem mehrtägigen Fest teilzunehmen, und diesen Teil des Programms fand Arthur besonders besorgniserregend.

Nerines Bruder war der Typ Mann, der bei seiner Geburt schon fünfzig war. Obwohl nur zwei Jahre älter als seine Schwester, wurde er bereits kahl; seine fleischigen Wangen, sein Hängebauch und seine Plattfüße, die ihn vor der Army bewahrt hatten, verkörperten die gelungene Flucht sämtlicher Gene, die die Entstehung des herrlichen Wesens, das seine Schwester darstellte, hätten verhindern können.

«Du darfst nicht erwarten, dort wirklich vornehme Menschen zu treffen», fuhr Mrs. Croft fort, denn es war ihr Bruder, der durch seine Heirat mit der Tochter eines Barons die Tante an Land gezogen hatte, die eine Ehrenwerte war. «Niemand mit einflußreicher Verwandtschaft wird einen Mann mit Farnes Herkunft empfangen, denn die gehobene Gesellschaft drüben ist sehr exklusiv. Aber sobald sie wissen, wer *du* bist...»

«Mach dir keine Sorgen, Mutter. Überlaß es einfach mir.»

«Ich kann nicht behaupten, daß ich mich auf dieses Abenteuer freue», sagte Arthur. «Wahrscheinlich bekomme ich dort nicht mal die *Financial Times*.»

«Du brauchst nicht mitzukommen, Arthur. Das habe ich dir schon gesagt. Ich nehme meine Zofe mit und werde ausgezeichnet allein zurechtkommen.»

Aber auf dem Rechenschieber, der Arthur als Gehirn diente, gab es eine Skala für korrektes Verhalten gegenüber der Schwester. Es kam nicht in Frage, daß sie ohne Begleitung in ein Land reiste, wo nicht nur Ausländer, sondern praktisch Hunnen lebten, und wo sie einen Abenteurer treffen würde, der sich höchstwahrscheinlich nicht zu benehmen verstand.

Nerine hatte den Bleistift weggelegt und blickte in den muschelverzierten Spiegel, der ihr gegenüber hing. Ihr Spiegelbild gab ihr das Gefühl, nach Hause zu kommen. Es erging ihr ähnlich wie einem Pianisten, wenn er die Hände auf die Tasten eines perfekt gestimmten Steinway legen kann. Sie hielt sich selten an Orten auf, wo es keinen Spiegel gab, denn sie wußte, daß ihre Schönheit ein Geschenk der Götter war, eine Art göttliches Kapital, und daß es ausgesprochen selbstsüchtig wäre, bei der Pflege ihrer Schönheit Zeit oder Kosten zu sparen.

Aber es war alles in Ordnung. Die drei dunklen Strähnen, die sie so frisiert hatte, daß sie aus dem hochgetürmten Haar auf ihre Stirn fielen, waren noch tadellos gelockt. Die rabenschwarzen Wimpern wölbten sich strahlenförmig über ihren saphirblauen Augen. Die Nase war matt gepudert, der Mund rot und glänzend.

Wie würde sie Guy belohnen, wenn er sich großzügig zeigte!

Keine Mühe würde ihr zu groß sein! Keine! Sogar jetzt war sie klaglos bereit, jeden Penny, den sie den geizigen Hurlinghams abgerungen hatte, für ihre Reisegarderobe auszugeben, und dann – in Paris, in Wien, in allen Hauptstädten Europas – würde sie geduldig die endlosen Anproben in den Häusern der Haute Couture über sich ergehen lassen, das mühselige Aussuchen der passenden Juwelen und Accessoires, denn die ganze elegante Welt sollte Guy um sie, Nerine, beneiden.

Zwei Wochen nach der Premiere von *Pelleas und Melisande* erschien Miss Thisbe Purse in Jakob Witzlers Büro und wurde mit großer Erleichterung begrüßt. Guy Farne hätte auch ein aus Jakobs Not geborener Traum gewesen sein können, aber Miss Thisbe Purse hätte sich bestimmt niemand erträumt.

Aus den Händen dieser mageren englischen Jungfer empfing Jakob den Vertrag zwischen Witzlers Opernkompanie und einem Unternehmensverband namens Associated Investments Ltd. Gleichzeitig erhielt er die Maße des Theaters, in dem sie spielen sollten, einen Scheck mit einem Vorschuß, dessen Höhe ihm die Tränen in die Augen trieb, und einen Umschlag, der nur einen Bogen enthielt, auf dem ihm mitgeteilt wurde, daß für eine seiner Angestellten, die sich Tessa nannte, für heute nachmittag drei Uhr ein Friseurtermin bei «Anita» in der Kärtnerstraße vereinbart war. Die Rechnung sei bereits bezahlt. Mr. Farnes Name sollte in der Angelegenheit nicht genannt werden.

Als Miss Purse gegangen war, starrte Jakob verblüfft auf diese etwas selbstherrlich formulierte Notiz. Tessa? Wie hatte Mr. Farne Tessa zu sehen bekommen? Könnte sie die Erklärung für das Interesse des Engländers an seiner Truppe sein? Eigentlich war es unmöglich. Aber wenn doch… Wenn sie so etwas fertigbrachte, mußte etwas getan werden. Sollte er sie vielleicht in einem Ballett unterbringen?

Als er Tessa schließlich in der Werkstatt fand, strich sie gerade Wasserkasten und Kette einer heruntergekommenen Toilette mit Silberfarbe an, und als er sie so vor sich sah, nahm seine Verwirrung zu. Seit der Premiere von *Pelleas* trug sie eine blaue Kappe und sah damit aus wie Jackie Coogan in dem Chaplinfilm *Der Vagabund und das Kind* oder auch wie ein kleinwüchsiger Gepäckträger eines Pariser Bahnhofs. Er konnte sich beim besten Willen nicht vorstellen, daß ein attraktiver Multimillionär sie zum Gegenstand seiner Aufmerksamkeit machte.

«Anita!» schrie Tessa auf, als sie hörte, was ihr bevorstand. «Ich kann mir Anita nicht leisten! Außerdem muß ich den Schwimmer und die Kette für Cavaradossi fertigstreichen; dann muß ich Notenpapier für Herrn Klasky besorgen und die Samtmuster beim Großhändler abholen, weil Frau Pollack Migräne hat.»

Jakob runzelte die Stirn. «Es ist eine dienstliche Anordnung», sagte er zu Tessa. «Die Kompanie bezahlt. Drei Uhr.»

Also sah man Tessa um drei Uhr in einem blauen Rock und einer bestickten Bluse aus dem *Bajazzo* und aus unerfindlichen Gründen mit einer großen Keksdose im Arm den wohl teuersten Friseursalon Europas betreten.

«Unmöglich!» erklärte Anita, eine platinblonde Berlinerin. «Damit kann ich nichts anfangen. Ihre Haare hat man nicht abgeschnitten, sondern heruntergemetzelt. Ich kann nicht hexen, wissen Sie. Es ist einfach zu kurz.»

«Ich weiß. Es tut mir leid», sagte Tessa. «Ich wurde zu Ihnen geschickt. Aber ich werde wieder gehen.» Sie stand auf. «Ich werde es wieder wachsen lassen.»

«Wachsen lassen!» Anita rümpfte die Nase und drückte sie auf den Stuhl zurück. «Sind Sie verrückt? Wollen Sie wie eine österreichische Landpomeranze mit Ohrenschnecken aussehen?» Sie winkte einer ihrer Angestellten. «Ich brauche einen Pony, um die Augen zu vergrößern – aber hinten, du lieber Gott.»

Grimmig begann sie zu kämmen, zu zupfen, zu reißen…

Eine Stunde später verließ Tessa den Laden, die Keksdose

unter den Arm geklemmt und mit einem verwirrten Ausdruck in den Augen. Mit Schlichtheit, die nicht weniger als alles kostet, beschreiben Heilige und Mystiker den Weg zu einem spirituellen Leben. Auf eine ähnliche Schlichtheit hatte Anita Tessas Frisur gebracht. Der sorgfältig kalkulierte Schwung des seidigen Ponys über den Augen, die blattähnlichen Zipfel, die die spitzen Öhrchen umschmeichelten, die weichen Strähnchen, die sich am Hinterkopf in den Nacken schmiegten, erinnerten jetzt an einen völlig anderen Lausejungen – vielleicht an einen jungen Merkur oder an Ariel.

«Sie sehen reizend aus.»

Guy hatte nicht vorgehabt, seine Bekanntschaft mit Witzlers zweiter Garderobiere fortzusetzen. Aber als er das Finanzministerium verließ, um etwas für sich zu besorgen, war ihm eingefallen, womit er seine Sekretärin beauftragt hatte. Kurz entschlossen hatte er die Straße überquert, um mal bei «Anita» nachzusehen. Nun war auch er verwirrt. Tessa war weniger verwandelt als enthüllt. Das zarte kleine Gesicht, der verwunderte Ausdruck, während sie noch zu begreifen versuchte, was ihr der Spiegel gezeigt hatte, rührten Guy auf merkwürdige Weise.

«Sie ist noch nicht soweit», dachte er. «Armes Kind, was hab ich ihr angetan?» Aber er sagte in heiterem Ton: «Darf ich Sie von Ihrer Last befreien?» Denn die Büchse mit dem Bild der Kaiserin Elisabeth war ziemlich groß.

«O nein, vielen Dank. Ich gehe nur in den Stadtpark, um die Mäuse freizulassen.»

«Die Mäuse?» sagte Guy und nahm ihr die Dose trotzdem ab.

Tessa nickte. «Sehen Sie, als ich im Theater anfing, hatten sie solche Mausefallen, die den Tieren das Rückgrat brechen; nur manchmal waren sie doch nicht gleich tot. Ich habe mir dann Fallen besorgt, die wie ein stacheliger Tunnel sind, in den die Mäuse hineinlaufen und nicht mehr heraus können. Nur muß ich sie dann irgendwie loswerden.»

Guy, der sie leicht am Ellbogen untergefaßt über die Straße führte, meinte, das sähe er ein.

«Deshalb lasse ich sie im Stadtpark laufen», sagte Tessa. «Aber bitte... ich halte Sie bestimmt auf?»

«Nein, ganz und gar nicht. Ich wollte nur ein Geburtstagsgeschenk für meine Pflegemutter kaufen.»

Sie gelangten in den Stadtpark, wo Flieder und Goldregen blühten, kleine Mädchen ihre Reifen kullern ließen und Feuerwehrmänner in phantasievollen Uniformen zum Musikpavillon marschierten.

«Sind es musikalische Mäuse?» fragte Guy. «Ich meine, wollen wir zur Johann-Strauß-Statue oder zum Schubert-Denkmal?»

Tessa schüttelte lächelnd den Kopf. «Ich gehe meistens zum Flußufer. Es sind nicht so viele Leute dort. Der Fluß ist die Wien, wußten Sie das? Sie fließt größtenteils unterirdisch, aber hier kommt sie für eine Weile zum Vorschein.»

«Ja.» Guy kannte die Stelle. Hier hatte er seine Gedichte an Nerine dem Fluß übergeben.

«Hier?» fragte er, als sie das steile Ufer hinuntergeklettert waren.

Tessa nickte, und Guy öffnete die Dose.

«Sie müssen mich nicht für sentimental halten», sagte sie, als sechs feuchte, rachitische Mäuse über den Kies torkelten. «Wenn man sie essen könnte, würde es mir nichts ausmachen, sie zu töten. Aber leider ist das nicht der Fall.»

«Nein», sagte Guy ernst, während der letzte der daumengroßen Nager hinter den Steinen verschwand. «Ich halte sie auch nicht für eine ergiebige Nahrungsquelle.» Aber er fragte sich plötzlich, ob das Mädchen tatsächlich Hunger litt. Nun, auf Pfaffenstein würde er dafür sorgen, daß sie wenigstens eine Woche lang anständig zu essen bekäme.

Als sie zurückgingen, begann die Feuerwehrkapelle zu spielen – natürlich einen Walzer. Sie blieben vor dem Pavillon stehen, in dem schon Johann Strauß gespielt hatte.

«Ich kenne den englischen Text», sagte Tessa stolz und sang leise mit klarer Stimme den Refrain: *«Oh, what a piece of Heaven is this! Vienna is bliss, Vienna is bliss!»* (Das muß ein Stück vom Himmel sein, Wien und der Wein…)

Sie sah lächelnd zu ihm auf. «Nicht sehr poetisch, nicht wahr?»

«Nein, aber trotzdem hübsch. Ist Wien für Sie ein Stück vom Himmel?»

«Ja», sagte sie. «Manchmal ist es das für mich. Ein Himmel im Frühling. Ein Himmel in C-Dur. Ja, manchmal ist es so.»

Doch gleich darauf verschwand ihr verträumter Blick. Ein Veteran kam auf Krücken auf sie zu und hielt bettelnd die Hand auf. Als er den Schein sah, den er von Guy bekam, sprudelte er über vor Dankbarkeit.

«Dankschön, Herr Baron. Vergelt's Gott, Herr Baron. Viel Glück, Herr Baron.»

«Oje», sagte Tessa, als der Mann weitergehumpelt war. «Aber das hätten Sie nicht zulassen dürfen.»

«Was meinen Sie?»

«Daß er so unterwürfig ist und Sie ‹Herr Baron› nennt. Wir leben in einer Republik. Titel wurden vor zwei Jahren offiziell abgeschafft.»

«Ich glaube nicht, daß sich die menschliche Natur mit Verordnungen ändern läßt», sagte Guy, der sich immer über die Art der Wiener amüsiert hatte, jedem, dem sie schmeicheln wollten, einen Titel zu verleihen. «Die Menschen werden bleiben, wie sie sind.»

«Nein, das werden sie nicht! Man kann sie erziehen. Wenn ich eines Tages der erste weibliche Direktor des Burgtheaters bin, werde ich Stücke spielen lassen, die –» Aber dann unterbrach sie sich. «Es tut mir leid. Das war unhöflich. Aber ich bin eine so überzeugte Republikanerin. Sie wollten doch ein Geschenk kaufen?»

Guy akzeptierte den Themawechsel. Er nickte, und sie schlenderten zum Ausgang. «Es ist, wie gesagt, für meine

Pflegemutter – für die Frau, die mich aufgezogen hat.» Er blickte nachdenklich vor sich hin. Guy hatte Pelze und Diamanten in das kleine Haus in Byker geschickt, von dem sich Martha nicht trennen wollte. Martha nahm seine Geschenke an und beteuerte stets, daß sie sich sehr darüber freute, aber er wußte genau, daß die Sachen anschließend in einen Schrank im Hinterzimmer wanderten, bis eine Freundin oder Nachbarin sie für eine Hochzeit oder eine Beerdigung brauchte. «Ich habe ihr schon alles mögliche geschenkt – Pelzmäntel, Schmuck –, aber sie verwahrt alles nur ordentlich in den Schränken.»

«Wie sieht sie aus?»

Guy zögerte. «Rotblondes Haar, graue Augen, klein und rund. Sie spricht den einheimischen Dialekt, riecht nach grüner Seife...» Seine Stimme klang immer wärmer, je länger er über Martha Hodge sprach.

Tessa schwieg eine Weile, als er geendet hatte. «Und sie hat Sie großgezogen?» fragte sie schließlich. «Sie waren wirklich und wahrhaftig ein Waisenkind?»

Guy lachte, weil ihre Frage klang, als würde sie ihn darum beneiden.

«Wirklich und wahrhaftig.» Er schilderte ihr seine Herkunft. «Und ich fühle mich verpflichtet, Ihnen zu sagen, daß sich höchstwahrscheinlich nicht herausstellen wird, daß ich von Adel bin. Verlorene Kinder besserer Herkunft sind in der Gegend von Tyneside sehr dünn gesät.»

Aber Tessa war ihr Sinn für Humor vorübergehend abhanden gekommen. «Sie haben ein solches Glück! Ein eigenes Leben zu führen... immer frei zu sein.» Ihre Augen waren vor Sehnsucht ganz dunkel geworden. «Was Mrs. Hodge betrifft... Ich glaube, ich weiß, was sie gerne hätte. Aber Sie müssen dabei denken, daß Sie ihr eine Freude machen wollen.»

«Und womit?»

Tessa sagte es ihm.

«Du lieber Himmel, nein!» rief Guy entsetzt. «Das kann ich nicht.»

Tessa zuckte die Achseln. «Na gut. Kaufen Sie ihr noch einen Nerz.»

Das Päckchen kam vierzehn Tage später in der King Street 12 an. «Jemand hat mir dazu geraten», stand in Guys Handschrift auf der beigelegten Karte, «und gesagt, Du würdest Dich darüber freuen. Also habe ich meine Bedenken überwunden.»

Martha entfernte die dicken Schichten von Seidenpapier und fand ein mit wunderschöner Filigranarbeit verziertes Medaillon, das etwas enthielt, worum sie ihren Guy jedesmal, wenn er zu Besuch kam, vergeblich gebeten hatte: ein Foto von ihm.

«Jemand hat mir dazu geraten.» Das konnte nur ein Mädchen gewesen sein, dachte Martha. Dann hatte er sie also gefunden, das Mädchen aus Wien, das ihn nach Südamerika getrieben hatte und schuld war, daß er wieder so aussah wie damals im Waisenhaus – verschlossen, abweisend und verletzt. Guy hatte nie von ihr gesprochen, aber Martha hatte es auch so erraten und war wütend genug, um das Mädchen für das, was es Guy angetan hatte, zu hassen.

Nun gut, sie hatte sich geirrt. Guy war zurückgekehrt und hatte sie wiedergefunden, und es war die Richtige, ein Mädchen mit Herz und Verstand.

Mit leicht zitternden Händen hängte sie sich das Medaillon um. Sie wollte es bis zu ihrem Todestag tragen.

Auf Burg Pfaffenstein vollbrachte David Tremayne alle Wunder, die Guy von ihm erwartete und wofür er ihn bezahlte. Die Zimmer in dem von Arkaden umgebenen Brunnenhof waren frisch hergerichtet, das Mauerwerk gereinigt; eine neue Beleuchtung und neue Öfen waren installiert. Die lecken Boote, die zum Schloß gehörten, waren für Vergnügungsfahrten der erwarteten Gäste repariert und frisch gestrichen. Köche waren bestellt, Pferde gemietet.

Die Herzogin und die Markgräfin verfolgten die Vorbereitungen mit Wohlgefallen. Obwohl sie sehr beschäftigt waren, um eine peinlich genaue Sitzordnung anzulegen für die rund hundert Gäste, die sie erwarteten, sah man sie mitunter auf einer umgedrehten Kiste sitzen und mit den Maurern Brotzeit machen oder die verletzte Hand eines Arbeiters verbinden. David, den sie sehr bald ins Herz geschlossen hatten, wurde gebeten, sie Tante Augustine und Tante Tilda zu nennen.

Nachdem Guy Nerine unbedingt überraschen wollte und sich völlig im Hintergrund hielt, spann sich in der Umgebung des Schlosses bald eine regelrechte Legende um den neuen Besitzer von Pfaffenstein, den man nur einmal wie eine mephistophelische Gestalt gesehen hatte, als er in einem teuren Auto vorüberfuhr. Daß er Ausländer war, bedauerten die Pfaffensteiner; aber als sie sahen, wie das Schloß seinen alten Glanz zurückerhielt, waren sie bereit, wieder ihre grün-rote Livree anzuziehen und zu zeigen, wie man die Dinge bei ihnen handhabte.

«Was sie wirklich bedauern, ist der Abschied von der Fürstin», fuhr David fort, als er Guy im Sacher wie jede Woche Bericht erstattete.

Guy lehnte sich auf dem roten Plüschsofa zurück und verschränkte die Hände im Nacken.

«Ach ja, die allgegenwärtige Butzi. Wird sie uns denn mit ihrem Erscheinen beehren?»

Die Fürstin von Pfaffenstein hatte umgehend die Dokumente unterzeichnet, die ihr zugeschickt worden waren, aber kein weiteres Lebenszeichen gegeben.

«Ich denke schon. Ihre Tanten jedenfalls rechnen fest damit, daß sie kommt. Sie hat Geburtstag – am 18. Juni, am selben Tag, an dem der Ball stattfindet.»

Guy hob leicht überrascht die Brauen. Martha feierte seinen Geburtstag immer am 19., aber das war der Tag, an dem man ihn gefunden hatte.

David seufzte. Er war ein feinfühliger und romantischer junger Mann, der es rührend fand, wie die Menschen in Pfaffenstein über die Fürstin sprachen. «Sie scheint ein sehr liebes

Ding zu sein. Nicht nur ihre Tanten – praktisch jeder erzählt mir von ihr und was sie Gutes getan hat. Es ist nicht die übliche Suppe für die Armen und solches Zeug – nein, richtig gute Sachen.»

Er schwieg eine Weile, während er sich an die Episoden erinnerte, die ihm die Dorfbewohner in dem Dialekt, den er langsam zu verstehen begann, erzählt hatten: Wie die kleine sechsjährige Fürstin nachts in einem weißen Rüschennachthemd mit ihrer Kinderfrau heimlich auf einem abenteuerlichen Pfad durch die Schlucht ins Dorf hinuntergestiegen war, weil sie der Tochter des Gastwirts, die Scharlach hatte, unbedingt eine ihrer Puppen bringen wollte; oder von einer plötzlich anhaltenden Kutsche mit einer schimpfenden Herzogin und einer ohnmächtigen Gouvernante, weil das Kind aus dem Wagen gesprungen war, um in den See zu waten und ein Kätzchen zu retten, das ein paar Dorfbuben ersäufen wollten. Später hatte man die dreizehnjährige Fürstin im großen Saal im Schloß gesehen, wo die verwundeten Offiziere von adeligen Krankenschwestern in gestärkten Schürzen und Häubchen gepflegt wurden, und immer wieder hatte sie gefragt: «Aber wo sind die Soldaten? Wer pflegt die verwundeten Soldaten?»

«Nach dem, was man so hört, ist sie alles andere als hochnäsig. Und sie hat Mut.»

«Komm schon, David, du willst doch nicht den Fürsten von Spittau ausstechen, oder?»

David errötete. «Nein. Aber daß sie ihre Hochzeit mit dem Fürsten nicht miterleben werden, bedauern die Leute in Pfaffenstein sehr.»

Fünf Wochen vor dem Fest auf Schloß Pfaffenstein flatterten den Angehörigen des österreichischen Hochadels die goldbeschrifteten Einladungen ins Haus. Sie wurden überall freudig und aufgeregt entgegengenommen. Sogar die furchterregende Erzherzogin Friederica erklärte sich zur Teilnahme bereit, und der Erzherzog Sava, der in Graz im Exil lebte, fragte an, ob er seinen Bären mitbringen könnte. Überall bereiteten sich die ehemals in Österreich führenden Herrschaften darauf vor, in Pfaffenstein zusammenzukommen, um es sich dort eine Woche lang auf Kosten eines anderen gutgehen zu lassen.

Es spricht für den *esprit de corps,* der die alte Aristokratie auszeichnete, daß keiner von ihnen der jungen Fürstin Pfaffenstein ihr Glück neidete; und keine Mutter eines vielleicht gerade noch für Butzi wählbaren Sohnes erwog den Versuch, die jetzt reich gewordene Fürstin für ihren Sprößling zu gewinnen. Denn alle wußten, daß Butzi seit dem Tag, an dem sie schreiend und in Purpur gewickelt über das Taufbecken gehalten wurde, für Maxi und sein Wasserschloß bestimmt war.

«Du mußt einfach davon ausgehen, daß die Butzi dich heiratet», sagte die Fürstin von Spittau an dem Tag, als sie die Einladung erhielt. «Die Frage darf nicht lauten, ob – sondern wann.»

«Ja, Mutter», antwortete Fürst Maximilian.

Die Fürstin sah ihn nachdenklich an. Wie brachte sie ihn nur dazu, männlicher aufzutreten? Das war die Frage. Denn er *mußte* die Butzi heiraten. Mit dem Geld, das ihr Pfaffenstein einbrachte, könnten sie sich eine Weile über Wasser halten. Auch der Kindersegen würde nicht ausbleiben. Die Linie würde erhalten bleiben, dachte die Schwanenprinzessin und notierte sich, daß mit dem Kinderzimmerflügel – eine Art Festung in einem Innenhof, in der die Spittauschen Kinder eingeschlossen wurden, bis sie schwimmen konnten – etwas geschehen mußte.

«Welche Uniformen nimmst du nach Pfaffenstein mit?» fragte sie ihren Sohn.

Maxis Miene hellte sich auf. «Ich hab gedacht, die Tiroler Jäger für das Bankett, die Husaren für die Oper und für den Empfang und den Eröffnungsball die Artillerie. Die mag die Butzi am liebsten.»

«Ein Infanterieregiment für das Bankett!» sagte seine Mutter entsetzt. «Aber, na ja, das ist erst am letzten Tag. Wenn du die Butzi bis dahin nicht hast, dann helf uns Gott. Laß mich die Uniformen einmal anschauen.»

Aber als die von Arthritis geplagte Fürstin auf ihren Sohn gestützt vor dem riesigen bemalten Schrank anlangte, in dem Maxis Uniformen aufbewahrt wurden, erwartete sie eine Katastrophe. Die großartige, silbriggrüne Tiroler Jägeruniform war voller Stockflecken; eine biologisch interessantere, aber ungenießbare Pilzart hatte sich auf den rosaroten Breeches der Husaren angesiedelt...

Wütend betätigte die Fürstin den Klingelzug, und der Kammerdiener des Fürsten erschien.

«Die Uniformen müssen sofort in den Trockenraum», befahl sie. «Wie kannst du sie so verkommen lassen!»

Der Kammerdiener wies auf die tropfnassen Wände und zuckte die Achseln. «Was kann man da machen, Hoheit?» sagte er. Er nahm die beanstandeten Kleidungsstücke aus dem Schrank, hütete sich jedoch, darauf hinzuweisen, daß der Trockenraum zur Zeit ungeheizt war.

«Die Artillerie ist in Ordnung», sagte Maxi erleichtert, während er die prächtige, mit Litzen besetzte Uniform befühlte, die mit ihren schlanken Konturen im Stil von Kronprinz Rudolf bei der Pariser Weltausstellung den ersten Preis als schönste Uniform der Welt gewonnen hatte. Ja, in dieser Uniform würde er die Butzi um ihre Hand bitten. Sie war kein Mädel, das erwartete, daß man vor ihm auf die Knie ging, was in den Artilleriehosen unmöglich gewesen wäre.

Oder sollte er es doch lieber in Zivil probieren? An einem lauschigen Platz im Wald? Und mit den Hunden...?

«Was *ich* anziehen werde, spielt keine Rolle», erklärte die Fürstin, «weil ich immer noch meine Perlen habe.»

Aber wenn Maxi die Butzi nicht bekam, würde sie die Perlen verkaufen müssen.

«Ich stoße *immer* so mit der linken Hand in die Luft», sagte Pino Mastrini beleidigt, als er gebeten wurde, seiner Rolle mehr darstellerischen Ausdruck zu geben. «Immer. Ich stoße – so – und dann gehe ich nieder auf mein linkes Knie – so. Und so mache ich es immer.»

«Genau das kritisiere ich ja», sagte Jakob und wischte sich den Schweiß von der Stirn.

«Ich kann nicht singen in dieser Korsage! In dem Ding schaffe ich nicht mal das hohe C, und das hohe F können Sie vergessen», keifte Raisa, während sie aus der Kulisse auf die Bühne stürmte, gefolgt von einer verärgerten Frau Pollack, die den Mund voller Stecknadeln hatte.

«Der Sternenmantel muß gekürzt werden, Herr Witzler. Er ist einen halben Meter zu lang.»

Witzlers Opernkompanie bereitete sich auf das geheimnisvolle Engagement im Juni vor. Jakob hatte dichtgehalten. Niemand wußte, wer ihr Auftraggeber war oder wo sie spielen würden. Aber hinter den Vermutungen und Gerüchten wuchs die Aufregung, denn vielleicht war dies ja die Gelegenheit, auf die sie alle gewartet hatten.

Also waren sie alle bei der Sache. *Die Zauberflöte* hatten sie seit Jahren in ihrem Repertoire, aber jetzt probten sie Mozarts unsterbliches Singspiel, als wäre es eben erst komponiert worden.

Jakob Witzler befand sich in Hochspannung. Er hatte Bilder von dem romantisch über dem See aufragenden Pfaffenstein gesehen und Beschreibungen des bezaubernden Theaters gehört. Nun träumte er von der perfekten Vorstellung in einem perfekten Rahmen in Anwesenheit des perfekten Mäzens, der die Kompanie aus der finanziellen Finsternis ins Licht führen würde. Im Kaffeehaus bei seinen Bekannten und Freunden spuckte er große Töne. Er machte neue Schulden und vertröstete seine alten Gläubiger. Aber seine Arbeit in der Oper hatte Hand und Fuß. Und deshalb ließen ihn seine Leute nicht im Stich, auch wenn sie sich beklagten und stritten.

«Wo ist der Bubi», rief die Rheintochter, die jetzt ebenfalls im Theater mithalf.

«Ich habe ihn, Frau Witzler.»

Tessa tauchte kurz mit Witzlers dreijährigem Sohn auf dem einen Arm und einem Tablett mit belegten Broten auf dem anderen im Orchestergraben auf und verschwand im Probenraum, wo Klasky die Geigen auf ungarisch, die Celli auf tschechisch und die Holzbläser auf serbokroatisch verfluchte und Mozarts Werk für ein Publikum von Erzengeln vorzubereiten schien.

«Danke. Stell sie da drüben hin», sagte Klasky mit starrem Blick auf das Orchester, das nach einer fünfstündigen Probe ohne Pause närrischerweise annahm, es gäbe jetzt etwas zu essen. Dann strich er mit schweißnasser Hand über Bubis blonde Locken und schenkte Tessa ein kurzes Lächeln. Sie war ein nettes kleines Ding, immer hilfsbereit – hatte sogar das absolute Gehör. Schade, daß er nie Zeit hatte. Ähnlich wie Chopin, der die Welt mit einem Schäferstündchen um eine Etüde zu bringen glaubte, war Klasky überzeugt, daß Frauen der Kreativität des Mannes abträglich seien. Gerade jetzt durfte er seine Energie auf keinen Fall vergeuden, denn trotz der intensiven Orchesterproben hatte er bei seiner eigenen Oper einen wirklichen Durchbruch erreicht. Indem er den betrogenen Ehemann, einen Polizisten, zu einem Eisenbahnschaffner machte, hatte er seiner Phantasie erstaunlich viel Raum geschaffen. Ein Chor für Schwellenleger und Streckenwärter war auf Anhieb gelungen; ein Monolog für einen Maschinisten, eine Art heiliger Narr, der für das unterdrückte Proletariat sprechen sollte, schrieb sich beinahe von selbst.

Mit einem kleinen Seufzer, denn das Mädchen war reizend, nahm er den Taktstock wieder auf. «Buchstabe D, meine Herren. Und vergessen Sie nicht: Sostenuto heißt *sostenuto.* Auch für Herrn Katzenberger!»

Je näher der Termin für den Aufbruch der Kompanie nach Pfaffenstein rückte, um so hektischer gestalteten sich die Vorbereitungen.

«Ich bin kein Kanarienvogel», erklärte Raisa, als sie zu einer

Vormittagsprobe erscheinen mußte. «Ich kann nicht schon um zehn Uhr in der Frühe singen!» Aber sie sang doch. Die Koloratursopranistin, die sich Jakob für die Partie der Königin der Nacht aus Dresden geholt hatte, fiel von der Trittleiter, verstauchte sich den Knöchel und stieg wieder hinauf, um «O zittre nicht, mein lieber Sohn» auf eine Weise zu singen, daß das Orchester begeistert auf die Notenständer klopfte. Boris arbeitete bis um drei Uhr morgens an exotischen Kopfbedekkungen für Sarastros Priester, und Frau Pollack, die nach Jahren endlich einmal neue Stoffe für Kostüme bekommen hatte, schwang mit der Kraft einer Wallküre die Handkurbel ihrer Nähmaschine.

Tessa war praktisch überall. Sie soufflierte, kopierte Texte, nähte, bügelte, und nur einmal fiel sie still und unbemerkt in der Waschküche in Ohnmacht, als sie ein bißchen zuwenig gegessen und ein bißchen zuwenig geschlafen hatte.

An einem Samstag abend, fünf Tage vor der Abreise der Kompanie, erhielt Herr Witzler in seinem Büro einen Anruf, worauf er sich eiligst auf die Suche nach seiner zweiten Garderobiere machte.

«Tessa! Herr Klasky dirigiert um halb neun im Musikverein, aber er hat *Den Knopf* vergessen!»

«O nein!» Tessas Augen weiteten sich vor Schreck. «Ist es eine Premiere?»

Jakob nickte. «Alban Bergs Konzert. Wir müssen ihm *Den Knopf* bringen. Es wäre eine Katastrophe, wenn er jetzt, so kurz vor der Tour, die Nerven verlieren würde.»

Alle Bühnenkünstler sind abergläubisch, und Klasky, der eigentlich geistig gesund war, konnte eine Premiere nur dirigieren, wenn er einen kleinen gesprenkelten Gegenstand bei sich wußte, der in seiner leicht morschen Konsistenz und Durchsichtigkeit an den ausgefallenen Milchzahn eines unterernährten Kindes erinnerte, aber zweifelsfrei und beglaubigt ein Westenknopf von Ludwig van Beethoven war.

«Er hat seine Haushälterin angerufen», sagte Jakob Witzler.

«Er möchte, daß Sie ihn bei ihr abholen und im Sacher an der Rezeption abgeben. Klasky sitzt dort gerade beim Abendessen. Könnten Sie das erledigen, Tessa?»

Bei der Erwähnung von Österreichs berühmtestem Hotel und früherem Lieblingsaufenthaltsort der Aristokratie, das die allgewaltige Frau Sacher ungeachtet aller Veränderungen im alten Stil weiterführte, huschte ein Schatten über Tessas Gesicht. Aber sie sagte nur: «Ja, Herr Witzler», und schon wurde sie von der kleinsten Heidi mit Beschlag belegt, die hastig in einem Kleiderkorb wühlte, um etwas zu finden, das Tessa an Stelle des bekleckerten Kittels anziehen könnte.

Heidi Schlumberger, die mit ihren blauen Augen stets voller Verwunderung in die Welt zu blicken schien, war nicht nur die kleinste, sondern auch die hübscheste und netteste der drei Heidis.

«Ich habe drüben ein *Sylphiden*-Kleid, das ganz sauber ist», sagte sie jetzt und nahm Tessa bei der Hand. «Komm mit, ich zeig es dir.»

«Meinst du, das ist passend?» fragte Tessa, als sie es übergezogen hatte und sich in dem Kleid aus hauchdünnem weißen Stoff mit aufgestickten Röschen im Spiegel der Tänzerinnengarderobe betrachtete.

Aber was war schon passend für die Ablieferung von Beethovens Westenknopf im Sacher? Und außerdem war für lange Überlegungen keine Zeit. Sie bedankte sich bei der kleinen Heidi und lief hinaus auf die Straße.

Guy hatte den Tag vor Nerines Ankunft mit einer Art Odyssee verbracht, indem er die Orte aufsuchte, an denen er einst mit ihr zusammengewesen war – den alten Jagdpavillon im Prater, wo er einen Strauß Märzenbecher für sie gepflückt hatte; die große Kastanie am Eingang ihrer Schule, wo er im Morgengrauen gewartet hatte, bis bei ihr oben das Licht anging; den Raum im Kunsthistorischen Museum, wo die berühmten Brueghel-Bilder hingen und wo Nerine sich vor den anderen Mädchen versteckt hatte, um hingerissen neben ihm diese Meisterwerke zu betrachten.

Während er nun zum Hotel zurückging, hatte er das Gefühl, als warte die ganze Stadt mit ihm auf seine einzige große Liebe. Er überquerte den Albertinaplatz, verneigte sich vor dem Handelsminister, der seiner stattlichen Gattin in einen Fiaker half, bog in die Philharmonikerstraße ein und betrat sein Hotel. Das Foyer war nahezu menschenleer, denn man servierte bereits das Abendessen. Doch an der gegenüberliegenden Seite, zwischen zwei venezianischen Spiegeln, entdeckte er vor den mit rotem Damast ausgeschlagenen Wänden eine kleine weiße Gestalt. Dicht vor ihr stand ein Herr in Abendkleidung; er hatte die Arme ausgebreitet und beugte seinen Glatzkopf über das Mädchen.

Guy ging auf die beiden zu, und als er näher kam, tauchte hinter dem breiten Rücken des Mannes das verängstigte Gesicht von Witzlers zweiter Garderobiere auf. Es erhellte sich für einen Augenblick, als sie Guy wiedererkannte, und verschwand erneut.

Guy fand die Szene irgendwie traurig. Der Mann, der sie an die Wand zu drücken versuchte, war alt und nicht mehr ganz sicher auf den Beinen, und Tessa, deren Hals und bloße Schultern aus einer weißen Wolke hervorragten, machte nicht den Eindruck einer respektablen Dame, die auf ihren Gemahl wartete. Guy, der seit Wochen wie eingepfercht im Schatzamt arbeitete, hätte bei einem ebenbürtigen Gegner nicht übel Lust gehabt auf einen kleinen Boxkampf.

Aber so, wie die Dinge lagen, legte er dem Herrn nur die Hand über die Schulter, drehte ihn um und sagte ebenso höflich wie drohend: «Diese Dame gehört zu mir.»

Der alte Herr rieb sich die Schulter, brummte unwirsch eine Entschuldigung und trollte sich. Als Guy in Tessas ernstes kleines Gesicht über der absurden romantischen Aufmachung blickte, war er noch mehr geneigt, ihrem Quälgeist zu verzeihen.

«Wie alt sind Sie?» fragte er barsch.

«Zwanzig. Beinah.»

Guy wollte schon sagen, er sei alt genug, um ihr Vater zu sein. Doch mit elf Jahren wäre er darauf noch nicht vorbereitet gewesen.

«Sie sollten hier nicht allein herumlaufen», sagte er immer noch ziemlich schroff. «Es ist höchst unpassend. Wissen Sie das nicht?»

«Tut mir leid.» Nur ein kaum hörbares Schniefen und ein in den Augenwinkel gelegter Finger, der vielleicht eine aufsteigende Träne zurückdrängen sollte, verrieten die Anspannung, unter der sie gestanden hatte. «Ich mußte etwas für Herrn Witzler erledigen.»

Guy runzelte die dichten Brauen. Wie konnte ihr Witzler so etwas zumuten? Und wann hatte dieses Kind zuletzt gegessen oder geschlafen?

«Sie bleiben jetzt hier und essen mit uns zu Abend. Meine Sekretärin wartet wahrscheinlich schon im Speisesaal. Sie ist eine gestrenge Lady, aber mit einem Herz aus Gold. Kommen Sie. Essen Sie mit uns.»

Tessa schüttelte den Kopf. «Nein, wirklich, das geht nicht.»

Im selben Moment ging irgendwo im Hintergrund eine Tür auf, und Tessa hob den Kopf. Ihre Nasenflügel weiteten sich, und sie sagte wie hingerissen: «Rindfleischsuppe!»

Widerstandslos ließ sie sich zur Flügeltür des Speisesaals führen.

Doch im Saal erwartete sie eine herbe Enttäuschung. Die schwarz gekleidete, allgewaltige und allgegenwärtige Frau Sacher kam ihnen entgegen, starrte Tessa an und flüsterte Guy ärgerlich zu: «Sie können so jemand nicht in den Speisesaal mitbringen!»

Guy funkelte sie zornig an. Die Frau konnte doch sehen, daß Tessa nicht diese Art Mädchen war, auch wenn sie wie ein Revuegirl gekleidet war! Um aber das Kind keiner unangenehmen Szene auszusetzen, ließ er sich nach oben führen, und

Minuten später öffnete sich vor ihnen die Tür zu einem Raum wie aus Tessas wildesten Träumen.

«Oh!» hauchte sie. «Mein Leben lang habe ich mir gewünscht, in einem Séparée zu speisen.»

Entzückt betrachtete sie die roten Plüschwände, den schneeweißen Damast, den hinter Brokatvorhängen halb verborgenen Alkoven.

Aber als sie eine Weile auf dem Stuhl saß, den Guy ihr zurechtgeschoben hatte, wurde sie merkwürdig schweigsam.

«Stimmt etwas nicht?» fragte Guy.

«Nein. Es ist nur... Würde es Ihnen etwas ausmachen, mit mir den Platz zu tauschen?»

Guy folgte ihrem Blick und stellte fest, daß sie gegenüber dem Porträt einer korpulenten und hochmütigen Dame saß, deren ausladende Büste von einem St.-Bonifaz-Orden zweigeteilt wurde. Er kniff die Augen zusammen, um den Bildtitel zu lesen, und erfuhr, daß das Porträt Ihre Kaiserliche Hoheit, die Erzherzogin Friederica, darstellte.

«Keineswegs», sagte er, während er sich erhob. «Hat es mit Ihrer republikanischen Gesinnung zu tun?»

Tessa nickte. Jetzt blickte sie zufrieden auf eine Leda, die mit unmißverständlicher Sinnlichkeit den Avancen des Schwans entgegenkam.

«Ja. Diese Dame amüsiert sich wenigstens», sagte sie als Antwort auf Guys Schmunzeln.

Die Mahlzeit verlief sehr angenehm. Irgend jemand hatte dieses verlassene Kind gelehrt, Konversation zu machen. Tessa rührte ihn mit ihrem leidenschaftlichen Glauben, die Kunst könnte die Menschen frei und glücklich machen. Sie erzählte auch sehr amüsant von den Vorbereitungen von Witzlers Opernkompanie auf das aufregende und geheimnisvolle Engagement. Und sie konnte zuhören. Als Guy von seinen Reisen nach Brasilien erzählte, schien sie seine Schilderung der Landschaft und der dort lebenden Menschen förmlich aufzusaugen.

Gegen Ende der Mahlzeit bemerkte er, daß sich ihr kleines

Gesicht immer öfter dem nur teilweise durch Vorhänge verborgenen Gegenstand in dem Alkoven zuwandte – einem Möbelstück, das, ohne gleich ins Auge zu fallen, nicht eigentlich eine Couch oder ein Sofa war, sondern ein breites, mit dicken weichen Kissen belegtes Bett.

Der Ober brachte Kaffee und einen Likör für Guy und machte mit einer gewissen Endgültigkeit die Tür hinter sich zu. Während Guy um die Erlaubnis bat, rauchen zu dürfen, beobachtete er mit heimlicher Belustigung das wechselnde Mienenspiel in dem ausdrucksvollen Gesicht der kleinen Garderobiere. Einer anfänglichen Nervosität folgten Entschlossenheit und Verzweiflung.

«Werden Sie oft belästigt?» fragte er, um schneller zur Sache zu kommen. «Ich meine, wie vorhin von dem alten Mann.»

«Nun, hin und wieder, seit mir Anita die Haare geschnitten hat.» Ihre Augen glitten wieder zu dem Bett. Es war schrecklich, nicht zu wissen, wie man sich benehmen, wie man sich korrekt verhalten sollte. Es erschien ihr sehr unwahrscheinlich, daß ein so gutaussehender und wohlhabender Mann, der, wenn er wollte, bestimmt jede Frau haben konnte, an ihr interessiert sein sollte. Aber daß andererseits ein so gutaussehender Mann – ja, überhaupt ein Mann – sie zu einem Essen einladen würde, das sie einen ganzen Wochenlohn gekostet hätte, und nichts als Gegenleistung verlangte, war ebenso unwahrscheinlich. In dieser Zwickmühle blieb ihr nur eines übrig. Sie nahm ihr Weinglas, trank und sagte, was sie dachte.

«Es ist schwierig. Sehen Sie, ich glaube, daß man vollkommen freigebig und edelmütig sein muß. Man muß so sein wie Sonja in *Schuld und Sühne,* die mit Raskolnikow nach Sibirien ging. Und wie Isadora Duncan – ich meine nicht barfuß tanzen, sondern aus sich herausgehen. Wie Maria Walewska mit Napoleon. Man muß alles freiwillig geben können... Geld, Besitz... auch sich selbst. Aber obwohl ich das absolut glaube, wenn jemand... der zweite Kontrabassist oder der Elektriker … oder sonst jemand das tun will», fuhr sie fort und sah plötzlich so elend aus, daß Guy tief gerührt war.

Sie neigte den Kopf, und von dem, was sie nur noch flüsternd zu äußern wagte, fing Guy nur einen Namen auf: Professor Freud.

Guy legte seine Zigarre beiseite.

Dann beugte er sich vor und legte seine kräftige Hand kurz auf Tessas kleine geballte Faust.

«Tessa, ich verspreche Ihnen, eines Tages wird es anders sein. Es wird jemand kommen – nicht der zweite Bassist oder der Elektriker, sondern ein anderer. Und Sie werden keinen Gedanken mehr an Isadora Duncan oder Sibirien verschwenden und ganz bestimmt nicht den armen Professor Freud bemühen müssen. Wenn dieser eine kommt, wer er auch sein wird, werden alle Ängste und Zweifel verschwinden. Sie werden sehen.»

«Meinen Sie wirklich?» Tessa sah ihn nachdenklich, aber vertrauensvoll an. Doch noch während sie sprach, fühlte sie – und dies nicht ohne Verwirrung –, daß ihre Frage bereits der Vergangenheit angehörte.

«Ganz sicher», sagte Guy. Und nur, um sie zu überzeugen, daß sie bei ihm in Sicherheit war, fügte er hinzu: «Und von mir, meine Liebe, brauchen Sie nichts zu befürchten. Tatsache ist, daß ich hier in Wien jemand erwarte – jemand, den ich liebe und hoffentlich bald heiraten werde.» Daraufhin stand er auf und zog energisch die roten Vorhänge vor dem Alkoven zu. «Also, Sie sind hier vollkommen sicher!»

Tessa lächelte. «Danke.» Sie nahm eine kandierte Pflaume aus der Schachtel, die er ihr anbot. Seltsam war nur, daß plötzlich Nebel im Zimmer herrschte und daß diese Karlsbader Zwetschgen, die sie sonst so gern aß, schmeckten, als stammten sie aus einem altägyptischen Grab.

6

Nerine und ihr Bruder trafen mit vierzehn Koffern und einem eingeschüchterten Dienstmädchen namens Pooley in Wien ein. Die Suite, die Guy für sie im Grand Hotel reserviert hatte, gefiel ihr; weniger begeistert war sie, als ihr Guy drei Tage später mitteilte, sie würden aufs Land fahren.

Das Land – auch wenn es sich um die bezaubernd schöne Landschaft Niederösterreichs handelte – stand auf Nerines Prioritätenliste ziemlich weit unten. Gewiß, Wien hatte sich auf traurige Weise verändert und war nicht mehr die Kaiserstadt, die sie als junges Mädchen gekannt hatte, aber irgendein Zeitvertreib war in Wien immer zu finden.

Trotzdem versuchte sie nicht, die Abreise zu verzögern. Guy hatte sich in Wien als höflicher Gastgeber erwiesen, aber er hatte noch nicht die Karten auf den Tisch gelegt – sozusagen. Er hatte Blumen in ihr Hotelzimmer geschickt, aber kein Juwelengeschenk; es gab keine Einladung zu einem Einkaufsbummel, keinen Hinweis auf den sagenhaften Reichtum, der ihm nachgesagt wurde. Wenn er jetzt von ihr erwartete, daß sie ihre Zeit mit ein paar betrunkenen Geschäftsleuten in einer feuchten Jagdhütte irgendwo im Wald verbrachte, täuschte er sich. Es gab immer noch Lord Frith, der sich in Schottland nach ihrer Liebe sehnte.

Nun saß sie neben Guy, der den Hispano-Suiza selbst fuhr, während Arthur im Fond döste. Der Chauffeur Morgan folgte ihnen in einem zweiten Wagen mit dem restlichen Gepäck.

Sie warf einen Blick auf Guy, der ungewöhnlich schweigsam war, und seufzte. Er wirkte nach wie vor wie ein eingesperrtes wildes Tier und war doch erstaunlich attraktiv. Es gefiel ihr, wie locker seine kräftigen Hände auf dem Lenkrad lagen. Niemand würde bei seinem Anblick auf die Idee kommen, daß er in der Gosse gefunden wurde. Sie mußte ihm abgewöhnen, daß er jedem seine Herkunft auf die Nase band. So etwas war doch nur peinlich.

In einem Wirtsgarten aßen sie zu Mittag. Geranien, Petunien und Ringelblumen blühten in den Blumenkästen am Haus. Dann fuhren sie weiter.

Aus dem sonnigen Vormittag war ein grauer Nachmittag geworden. Die Berggipfel hüllten sich in Wolken, und plötzlich, wie es das Wetter im Voralpenland eben so an sich hat, goß es in Strömen.

Guy, der vorsichtig durch den wolkenbruchartigen Regen fuhr, bemühte sich, seine Enttäuschung zu unterdrücken. Er hatte sich so viel von Nerines erstem Blick auf Pfaffenstein erhofft.

Dann hörte der Regen ebenso plötzlich auf, wie er begonnen hatte, und am frisch gewaschenen, azurblauen Himmel erschien ein vollständiger Regenbogen.

Vor dieser Himmelskulisse sah Nerine zum erstenmal das Schloß – ein Schloß wie im Märchen mit hochaufragenden Zinnen und Türmen unter einem bunt schillernden Regenbogen.

Guy hatte am See angehalten, und sie stiegen aus. «Du lieber Himmel, Guy, das ist Pfaffenstein, nicht wahr?» Ihr hübscher Kopf war zurückgebeugt, ihre Stimme klang ehrfürchtig. «Frau von Edelnau hatte ein Bild von Pfaffenstein im Eßzimmer hängen.»

«Ja, das ist Pfaffenstein», sagte Guy und dankte im stillen den Göttern, denn die Himmelslandschaft, die die Burg umrahmte, war atemberaubend.

Arthur stieg schwerfällig aus dem Wagen und gesellte sich

zu ihnen. Er hatte den Finger im Baedeker und konnte sie informieren, daß Teile der Burg bis ins Jahr 909 zurückreichten, daß sie seit 1353 im Besitz der Familie Pfaffenstein war und daß der ursprüngliche Festungswall einen Umfang von zwei Kilometern hatte.

«Es ist umwerfend», sagte Nerine. «In England gibt es nichts, was dem auch nur annähernd gleicht, nicht wahr?» Sie vergaß sogar ihren Entschluß, nie die Augen zusammenzukneifen, um keine Falten zu bekommen, als sie versuchte, am Torturm die Familienflagge zu entdecken. «Gehört es noch den Pfaffensteins?»

«Nein», antwortete Guy.

Jetzt nahte der Augenblick, auf den sein ganzes Streben, sein ganzes Sein ausgerichtet war. Seine Idee, vor vielen Jahren im Wiener Wald geboren, sollte Wirklichkeit werden.

«Wem dann?» Und als Guy schwieg, fragte sie noch einmal. «Wem gehört es jetzt?»

Er stellte sich mit dem Rücken zum Schloß, weil er allein ihr Gesicht sehen wollte.

«Mir.»

Zunächst verstand sie ihn nicht. Es war zu unwahrscheinlich. «Was meinst du, Guy?»

«Ich meine, daß ich Schloß Pfaffenstein gekauft habe», sagte er behutsam. «Es gehört mir und – wenn du möchtest – dir.»

Wenn je ein Mann seine verdiente Belohnung bekam, dann war es jetzt Guy. Nerines Augen weiteten sich, sie holte tief Luft, ihr Gesicht verwandelte sich, und zum erstenmal äußerte sie ihre Gefühle für ihn in einer spontanen Geste, indem sie ihren Kopf gegen seine Schulter sinken ließ.

«Oh, Guy», hauchte sie. «Oh, Liebling!» Alle Zweifel fielen von ihr ab; Lord Frith verschwand im schottischen Nebel. «Ich kann es nicht glauben.»

Arthur zog sich in seiner Verblüffung taktvoll zurück. Und wähend Guy Nerine in die Arme schloß, ihr Haar an seiner Wange fühlte und ihre dankbar geflüsterten Worte hörte, hatte er das Gefühl, «angekommen» zu sein – ein Gefühl, das alle Menschen ständig herbeisehnen und es kaum jemals wirklich erleben.

Guy war ein Mann der alten Schule, einer jener Ritter ohne Furcht und Tadel, die von der Dame ihres Herzens nur verlangen, daß sie schön ist; die ihr dienen wollen und, wenn es sein muß, auf ihr Geheiß bis ans Ende der Welt reiten würden. Doch den mutigen, selbstlosen – und meistens unglücklich endenden – Lochinvars und Lancelots dieser Welt war nicht vergönnt, was jetzt Guy Farne zuteil werden sollte: ein längerer Aufenthalt mit der Geliebten unter dem eigenen Dach.

«Komm!» sagte er, während er die Wagentür für sie öffnete. «Ich möchte dir alles zeigen.»

Sie lächelte zu ihm auf, schön wie der Morgen. «Ja», sagte sie. «O ja, mein Liebling.»

In dem Zimmer im Westturm, wo die Herzogin, die Markgräfin und David Tremayne auf Guy und seine Gäste warteten, herrschten weder Freude noch Erwartung.

«Sie kann nicht kommen?» sagte die Markgräfin ungläubig. Ihr dickes Gesicht schien vor Kummerfalten zu schrumpfen. «Nicht einmal für den Empfang und den Ball? Zu ihrem Geburtstag?»

«Ich habe dir doch vorgelesen, was sie geschrieben hat», sagte die Herzogin und hielt ihr den Brief hin, der eben gekommen war. Sie trug eigens für den heutigen Anlaß ein wirklich fürstliches graues Seidenkleid, aber ihre sonst so munteren hellen Augen waren trüb und leer. «Sie hat ihren Professor um Urlaub gebeten, aber man braucht sie in Wien. Sie kann nicht weg.»

Die Markgräfin suchte nach ihrem Taschentuch und trocknete sich heimlich die Wangen. «Ohne die Butzi wird einfach was fehlen», sagte sie, und der Mops schoß unter seiner kostbaren Decke hervor und rannte bellend im Zimmer umher, denn für ihn bedeutete «Butzi» Gassi gehen, spielen und an genau der richtigen Stelle am Bauch gekrault werden.

Auch David schwieg bedrückt. Er hatte drei Monate lang fast ununterbrochen gearbeitet und Pfaffenstein in einen Ort verwandelt, in dem selbst der Sonnenkönig auf einer Tour durch das Land gern ein paar Tage Station gemacht hätte. Er hatte es für Guy und somit auch für die Frau getan, der Guy dieses Schloß zu Füßen legen wollte; dennoch war es das Bild der kleinen Fürstin gewesen, von der jeder mit so viel Herzlichkeit sprach, das er dabei im Hinterkopf hatte. Es war die Vorstellung, ihr eine Freude zu machen, ihr zu zeigen, daß ihr Zuhause in guten Händen war, die ihn bei seiner Arbeit beflügelt hatte. Nun erschien ihm plötzlich alles sinnlos und banal.

«Sie wird später kommen», sagte die Herzogin und legte den Brief beiseite. «Das hat sie versprochen.»

Aber sie war jetzt einundachtzig; ihre Schwägerin war nur zwei Jahre jünger. Das Wort «später» war für beide bedeutungslos. Sie wollten ihre Großnichte bei sich haben mit ihrem liebevollen Wesen, ihrer Art, sie zum Lachen zu bringen, und zwar in der Zeit, die einzig und allein für sie zählte, und das war die Gegenwart – *jetzt.*

«Sei doch still, Quin-Quin!» fuhr die Markgräfin den aufgeregten Hund an, der in einem fort kläffte und beim Herumrennen gegen die Möbel stieß.

Als die alten Damen den Mops wieder eingefangen hatten, trafen sich ihre Augen, und aus ihren Blicken sprach eine fast noch größere Enttäuschung. Alle Gäste, die am kommenden Tag eintreffen sollten, würden Butzi vermissen, aber für Maxi und seine Mutter würde Butzis Abwesenheit eine Katastrophe sein. Maxi war entschlossen, jetzt alles mit Butzi zu regeln; das hatte die Schwanenprinzessin deutlich gemacht. Maxi meinte es ernst. Er brachte die Hunde mit.

«Sie sind da!» sagte David. Er hörte den Wagen in den großen Hof fahren. Die Dienerschaft würde sich bereits versammelt haben.

Zusammen mit den Damen begab er sich zur Begrüßung des neuen Herrn von Pfaffenstein und seiner erwählten Braut.

Nerine war das Prunkschlafzimmer mit den drei hohen Fenstern im Haupttrakt zugedacht, das einen herrlichen Blick auf den See bot. Es war ein unglaubliches Zimmer mit einem riesigen Bett mit geschnitzten Cupidos und Pfauen und einem Himmel aus gelber, handbemalter Lyoner Seide. Auf einer Frisierkommode aus Rosenholz lag eine Toilettengarnitur aus Sèvres-Porzellan – ein Geschenk Marie-Antoinettes an eine frühere Fürstin Pfaffenstein, das aus sechzig Einzelteilen bestand. Aus zwei gleichartigen Duftlampen aus Achat stiegen feine Rauchfäden von brennendem Sandelholz auf und schlängelten sich träge zwischen den funkelnden Kristallbehängen des Lüsters.

«Früher war es das Zimmer der Butzi – unserer Großnichte», erklärte die Herzogin. «Nach dem Tod ihres Vaters hat sie es bekommen.»

«Aber wie wir festgestellt haben, hat sie meistens auf dem Boden geschlafen», warf die Markgräfin ein. «Deshalb ist sie dann in ein Zimmer im Westturm umgezogen.»

«Danke, das Zimmer ist ganz reizend», sagte Nerine in gutem Deutsch, das jeder bei Frau von Edelnau lernen mußte.

«Die Erzherzogin Friederica benützt es gewöhnlich, wenn sie kommt, aber –» Die Herzogin verstummte, denn was sie sagen wollte, war nicht mehr angebracht. Pfaffenstein gehörte jetzt Herrn Farne, und es war seine Aufgabe oder die seines liebenswürdigen Sekretärs, dieser höchst schwierigen Person aus ihrer Verwandtschaft zu erklären, daß sie der Engländerin weichen mußte.

Die Damen zogen sich zurück, und Nerine, die ihr Mädchen ins Ankleidezimmer zum Auspacken geschickt hatte, konnte sich nun in Ruhe allein umsehen.

Es war unglaublich… überwältigend! Pfaffenstein gehörte ihr! *Pfaffenstein!* Wenn nur ihre Mutter sie sehen könnte und all die Mädchen bei Frau von Edelnau, die sich immer so großartig vorkamen, wenn sie mit einem Grafen tanzten! Nun, sie würden Augen machen! Denn selbstverständlich würde sie hier heiraten. Wie gut, daß sie dem armen Frith mit seinem zugigen Turm und den düsteren Mooren nichts versprochen hatte!

Aber sie durfte jetzt nicht trödeln. In vierundzwanzig Stunden würde sie neben Guy in der Empfangshalle stehen und als Schloßherrin ihre hochherrschaftlichen Gäste begrüßen.

Sie warf einen Blick auf ihre Uhr. In einer Stunde würde Guy kommen, um ihr den Ring zu geben. «Ich möchte alle wissen lassen, daß du die Meine bist», hatte er gesagt, als sie zum Schloß hinauffuhren.

Der Ring, so hatte er ihr erklärt, gehörte zu einer Juwelengarnitur. Das Collier wollte er ihr vor irgendeiner Vorstellung geben, die er im Theater geplant hatte, und die Ohrringe am Morgen des Hochzeitstages. Oh, wie sie solche Gesten liebte! Diese Romantik...

Sie setzte sich an den Toilettentisch und begann, ihre Brauen zu glätten. «Beeil dich, Pooley», rief sie. «Ich brauche das gelbe Négligé – das paßt zu den gelben Bettvorhängen. Und das Haar möchte ich hoch frisiert haben.»

«Ja, Madame. Wollen Sie auch die gelben Pantoffeln oder lieber die goldenen Sandalen?»

«Die Pantoffel. Ich möchte, daß alles ganz ungezwungen wirkt... Keinen Schmuck. Nun beeil dich schon, Mädchen!»

Pooley löste ihrer Herrin das blauschwarz glänzende Haar, das ihr nun über die schneeweißen Schultern und bis tief über den Rücken fiel. Die Bibel hatte recht, dachte Nerine; in solchem Haar lag Kraft. Nie würde sie sich einen modischen Bubikopf schneiden lassen. *Nie!* Sie blickte in den Spiegel und sah zu, wie Pooley ihr Haar flocht und zu glänzenden Spiralen anordnete. Als die letzte Haarnadel steckte, änderte Nerine ihre Meinung.

«Mach es wieder auf. Bürste es aus.» Sie hatte Guy ihre volle Haarpracht eigentlich noch nicht zeigen wollen. Aber Pfaffenstein...! Noch einmal sah sie in Gedanken die phantastischen Räume vor sich, durch die sie gekommen war: den großen Saal mit der gewölbten Decke, den blauen Salon, das große marmorne Treppenhaus. Ja, ihr Impuls war richtig. Sie würde großzügig sein. Er sollte ihr Haar offen sehen.

«Ich werde dort in dem vergoldeten Stuhl am Fenster sitzen. Stell ihn so, daß das Licht auf meine linke Seite fällt. Du liebe Zeit, Mädchen, wie oft soll ich es noch sagen: die *linke* Seite!» Auf der linken Wange hatte sie einen kleinen Schönheitsfleck, wo Gott letzte Hand an sein Werk gelegt hatte «Ja, das ist gut», sagte sie, während sie den plissierten seidenen Morgenrock enger um sich zog. «Als hätte ich die Einrichtung gekannt, als ich diesen Morgenrock gekauft habe. Gib mir den Spiegel und den Kamm.» Guy würde glauben, er sei zu früh gekommen. Sie würde ein wenig erschrecken, sich umdrehen... Ein paar Blumen müßten in der Nähe sein. Die Vase dort mit den Rosen und Lilien. Könnte sie eine Rose in der Hand halten? Nein – nicht, wenn sie ihr Haar kämmte. Oder sollte sie eine Rose hinter dem Ohr tragen? Nein, sie wollte ja *déshabillée* aussehen... die «überraschte Schöne». Aber angenommen, die Schönheit der Rose hätte sie überwältigt, während sie ihr Haar kämmte?

«Schnell, gib mir eine von den Rosen. Nicht diese, du Tölpel, sondern eine weiße! Ja, die ist richtig. Nun kannst du gehen.»

Und so fand Guy die Dame seines Herzens, als er wenige Minuten später das Zimmer betrat: Frisch wie der Morgen saß sie am offenen Fenster, und das Licht schien auf die vollkommene Linie ihrer Wange. Das lange Haar fiel offen über ihre Schultern. Ihr Gesicht wirkte ruhig und nachdenklich, und sie blickte auf eine Blume in ihrer Hand. Sie sah aus wie die Dame mit dem Einhorn auf den Bildteppichen im Musée Cluny, die beim Träumen in ihrem ummauerten Garten überrascht wurde.

«Es tut mir leid, wenn ich zu früh komme.»

«Oh, Guy – du hast mich erschreckt!» Sie sah lächelnd zu ihm auf. «Wie könntest du zu früh kommen, mein Liebster? Ich freue mich immer, wenn du kommst.»

Guy wurde warm ums Herz. Für sie hatte sich alles gelohnt. Nichts, was er getan hatte, war zuviel gewesen. Tausend Schlösser, eine Million Bankette wären nicht zuviel, um sie ihr zu Füßen zu legen.

Nerine hatte ihre Rose beiseite gelegt und blickte auf die kleine Schatulle in seiner Hand – eine Schatulle, die er jetzt öffnete und wortlos in ihre Hand legte.

«*Oh!*» Für einen Moment war sie sprachlos. Sie konnte sich nicht erinnern, je so gerührt gewesen zu sein. Dies hier mußte der größte, der wertvollste Diamant auf Erden sein. «Guy», sagte sie. «O Guy, Liebling!»

Er bückte sich und steckte ihr den Ring an den Finger. Dann kniete er neben ihr nieder und legte den Kopf, der beinahe so dunkel war wie ihr Haar, in ihren seidenen Schoß.

Und Nerine lächelte.

«Wo ist Die Mutter?» rief Boris zum bestimmt siebtenmal an diesem Vormittag.

«Sie ist im Perückenkoffer», beruhigte ihn Tessa. «Gut verschlossen und bruchsicher in Paminas Unterrock.»

«Vorsicht bittschön. Gebt's Obacht, Leut...»

Witzlers Opernkompanie verlud ihre Ausrüstung, um auf die geheimnisumwobene Tour zu gehen. In der engen Gasse hinter dem Theater ging es drunter und drüber. Ein großer geschlossener Lastwagen, der mit der Aufschrift «erste motorisierte Spedition Europas» für sich warb und auch so aussah, verstellte das halbe Trottoir, gefolgt von einem alten Armeelaster und etwas, das wie ein gigantischer Katafalk aussah. Jakob lief mit einer Liste umher, ebenso der Inspizient und alle anderen.

«Herr Klasky hat eben telefoniert», schrie die Rheintochter am Bühneneingang. «Er will wissen, ob Tessa seinen Frotteemantel hat.»

«Ja, ich habe ihn, Frau Witzler», rief Tessa. «Er hat ihn im Grünen Zimmer vergessen.» Sie zerrte Bubi von der Fahrbahn, bevor ihn ein Lieferwagen überrollte, lief ins Haus, um die Fensterläden in den Garderobenräumen zu schließen, und besorgte ein Aspirin für Frau Pollack, bei der sich ihre Reisemigräne bemerkbar machte.

«Der Rundhorizont!» schrie Witzler. «Mein Gott, der Rundhorizont!»

Allmählich legte sich das Chaos. Tessa, Boris und der Inspizient kletterten hinten in den motorisierten Umzugswagen. Jakob schloß die Ladeklappe und setzte sich ins Führerhaus neben den Fahrer, und Bubi brüllte, weil er nicht bei Papa, sondern hinten bei Tessa mitfahren wollte. Dann ging es endlich los.

Sie überquerten den Ring und holperten Richtung Süden. Jakob blickte besorgt vor sich hin. Bei der Erinnerung an das Bild seiner zwischen gestapelten Kulissen und den Säulen des Sarastro-Tempels eingezwängten zweiten Garderobiere dachte er reumütig, daß er ihr den vierundzwanzigstündigen Urlaub, um den sie gebeten hatte, vielleicht doch hätte geben sollen. Sie hatte sehr bedrückt ausgesehen, als er ablehnte. Aber er konnte nicht auf sie verzichten. Es war ganz einfach so: Klasky hatte Beethovens Westenknopf, und er hatte Tessa. Außerdem war da noch sein kleiner Sohn. Die Rheintochter konnte zwar ein Klavier hochheben, aber ihre Nerven waren zart, und Bubi hing an Tessa. Jakob hatte vor, Tessa zu fragen, ob sie vielleicht Bubis Bettchen in Pfaffenstein in ihrem Zimmer aufstellen wollte.

Nun, die Sache war erledigt. Er dachte nicht weiter darüber nach, sondern freute sich, daß er Farnes Geheimnis so gut bewahrt hatte. Niemand in der Truppe – außer ihm und dem Fahrer – kannte das Ziel ihrer Reise. Selbst die Hauptdarsteller würden nur einige Anweisungen erhalten, wenn sie zum Bahnhof kamen. Nicht viele hätten das fertiggebracht, aber *ihm* war es gelungen. Und nun erwartete ihn eine ruhmreiche Woche!

Hinten im Laderaum fand Tessa am aufgerollten Sternenhimmel eine bequeme Kopfstütze. Sie hatte sich ziemlich elend gefühlt, als ihr Jakob den Urlaub verweigert hatte, weil sie wußte, wie enttäuscht die Tanten sein würden. Aber was nicht sein sollte, sollte eben nicht sein, und wenn sie ihren Geburtstag nun auf diese Weise verbrachte, so hatte das immerhin etwas sehr Realistisches. Jakob sagte, sie könne später Urlaub bekommen, und dann würde sie nach Hause fahren – nur, daß es dann nicht mehr ihr Zuhause war. Auf den Gedanken, daß sie sich Urlaub nehmen konnte, wann immer sie wollte, weil sie keinen Lohn erhielt, war weder sie noch ihr Arbeitgeber gekommen.

In der Dunkelheit des geschlossenen Möbelwagens konnte sie nur Boris erkennen, der sich gegen einen ausgeschnittenen Baum lehnte und leise auf bulgarisch vor sich hin murmelte. Wahrscheinlich versprach er Der Mutter, daß sie bald Milch bekommen würde.

Es gab tatsächlich nichts zu tun, dachte Tessa, und das für mehrere Stunden. Sie konnte sitzen und nachdenken oder *schlafen.*

Ihr Nachholbedürfnis an Schlaf war grenzenlos. In ihrer Mansarde in der Wipplingerstraße, in die sie oft erst nach Mitternacht zurückkehrte, ließen ihr die kleinen Kugelheimers auch häufig nachts keine Ruhe, denn sie betrachteten ihr Bett als Zufluchtsort vor den Tigern und spukenden Geistern in ihrem Kinderzimmer. Im Theater erschien sie morgens als erste und ging abends als letzte. Schlaf war für Tessa so etwas wie das Seelenheil für den Sünder oder die Erleuchtung für den Mystiker: meistens unerreichbar und unendlich herbeigesehnt.

Die Augen fielen ihr zu, ihre kleinen Hände öffneten sich. Sie war in einem mit rotem Plüsch ausgeschlagenen Zimmer, und Mozart blickte auf sie nieder. Sie wußte, daß es Mozart war, weil so ein Strahlen von ihm ausging. «Ich habe es für dich geschrieben», sagte er und reichte ihr die Partitur von *Figaros Hochzeit,* aber als sie sie aufschlug, war es eine Schachtel mit Karlsbader Pflaumen.

Tessa schlief und lächelte und schlief. Sie schlief, als sie durch Neustadt und Aspang fuhren, als sie an einem Bahndamm in Oberwart anhielten, weil sich Frau Pollack übergeben mußte, und sie merkte nicht, daß Boris sie mit seinem Mantel zudeckte. Sie schlief immer noch tief und fest, als Witzler die Türen des Laderaums öffnete und sagte: «Wir sind da.»

«Großer Gott!» stieß Boris hervor, als er ausstieg und den riesigen Schloßhof sah, die Türme, die niedergeholte Fahne mit dem goldenen Greif und dem purpurnen Handschuh. «Das ist Pfaffenstein, nicht wahr? Ich habe einmal einen Ausflug hierher gemacht.»

Ringsum schallte es von den Schloßmauern: «Pfaffenstein! Wir sind in Pfaffenstein!», während die Bühnenarbeiter und Zimmerleute aus den anderen Fahrzeugen ausstiegen und ihre Umgebung musterten.

«Ja», sagte Jakob stolz. «Es ist Schloß Pfaffenstein.» Er spähte in den Möbelwagen und sah Tessa, weiß wie eine Schneeflocke, zusammengerollt liegen und schlafen. «Wir lassen sie noch eine Weile schlafen», sagte er, weil er immer noch ein schlechtes Gewissen hatte, und wandte sich ab. Ein junger Mann kam auf sie zu, gefolgt von einer Dienerschar, alles große knorrige Männer mit Ehrenzeichen aus dem Krieg an den roten und grünen Livreen.

«Mr. Farne meinte, Sie würden vielleicht zuerst Ihre Unterkünfte sehen wollen», sagte David, nachdem er sich vorgestellt hatte. «Wir können die ganze Kompanie im Brunnenhof unterbringen. Bitte hier entlang, durch den Torweg.» Er wies zu den großen Doppeltüren am Ende der Südfassade. «Wir möchten die Lastwagen unbedingt bis sechs Uhr loswerden, weil dann der Empfang beginnt. Deshalb habe ich ein paar Männer mitgebracht, die Ihnen beim Abladen helfen und Ihnen alles zeigen können. Es sind alte, absolut vertrauenswürdige Schloßbedienstete.»

Jakob bedankte sich und folgte dem jungen Engländer mit Boris und Frau Pollack, die sich noch nicht ganz erholt hatte, in den Brunnenhof mit den von Knöterich umrankten Kolonnaden. Jakob sah sofort, daß die Kompanie fürstlich beherbergt wurde. Die Zimmer waren hell und komfortabel eingerichtet. Für ihn und seine Rheintochter hatte man eigens ein Doppelbett aufgestellt, und das Zimmer für Raisa war taktvollerweise das größte und reich mit Blumen geschmückt.

Höchst zufrieden ließ Jakob Herrn Farne seinen Dank ausrichten und begab sich zurück zu den Lastwagen, um das Entladen zu beaufsichtigen. Und dort sah er sofort, daß etwas nicht stimmte. Seine Leute arbeiteten nicht, sondern standen mit finsteren Gesichtern herum. Als sie Witzler sahen, umringten sie ihn, und sie wirkten so wütend, daß Jakob der absurde Gedanke kam, sie wollten streiken oder gar Revolution machen.

«Sie haben Tessa geholt!»

«Einfach entführt!»

«Die Lakaien in den grün-roten Uniformen waren es! Die haben sie mitgenommen!»

«Beim Ausladen haben sie sie gefunden.»

«Wir haben sie aufhalten wollen, aber die waren rabiat. Einer hat den Stephan sogar mit dem Stecken geschlagen.»

«Durch die eiserne Tür da drüben haben sie sie geschleift.»

Witzler erbleichte. Jetzt war es also passiert. Er hatte ja schon lange etwas Ähnliches erwartet, aber warum, um Himmels willen, ausgerechnet hier? Hätte er ihr doch bloß den Urlaub genehmigt...

«Ich will sehen, was ich tun kann», sagte er bedrückt. Nur – was konnte er schon tun, wenn sie von zu Hause weggelaufen war und jetzt Schwierigkeiten mit der Polizei bekam?

Am Fahnenmast des Torturms stieg langsam die Greifenfahne empor und flatterte fröhlich im Wind. Doch Witzlers Opernkompanie konnte darin keinen Grund zur Freude erkennen.

«Jetzt können wir einpacken», sagte einer der Zimmerleute. «Ich sag euch, ohne Tessa haut gar nichts hin.»

7

Die zwei Stockwerke hohe Empfangshalle von Schloß Pfaffenstein mit ihren grünen Marmorsäulen, den in Mauernischen eingepaßten Statuen und farbenprächtigen Deckenfreskos betrat man vom großen Hof aus durch mehrere schwere Doppeltüren. Gegenüber dem Eingang führten hohe, mit dem goldenen Wappen der Pfaffensteiner geschmückte Flügeltüren in den Ballsaal, der den Blick über den See freigab. Am anderen Ende, rechts vom Eingang, öffnete sich die Halle für einen Höhepunkt des barocken Zeremoniells – das große Treppenhaus. Am Fuß dieser Treppe mit der breiten Balustrade, den steinernen Greifen, dem berühmten ringförmigen, mit Edelsteinen besetzten und von einhundertzwanzig Lampen erhellten Kronleuchter stand Guy mit Nerine an seiner Seite, um die Gäste zu empfangen.

Die Tanten hatten zu größter Förmlichkeit für den Empfang vor dem anschließenden Eröffnungsball geraten. Sogar Verwandte, die sie schon auf den Knien gewiegt hatten, sollten ihrem Rang nach angekündigt und dem neuen Besitzer von Pfaffenstein vorgestellt werden. Später, so meinten sie, könne er seinen eigenen Neigungen folgen, aber wenn ein Findelkind – mochte es noch so begabt, intelligent und reich sein – seine zukünftige Gemahlin in die adlige Gesellschaft einführen wollte, täte es gut daran, sich streng an das Protokoll zu halten. Guy, der alles für Nerine getan hätte, erklärte sich mit dem Arrangement einverstanden und machte das Ganze noch theatralischer, indem er sich bis zu diesem Augenblick nicht blikken ließ und David und Thisbe beauftragte, sich um das Wohlergehen der Gäste zu kümmern.

Nun stand er auf der einen Seite des Baldachins, den der weit geschwungene untere Treppenaufgang bildete, und blickte, insgeheim amüsiert, auf die Gästeschar.

Der vordringlichste Geruch im Raum stammte nicht vom Parfüm der Damen oder der Pomade der Herren, sondern von Mottenkugeln, deren geballte Wirkung nichts zu wünschen übrig ließ. Die Männer in roten, hellblauen und feldgrünen Uniformen mit goldenen Epauletten, Tressen und Reihen von Ehrenzeichen und Orden waren die eindrucksvollsten Erscheinungen, aber auch die Damen in ihren Brokat- und Spitzenkleidern und geschmückt mit den Juwelen, die noch nicht ins Pfandhaus gewandert waren, boten einen recht imposanten Anblick. Nur ein unverbesserlicher Nörgler hätte auf das anscheinend von einem Hund herausgekaute Stück Astrachan auf dem mit Schnüren besetzten Uniformrock des greisen Fürsten Monteforelli hingewiesen oder auf die Ölstreifen in der Satinschleppe der Gräfin Wahneck, die den klapprigen Rollstuhl ihrer von Gicht geplagten Mutter heranschob, um Farne näher in Augenschein zu nehmen.

Denn der neue Besitzer von Pfaffenstein war zweifellos eine Überraschung. Die Großzügigkeit, mit der für Unterhaltung und Komfort gesorgt war, hatte die vornehmen Gäste bereits der Hoffnung beraubt, den Engländer als vulgären und ungehobelten Emporkömmling recht ordentlich zu verspotten. Ein Mann, dessen Sekretärin eine Unterkunft für den Bären des Erzherzogs Sava beschaffen konnte und dem es gelang, die Erzherzogin Friederica, die offiziell gleich nach der Fürstin Pfaffenstein rangierte, zu überreden, daß ein Umzug aus dem Prunkschlafzimmer ihrer Gesundheit zuträglich wäre – mit so einem Mann war zu rechnen, und die anfangs angezweifelten Gerüchte, der Kanzler arbeite mit ihm zusammen an einer Art Spionagegeschäft zugunsten Österreichs, wurden zunehmend glaubhafter. Ein schöner Mann war er gerade nicht, aber in dem dunklen Abendanzug, der einen kräftigen Gegensatz zu den glitzernden Uniformen bildete, wirkte er zweifellos distinguiert, und die leicht arrogante Miene in seinem braungebrannten Gesicht schadete ihm in den Augen dieses Publikums keineswegs. Was die Verlobte betraf, so war sie weder für die Männer noch für die Frauen ein großes Rätsel. Sie war eine Schönheit, und Schönheit war schon immer der Lohn für Macht und Reichtum.

Guy wandte sich an Nerine, um sie anzulächeln und einen kleinen intimen Blick mit ihr zu wechseln, bevor die Zeremonie begann. Aber Nerine, die hinreißend aussah in einer Robe aus Goldbrokat mit saphirblauen geschlitzten Samtärmeln, war völlig mit ihrem Triumph beschäftigt. Es war alles so unglaublich! Fast den ganzen Tag hatten sie und Arthur vom Fenster aus zugesehen, wie die Fürsten, Herzöge und Grafen in Kutschen und Autos in den Schloßhof einfuhren. Erst als die schäbigen Lastwagen der Theatergruppe eintrafen, hatte sie sich losreißen können, um sich für das Fest anzukleiden. Nun ging Arthur zwischen den Gästen umher und zählte. Fünf Fürsten allein in seinem Teil der Halle... dreiundzwanzig Lakaien... zweihundert Flaschen Champagner...

Guy blickte auf seine Uhr und warf einen fragenden Blick zu den Tanten. Wenn sie vor dem Abendessen und dem Ball mit der Vorstellung der rund hundert Gäste durchsein wollten, war es Zeit anzufangen.

«Jaja, Herr Farne», sagten die Damen beschwichtigend, und ihre Augen glänzten erwartungsvoll. Sie sahen ihn so gespannt an, daß er fast glaubte, sie hielten eine besondere Überraschung für ihn bereit, eine Art aus dem Hut gezaubertes Kaninchen. Noch heute Mittag sahen sie ganz und gar nicht so aus; sie machten eher einen niedergeschlagenen Eindruck. Von der Arroganz und dem Selbstbewußtsein, das er an ihnen so bewundert hatte, war kaum noch etwas zu spüren gewesen. Auch David hatte leicht deprimiert gewirkt. Aber nach der

Ankunft von Witzlers Truppe war plötzlich die heitere, erwartungsvolle Stimmung im Haus, die überall einem Fest vorausgeht.

Der Zeremonienmeister im goldbetreßten Rock trat vor. Doch bevor er den ersten Gast ankündigen konnte, geschah etwas.

Ein Raunen ging durch die Halle. Alle wandten die Köpfe und blickten nach oben. Die schwere Eichentür, die vom Vestibül im ersten Stock in den mittelalterlichen Westturm führte, hatte sich geöffnet, und eine kleine weiße Gestalt erschien, die für einen Augenblick reglos im Rahmen des dunklen Türbogens stehenblieb. Guys erster Eindruck, daß ein Kind im Schlaf gestört worden war und Trost suchte, erwies sich in dem Moment als falsch, als die Gestalt zur Treppe ging, mit geübtem Griff die Schleppe ihres Kleides aufnahm und langsam die Stufen herabstieg.

Der Zeremonienmeister pochte mit seinem Stab auf den Boden und räusperte sich, wurde jedoch mit einer kleinen Kopfbewegung der schlanken Gestalt auf der Treppe zum Schweigen verurteilt. Doch wenn Ihre Hoheit, die Fürstin Theresa-Maria von Pfaffenstein, Fürstin von Breganza, Herzogin von Unterthur, Gräfin von Melk, von Seeberg und Freiberg gehofft hatte, auf diese Weise unauffällig hereinzukommen, war ihr das nicht vergönnt. Aller Augen waren auf sie gerichtet.

«Mein Gott, ihr Haar!» zischte die Erzherzogin Friederica in die erwartungsvolle Stille.

Sehr langsam, mit einer Hand den Rock ihres Kleides in perfektem Fall haltend, schritt sie die Treppe herunter. Die blaue Schärpe des St.-Hubertus-Ordens lag schräg über ihren kleinen Brüsten. Auf ihrem kurzgeschnittenen Haar saß ein mit Juwelen besetztes Diadem.

Guys erster Schock, bei dem ihm das Blut aus dem Gesicht gewichen war, hinderte ihn nicht, sie prüfend zu beobachten. Als sie näher kam, erkannte er ihren Ernst und ihre Konzentration. Wie klein sie war vor dem riesigen Treppenaufgang, wie schmächtig – und doch wirkte sie nicht klein. Sie hatte alles in ihrer Gewalt, diesen Raum, diese Menschen – und für einen Augenblick zog sich ihm die Kehle zusammen aus Mitleid und einer gewissen Ehrfurcht.

Sie hatte den Fuß der Treppe erreicht. Ein Lächeln erhellte ihr ernstes kleines Gesicht, und sie hob die von einem weißen Satinhandschuh bekleidete Hand.

Es war diese gebieterische Geste in dem weichen weißen Handschuh – ein Handschuh, der sich sehr von dem zerknautschten Ziegenlederding aus *Traviata* unterschied –, die Guy plötzlich wütend machte. Wie konnte er so blind, so idiotisch gewesen sein, daß er die Fingerzeige, die er erhalten hatte, nicht deutete? Ihr perfektes Englisch, ihre Höflichkeit gegenüber Morgan, Frau Sachers Ermahnung, die als stramme Royalistin die kleine Fürstin natürlich erkannt hatte. Dies hier war das Mädchen, das er beschützen, dem er helfen wollte! Wie konnte sie es wagen, ihn so zu täuschen?

Und Nerine, deren großer Triumph dies hätte werden sollen – lieber Gott, er hatte Nerine völlig vergessen!

Tessa hatte sich abgewandt und ging auf ihre Tanten zu, deren Gesichter für einen Augenblick nichts anderes als das ganze Ausmaß ihrer Liebe verrieten. Aber sie faßten sich rasch wieder, und die Herzogin sagte: «Theresa, wir möchten dir den neuen Besitzer von Pfaffenstein vorstellen – Mr. Farne.»

Erst jetzt erkannte sie ihn, und sie strahlte vor Freude. Guy, der Besitzer von Pfaffenstein! Guy, der Mann, der ihr Zuhause so wunderbar restauriert hatte, der, das wußte sie bereits, der bestmögliche Herr dieses Schlosses sein würde!

Überglücklich lächelte sie zu ihm auf und reichte ihm die Hand zum Kuß.

«Es ist mir eine Ehre, Hoheit.» Die Worte klangen kalt; seine Augen, als er sich wieder aufrichtete, waren eisgrün.

Alle Fröhlichkeit wich aus ihrem Gesicht. Verwirrt sah sie ihn an.

Aber Tante Augustine stellte ihr jetzt die Frau vor, die neben Guy stand und, während sie einen Knicks andeutete, die linke Hand mit einem gigantischen Brillantring fest auf Guys Arm liegen ließ.

Tessa hörte kaum den Namen, denn diese Frau in ihrem phantastischen goldenen Kleid war die schönste Frau, die sie je gesehen hatte. Sie war größer als Tessa, vollbusig, wie Tessa bestimmt nie werden würde, hatte enzianblaue Augen mit langen Wimpern und pechschwarzes, dichtes, hochgetürmtes Haar, das im Licht der Kronleuchter glänzte. Wenn sie es kämmte, dachte Tessa, mußte es ihr bis zu den Knien reichen, und unwillkürlich hob sie eine ihrer weiß behandschuhten Hände in Richtung ihres eigenen kahlen Nackens.

Wie dumm, daß sie sich nicht an Guys Worte im Sacher erinnert hatte: «Ich warte auf jemand, den ich liebe und bald zu heiraten hoffe.»

Für diese Frau, die alles war, was Tessa nie sein konnte, hatte Guy Pfaffenstein gekauft. Das also war die neue Herrin ihres Elternhauses.

Aber natürlich mußte es so sein. Ein Mann wie Guy würde nur eine Frau lieben, die so schön war wie diese, und wenn sie an seiner Seite war, würde er nichts mit jemand wie Tessa zu tun haben wollen.

Sie unterdrückte das Gefühl, allein und verlassen zu sein, und sagte einige freundliche Worte zu Nerine. Und dann begann der Empfang.

Die Gäste wurden mit all ihren Titeln aufgerufen, Guy vorgestellt und von ihm in Pfaffenstein willkommen geheißen: die fettleibige Erzherzogin Friederica, der rotbärtige, nach seinem Bären riechende Erzherzog Sava, der alte, klapperdürre Fürst Monteforelli, der interessiert das Dekolleté der schönen Witwe beäugte…

Tessa spielte ihre Rolle tadellos, denn sie befand sich auf vertrautem Terrain. Wie oft hatte sie in ihrem kurzen Leben schon so dagestanden und ihre persönlichen Gefühle zurückgedrängt, um eine langweilige und ermüdende Pflicht zu erfüllen!

«Seine Hoheit, Fürst Maximilian von Spittau», rief der Zeremonienmeister, und Maxi trat vor.

Bei Maxi war alles gutgegangen. Nur einer von den Hunden hatte sich im Zug übergeben; seine Uniformen waren von Schimmel und Moder befreit; seine Mutter war mit Migräne auf ihrem Zimmer geblieben. Natürlich hatte es große Aufregung gegeben, als es hieß, die Butzi würde nicht kommen, aber nun war sie da und sah noch dazu entzückend aus. Seine Mutter würde über ihr kurzes Haar entsetzt sein, aber Maxi gefiel es.

Korrekt wie stets küßte er zuerst die kleine Hand seiner Erwählten (denn Butzi war ranghöher als ihre Tanten), dann die der Tanten, und dann wurde er Mr. Farne und der schönen Verlobten vorgestellt. Der Engländer überraschte ihn. Er sprach ausgezeichnet Deutsch, und wenn man es nicht besser gewußt hätte, hätte man ihn glatt für einen Gentleman halten können.

Aber es war Butzis Begrüßung, die Maxis männliche und ordengeschmückte Brust erwärmte. Sie schien sich wirklich zu freuen, ihn zu sehen.

Und das tat sie auch. Tessa hatte an diesem Tag zu viel mitgemacht. Der Schock, sich plötzlich auf Pfaffenstein zu befinden, die Tanten, die sie so liebevoll in ihre alte Rolle hineinzwangen, und Guys schmerzliche Zurückweisung – das alles hatte sie trotz ihrer angeborenen inneren Sicherheit wehrlos und unglücklich gemacht.

Maxi in seiner albernen Artillerieuniform, die er so liebte, bedeutete Sicherheit und Vertrautheit; er war die Verkörperung ihrer Kindheit mit all den Spielen und mutwilligen Streichen. All die anderen Jungen, mit denen sie gespielt hatte, waren gefallen. Aber Maxi lebte und war hier.

Die junge Fürstin von Pfaffenstein, von Jugend auf an Etikette und Protokoll gewöhnt, äußerte kein erkennbares Zeichen ihrer Freude, aber ihre Augen blickten freundlich, das Lächeln, das sie Maxi schenkte, kam von Herzen, und kurz bevor er sich zurückziehen wollte, beugte sie sich vor und flüsterte sehr leise: «Hast du die Hunde mitgebracht?»

8

In dem von Arkaden umgebenen Brunnenhof schickten sich die Mitglieder von Witzlers Opernkompanie an, schlafen zu gehen.

Ihre Stimmung war gedrückt. Sie hatten zwar ausgezeichnet gegessen, denn Guy hatte angeordnet, daß sie das gleiche Essen bekommen sollten wie die Gäste, die im Bankettsaal speisten. Aber als sie an den langen Tischen saßen, die man im Hof aufgestellt hatte, und den Kalbsbraten, die Himbeeren mit Schlagrahm und den köstlichen Käse – alles Dinge, die es in Wien noch nicht zu kaufen gab – verzehrten und dazu aus den unbegrenzten Vorräten des Pfaffensteinschen Kellers einen kräftigen Weißwein tranken, wollte dennoch keine rechte Unterhaltung in Gang kommen. Sie hatten nichts mehr von Tessa gehört, und so wurde dieser erste Abend, der ein Triumph hätte werden sollen, ein Trauerspiel.

Witzler war den ganzen Nachmittag durch das Schloß gelaufen und hatte jeden Dienstboten, den er zu fassen bekam, gefragt. Aber niemand hatte eine verschwundene Garderobenmamsell gesehen, noch schienen die Befragten an ihrem Schicksal sonderlich interessiert. Boris war ins Dorf hinuntergelaufen, um den Ortspolizisten zu fragen. Jakob hatte den Bürgermeister in Oberwart angerufen. Niemand hatte etwas Verdächtiges gesehen oder gefunden, und die Männer, die Tessa weggebracht hatten, hatten Feierabend gemacht und waren nirgends zu finden.

«Herr Tremayne wird sie morgen schon finden», sagte die Rheintochter, während sie ihren ausladenden Körper in einem Barchentnachthemd auf das Bett senkte und ihr flachsblondes Haar auf eine Weise über das Kissen rieseln ließ, die ihr Gatte häufig als beruhigend empfand.

Aber im Augenblick konnte Jakob gar nichts beruhigen, denn er gab sich die Schuld an Tessas Unglück.

Dann klopfte jemand an die Tür, und Klaskys dunkles gequältes Gesicht erschien.

«Gibt es etwas Neues?»

Jakob schüttelte den Kopf.

«Kapitalistenschweine», sagte der Dirigent, der überzeugter Marxist war. «Wahrscheinlich sitzt sie irgendwo in einem Kerker.» Mit düsterer Miene trat er ein, ohne auf die im Bett liegende Rheintochter zu achten. Er trug – trotz seiner politischen Grundsätze – einen schwarzen Seidenpyjama mit in Gold gesticktem Monogramm und in der Hand eine Aktentasche mit seiner Opernpartitur. Er zuckte zusammen, als die Töne von «Wiener Blut», gespielt von der einheimischen Musikkapelle, über die Zinnen schallten, und schloß, ohne um Erlaubnis zu fragen, das Fenster. Morgen übernahm er die Musik. Sein Orchester würde während des Feuerwerks spielen, und für den geplanten Liedervortrag hatte er sich bereit erklärt, Raisa am Flügel zu begleiten. Leider fehlte nun Tessa. Nur Tessa drehte die Notenseiten zum richtigen Zeitpunkt um, ohne daß man ihr mit Grimassen ein Zeichen geben mußte.

«Hat man etwas von ihr gehört?» erkundigte sich Pino, der in einem prächtigen, ein wenig mit Ei bekleckerten Paisley-Morgenrock erschien.

Die Bühnenarbeiter in ihrem Schlafsaal unter dem Dach waren noch immer aufgebracht. «Wenn sie ihr etwas angetan haben», brummelte Stephan, «bring ich sie alle um.»

Aber schließlich forderte der Schlaf sein Recht, denn es war ein langer Tag gewesen. Jakob schlief in seinem Zimmer mit einem behaarten Arm in den Flechten seiner Rheintochter. Boris schlief, während Die Mutter neben ihm auf dem Nachttisch geräuschlos flockte. Frau Pollack schlief und wimmerte im Traum. Klasky, der sich gegen den Lärm der Bauernkapelle die Ohren mit Watte verstopft hatte, legte seine mit Bleistift geschriebene Opernpartitur beiseite und schloß die Augen.

Aber jetzt wachte Bubi auf, dessen Kinderbett man in das kleine Zimmer gestellt hatte, das für die zweite Garderobiere vorgesehen war.

Mit großen dunklen Augen blickte er in das vom Nachtlicht dürftig erhellte Zimmer und wickelte verstört eine blonde Haarlocke um ein Ohr. Anstelle seines früheren Kleinkindernachthemds trug Bubi heute einen Pyjama, einen für Jungen, den ihm sein Papa im Taumel der Begeisterung über den neuen Wohlstand gekauft hatte. Bubi hatte die Zähne geputzt; er hatte gebetet; er hatte alles getan, was vor dem Schlafengehen getan werden mußte – und wo war sie? Sie hatten gesagt, wenn er brav ins Bett gehen und schlafen würde, würde sie da sein, wenn er aufwachte. Und jetzt war sie nicht da. Sie wollte ihm von dem Riesen erzählen, der mit seinem knurrenden Bauch den Donner macht. Sie wollte das Spiel mit ihm spielen, bei dem er unter die Decke kroch und sie raten mußte, welches Tier er war. Sie wollte die ganze Nacht hier sein!

Aber ihr Bett war leer. Es lagen keine Kleider darauf. Nichts.

Einsam und vergessen stand Bubi in seinem Bettchen und hörte das leise, aber unmißverständliche Geräusch von Musik. Er zog seinen kleinen dicken Finger aus dem Ohrlockenknäuel und horchte. Die Musik war ein Hoffnungsschimmer. Sie bedeutete Menschen und Stuhlreihen, zwischen denen man herumkrabbeln konnte; Männer mit Hammer und Nägeln, die ihn mithämmern ließen – und sie bedeutete Tessa.

Vorsichtig kletterte er aus dem Bett, tappte über den Flur und eine Treppe hinunter und war draußen im Hof. Fackeln an den Mauern beleuchteten den Brunnen und den Torweg, aus dem die Musik kam. Er zog die Hose seines gestreiften Pyjamas – der zum Hineinwachsen gekauft war – bis unter die Achseln und lief über das Eierpflaster. Bubis erstes Wort, das er nach «Mama», «Papa» und «Nein» sprechen gelernt hatte, war «Gerichtsvollzieher», und jeder Mann, der einen schwarzen Hut aufhatte, flößte ihm Angst und Schrecken ein, aber die Schatten hinter den flackernden Lampen fürchtete er nicht.

Als er durch den Torweg gegangen war, befand er sich in einem größeren Hof. Die dunkle Fläche, die vor ihm lag, und eine aufragende Statue von jemand auf einem Pferd ließen ihn einen Augenblick zögern. Aber die Musik kam aus dem langgestreckten Haus gegenüber, dort, wo Licht aus den Fenstern fiel; und so raffte er noch einmal seine Schlafanzughose hoch und marschierte mutig in Richtung des offenen Portals.

«Oh, Guy, ist es nicht wundervoll!» sagte Nerine, als sie in Guys Armen durch den hellerleuchteten Ballsaal tanzte.

«Bist du glücklich?» fragte er und blickte zärtlich zu ihr nieder.

«Glücklich! Liebster, du kannst dir nicht vorstellen...» Voller Ehrfurcht blickte sie auf die brokatseidene Kehrseite der voluminösen Erzherzogin Friederica, die zwei Schritte weiter, heldenhaft geführt von Fürst Spittau, vorüberwalzte. «Alle diese Menschen hier... und sie sind deine Gäste!»

«Unsere Gäste, Nerine. Dies alles ist für dich.»

Sie sah unter ihren seidigen Wimpern zu ihm auf und lächelte jenes sich langsam entfaltende Lächeln, das ihn schon vor Jahren bezaubert hatte. «Du verwöhnst mich, Liebling.»

Und Guy dachte, daß sich alles gelohnt hatte, um sie so lächeln zu sehen.

Die Pfaffensteiner Musikanten, die er für den ersten Abend engagiert hatte, um die Gefühle der Einheimischen nicht zu verletzen, legten eine kurze Pause ein, um sich den Schweiß von den Gesichtern zu wischen, bevor sie sich in den Gold-und-Silber-Walzer stürzten. Guy zog seine Verlobte dichter an sich heran und sagte: «Weißt du noch, Darling? Das ist der erste Walzer, den wir zusammen tanzten. In deiner Schule... Weißt du es nicht mehr?»

Für einen Moment flackerte in Nerines Augen Panik auf. Seit sie nach Wien gekommen war, wurde sie von Guy gefragt, ob sie sich an dies oder jenes erinnerte, und ihr fiel beim besten Willen nichts dazu ein.

«Was habe ich getragen?» erwiderte sie.

Guy überlegte konzentriert. «Etwas in Rosa. Es war weich und fließend.»

Erleichtert atmete Nerine auf. Natürlich, das rosa Georgettekleid mit der hohen Taille und den Puffärmeln.

«Ja, ja, Liebster», sagte sie glücklich. «Ich erinnere mich genau.» Denn das jüngst von Professor Freud entdeckte Unbewußte, wo andere Menschen ihre Freuden, Ängste und Frustrationen aufbewahrten, war für Nerine ein großer Kleiderschrank.

Nerines Bruder Arthur war kaum weniger begeistert als seine Schwester. Gewiß, die Dame, mit der er tanzte, glich mehr einer gestrandeten Seekuh, und ihre runden feuchten Augen schienen nicht von Farne ablassen zu können. Aber was machte das schon? Sie war die Gräfin Waltraut von Wahneck, und ihr Stammbaum reichte zurück bis zu den böhmischen Königen. Natürlich wäre es wirklich etwas Besonderes gewesen, mit der Fürstin von Pfaffenstein zu tanzen, aber da bestand für ihn wenig Hoffnung, denn die anderen Herrschaften standen Schlange bei ihr, und dies genau nach der Rangordnung, wie es sich gehörte. Unglaublich, daß sich Farne als ein so guter Fang erwies! Was muß ihn das alles gekostet haben, dachte Arthur, und begann wieder glücklich zu rechnen.

«Recht nette Veranstaltung», sagte ein Hauptmann der Ulanen, der wegen seines Holzbeins neben dem Rollstuhl der Mutter von Frau von Wahneck sitzen geblieben war. «Alles perfekt. Und der Bursche scheint auch noch Manieren zu haben.»

Die alte Gräfin nickte. «Wenn er nicht schon verlobt wäre»,

sagte sie, «hätte ich vielleicht Waltraut erlaubt, sich herabzulassen.»

«Ich bitt' Sie, Frau Gräfin!» sagte der Hauptmann schokkiert.

Auch David Tremayne, der an der großen Doppeltür stand, um unauffällig auf alles ein Auge zu halten, war zufrieden. Probleme hatte es weiß Gott genug gegeben, und am Nachmittag war ihm auch noch der Direktor der Opernkompanie mit einer Beschwerde wegen einer verschwundenen Garderobiere auf die Nerven gegangen – eine Beschwerde, die David wirklich nicht ernst nehmen konnte. Eine Wiener Näherin löste sich doch nicht in Luft auf. Aber nun war alles gut. Farnes Gäste fühlten sich sichtlich wohl, und Farne, der mit der schönen Witwe tanzte, war heute abend sicher der Glücklichste von allen. Wie schön diese Frau war, hinreißend schön, dachte David und blickte doch wieder zur Fürstin von Pfaffenstein.

Schon jetzt erschien es ihm unglaublich, daß er enttäuscht sein konnte, als er sie zum erstenmal kurz vor dem Empfang im Turmzimmer der Tanten sah. Nach dem, was er von ihr gehört hatte, stellte er sich eine süße kleine Person vor mit Locken und Grübchen. Das ernste schmale Gesicht und das zerzauste kurze Haar waren ein echter Schock für ihn gewesen. Dann hatte sie die Tanten umarmt und gelächelt, und es war, als würde sie plötzlich von innen heraus leuchten. Doch selbst dann, als ihre alte Kinderfrau kam und sie trotz ihrer Proteste mitnahm, damit sie sich ankleidete, hätte er nicht gedacht, daß sie in einer anderen Aufmachung recht viel anders aussehen könnte.

Inzwischen bewunderte er auch ihre Entschlossenheit, sich nicht in den Vordergrund rücken zu lassen. Sie hatte nicht erlaubt, daß die Kapelle ein Geburtstagsständchen für sie spielte; und vor dem ersten Tanz hatte sie den Ballsaal unter einem Vorwand verlassen, so daß Mrs. Hurlingham und Guy den Ball allein eröffnen konnten. Doch geholfen hat es nicht viel,

und Erleichterung sprachen aus seinen dunklen Augen. Es war ihre Stimme. Sie war hier! Und dann beugte sie sich über ihn, und als sie ihn aufhob und er die Arme um ihren Hals legte, hörte er die Worte, die er vor allem zu hören wünschte:

«Du hast ja einen *Pyjama* bekommen, Bubi», sagte Tessa ganz ehrfürchtig. «Einen gestreiften Pyjama wie ein richtig großer Junge!»

Die Rheintochter, die von einem sechsten Sinn geleitet einen wagnerianischen Auftritt im Nachthemd und Schal gewagt hatte, wurde im selben Moment von den Schreckensbildern eines auf Eisenpfählen aufgespießten oder in einem dunklen Brunnen ertrunkenen Bubi erlöst. Sie sah ihn gesund und wohlbehalten auf dem Arm eines schlanken Mädchens in einem weißen Satinkleid und einem funkelnden Diadem auf dem zärtlich geneigten Kopf.

Und sie sah auch, daß sich die Suche nach ihrer zweiten Garderobiere erübrigte.

Tessa schlief schlecht in der Nacht nach dem Ball, und dies nicht, weil Bubi sich weigerte, in sein eigenes Bett zurückzukehren, und bei ihr im Westturm schlief.

Kurz vor Tagesanbruch stand sie auf und trug das schlafende Kind zu ihrer Kinderfrau nach nebenan. Sie nahm den Arbeitskittel mit, den die alte Frau noch am Tag zuvor gewaschen, getrocknet und gebügelt hatte, zog ihn an und ging leise nach unten.

Im Schloß war noch alles still, aber vom Dorf herauf drangen die vertrauten Geräusche eines Morgens auf dem Land. Ein Hahn krähte, die Riegel einer Stalltür wurden quietschend zurückgeschoben, Eimer klapperten.

Sie ging zur Kapelle, zögerte und ging weiter. Gott würde an diesem Morgen nicht sehr zufrieden mit ihr sein. Sie überquerte den großen Hof, ging durch den Torweg, über die Zugbrücke und stieg die ausgetretenen Steinstufen zum östlichen Festungswall hinauf. Von hier aus blickte sie hinaus über die

Ebene, wo am fernen Rand die silberne Sonnenscheibe langsam aus dem Dunst emporstieg.

Es war unvernünftig, dachte Tessa, während sie die ersten warmen Sonnenstrahlen auf dem Gesicht spürte, sich so verletzt, so niedergeschlagen zu fühlen, nur weil ein Mann unhöflich zu ihr war. Es war schließlich nur natürlich, daß er nicht mit ihr tanzen wollte... da er sie nicht brauchen konnte in Gegenwart einer Frau, die so schön war... daß er sich über jeden ärgerte, der sich aufzudrängen schien.

Nur, ich wollte mich gar nicht aufdrängen, dachte Tessa traurig. Ich wollte nur, daß wir Freunde sind. Er hätte ein paar Worte für mich übrig haben können, nachdem er doch alles hat: Pfaffenstein, die Frau, die er liebt, Reichtum und eine so wunderbare Ausstrahlung, daß jeder, sogar die dumme Waltraut Wahneck, in seiner Nähe sein wollte. Konnte er, der so viel besaß, nicht großzügig sein?

Sie lehnte die Wange an den kühlen Stein. Dies hier war der älteste Teil des Schlosses, den sie mehr liebte als die barocke Pracht des Haupttrakts. Ja, es würde ihr schwerfallen, von hier fortzugehen – viel schwerer, als sie es sich vorgestellt hatte.

Sie wollte gerade zurückgehen, als sie Schritte hörte und einen Mann sah, der allein auf den Ostwall kam, um wie sie den Sonnenaufgang zu sehen.

«Guten Morgen, Hoheit.» Für die Menschen in seiner Heimatstadt hätte er wieder einmal wie ein Litauer ausgesehen. Seine Stimme klang alt.

«Warum nennen Sie mich so?» sagte sie traurig. «Sie wissen doch...»

«Was denn? Daß Sie eine überzeugte Republikanerin sind?» Er bemerkte, daß Tessa bedrückt und blaß aussah, und es erfüllte ihn mit einer merkwürdigen Befriedigung.

Tessa verschlug es für einen Moment die Sprache. «Ich verstehe nicht», sagte sie. «Warum sind Sie so anders? In Wien waren Sie freundlich.»

«Ich will nicht unfreundlich sein. Aber Sie müssen begreifen, daß Ihre Maskerade geeignet ist, die Leute zu verärgern. Lieber Gott!» Die Erinnerung an ihren Auftritt am Abend zuvor und wie sie Nerine die Schau gestohlen hatte, machte ihn erneut wütend. «Wie Sie diese Treppe herunterkamen!»

Tessa hatte sich wieder dem Horizont zugewandt, aber als sie sprach, zeichnete sie unbewußt mit der Hand das vertraute Lilienmuster nach, das in den Stein vor ihr gemeißelt war. «Ja», sagte sie. «Ich weiß, wie man eine Treppe hinuntergeht. Ich mußte es lernen, als ich fünf Jahre alt war. Man hat mir ein Buch auf den Kopf gelegt – meistens einen in Leder gebundenen griechischen Philosophen – und der Rock, den ich dabei trug, war mindestens zehn Zentimeter zu lang. Wenn das Buch herunterfiel oder wenn ich stolperte, wurde ich ohne Abendessen ins Bett geschickt. In Schönbrunn gibt es eine Marmortreppe, die eigens für diesen Zweck besonders glatt poliert wurde. Ich habe immer gedacht, die kleinen roten Flecken im Marmor müßten getrocknetes Blut sein, das die Kinder auf dieser Treppe vergossen haben.» Sie fuhr mit dem Finger über den Stiel der Lilie. Dann legte sie die Hand flach auf die Mauer. «Ich weiß also, wie man eine Treppe herunterkommt. Diese überaus nützliche Ausbildung habe ich erhalten.»

Die Bitterkeit in ihrer Stimme machte Guy für eine Weile stumm. «Waren Sie oft in Schönbrunn?»

Sie nickte. «Mein Vater gehörte zur Suite des Kaisers. In Pfaffenstein war es schön. Da konnte man immer in die Wälder flüchten, aber Schönbrunn … Es war ein Gefängnis. Diese langen Korridore und diese *Vorschriften*! Wenn man den Hofknicks nicht tief genug machte oder die Gabel nicht in derselben Sekunde weglegte, in der der Kaiser zu essen aufhörte, war das ein Skandal. Meine Eltern hatten sich natürlich einen Jungen gewünscht, aber ich blieb ihr einziges Kind – und ihre permanente Enttäuschung. Ich war sehr einsam in Schönbrunn, und manchmal habe ich mit einem kleinen Mädchen auf einem Bild gesprochen. Sie war hübsch, was ich nicht bin, aber ich wußte, daß es ihr genauso gegangen ist wie mir. Sie war die Infantin Margarita, die Velasquez auf dem berühmten Bild *Las Meninas* gemalt hat. Vielleicht kennen Sie es?»

Die Sonne war inzwischen ganz aufgegangen und verwandelte die umherfliegenden Tauben in Triangel aus Licht. Guy nickte. Er kannte das Bild von den kleinen Edelfräulein und der Infantin, die im Escorial von Madrid gefangengehalten wurde, bis sie groß genug war, um dem langweiligen, aufgeblasenen Leopold von Österreich als Braut übergeben zu werden.

«Manchmal nahm mich meine Mutter auf eine Spazierfahrt mit. Wir mußten ganz steif sitzen, überall waren Lakaien, und ich habe ganz gewöhnliche Kinder gesehen, die in der Welt draußen lebten … die richtig *dazugehörten* … die im Park spielen oder in einem Café Eis essen durften. Ich weiß noch: Einmal saßen Zwillinge mit roten Locken mit ihrer Mutter am Brunnen im Volksgarten. Sie hatte den Arm um die Kinder gelegt, und sie planschten im Wasser und lachten. Ich habe ans Fenster der Kutsche geklopft. Ich wollte, daß die Kutsche anhielt, damit ich aussteigen und fragen könnte, ob ich bei ihnen sein dürfte. Ich wollte einfach mitmachen und dazugehören.»

«Und weiter?»

«Dann sind meine Eltern gestorben und Pfaffenstein gehörte mir. Aber das Geld war auch dahin, und ich mußte ständig alle enttäuschen. Ich bin herumgefahren und habe die Leute in meiner Gemeinde besucht, und wenn eine alte Frau ein Loch im Dach hatte, habe ich den Verwalter kommen lassen und gesagt: ‹Warum haben Sie das Dach von der Frau Keller nicht repariert?› Und er hat gesagt: ‹Ich habe nur zehn Männer für die Arbeit, die früher von zweihundert getan werden mußte›, und mir ihre Arbeitszeitblätter gezeigt. Wir haben damals schon angefangen, Wald zu verkaufen, Bilder zu verkaufen … Mir wurde dann klar, daß ich nur eines für Pfaffenstein tun konnte: Ich mußte es aufgeben. Und so habe ich meine Tanten gebeten, es zu verkaufen.»

«Ja», sagte Guy, «ich verstehe.» Sein Zorn war verflogen – leider, dachte er, denn er war ein dicker Panzer gegen die Sorgen dieses Kindes gewesen. «Und die Musik? Hat sie Ihnen schon immer so viel bedeutet?»

Tessa nickte. «Seit ich denken kann. Einmal, in Schönbrunn – ich glaube, ich war damals sechs Jahre alt – gab ein Wiener Chor ein Konzert. Ich stand in meinem Zimmer am Fenster, als ich die Stimmen hörte. Es war ein kleines Schubert-Lied – ‹Auf dem Wasser zu singen› –, aber es ging mir durch und durch. Es war wie ein Blitzschlag. Wissen Sie, wie es ist, wenn man zufällig Musik hört? Wenn man es gar nicht erwartet? Und damals habe ich gedacht, wenn ich der Musik einfach dienen könnte... wenn ich dazu beitragen könnte, daß Musik gespielt wird... dann könnte ich es vielleicht aushalten.»

Was wollten Sie aushalten? wollte Guy fragen, aber er unterließ es, denn im Grunde wußte er es. In London hatte er einmal mit einer von Diaghilews Tänzerinnen über ihre sagenhafte Anmut und Leichtigkeit gesprochen, weil er sich fragte, inwieweit so etwas «natürlich» war. Er erinnerte sich noch gut, wie sie etwas mitleidig die Achseln zuckte und sagte: «Tanzen tut weh. Es tut ständig weh.» Und während er Tessa betrachtete, deren rehbraunes Haar in der Morgensonne wie blankes Kupfer glänzte, dachte er, daß man das vielleicht auch über das Dasein eines Fürstenkindes sagen konnte.

Plötzlich ärgerte es ihn, daß er sie irgendwie verstand. Ungeduldig wandte er sich ab, um die Stufen hinunterzugehen. Tessa folgte ihm. Als sie die Zugbrücke überquerten, bemerkte er eine weitere stilisierte Lilie, die in den Torbogen gemeißelt war – ein merkwürdiges Emblem für die blutrünstigen Pfaffensteiner, dachte er, denn er hatte diese Blume auch in der farbenprächtigen Fahne mit dem goldenen Greif und dem roten Handschuh bemerkt.

«Was werden Sie mit dem Geld tun, das Sie für Pfaffenstein bekommen?» fragte er unvermittelt.

«Nun, die Hälfte geht natürlich an die Tanten.»

«Ich bezweifle, daß sie das gutheißen werden. Sie wollen, daß das Geld Ihre Mitgift ist.»

«Meine Mitgift?»

«Für Ihre Hochzeit mit dem Fürsten von Spittau, dem einzigen Mann, wie sie mir sagten, der genug Schildplätze hat, um Ihrer Hand würdig zu sein.»

Seine Stimme klang wieder so schroff, daß Tessa plötzlich genug hatte.

«Es hat keinen Sinn, ihnen deshalb böse zu sein. Sie sind alt und hängen an den alten Traditionen. Aber von einer Hochzeit –»

Ihr Gesicht erhellte sich plötzlich. Eine Sekunde später kam der Fürst von Spittau in Lederhosen und einer Eichelhäherfeder am grünen Hut um die Ecke.

«Ach du liebe Zeit, Rinty! Du bist aber gewachsen! Platz, Hektor, Platz! Jaja, Samson, ich weiß ja, du bist der älteste.» Lachend tauchte Tessa in ein Meer wedelnder, knuffender, glückselig schleckender Hunde ein. «Ich hab euch ja so vermißt», sagte sie. «Es ist wirklich schrecklich, daß man in Wien keine Hunde haben kann.» Sie drehte sich zu Guy um und forderte ihn lächelnd auf, an der fröhlichen, unschuldigen Welt dieser wuselnden Hunde teilzunehmen.

Aber beim neuen Herrn von Schloß Pfaffenstein hatte das Litauische wieder die Oberhand gewonnen. Er erwiderte kurz den Gruß des Fürsten und schritt rasch über den Hof davon.

«Was ist denn mit ihm los?» sagte der Fürst befremdet, denn er war dem Engländer wohlgesonnen.

Tessa zuckte die Achseln. «So ist er eben», sagte sie. Aber es stimmte nicht. Zu allen anderen war er höflich und freundlich. Nur mich mag er nicht, dachte sie und vergrub das Gesicht im Nackenfell eines kräftigen Labradors.

«Ich hab mir gedacht, du hast vielleicht Lust auf einen Spaziergang», sagte Maxi. Eigentlich war ein Taubenschießen mit anschließendem englischem Frühstück angesetzt, angeblich mit Kalbsnierchen und Rühreiern und einem Reisgericht mit Fisch und harten Eiern. Frühstücken konnten die Engländer ja, das mußte man ihnen lassen. Aber Maxi war bereit, darauf zu verzichten, um die Sache mit Butzi endlich ins reine zu bringen. Seine Mutter, die sich von ihrer Migräne erholt hatte, war schon ungemütlich geworden, weil Maxi am Ballabend versagt hatte. Aber jetzt, in der herrlichen Morgenfrische und mit den Hunden, die wirklich sehr gut aussahen, schien ihm, daß seine Chancen nicht besser hätten sein können.

«Maxi, ich kann nicht», sagte Tessa. «Ich muß arbeiten.»

«Arbeiten?» sagte Maxi und ließ sein langes Bourbonenkinn hängen. «Wie meinst du das?»

Ihm fiel auf, daß die Butzi komisch angezogen war. Wollte sie vielleicht Kühe melken? Er sah sich ängstlich um, aber im Hof waren gottlob keine Kühe.

«Ich arbeite für die Opernkompanie», sagte Tessa, während sie einem Wolfshund den Bauch kraulte und die Liebkosungen eines Setters erwiderte. «Wir werden *Die Zauberflöte* hier im Theater aufführen, und da gibt es unheimlich viel zu tun.»

«Du meinst, du dirigierst die Oper?» sagte Maxi verdutzt. Er wußte, es hatte künstlerische Pfaffensteiner gegeben, und manchmal tauchten so merkwürdige Veranlagungen in einer Familie wieder auf.

Tessa lachte. «Nein, Maxi! Ich arbeite hinter der Bühne.» Sie wandte ihre Aufmerksamkeit dem Wasserspaniel zu und erklärte nebenbei ihre Pflichten.

«Du flachst doch bloß, oder?» fragte Maxi. «Du läßt dich doch nicht wirklich herumkommandieren von Malern und Schreinern und solchen Leuten?»

«Maxi, ich hab dir schon gesagt –»

«Ja, ja.» Hastig wehrte er die zu erwartende Belehrung ab, daß Gott alle Menschen gleich erschaffen hat und die Fürstin von Pfaffenstein eine überzeugte Republikanerin war. Aber es war schon arg viel auf einmal. Kein Wunder, daß sich seine Mutter wegen der Butzi Sorgen machte und sie für leichtsinnig hielt. «Kannst du nicht wenigstens auf eine Stund mitkommen?»

Tessa schüttelte den Kopf. «Es tut mir leid, Maxi. Wir haben so viel zu tun, und ich habe versprochen, mit den Tanten Kaffee zu trinken.»

Maxi war völlig geknickt. Aber wenn die Butzi partout nicht wollte, dann konnte er genausogut sein Gewehr holen und das englische Frühstück probieren.

«Das werde ich nie im Leben vergessen!» sagte die Rheintochter, die rittlings auf einem Felsen aus dem ersten Akt saß und ihren Zuhörern einen muskulös ausgebildeten Arm entgegenstieß. «Sie war mitten unter den Gästen, im weißseidenen Abendkleid und mit einem Diadem auf dem Kopf. Als sie Bubi aufhob und die Diener auf sie zuliefen, um ihn ihr abzunehmen, hat sie nur einmal so mit dem Kopf geschüttelt.» Frau Witzler bewegte ihr rundes Schlesierhaupt von rechts nach links und wieder zurück. «Daraufhin sind sie neben ihr angetreten und haben sie nach oben begleitet. Sechs livrierte Diener haben ihr den Weg gebahnt!»

Witzlers Opernkompanie war zu ungewöhnlich früher Stunde im Theater versammelt. Die Orchestermusiker, von denen das Gerücht ging, sie hätten seit zehn Jahren kein Tageslicht mehr gesehen, schlenderten durch das Parkett. Die Bühnenarbeiter standen grüppchenweise in der Kulisse. Auf der Bühne saßen Witzler und seine Hauptdarsteller und tranken Kaffee. Die erste Probe war für halb elf Uhr angesagt, aber niemand machte Anstalten anzufangen. Es gab die üblichen Probleme in einem neuen Theater – verlorene Schlüssel, ausgetrocknete Dimmer –, aber daß sich die Probe verzögerte, lag nicht daran, sondern an der Neuigkeit, die die Rheintochter beim Frühstück aufgetischt hatte und die immer aufs neue wiederholt wurde, sobald ein noch uninformiertes Mitglied der Truppe auftauchte. Hätte ihnen jemand anders als die für ihre Wahrheitsliebe geradezu berüchtigte Rheintochter erzählt, die zweite Garderobiere ihrer Kompanie sei die Fürstin von Pfaffenstein, hätten sie es für einen Witz gehalten.

«Nun, das wäre erledigt», sagte Boris. Keine Späße mehr im

Perückenraum, keine Milch mehr für Die Mutter. Nur Tessa war imstande gewesen, dem Milchmann einen regelmäßigen Milchvorrat abzuschmeicheln. Ohne Joghurt werde ich eben jung sterben, dachte der Perückenmeister in transdanubischer Hoffnungslosigkeit. Was machte das schon?

«Ich brauche einen Ersatz für sie», sagte Frau Pollack. «Ich kann unmöglich die ganze Arbeit allein bewältigen.» Boris warf ihr einen häßlichen Blick zu. Wer sollte wohl Tessa ersetzen? Er sah sie immer noch vor sich auf einer umgedrehten Kiste sitzen. Ihr Haar fiel bis auf den Boden, eine Flut glänzender hellbrauner Wellen, und sie sagte entschlossen: «Schneid sie ab, Boris. Los! Tu es einfach.»

Klasky kritzelte mit finsterem Gesicht ungarische Schimpfwörter zwischen die Bläsernoten. Wenn es zur Revolution kam, würde man Tessa mit den übrigen Aristokraten einsperren, aber er fand, daß ihn dieser Gedanke erstaunlich wenig befriedigte.

«Ich habe ihr ein Kleid geliehen», dachte die kleinste Heidi, träumerisch in der vierten Position an einer Säule lehnend. «Sie war meine Freundin.» Heidis Großmutter hatte Schwarz getragen seit dem Tag, an dem sich Kronprinz Rudolf erschoß; und auch Heidi war eine leidenschaftliche Royalistin.

Wer wird mir jetzt meinen Schemel bringen? dachte Pino verdrossen. Der Tenor war einen Kopf kleiner als Raisa, und Tessas taktvolle Art, einen Schemel hinter den Grabstein, den Felsen oder das Sofa zu stellen, hatte ihn stets mit tiefer Dankbarkeit erfüllt.

Aber Jakob hatte die Nachricht am schwersten getroffen. Natürlich konnte er aus der Sache einen Vorteil für die Kompanie schlagen. Wenn er der Presse erzählte, wer Tessa war, und ein paar Fotos beibrachte, auf denen man sie bei einer niedrigen Arbeit sah, wäre das zweifellos eine erstklassige Reklame. Aber nur für eine Weile – und das wog den Verlust von Tessa nicht auf. In Zukunft würde ihm keine kleine Gestalt mehr in einem bekleckten Kittel in den Gängen begegnen und verschmitzt lächelnd zu ihm aufschauen; niemand mehr würde seine Gedanken erfassen, noch bevor er sie richtig gedacht hatte.

«Also gut, das reicht jetzt», rief er. «Wir machen eine schnelle Probe des ersten Akts. Die drei Damen bitte auf die Bühne, und du, Pino – alle anderen ab, und denkt daran –»

Er verstummte, als er merkte, daß ihm niemand zuhörte. Plötzlich war alles mucksmäuschenstill, und alle blickten in den Zuschauerraum.

Durch den Mittelgang kam – im üblichen Kittel und mit einer Milchkanne in der einen und einem Körbchen mit braunen Eiern in der anderen Hand – ihre kleine zweite Garderobiere.

«Guten Morgen, Herr Witzler.» Tessas Augen blickten besorgt, denn sie kam zu spät. Es hatte länger gedauert, als sie erwartet hatte, bis sie den Tanten ihre Arbeit in Wien erklärt hatte.

«Guten Morgen, Hoheit.»

Tessa erreichte den Orchestergraben, verschwand unter dem Rampenlicht und erschien wieder neben dem Direktor auf der Bühne. Raisa neigte ihre wogende Fülle zu einem Hofknicks, und die kleinste Heidi war völlig auf den Boden gesunken.

Tessa sah sich kritisch den Szenenaufbau an. «Die Halterung für die Spannleisten ist dort oben, soviel ich weiß. Über der Beleuchtertafel. Soll ich mal nachsehen? Danach werde ich die Papageno-Kostüme auspacken, weil die Federn frisch gekräuselt werden müssen, und –»

Jakob räusperte sich. «Hoheit, es kommt gar nicht in Frage, daß Sie weiterhin für uns arbeiten. Das müssen Sie verstehen.»

Tessa wurde weiß wie die Wand. «Nein», sagte sie ruhig. «Das verstehe ich nicht.»

«Bitte.» Jakob strich sich mit seiner dicken Hand über den kahlen Schädel. «Sie brächten mich in Verlegenheit... Ihr Vater war kaiserlicher Stallmeister.» Nur ein Mann, der sich wie Witzler Jahr für Jahr systematisch durch alle Ränge des Adels gebettelt hatte, um seinen Weg zu gehen, konnte das Ausmaß der Majestätsbeleidigung ermessen. «Es wäre für die Männer unmöglich, Ihnen weiterhin etwas aufzutragen.»

«Ganz zu schweigen von ihrer Ausdrucksweise», warf die Rheintochter ein.

Tessa drehte sich zu den Bühnenarbeitern um, die ihre Freunde waren und die sie jetzt mit dem erzwungenen Respekt ansahen, dem sie früher so oft begegnet war. Sie sahen nicht mehr Tessa, sondern irgendeine Figur mit einem Etikett, die – je nachdem, wie sie eingestellt waren – verehrt oder gehaßt werden mußte.

Sie schluckte die aufsteigenden Tränen hinunter und sagte: «Herr Witzler, ich habe mein Zuhause verloren. Mir ist nichts geblieben als meine Arbeit. Muß ich auch die verlieren?»

Jakob hob müde die Schultern, und sein Magengeschwür ließ ihn spüren, was es von der Situation hielt.

«Es ist unmöglich, Hoheit. Hundertjährige Privilegien können nicht einfach weggewischt werden. Die Stellung Ihrer Familie... Ihr gesellschaftlicher Rang. Es tut mir leid. Sie leisten ausgezeichnete Arbeit, aber Sie können nicht bei uns bleiben.»

«Ich verstehe.»

Tessa stellte die Milchkanne und den Eierkorb ab. Instinktiv war sie zum hinteren Teil der Bühne gegangen. Nun drehte sie sich um und hatte alle vor sich. Sie begann ganz ruhig zu sprechen, denn die Kinder von Schönbrunn hatten nicht nur gelernt, über eine Treppe zu schreiten, sondern auch, wie man auf eine beliebige Entfernung an einem beliebigen Platz gehört wurde.

«Ich schäme mich für euch», sagte sie, und ihre ruhige Stimme klang schneidend scharf. «Für euch alle.»

Sie starrten sie an. Klasky legte seine Partitur aus der Hand. Ein Bühnenarbeiter trat einen Schritt zurück, als wollte er vor dem Zorn in ihrem Gesicht flüchten. War dies das kleine, von daheim weggelaufene Mädchen, das willig jede Arbeit verrichtete und jederzeit alles für jeden von ihnen tat?

Daß sie so verblüfft waren, konnte man ihnen nicht übelnehmen. Niemand hier hatte den deutschen Kaiser auf dem Schloßhof herumhopsen sehen, weil ihn ein Kind in die Wade gebissen hatte, nachdem er den letzten Auerochsen in den Wäldern von Pfaffenstein erlegt hatte. Niemand hier hatte gesehen, wie auf Anweisung einer dreizehnjährigen Fürstin eine Tragbahre nach der anderen mit verwundeten Soldaten aus den umliegenden Höfen ins Schloß gebracht wurde, damit einfache Soldaten die gleiche Pflege erhielten wie die verwundeten Offiziere.

«Ich habe geglaubt, was Sie sagten», fuhr Tessa fort. «Ich habe geglaubt, was Herr Witzler über Musik sagte... daß sie uns alle gleichmacht. Ich habe Herrn Klasky geglaubt, als er den Chor der Gefangenen in *Fidelio* probte... als er den Chor vier Stunden lang proben ließ... daß das, was Beethoven über Freiheit und Brüderlichkeit sagte, heilig sei. Ich habe ihm tatsächlich geglaubt. Und jetzt... bei der *Zauberflöte!*» Sie sah Witzler an und dann den alten Baß, der den Sarastro sang und sie offenen Mundes anstarrte. «Erst vor zwei Tagen, als Herr Berger auf sein Mittagessen und seine Teepause verzichtete, um dieses Rezitativ bis ins Kleinste auszuloten – den Teil, wo es heißt, daß Tamino mehr als ein Prinz ist, weil er ein *Mensch* ist... Mein Gott, Sie sagten, das sei der Leitgedanke der Oper, und ich habe Ihnen geglaubt!»

Alle schwiegen. Eine Tür klappte, als Farne am anderen Ende den Zuschauerraum betrat, um die Truppe zu begrüßen, aber niemand bemerkte ihn. Die Leute im Theater hatten nur Augen und Ohren für die zarte und blasse Gestalt, die sie unnachgiebig anklagte.

«Ich habe geglaubt, daß Sie alle der Musik dienen würden», fuhr Tessa fort, «weil sie über Kleinlichkeit und gesellschaftliche Stellung erhaben ist. Weil sie alle eint, Reiche und Arme, Kranke und Gesunde. Weil sie von Gott kommt. *Ich* habe es geglaubt – aber Sie nicht. Kein einziger von Ihnen.»

Sie hielt inne und fuhr sich rasch mit der Hand über die Augen.

«Die Fürstin Lichnowski kniete vor Beethoven nieder, um ihn zu bewegen, die Partitur von *Fidelio,* den die Wiener ausgepfiffen hatten, wieder herauszugeben. Aber ich werde nicht auf Knien betteln, um bei Ihnen arbeiten zu dürfen, weil ich das vor Pharisäern und Opportunisten und Snobs nicht tue!»

Tessa bückte sich, um ihren Korb und die Milchkanne aufzuheben. Und dann begannen die Bühnenarbeiter plötzlich zu klatschen. Es wurde getrampelt und geschrien, als sei das Theater voll bis unter das Dach. Und die Musiker klopften auf die Notenständer, und Boris trocknete sich mit seinem Wollschal die Augen und fing an, «Bravo!» und «Noch mal!» zu rufen.

Raisa blieb es überlassen, die Versammlung wieder zur Vernunft zu bringen. Ovationen waren schön und gut, aber im allgemeinen gebührten sie ihr.

«Hoheit haben vollkommen recht», stellte die rumänische Sopranistin fest. «In Kunst ist alles für alle.» Sie schob die Leute, die sich um Tessa scharten, zur Seite und sagte entschlossen: «In diesem Mieder, Hoheit, kann ich nicht singen. Erwisch ich kein hohes C, und hohes F kannst du vergessen.»

Tessa gab Jakob das Taschentuch zurück, mit dem sie sich die Nase putzen durfte, und wandte sich mit strahlendem Gesicht der Sopranistin zu. «Ja, Frau Romola. Ich verstehe vollkommen. Wenn Sie mir das Kleid jetzt geben wollen, ist es bis heute abend fertig. Ich muß nur einen kleinen Keil einsetzen ...»

9

Der Wald, der sich auf dem Berg hinter dem Schloß erstreckte, hätte aus Grimms Märchen sein können – Fichten und Lärchen, Harzgeruch, Farnkraut und Moos, dazwischen kristallklare Bäche und in hellen Streifen einfallender Sonnenschein...

Und auf einer Lichtung Taubenfedern und Pulvergeruch, denn hier verhalf Guy seinen Gästen zu dem einzigen Jagdvergnügen, das der Monat Juni zu bieten hatte. In Lodengrün mit silbernen Knöpfen, in Lederhosen oder in Felduniform hatten sich alle jene Gäste in den Wald begeben, die des Gehens mächtig waren oder nicht lieber angelten oder Billard spielten, um Tauben zu schießen, die trotz ihres geringen Ansehens unter den Jägern erstaunlich schwer zu erlegen waren.

Guy, der zusammen mit Fürst Maximilian in einem Versteck hockte und zielsicher, aber ohne besonderen Enthusiasmus die Tauben herunterholte, die ihm zugedacht waren, kam unfreiwillig in den Genuß von Maxis Zutraulichkeit.

«Eine richtig schöne Hausparty», sagte Maxi weltmännisch. «Das finden wirklich alle. Alles gerichtet, wie's sein soll.»

Von so viel Konversation vorübergehend erschöpft zielte er und holte seinen Vogel herunter. Selbstverständlich hatte er die Hunde bei sich, auch wenn sie für diese Jagdart nicht gebraucht wurden. Jetzt schickte er den Pointer los, dirigierte den Labrador zu einem noch flatternden Vogel ins Gebüsch, pfiff den Wasserspaniel aus dem Bach zurück und sprach zum

Wolfshund ein männliches Wort des Mitgefühls, weil sich für ihn keine geeignete Beute fand.

«Ich freue mich, daß es Ihnen gefällt.»

In der Ferne sahen sie die Gräfin von Wahneck, die ihre Verfolgung des neuen Schloßherrn vor einem Bach, den sie mit ihrer Mutter im Rollstuhl nicht durchqueren konnte, aufgeben mußte.

«Schade, daß die Butzi, ich meine die Tessa, nicht mitkommen konnte.»

«Geht sie gern auf die Jagd?»

«Nein, eigentlich nicht», antwortete Maxi, während er stirnrunzelnd auf seine junge Setterhündin blickte. «Dabei schießt sie recht gut. Ihr Vater hat es ihr beigebracht – und ich. In Spittau hab ich sie schon im Kahn mitgenommen, als sie sechs Jahre alt war. Und Sie werden's nicht glauben», fuhr Maxi ernst fort, «aber ich kenn niemand, der eine Wildente so gut imitiert wie sie. Sie hat ein Ohr für so was. Wenn Sie die Butzi im Boot haben, brauchen S' keine Lockente. Wahrscheinlich ist sie deswegen so musikbegeistert.»

Er seufzte. Seine Mutter würde gar nicht erbaut sein über diese Geschichte mit der Opernkompanie. «Und die Hunde», sagte er, während er dem Pointer den Vogel aus dem Maul nahm und überrascht auf das tote Eichhörnchen blickte, das der Labrador gebracht hatte, «man möcht's nicht glauben, aber sie folgen ihr aufs Wort.»

«Tatsächlich?»

Guys kühler, leicht verächtlicher Ton ließ Maxi unbeeindruckt. Er tätschelte den Pointer, lobte den Labrador, rief den Wachtelhund an seine Seite. Dann legte er erneut an, traf und schickte die ganze Meute wieder los. «Sie sind halt besonders fürs Wasser ausgebildet», bemerkte er. Dann kam er erneut auf Tessa zu sprechen. «Die Schwärmerei für Kunst und Musik – die macht mir schon Sorgen. Vielleicht gibt sich's ja mit der Zeit.»

«Möchten Sie das denn?»

«Na ja. Wenn wir verheiratet sind... Ein Klavier gibt es natürlich in Spittau. Auf dem könnt sie schon spielen. Momentan ist es ein bisserl verzogen, aber das wird sich richten lassen. Wissen S'», fügte er erklärend hinzu, «Spittau liegt ziemlich tief.»

Guy antwortete nicht. «Wenn wir verheiratet sind», hatte der Fürst gesagt. Dann stimmte es also, wenn jeder die Verlobung als selbstverständlich voraussetzte. Nun, es ging ihn nichts an.

Als sich Guys Gäste zu einem Mittagsimbiß versammelten, der ganz zwanglos an kleinen Tischen im gelben Salon serviert wurde, gab es keinen Zweifel mehr, daß die Einladung ein Riesenerfolg war. Das Stimmengewirr, das Gelächter, das Knallen der Champagnerkorken bezeugten, daß man mit dem englischen Gastgeber rundum zufrieden war. Die Jagdteilnehmer bedienten sich trotz des englischen Frühstücks, das sie bereits im Magen hatten, reichlich am Buffet. Diejenigen, die morgens beim Angeln waren, berichteten von ihrem ausgezeichneten Fang und die Billardspieler über die schön renovierten Tische.

Auch die Anwesenheit einer ganzen Operntruppe wurde anerkennend erwähnt. Dies war die Rückkehr zu den großen Zeiten des Mäzenatentums. Den Ulanenhauptmann mit dem Holzbein hatte ein Blick aus dem Schlafzimmerfenster auf die Dehnübungen machende mittlere Heidi so bewegt, daß er sich an seinem Mundwasser verschluckt hatte; und der Erzherzog Sava, der mit glasigen Augen neben Monteforelli saß, befand sich in einem Zustand glücklicher Erfüllung. Auf dem Weg zu seinem Bären hatte er den Brunnenhof überquert und Raisa Romola auf einer Schilfmatte beim Sonnenbaden entdeckt. Daß er, ein Musik- und Busenfreund, seine zwei Passionen in einem Körper vereint fand, war beinahe zuviel des Glücks für den Erzherzog gewesen, der nun versuchte, dem alten Fürsten mit Gesten darzulegen, was dieser Anblick für ihn bedeutet hatte.

Nur an dem Tisch, wo die Tanten, die Schwanenprinzessin

und die Erzherzogin Friederica saßen, herrschte eine etwas weniger aufgeräumte Stimmung. Nicht, daß der Erzherzogin das Essen nicht geschmeckt hätte – im Gegenteil. Sie versteckte systematisch alle einigermaßen haltbaren Delikatessen, die ihr die Diener auf den Teller häuften, in einer eigens für diesen Zweck mitgebrachten Tasche. Aber die Enthüllungen über Butzis Tätigkeit in Wien waren ein Schock gewesen, und die Tanten Augustine und Tilda hatten auch das Gefühl, daß ihre Nichte, so lieb und wert sie ihnen war, ihre Arbeit ein wenig ungenau beschrieben hatte, denn «Musik studieren» hieß im allgemeinen nicht Möbel schleppen, Perücken kämmen und Kleider säumen.

«Wenn wir sie nur endlich versorgt wüßten», sagte die Herzogin. «Natürlich wird sie bei uns immer ein Zuhause haben, aber ...»

«Nur keine Sorge», sagte die Schwanenprinzessin grimmig, während sie dem Diener winkte und eine weitere Scheibe Schinken verlangte. «Maxi kennt seine Pflicht. Wir können jetzt jede Minute mit einer Ankündigung rechnen.»

Nerine, die zwischen Guy und Arthur saß, blickte hochbefriedigt umher. Vierundzwanzig Stunden hatten ihre Ansichten über Guy völlig verändert. Ihre Mutter hatte sich in ihm getäuscht. Trotz seiner fragwürdigen Herkunft schien er eine außergewöhnliche Anziehungskraft auf Menschen auszuüben – und nicht nur auf den jungen Tremayne und den Rest seiner Mitarbeiter, die ihn offensichtlich vergötterten. Gewiß – Guy hatte die Gesellschaft dieser Aristokraten gekauft; aber sie bemerkte bei keinem Gast das geringste Anzeichen für Verachtung oder Herablassung trotz der Tatsache, daß er aus seiner Herkunft kein Geheimnis machte. Einige unter den Frauen benahmen sich sogar ausgesprochen albern; zum Beispiel diese Gräfin mit den Ölflecken auf dem Kleid und die dicke italienische Marchesa, die ihm auf dem Ball zugezwinkert hatte. Und was die junge Fürstin von Pfaffenstein betraf, so würde Nerine dafür sorgen, daß sie nach der Hausparty nie wieder einen Fuß in das Schloß setzte, und das bedeutete auch, daß ihre Tanten gehen mußten. Zwar hatte Guy mit offensichtlichem Mißfallen über die junge Fürstin gesprochen, als er die Bekanntschaft mit ihr erklärte, aber Nerine hatte Tessas Gesicht gesehen, als sie Guy offiziell vorgestellt wurde – und *das* würde nicht wieder vorkommen!

Ja, sie würde Guy hier heiraten, und das bald, dachte Nerine. Später würden sie natürlich nicht im Ausland bleiben, sondern nach England zurückkehren. Aber als Rahmen für eine Hochzeit war Pfaffenstein unschlagbar. Sie würde ein paar Monate brauchen, um eine angemessene Aussteuer zusammenzustellen, aber dann...

Als sie sich ihrem Bruder Arthur zuwandte, konnte er sie mit einer Information überraschen: Er hatte ausgerechnet, wieviel das Feuerwerk gekostet hatte, das für den letzten Abend geplant war.

Die Tanten hatten Guy angeboten, ihn und seine Verlobte durch die Ahnengalerie zu führen, weil sie annahmen, daß sie als neue Besitzer vielleicht gern etwas über die Geschichte und den Hintergrund der Familie erfahren wollten. Also brach man nach dem Mittagessen dorthin auf, zusammen mit David Tremayne, der inzwischen mit dem Schloß fast ebenso vertraut war wie die Tanten selbst. Die Galerie war ein langer, holzgetäfelter Raum, der den großen Saal mit dem Vorraum des Theaters auf der Ostseite verband.

«Wir bedauern, daß unsere Großnichte so wenig Zeit hat», sagte die Herzogin, als Geigenklänge, gefolgt von ungarischen Kraftausdrücken, an ihr Ohr drangen.

«Wir hätten gern gehabt, daß sie Ihnen alles zeigt, aber sie ist so mit ihrer Arbeit beschäftigt», sagte die Markgräfin mit dem Mops auf dem Arm.

Nerine, die froh war, daß die Fürstin beabsichtigte, sich tagsüber nicht blicken zu lassen, und lieber in einem staubigen Theater herumwerkelte, antwortete angemessen; und dann betraten sie die Galerie, wo die Porträts derer von Pfaffenstein nacheinander aufgereiht hingen. Männer in allen möglichen Uniformen, mit Halskrausen, Orden und Schärpen, auf sich bäumenden Pferden, mit ihren Gemahlinnen oder, noch häufiger, mit ihren Hunden blickten ihnen entgegen.

Ein Haufen hochmütiger Kerle, dachte Guy, der immer wieder sowohl bei den Männern in Wams und Pluderhosen als auch bei den Frauen in Reifröcken oder im Reitkostüm das rehbraune, fast bernsteinfarbene Haar und die hellbraunen Augen von Witzlers kleiner Garderobiere entdeckte.

Nerine, die sich nie langweilte, wenn es Kleider zu sehen gab, ging mit ernster Miene von einem Bild zum anderen. Hier gab es einige nützliche Anregungen. Dieses Mousselincape, hauchzart über einem steifen Brokatärmel, war sehr wirkungsvoll. Auch die Art, wie eine Kette aus Goldperlen über ein tief ausgeschnittenes Mieder drapiert war, gefiel ihr. Und dort jener haubenartige Kopfschmuck! Wenn sie sich das nacharbeiten ließ mit Ziermünzen für den Abend, könnte es auf eine ganz besondere Art unschuldig wirken. Und vor jedem dritten oder vierten Bild blieb sie stehen und studierte sorgfältig ihr Spiegelbild im Glas. Ja, es war richtig, nur eine weiße, am Hals offene Bluse und einen schlichten blauen Faltenrock zu tragen, so daß das von der Pracht auf den Bildern übersättigte Auge zu ihrer frischen Schlichtheit zurückkehren konnte.

«Wir haben sie nie dazu gebracht, stillzusitzen», sagte die Herzogin zu David Tremayne, der vor einer kleinen Bleistiftskizze eines Kindes mit zerzaustem Haar stehengeblieben war. Die Stimme der Herzogin klang wie immer weicher, wenn sie von ihrer Großnichte sprach. «Aber es gibt ein Bild von ihr von Scharnach. Es hängt in meinem Schlafzimmer, wenn Sie es sehen wollen.»

Guy, der an dem Bild der jungen Fürstin gleichgültig vorbeigegangen war, hatte etwas gefunden, das ihn mehr interessierte. Es war das Motiv, das sich auf vielen der geschnitzten und vergoldeten Rahmen, den Schildern und Fahnen in den Händen der porträtierten Personen und auf dem Fußbodenmosaik aus Birken- und Ahornholz wiederholte: eine stilisierte und anmutige Lilie – ein erstaunlich friedliches Emblem für dieses kriegerische Adelsgeschlecht.

«Diese Blume hier», sagte er, während er mit der Schuhspitze das Muster auf dem Boden nachzeichnete, «scheint überall im Schloß aufzutauchen. Sogar an der Brustwehr der alten Festung.»

Die Tanten sahen sich an, und die Herzogin nickte.

«Es gibt eine Legende», begann die Markgräfin, «aus der Zeit des Dritten Kreuzzugs. Damals herrschte hier Graf Johannes, und er hatte eine Frau, die Gräfin Isabella, die sehr schön war und die er sehr liebte. Sie liebten sich beide sehr.» Sie sah ihre Zuhörer ein wenig ängstlich an, weil sie vielleicht zu weit gegangen war. Engländer galten als kühl.

«Dann wurde 1311 von der Kirche zu einem Kreuzzug gegen die Ungläubigen aufgerufen», erzählte die Herzogin weiter, «und Graf Johannes folgte dem Ruf.»

«Ja, und die Gräfin Isabella war ganz verzweifelt. Aber er versprach, zurückzukommen und ihr alle errungenen Schätze mitzubringen. ‹In deinem Namen gehe ich, um Jerusalem zurückzuerobern›, sagte er zu ihr.» Die Markgräfin setzte den Mops auf den Boden, um die Geschichte mit Gesten zu unterstreichen.

«Er kämpfte tapfer und heldenhaft», fuhr die Herzogin fort. «Aber bei der Belagerung von Akka wurde er von einem Pfeil tödlich verwundet.»

«Und als er dort lag und das Blut aus seinem Körper rann, sah er, daß ganz dicht neben ihm eine Blume wuchs – eine Lilie. Die Paradieslilie.»

«Lilium auriculum», warf die Herzogin ein, die immer gern zu den Tatsachen zurückkehrte. «Weiß, sehr duftend, auf einem blattlosen Stil.»

«Graf Johannes gelang es, sich bis zu der Blume zu schleppen und sie zu pflücken. Dann wandte er sich an seinen Knappen und sagte: ‹Bring diese Blume meiner Gemahlin und sag ihr, daß ich mit ihrem Namen auf den Lippen gestorben bin.›» Überwältigt von der traurigen Geschichte mußte die Markgräfin eine Pause einlegen. «Der Knappe nahm die Blume, gab seinem Pferd die Sporen und galoppierte nach Smyrna. Tag um Tag ritt er in der brennenden Sonne, aber die Blume welkte nicht. Von Smyrna aus fuhr er auf einer Galeere nach Venedig. Die Überfahrt dauerte wochenlang, und die ganze Zeit blieb die Lilie frisch, als wäre sie eben gepflückt worden.»

«Das jedenfalls behauptet die Legende», sagte die Herzogin.

Die Markgräfin warf ihr einen vorwurfsvollen Blick zu. «Sogar als er von Venedig nach Wien ritt», fuhr sie fort, «blieb die Blume frisch und duftend. Und dann erreichte er endlich das Schloß, wo er auf Wärme und etwas Gutes zu essen hoffte. Aber im Schloß rührte sich nichts. Es herrschte tiefe Trauer. Die Gräfin Isabella war krank geworden, sehr krank – genau an dem Tag, als ihr Gemahl verwundet wurde, obwohl sie es natürlich nicht wußte.»

«Sie waren nämlich Sternengeschwister», erklärte die Herzogin.

Die beiden Damen hatten in ihrem Eifer immer schneller gesprochen, so daß Davids und Nerines Deutschkenntnisse nicht mehr ausreichten, um ihnen zu folgen.

«Sternengeschwister?» wiederholte David verwirrt.

Die Herzogin nickte. «Gibt es das bei Ihnen nicht? Es sind Menschen, die unter demselben Sternzeichen geboren sind. Sie waren himmlische Zwillinge. Gemini. Das muß es doch auch in England geben.»

«Ja», sagte David, als Guy sich stirnrunzelnd abwandte, «das gibt es auch bei uns.»

«Nun, jedenfalls lief der Knappe zum Schlafgemach der Gräfin, die seit Wochen krank im Bett lag und wartete. Er kniete nieder und reichte ihr die Blume und sagte: ‹Euer Gemahl schickt Euch dies. Ich soll Euch sagen, daß er mit Eurem

Namen auf den Lippen gestorben ist.› Sie nahm die Blume und lächelte, und dann ist sie gestorben.»

«Und erst dann –»

«Erst nachdem sie tot war –»

«Ist die Lilie verwelkt.»

Zufrieden nickten sich die beiden Damen zu und wurden mit einem freundlichen Lächeln von David und Nerine belohnt.

«Seitdem sind die Ehegatten auf Pfaffenstein, die richtig zusammengepaßt haben, immer astrologische Zwillinge gewesen.»

«Nein, Tilda, das stimmt jetzt nicht. Tessa ist Zwilling und Maxi ist Fisch, und sie passen in jeder Hinsicht ausgezeichnet zusammen.»

«Jaja, freilich. Ich habe auch nicht gesagt –»

«Wie romantisch!» Nerine fand die Geschichte wunderbar. «Ich bin Wassermann. Und du, Guy?» Sie sah ihn lächelnd an, und auf ihrer Wange zeigte sich ein entzückendes Grübchen.

«Was fragst du mich?» entgegnete er schroff. «Ich weiß nicht, wann oder wo ich geboren wurde. Das weißt du doch.»

«Ja, aber kannst du es nicht ungefähr sagen?»

«Nerine, bitte, verschone mich mit solchem Unsinn. Wenn ich etwas verachte, dann ist es Astrologie.»

Für einen Augenblick war sie sprachlos. So hatte Guy noch nie mit ihr gesprochen. «Also wirklich ...» begann sie.

Aber da begann der Mops zu kläffen und mit dem Schwanz zu wedeln, und Guy, der zufällig in Davids Richtung blickte, sah, wie sich das Gesicht des jungen Mannes auf eine Weise erhellte, die ihm zu denken gab.

Auch die Markgräfin strahlte plötzlich. «Butzi! Wir haben Herrn Farne und Frau Hurlingham gerade die Geschichte von der Lilie erzählt.»

Tessa, immer noch in ihrem Arbeitskittel, hatte den kürzeren Weg durch die Galerie gewählt, um einen Stapel Samtumhänge zum Dämpfen in die Bügelstube zu bringen. Wie kann sie nur so herumlaufen? dachte Nerine. In diesem Aufzug!

«Ja, es ist eine hübsche Geschichte, nicht wahr?» sagte Tessa. «Sie sind beide in der Krypta der Kirche als Steinplastiken zu sehen. Eine sehr formelle Darstellung, wie das eben so üblich war. Sie knien und beten, aber so nah beisammen, daß sich praktisch ihre Nasen berühren. Obwohl...»

Sie zögerte.

«Obwohl?» sagte David, damit sie weitersprach.

Tessa zuckte die Achseln. «Ich finde es einfach schade, daß er fortgeritten ist, mit ihrem Bild auf dem Sattel und ihrem Namen auf den Lippen. ‹In deinem Namen werde ich Jerusalem erobern!› Aber hat er sie gefragt, ob sie Jerusalem überhaupt wollte oder die Köpfe der Ungläubigen oder die erbeuteten Schätze? Ich stelle mir immer vor, wie sie am Fenster steht und sich nichts anderes wünscht, als daß er bei ihr bliebe.»

«Aber Männer haben immer Dinge erworben und erkämpft, um sie ihren Frauen zu Füßen zu legen», sagte Nerine. «Ich denke, das ist Ritterlichkeit, nicht wahr?»

«Ja», sagte Tessa freundlich, während sie ihre eigenen Gedanken zurückdrängte. «Es ist ritterlich, bestimmt.» Sie lächelte Nerine über den Kleiderstapel hinweg an. «Ich werde dafür sorgen, daß Sie sie bekommen – zu Ihrem Hochzeitstag.»

«Was soll ich bekommen?»

«Die Lilie von Pfaffenstein.» Sie wandte sich an die Tanten. «Habt ihr es nicht erzählt?»

«Das wollten wir gerade tun. Sehen Sie, nachdem die Gräfin Isabella gestorben war, fertigte ein Silberschmied eine Kopie der Paradieslilie an, und sie wird traditionsgemäß jeder Braut, die in Pfaffenstein einheiratet, am Morgen ihrer Hochzeit überreicht.»

«Oh!» Nerines Augen weiteten sich vor Freude. «Wo ist sie denn jetzt?»

«In einem Banksafe in Wien», sagte Tessa. «Ich habe sie mitgenommen, als ich von hier fortgegangen bin. Es ist das einzige, was ich von Pfaffenstein mitgenommen habe.»

«Aber wie werden Sie sie herbringen?» fragte Nerine. «Sie wollen doch offensichtlich nicht selbst kommen», fügte sie entschlossen hinzu.

David sah seinen Chef scharf an, der doch sicherlich beabsichtigte, die Fürstin sowie die Tanten, die so hilfsbereit waren, zu seiner Hochzeit einzuladen. Aber Farne schwieg.

«Ich sorge dafür, daß Sie die Lilie bekommen», sagte Tessa ruhig. «Ich werde jemand finden, der sie Ihnen bringt. Jemand, der besonders gut dazu geeignet ist.» Sie blickte plötzlich erfreut auf und wandte sich zum erstenmal an Guy. «Ihre Pflegemutter!» sagte sie. «Mrs. Martha Hodge! Sie wird doch zur Hochzeit kommen, nicht wahr? Und wenn sie auf dem Weg hierher durch Wien kommt, werde ich sie ihr geben. Nach dem, was ich von ihr gehört habe, ist sie genau die richtige Überbringerin von Lilien.» Sie ging zur Tür, und als David vorauseilte, um sie ihr aufzuhalten, wandte sie sich noch einmal um und sagte: «Wir machen eine schöne Oper für Sie. Eine wirklich *wunderschöne* Oper!» Sie dankte David und war verschwunden.

Einige Stunden später, als Nerine und Guy vom Seitentor aus durch blühende Wiesen zum Wald hinaufgingen, fragte sie: «Was hat sie gemeint, als sie von einer Oper sprach? Was geschieht dort im Theater?» Sie hatte Guy nur kurz warten lassen, um sich eine blaue Schottenmütze keß auf die Locken zu setzen. Sie fühlte sich entspannt und guter Dinge.

Guy wandte sich ihr erfreut zu und sah sie mit leuchtendblauen Augen an. «Ich wollte dich eigentlich damit überraschen. Aber du hast bestimmt von den Proben schon einiges mitbekommen. Es ist natürlich *Die Zauberflöte* – was sonst?»

Sie wartete und lächelte verhalten, wie sie es vor dem Spiegel geübt hatte. Es war wichtig, daß sie verstand, was er meinte.

«Ich konnte einfach nicht widerstehen, sie noch einmal mit dir zu hören und dabei neben dir zu sitzen, ohne daß uns eine Wand trennt.»

Natürlich. Sie hatten sich in der Oper getroffen, das wußte sie noch. Dann war das, was damals auf der Bühne ablief, also *Die Zauberflöte.* Aber weil ihr jener Abend nicht mehr vollständig im Gedächtnis war und weil es Guy offensichtlich so viel bedeutete, fragte sie vorsichtig nach:

«Was hatte ich –»

Glücklicherweise war Guy schon dabei, ihr zu schildern, wie sie damals ausgesehen hatte – die dunklen Löckchen, die auf ihrer Schulter tanzten, das weiße Kleid mit den blauen Blümchen, und wie sie ihn über ihren Fächer hinweg angelächelt hatte. Und Nerine erinnerte sich wieder an die Loge in der Oper und an das französische Mädchen, das gewettet hatte, Nerine würde den ungarischen Grafen aus der Loge nebenan nicht dazu bringen, in der Pause zu ihnen herüberzukommen. Sie erinnerte sich noch, wie sie gelächelt hatte und daß er gekommen war, aber mit Guy, und wie erleichtert sie war, daß er Englisch sprach... Wirklich, es hatte prima geklappt!

«Und weißt du noch, wie vollkommen körperlos die Stimme von Selma Kurz klang? Ich habe nie wieder erlebt, daß eine Sängerin so selbstlos in der Stimme aufging!»

Nerine nickte geistesabwesend. Ihr war eine wundervolle Idee gekommen. Diese Oper war offensichtlich als Höhepunkt der Einladung gedacht, und sie hatte zufällig ein Kleid mit blauen Blümchen – keine Vergißmeinnicht wie damals, aber *fleurs-de-lis* würden es auch tun. Die griechische Lockenfrisur wäre kein Problem, ebensowenig der goldene Gürtel oder die Sandalen; nur mit dem Fächer würde es schwierig werden. Würde die Zeit reichen, um sich aus Wien einen weißen, perlenbesetzten Fächer kommen zu lassen? Und dann die Frage des Schmucks. Damals hatte sie keinen getragen, weil es die altmodische Edelnau nicht erlaubt hatte; aber jetzt, wo aller Augen auf ihr ruhen würden, könnte das etwas untertrieben wirken.

Guy hatte aufgehört, über Musik zu sprechen. Jetzt mußte sie ihm wieder zuhören.

«Wie lange möchtest du denn hierbleiben? Was meinst du?» Inzwischen waren sie in den Wald gelangt. Guy sah sich kritisch um. Hinter den so romantisch mit silbrigem Moos bewachsenen Bäumen verbarg sich eine Menge Arbeit, die dringend getan werden müßte. «Ich habe noch eine Weile geschäftlich in Wien zu tun», sagte er, «aber dann könnten wir reisen.»

«Reisen? Wohin?»

«Wohin du willst! An den Amazonas. In die Wüste Gobi. Nach Peru. Die Welt gehört dir, Liebste.»

Sie lachte, weil sie sich bewußt war, daß Guy scherzte. «Ich würde im Frühling gern nach Paris gehen wegen der neuen Kollektionen, und während der Saison möchte ich in London sein. Aber ich denke, wir könnten einen großen Teil unserer Einladungen hier geben, und natürlich ist Pfaffenstein der ideale Ort für die Hochzeit. Ich dachte, Ende Oktober wäre der richtige Zeitpunkt. Wäre dir das recht?»

«Vollkommen.»

«Ich werde morgen an meine Verwandten schreiben.» Sie hielt kurz inne. «Wie ist das mit deiner alten Kinderschwester, Mrs. Hodge? Sie wird doch nicht wirklich ins Ausland reisen wollen, oder?»

«Sie ist nicht meine Kinderschwester, Nerine. Sie ist meine Pflegemutter. Sie hat mich aufgezogen. Ich werde sie bestimmt bitten zu kommen, und ich glaube auch, daß sie kommen wird, obwohl sie noch nie im Ausland war. Sie hat immer gesagt, meine Hochzeit wolle sie noch erleben.»

Nerine unterdrückte einen Seufzer. Diese Mrs. Hodge würde ein Problem werden, aber auch dafür würde sich eine Lösung finden.

Sie hatten einen kleinen Teich unter den Lärchen erreicht,

und Nerine blieb stehen, um ihr Spiegelbild in dem stillen Wasser zu betrachten. Der kühle, frische Duft, der von ihr ausging, die Art, wie sie den Kopf bewegte, erinnerten Guy plötzlich heftig an jenen Tag im Wienerwald, und er wollte sie küssen. Er legte die Hände auf ihre Schultern und drehte sie zu sich um.

«O nein, Guy. *O nein!* Sieh dir das an!» rief sie plötzlich ganz verzweifelt. Tränen standen in ihren entzückenden Augen, und ihre Lippen zitterten.

«Was ist los? Um Gottes willen, Nerine, was ist passiert?»

«Da! Siehst du es nicht?» Sie starrte entsetzt auf etwas im Ausschnitt ihrer Bluse.

Guy folgte ihrem Blick und sah unter Nerines Hals, genau dort, wo die Wölbung ihrer Brüste begann, daß die weiße Haut von einem rosaroten und rasch anschwellenden Fleck entstellt war.

Erleichtert, beinahe scherzhaft sagte er: «Das ist doch nur ein Mückenstich, Liebste. Kein Grund, sich Sorgen zu machen. In den Tropen wäre es etwas anderes, aber hier gibt es längst keine Malaria mehr.»

«*Kein Grund, sich Sorgen zu machen!*» Nerine beobachtete völlig verzweifelt, wie sich die fleckige Schwellung mit unregelmäßigen Rändern auf ihrer Haut ausbreitete. Das gelbe Satinkleid, das sie an diesem Abend tragen wollte, war tief dekolletiert. Und ihre Überraschung – ihre schöne Überraschung für den Opernabend war auch zunichte gemacht! Es würde Tage dauern, bis der Stich nicht mehr zu sehen war.

Sie legte die Hand auf Guys Arm und sagte mit mitleiderregender, fast brechender Stimme: «Bring mich zurück, Guy. Bitte, bring mich zurück.»

«Nun? Hast du mit ihr gesprochen?» fragte die Schwanenprinzessin. «Hast du alles mit ihr geregelt? Oder willst du sie für den Rest ihres Lebens hinter der Bühne wie eine Dienstmagd arbeiten lassen?»

Maxi sah seine Mutter gekränkt an. Eine Stunde vor dem Diner saßen sie zusammen mit der Markgräfin und der Herzogin in dem runden Zimmer im Westturm, und Maxis Mutter schien sich in die Phalanx der «älteren Weiblichkeit» eingereiht zu haben.

«Ich wollte heute früh einen Spaziergang mit ihr machen, aber sie hat gesagt, sie muß arbeiten», sagte Maxi, und die Erinnerung daran schmerzte ihn immer noch. «Und seitdem ist sie im Theater.»

Sein Stirnrunzeln wiederholte sich auf den Gesichtern der Damen.

«Wir wären froh, wenn ihr euch einig wärt», sagte die Herzogin. «Es war doch der größte Wunsch ihrer Eltern.»

Sie seufzte. Herr Farne hatte seine Einladung wiederholt, daß sie und die Markgräfin im Westturm wohnen bleiben sollten, und darauf hingewiesen, daß sie alle Platz genug hätten, sobald die Gäste wieder fort waren. Aber Mrs. Hurlingham, die freilich sehr höflich war, hatte die Worte ihres Verlobten nicht bestätigt. Die Herzogin hatte den Eindruck, daß ihre Tage in Pfaffenstein gezählt waren. Nun, irgendwie würden sie einen Weg finden, um für die Butzi ein Zuhause zu schaffen, aber besser wäre es, sie verheiratet und angemessen untergebracht zu sehen. Das war das einzige, was sie sich in ihrem Leben noch wünschten.

«Ich hoffe, du wirst jetzt nicht schwach, Maxi», sagte die Schwanenprinzessin. «Wenn ein temperamentvolles Mädel etwas nicht ausstehen kann, dann ist es Schwäche.»

«Ja, Mutter. Ich meine, nein, Mutter. Ich werde nicht schwach», sagte Maxi. «Ich dachte, daß ich sie heute abend während des Feuerwerks frage. Natürlich werden die Hunde nicht dabeisein ...» Er verstummte, um seine Strategie zu überdenken.

«O ja, das wird bestimmt sehr romantisch!» sagte die Markgräfin beifällig. «Am See ... und das Orchester wird spielen.»

«Du solltest sie vor allem jetzt aus dem Theater holen,

Maxi», sagte die Herzogin. «Es ist Zeit, daß sie herüberkommt und sich für das Diner umzieht.»

«Und kämm dir um Gottes willen die Haare und den Schnurrbart. Du siehst aus wie ein Spaniel», sagte die Schwanenprinzessin.

«Nein, Mutter. Ich meine, ja, Mutter», sagte Maxi und ging.

Aber als er das Theater betrat, war von Tessa nichts zu sehen. Statt dessen schien hier die Hölle los zu sein. Auf der Bühne rannte ein kleiner kahler Mann umher und schrie die Leute an. Bunte Lichter gingen an und aus, und von oben hagelte es Flüche.

Zutiefst erschrocken über die Umgebung, in der seine Liebste ihre Tage verbrachte, erkundigte sich der Fürst nach Ihrer Hoheit und wurde von einem Zimmermann mit einer lakonischen Bewegung des Daumens zu einer nach unten führenden Eisentreppe dirigiert. Als er Tessa in einer Art Kabuff aufgespürt hatte, kniete sie mit dem Mund voller Stecknadeln vor einem niedrigen Tisch, auf dem eine Gestalt in einem plissierten goldenen Kleid stand.

Jakob hatte es nicht gewagt, die *Zauberflöte* mit einem Ballett zu «pfeffern». Was sich bei Puccini und Donizetti geradezu anbot, kam für Mozart nicht in Frage. Das bedeutete jedoch nicht, daß er die Heidis nicht einsetzte. Sie sollten in reizenden Fellkostümen als wilde Tiere auftreten, die zu den Klängen von Taminos Zauberflöte herumhüpften; und im Tempel des Sarastro – der, wie Jakob beim Studium des Librettos festgestellt hatte, der Weisheit, dem Fleiß und der Kunst gewidmet ist – sollten die Heidis diese drei Tugenden als Statuen darstellen.

Doch dann hatte Jakob seinen Geistesblitz über den Bemühungen um musikalische Perfektion vorübergehend vergessen, und nun war es Tessa, die die nötigen Kostüme in letzter Minute anfertigen mußte. Die Anprobe mit den zwei älteren Heidis war problemlos verlaufen, aber mit Heidi Schlumberger kam Tessa im Augenblick nicht zurecht. Die kleinste Heidi glaubte nach der Entdeckung von Tessas Identität nur noch unterwürfig sein zu dürfen. Sie konnte es nicht ertragen, daß Tessa irgend etwas für sie tat, und jetzt, wo sie stillstehen sollte, damit Tessa die Länge abstecken konnte, rang sie verzweifelt die Hände, weil sie die gebotene Sklavenhaltung so gröblich verletzte.

«Aber Euer Hoheit sollten das nicht tun. Euer Hoheit sollten es mich machen lassen.»

«Heidi, halt den Mund und steh still!» murmelte Tessa mit den Stecknadeln im Mund. «Wie soll ich denn sonst den Saum hinkriegen?» Sie drehte sich um, als sie von der Tür her einen Luftzug spürte. «Du liebe Zeit, Maxi, was tust du denn hier?»

«Ich wollte dich abholen. Die Tanten sagen, es ist Zeit zum Umziehen für das Diner.»

Er betrachtete seine Auserkorene, die aussah, als wäre einige Mühe erforderlich, bevor sie an der Tafel neben Monteforelli und dem Erzherzog Sava Platz nehmen konnte.

«Ich kann erst kommen, wenn ich hier fertig bin, Maxi. Ich weiß nicht einmal, ob wir überhaupt eine Pause für das Abendessen einlegen.» Sie war nicht mehr so blaß wie am Morgen, denn die aufregende Arbeit für diese wichtige Aufführung war Nektar und Ambrosia für sie. «Oh, tut mir leid, daß ich so unhöflich war! Maxi, das ist Heidi Schlumberger, eine unserer Tänzerinnen. Heidi, das ist mein Freund, Fürst Maximilian von Spittau.»

Maxi wandte zum erstenmal in diesem Raum die Augen von Tessa ab. Er blickte nach oben, erstarrte und lief puterrot an, so heftig wallten seine Gefühle.

Das Mädchen, das da mit nackten Armen in einem goldenen, am Körper herabfließenden Gewand auf einem Schemel stand, war nicht nur hübsch. Es war das Entzücken in Person. Blonde Locken, blaue Augen, Wangengrübchen und ein Mund wie eine Rosenknospe. Aber nicht nur ihr Äußeres, auch ihr Blick, so ruhig und doch schüchtern, und die Art, wie sie die Lippen teilte, erinnerten ihn an die Frau, die für ihn alles verkörperte, was er an Frauen begehrenswert fand: Vor ihm stand Mary Pickford, wie sie leibte und lebte.

«Sehr erfreut, gnädiges Fräulein», sagte er und verbeugte sich.

Die kleinste Heidi erwiderte seine Begrüßung nicht minder hingerissen. Dieses längliche, hübsche Gesicht, die Duellnarbe, der üppige Schnurrbart! So wunderbar männlich. Und ein Fürst!

«Es ist mir eine Ehre, Euer Hoheit», sagte sie und vollführte anmutig und entzückend auf ihrem Postament einen Hofknicks.

10

Das Feuerwerk war großartig. Guy hatte ein Dutzend Weinfässer ins Dorf bringen lassen und sich damit die begeisterte Mitarbeit der Dorfbewohner gesichert, die sich jetzt an einem Uferstreifen unterhalb der Straße versammelt hatten. Von den drei Inseln in der Mitte des Sees stiegen in kunstvollen Arrangements Raketen, Leuchtkugeln und bengalische Feuer auf, die eine leuchtende Spur über den Himmel zogen und selbst die Sterne verblassen ließen. Chinesische Lampions hingen zwischen den Bäumen. Am Uferrand leuchtete die Glut aus den korbförmigen Behältern, in denen Kastanien geröstet wurden; und auf einem neben den Badehütten errichteten Podium spielte das Orchester Händels Feuerwerksmusik.

«Liebling, du mußt ein Vermögen ausgegeben haben», sagte Nerine, die mit Guy und mehreren Gästen, alle noch in Abendkleidung, am Uferrand stand. Sie war wie die meisten jüngeren Gäste gleich nach dem Diner zum See heruntergekommen, während die älteren das Schauspiel von der Terrasse aus verfolgten.

«Bei einem Feuerwerk darf man nicht knausern», antwortete Guy, während er befriedigt die gute Zusammenarbeit zwischen David, Morgan und dem Oberförster zur Kenntnis nahm, die auf den Inseln das Abbrennen der Feuerwerkskörper leiteten.

Tessa, die am anderen Ende des Ufers in der Nähe des Holzstegs stand, der auf das dunkle Wasser hinausführte, bestaunte offenen Mundes das prächtige Feuerwerk, ohne sich durch diesen verschwenderischen Luxus in ihren republikanischen Grundsätzen verletzt zu fühlen. Daß sie außerordentlich hübsch aussah, war nicht ihr zuzuschreiben, denn sie hatte beabsichtigt, das Diner auszulassen und später in ihrer Arbeitskleidung an den Strand zu laufen. Doch ihre alte Kinderfrau, die sich nie für die Frage interessiert hatte, ob Tessa erwachsen war oder nicht, hatte ihr einen Strich durch die Rechnung gemacht. Sie hatte ihr Kind nach oben bugsiert, in die Wanne gesteckt und es in einem cremefarbenen Abendkleid mit langem weitem Rock, Satinpumps und einem mit einer Rose besteckten Samtband um den Hals wieder laufenlassen.

«Butzi», sagte Maxi, der den ganzen Abend nicht von ihrer Seite wich. «Tessa...» Das Orchester hatte eben ein Stück beendet, und auch bei der Pyrotechnik entstand eine kleine Pause. Nun war der richtige Moment gekommen. Er nahm ihren Arm. «Ich möchte schon so lange einmal mit dir reden –»

«Maxi, sei still! Horch!» Tessa hatte sich von ihm abgewandt und blickte zu den Bäumen am Ufer. «Hörst du, was ich höre?»

Maxi hörte es – ein merkwürdig keuchendes Geräusch, dann ein tiefes Brummen. Und dann watschelte eine dunkle Gestalt aus den Bäumen, blieb stehen, und der große Kopf bewegte sich hin und her.

«O Gott!» stieß Tessa hervor. «Er muß die Tür niedergerissen haben. Und Onkel Sava ist nicht hier. Er ist mit Frau Romola nach Oberpfaffenstein gefahren, um das Feuerwerk von dort zu sehen.»

«Herrschaftzeiten!» schimpfte Maxi. Er wußte, wie gefährlich die Situation war. Der Bär des Erzherzogs stammte von einem Schausteller aus Nowgorod, der ihn als junges Tier auf dem Jahrmarkt tanzen ließ, indem er ihm Knallfrösche an den Schwanz band. Normalerweise war der Bär ganz zahm, aber jetzt...

Der Bär, dem ein ausgefranstes Seil um den Hals hing, schlitterte auf den kiesigen Strand, und ein paar Kinder flüchteten schreiend zu den Badehütten. Verwirrt blieb das Tier stehen, und seine Augen leuchteten rot im Licht der Kohlenbecken. Vor ihm war es dunkel und still, und nun trottete der Bär zum Steg, ging bis zum Ende des Stegs hinaus und beugte sich schnüffelnd hinunter zum Wasser.

Aber die Dunkelheit und die Ruhe waren trügerisch. Das Feuerwerk war noch nicht zu Ende, und als auf der Insel, die dem Steg am nächsten lag, ein ganzes Raketenbündel explodierte, brüllte der Bär vor Schreck auf und wandte sich dem Ufer zu. Knurrend und schwankend stand er auf dem Steg.

«Der arme Kerl! Er hat furchtbar Angst!»

«Du kannst nichts tun, Tessa», sagte Maxi. «Schau, dort drüben, die Männer –»

Aber Tessa war schon nicht mehr bei ihm. Sie hatte ihren Rock hochgerafft und war zum Steg gelaufen. Jetzt ging sie langsam über die Planken und streckte die Hand aus. «Mischka, komm. Hab keine Angst. Es ist alles gut –»

Doch gleich darauf wurde sie von hinten gepackt. Jemand riß ihr die Arme auf den Rücken, und eine wütende Stimme sagte: «Sind Sie wahnsinnig? Kommen Sie sofort zurück!»

Guy! Aber Guy konnte es nicht sein. Sie hatte ihn eben noch am anderen Ende des Strands gesehen. Niemand hätte so schnell laufen können.

«Lassen Sie mich los!» Verzweifelt versuchte sie, sich zu befreien, zerrte und wand sich und schlug mit ihren Seidenpumps rückwärts aus.

Zu einem anderen Zeitpunkt hätten Guy die Versuche dieses frisch gebadeten, zartknochigen Kindes, sich gegen ihn zu wehren, vielleicht amüsiert, aber bestimmt nicht jetzt. Er packte fester zu. «Sie werden jetzt langsam hinter mir zum Ufer zurückgehen.» Den Bären fest im Auge behaltend und bemüht, keine weiteren heftigen Bewegungen zu machen, legte er seinen ganzen Zorn in seine Stimme.

«Nein, das werde ich *nicht*!» Eine Haarsträhne hatte sich in seinem Hemdknopf verfangen. Mit einem kräftigen Ruck riß sie sich los. «Er kennt mich, er wird mir nichts tun! Er wird Sie angreifen – Sie sind ein Fremder!»

«Ein verängstigtes Tier hat nur noch Feinde.»

Im selben Augenblick stiegen erneut krachend und prasselnd Raketen über dem See empor, und der Bär richtete sich brüllend auf den Hinterbeinen auf.

Für einen Moment erstarrte Tessa vor der erschreckenden Größe des Tiers und dem bleckenden Gebiß. Guys Griff schien sich etwas zu lockern. Also fackelte sie nicht lange. Sie ergriff ihre Chance und drängte wieder nach vorn.

Aber Guy hatte nur seinen Griff etwas verändert. Er hielt ihre Ellbogen wie in einem Schraubstock. Dann hob er sie hoch und warf sie ohne das geringste Anzeichen einer Kraftanstrengung in hohem Bogen ins Wasser.

Das eiskalte Wasser und die Schwierigkeit, mit dem voluminösen Kleid wieder an die Oberfläche zu gelangen, machten Tessa für einige Augenblicke unempfänglich für alles andere. Dann trat sie ihre Schuhe los, paddelte wie ein Hund im Wasser und machte die Augen auf, um wieder etwas zu sehen. Maxi watete in idiotischer Ritterlichkeit in ihrer Richtung in den See. Ein paar Männer kamen mit einem Maulkorb und Ketten. Und dann sah sie den Bären auf allen vieren und Guy, der das Seil hielt und ihn ganz ruhig über den Steg zum Ufer führte.

An diesem Punkt holte die Fürstin von Pfaffenstein Luft und entließ sie in einer Flut serbokroatischer Flüche, die sie vom Stallburschen ihres Vaters gelernt hatte, schluckte Wasser und sank.

Wie kaum anders zu erwarten, war der Vorfall ganz nach dem Geschmack der Dorfbewohner, von denen wenige nüchtern ins Bett fanden. Als Herr Farne ihre geliebte Fürstin mitsamt dem Gewand in den See warf und (auf englisch!) einen wilden

Bären beruhigte, hatte er sich als würdiger Nachfolger sowohl des siebten Fürsten erwiesen, der im türkischen Bad in Vilna einen Falschspieler geköpft hatte, als auch des fünften, der von seinem Kamel unzertrennlich gewesen war.

Daß die Schwanenprinzessin die Sache am nächsten Morgen im gleichen Lichte sehen würde, war nicht zu erwarten.

«Du weißt hoffentlich, daß dir nur noch vier Tage bleiben», sagte sie zu Maxi und stieß den Wolfshund unsanft zur Seite, weil er ihr auf den Füßen herumstieg. Obwohl sie bequem auf der Terrasse zwischen einem Feigenbaum und einer marmornen Aphrodite saß und eine der schönsten Aussichten Österreichs vor sich hatte, sah sie grimmig und finster aus. «Wie kann man nur so ungeschickt sein?»

Sie war tief verzweifelt. Es ging ihr nicht nur um das Geld oder Tessas Stammbaum, sondern vor allem um den Stammhalter. Sie hatte Maxi erst spät bekommen, und er war der einzige Sohn. Es mußten Kinder her, viele Kinder! Es konnte doch nicht sein, daß die Nachkommen Barbarossas ausstarben! Bei dem Gedanken an einen von Kindern belebten Schloßtrakt in Spittau wurden die jettschwarzen Knopfaugen der Schwanenprinzessin für einen Augenblick weich. In ihren Kreisen hatte man des öfteren diskutiert, ob Maxis Mutter nicht vielleicht doch einen versöhnlichen Charakterzug habe; der einzige, der unwidersprochen blieb, war ihre Kinderliebe. Selbst Babys, die wie käsige Semmeln aussahen oder wie Krallenäffchen aus ihren Spitzenumhüllungen herausschauten, konnten das Gesicht dieser unwirschen, streitsüchtigen Person zum Lächeln bringen.

«Ich war heute früh schon drüben», sagte Maxi, der sich zu Unrecht gescholten fühlte, denn selbst Casanova hätte der Butzi keinen Antrag machen können, als sie bibbernd und speiend wie eine ersäufte Katze aus dem See kam. «Gleich, nachdem ich die Hunde herausgelassen habe, bin ich zum Theater gegangen. Aber es war zugesperrt, und überall hieß es ‹Ruhe› und ‹Eintritt verboten› und was weiß ich. Außerdem hätte es gar nichts genützt, sie herauszuholen. Sie ist vollkommen weg von dieser Oper.»

Die Schwanenprinzessin starrte düster vor sich hin. «Ich weiß nicht, was sich Tilda und Augustine dabei denken. Lassen sie einfach so weitermachen. Mit diesen Leuten – für die sie auch noch Botengänge macht!»

Maxi zuckte die Achseln. «Ich glaub nicht, daß sie sie aufhalten könnten. Du weißt, wie die Butzi ist. Sag ein böses Wort zu ihr oder zeig ihr einen Vogel, der aus dem Nest gefallen ist, und sie vergißt alles andere. Aber wenn sie sich zu etwas entschlossen hat, was sie für richtig hält...»

«Alle Pfaffensteiner sind dickköpfig», sagte die Schwanenprinzessin. «Es ist das Blut Karls des Großen.»

«Ich probier es heut abend noch einmal», versprach Maxi. «Nach dem Essen gibt's einen Liederabend», fügte er hinzu, und ein leidender Ausdruck huschte über sein längliches Gesicht. Zu diesem Liederabend zu gehen, war wirklich ein großes Opfer, aber er würde es bringen.

Noch nie war Witzlers Truppe so glücklich, so gut untergebracht und so gut ernährt gewesen wie in diesen Tagen auf Pfaffenstein. Das schöne Schloß, das sonnige Wetter, der schier endlose Vorrat an köstlichem Essen boten Anlaß zu immer wieder neuen Lobeshymnen. Einige der geringer bezahlten Mitglieder der Kompanie litten in Wien echte Not. Nun gab es alles im Überfluß, und sie fühlten sich wie die Made im Speck.

Und es war gut, daß sich die Kompanie in einem so wohlgenährten Zustand befand, denn Jakob drehte bei den Proben allmählich durch. Die Entdeckung, daß Tessa nicht entführt, sondern in Sicherheit war, und ihre dramatische Rückkehr zum Theater waren für Witzler ein weiteres Zeichen des Himmels. Jetzt sollte nichts mehr verhindern, daß diese *Zauberflöte* zur Vorstellung seines Lebens wurde. Immer wieder scheuchte er seine Hauptdarsteller ins Theater, um Stellen zu proben, die nicht perfekt saßen. Endlos ließ er die Szenenwechsel wiederholen, änderte winzige Kleinigkeiten, forderte noch etwas mehr Einsatz, noch größere Anstrengung.

«Sie wollen essen?» konnte man ihn die arme Koloratursopranistin anbrüllen hören, die er sich aus Dresden geholt hatte. «Schlafen wollen Sie? Wozu?» fragte er um zwei Uhr morgens den ehrwürdigen Baß, der den Sarastro sang. Und als jemand mitten im Chor von «O Isis und Osiris» austreten wollte, drohte er überzuschnappen.

Aber sie standen dicht vor ihrem Ziel. Alle waren Künstler bis in die Fingerspitzen, und sie spürten jenes undefinierbare, elektrisierende Etwas, das in der Luft lag. Wenn es zu keiner Katastrophe kam, würde es klappen.

«Ich hab mir gedacht, Euer Hoheit hätten's vielleicht gern gewußt», sagte Maxis Bursche, während er die hautengen Hosen der Husarenuniform über die Waden seines Herrn streifte. «Halb acht Uhr im Gemeindesaal.»

Maxi stand teilnahmslos da in seinem Korsett und sah seinen Diener traurig an. «Ist schon recht, Franz. Es ist bloß so, daß ich zu dem Konzert gehen muß.»

Es war zum Davonlaufen. Wenn er wirklich etwas dick hatte, dann war es ein Liederabend. Diese hühnerbrüstigen Damen im Rot- oder Grünseidenen mit Schals bis auf den Boden und dem Taschentücherl in der Hand gingen ihm furchtbar gegen den Strich. Und erst recht, wenn sie die Augen zumachten und die Musik *empfanden* und so entsetzlich neckisch ein ausländisches Lied übersetzten! Und wenn man meinte, jetzt wär' endlich Schluß, kamen die Zugaben.

Nun, für die Butzi würde er es aushalten. Er würde neben ihr sitzen, bis auch sie genug hatte, und dann würden sie sich davonschleichen und die Hunde holen, damit sie ihren abendlichen Auslauf bekamen. Und dann würde er ihr seinen Antrag machen. Aber hat es jetzt sein müssen, daß ausgerechnet am selben Abend im Dorfkino *Gebrochene Blüten* mit Lilian Gish lief?

Er hob den Arm, um in den mit Schnüren besetzten Uniformrock zu schlüpfen, an dem der Franz fast den ganzen Nachmittag lang die Knöpfe poliert hatte. «Du gehst bestimmt hin», sagte er zu seinem Diener.

«Ja, Euer Hoheit.»

Maxi blickte nachdenklich vor sich hin. Es gab einen Spruch, der jetzt gepaßt hätte, irgend etwas Lateinisches, was die Gladiatoren sagten, wenn sie zu den Löwen gingen und die anderen grüßten, die sich die Zeit angenehmer vertreiben und am Leben bleiben konnten. Aber der Spruch wollte ihm nicht einfallen, und der Franz hätte es sowieso nicht verstanden. Er rückte noch eine Strähne seines tadellos pomadisierten Haars über dem Schmiß zurecht, und dann ging er hinunter zum Diner.

Zwei Stunden später saß er in der Bildergalerie und hielt für die Butzi einen Platz neben sich frei. Obwohl der Saal voll war, versuchte niemand, diesen Stuhl für sich zu beanspruchen, denn die Liebesgeschichte zwischen dem Fürsten von Spittau und der Fürstin von Pfaffenstein war allen eine Herzensangelegenheit.

«Ja freilich, du hältst den Platz für die Butzi frei», sagte Monteforelli freundlich nickend und humpelte weiter, und sogar die Erzherzogin Friederica bedachte Maxi mit einem Lächeln.

Dann wurde es still im Saal. Gleich würde das Konzert anfangen. Aber wo war Tessa? Die rumänische Diva kam herein – im Rotseidenen, wie Maxi es vorausgesehen hatte – und hinter ihr der Ungar, endlich einmal anständig rasiert. Und dann – oje! – kam Tessa mit einem Stoß Notenhefte und setzte sich neben den Ungarn an den Flügel. Sie mußte ihm die Seiten umdrehen! Sie würde den ganzen Abend dort vorne sein, unerreichbar für Maxi.

Was zuviel ist, ist zuviel, dachte Maxi. Opfer konnte man bringen, aber keine, die einfach unsinnig waren. Während die ersten Töne von Strauss' «Morgen» im Saal erklangen, erreichte Maxi die Tür und verschwand.

Eine Viertelstunde später, nachdem er über den Weg, der auf der anderen Seite der Zugbrücke am Felsen hinunterführte, und ein Stück auf der Uferstraße gegangen war, betrat er das Pfaffensteiner Gemeindehaus.

Der Saal war gesteckt voll, aber auf der weißen Leinwand an der Stirnseite war erfreulicherweise noch nichts zu sehen. Alte Frauen, die er seit seiner Kindheit kannte, riefen ihm Grüße zu; die Männer salutierten, ohne servil zu sein. Denn hier trafen sich Gleichgesinnte, und der gesellschaftliche Rang spielte für eine Weile nicht mehr die große Rolle.

Maxi ging durch den Mittelgang auf der Suche nach einem freien Platz. Plötzlich blieb er stehen. Hatte er richtig gesehen? Dort saß in einem rosaroten Dirndl mit schneeweißer Bluse und Schürze die Heidi Schlumberger.

«Darf ich mich zu Ihnen setzen, Fräulein Schlumberger?»

Heidi sah ihn hingerissen an. Der Fürst trug die Husarenuniform. Sein Anblick war überwältigend.

«O ja, Euer Hoheit. Bitte.»

Maxi schob sich auf seinen Platz.

«Haben Sie *Gebrochene Blüten* schon einmal gesehen?» fragte sie schüchtern.

«Schon fünfmal», sagte Maxi mit einer sorglosen Handbewegung.

Heidi nickte. Es war verständlich, daß sie ein so großartiger Mann übertreffen würde. «Ich habe sie erst viermal gesehen», räumte sie bescheiden ein. «Diesmal habe ich ein zweites Taschentuch mitgenommen. Wissen Sie, die Stelle, wo sie aufblickt und den Todesengel sieht...»

«Und wo sie die Hand so auf das Herz legt», sagte der Fürst und legte die Hand auf sein Herz.

«Ja.» Sie schwiegen in Verehrung der wundervollen Lilian Gish.

«Haben Sie auch *Intolerance* gesehen?» fragte Heidi.

«Siebenmal», antwortete Maxi stolz. «In Spittau habe ich es jeden Abend spielen lassen.»

«Oh! Können Sie das tun?»

Maxi nickte. «*Less than the Dust* lief ganze zwei Wochen bei uns», prahlte er.

«Oh, mit Mary Pickford!» Die kleinste Heidi seufzte. «*Pollyanna* habe ich achtmal gesehen. Da bin ich in Wien jeden Nachmittag ins Kino gegangen, manchmal zweimal am Tag.»

Sollte er ihr sagen, wie sehr sie der berühmten Filmheldin ähnelte. Nein, lieber noch nicht. «Und *The Little Princess*?» erkundigte sich Maxi.

«Der gefällt mir sogar noch besser.»

«Ja, das ist der beste.»

Maxi räusperte sich. «Mögen Sie … rein zufällig vielleicht auch Cowboy-Filme?»

«O ja! Ich liebe Tom Mix. Wenn er sich so in den Steigbügeln aufrichtet», sagte die kleinste Heidi und lupfte ein wenig ihr properes kleines Hinterteil, «und dann mit der Hand die Augen beschattet. Ach, und in *Child of the Prairie*, wo der Indianer hinter dem Felsen hervorkriecht und er nicht einmal schaut, sondern einfach den Revolver zieht!»

Maxi sah sie bewundernd an. Eine Zwillingsseele! Es war unglaublich. Aber nun ging das Licht aus. Die Dame am Klavier begann mit einem schwungvollen Marsch. Es gab nicht nur *Gebrochene Blüten*, sondern zuvor noch zwei Kurzfilme von Chaplin. Maxi warf einen Blick auf Heidis Hand, die wie ein köstlich fleischiger Vogel in den Falten ihrer Schürze lag. Sollte er es wagen?

Im Dunkel des Saals rückte die kleine Hand zögernd näher. Mit dem schüchtern Annäherung suchenden Takt, der eine gute Kokotte auszeichnet, hob sich das Händchen ein wenig. Und Maxi griff zu. Dann wurde es auf der Leinwand lebendig. Der kleine Mann in den ausgebeulten Hosen kam die Straße entlang – und im Gemeindehaus von Pfaffenstein gab es weder Fürst noch Balletteuse, noch Bauernvolk, sondern nur noch ein entzückt bewunderndes Publikum, das gemeinsam lachte und weinte.

Am nächsten Tag stand Tessa sehr früh auf. Sie wollte einen Besuch machen, bevor sie abreiste, und während die übrige Truppe noch schlief, ging sie zu einem kleinen Holzhaus auf einer Waldlichtung, die ungefähr einen Kilometer hinter dem Schloß lag.

Sie klopfte und trat ein. Die Stube war klein, aber blitzsauber – ein Ofen mit einer Bank rundherum, ein Lindenholztisch, ein Spinnrad und in dem geschnitzten Bett in der Ecke eine alte Frau, deren trübe Augen fast nichts zu sehen schienen; aber sie erkannte ihre Besucherin sofort.

«Hoheit!» Ein Lächeln verwandelte das runzlige Gesicht. «Ihr seid wieder da. Stimmt es denn, was ich gehört habe?»

«Ja.» Tessa setzte sich auf das Bett und nahm die braune pergamentene Hand. «Ja, ich bin wieder da, Großmutter, und ich hab dir ein paar gute Sachen mitgebracht. Aber verwandle dich jetzt nicht in den Wolf, der mich frißt.»

Die alte Frau grinste zahnlos; dann lachte sie, daß ihr ganzer Körper hüpfte. Doch bald darauf wurde sie traurig.

«Ihr geht also fort, Hoheit? Das Schloß ist wirklich verkauft?»

«Ja, aber ein sehr netter Mann hat es gekauft, Großmutter. Du wirst ihn bestimmt mögen.»

«Er soll ein Ausländer sein.»

«Ja, aber er spricht Deutsch wie ein Einheimischer. Er wird ein guter Herr sein.»

Die alte Frau hob ein bißchen die Schultern. «Vielleicht. Aber ohne Euch...» Sie begann zu weinen. «Ich bin nur froh, daß ich Euch noch einmal gesehen habe. Ich möcht Euch die Hand küssen.»

Aber statt dessen legte Tessa den Arm um sie. «Wein doch nicht, Großmutter, bitte, nicht weinen.»

Als sie das Haus verließ, hatte sie selbst feuchte Augen, und sie erkannte den Reiter nicht gleich, der auf dem Reitweg daherkam. Als sie ihn erkannte, zog sie sich zurück, aber Guy hatte sie schon gesehen und ritt auf sie zu.

«Guten Morgen.»

Sie blickte zu ihm empor. Sie hatte ihn nicht mehr aus der Nähe gesehen seit dem Vorfall mit dem Bären, und bei der Erinnerung an die serbokroatischen Schimpfwörter, die sie ihm nachgeschrien hatte, errötete sie. Um ihre Verlegenheit zu verbergen, sagte sie rasch: «Ich wußte gar nicht, daß Sie reiten?»

Es war wieder einmal die falsche Bemerkung, denn er antwortete mit hochgezogenen Brauen: «O ja, sogar ein Bankert lernt manchmal reiten. Als ich im Ausland war, bot es sich als nützliche Fortbewegungsart an. Und Sie? Haben Sie jemand besucht?»

«Ja, die alte Kinderfrau meines Vaters.»

«Um sich zu verabschieden?» Er war jetzt nah genug, um die Tränenspuren auf ihrem Gesicht zu sehen.

Sie nickte. «Es gibt hier viele Leute wie sie, Guy... Menschen, die ihr Leben lang hier gelebt und gearbeitet haben.»

Er war abgestiegen und bereits ein Stück neben ihr gegangen. Jetzt blickte er auf. Er hatte sie von Anfang an bei ihrem Vornamen genannt, aber dies war das erste Mal, daß sie ihn Guy nannte.

Nun sprach sie von Nerine und wie froh sie sei, daß Nerine hier sein würde, um die Besuche zu übernehmen. «Es sind vor allem die Leute an den abgelegenen Orten oder solche, wie der alte Holzfäller im nächsten Tal, der vollkommen gelähmt ist. Der Verwalter kennt sie alle. Sie braucht nur zu fragen.» Und als Guy schwieg, errötete sie und sagte: «Verzeihen Sie. Ich wollte mich nicht einmischen.»

«Das tun Sie nicht.» Sie gingen eine Weile auf dem mit Tannenzapfen übersäten Weg weiter. Dann fragte er: «Werden Sie zurückkommen?»

«Nein.»

Sie ließ ihre Antwort so nackt und unbeschönigt stehen, und Guy nahm sie schweigend hin. Wenn Nerine ihren rechtmäßigen Platz als Herrin von Pfaffenstein übernehmen sollte, mußte sich Tessa fernhalten. Es war Guy nicht entgangen, daß die Menschen hier Tessa nicht nur gehorsam grüßten und vor ihr knicksten, sondern sie auch anlächelten, und daß dieses Lächeln oft anhielt, wenn sie weitergegangen war.

«Vielleicht ist es gut so», sagte er jetzt, «denn ich werde hier beträchtliche Veränderungen durchführen.»

Sie wandte sich ihm neugierig zu. «Welche Veränderungen?»

«Ich kann halbe Sachen nicht ausstehen», sagte Guy. Sein Gesicht hatte den angespannten, konzentrierten Ausdruck, den David und Thisbe Purse nur zu gut kannten. «Dieser Ort muß rentabel werden, wenn wir auch nur einen Teil des Jahres hier verbringen wollen. Jedes Kapital muß *arbeiten.*»

«Ja», sagte sie eifrig. «Aber wie? Die Wälder bringen nicht viel ein, und –»

Er schüttelte ungeduldig den Kopf. «Nein, nein. Forst- und Landwirtschaft werden einen gewissen Beitrag leisten, aber das genügt nicht. Das Gestein im Stielbachtal drüben enthält Wolfram, wußten Sie das? Ich habe gestern das geologische Gutachten bekommen und war eben dort, um mir das Ganze anzusehen. Ich habe vor, das Wolframerz abzubauen.» Er wartete auf ihren Protest, aber sie holte nur hörbar Luft und schwieg. «Die größten Lagerstätten sind auf der anderen Seite des Berges, so daß man vom Schloß aus nichts sehen wird. Aber selbst wenn ich aufforsten lasse und den Abbau sorgfältig plane, wird es einen häßlichen Einschnitt in den Berg geben. Ja, ich werde die schöne Landschaft zerstören. Aber ich bin der Meinung, daß es für Ihre Leute besser ist, eine eigene Arbeit zu haben, statt vor den Schloßbesitzern um ein Almosen katzbuckeln zu müssen. Und es wird auch mir etwas einbringen. Sie sehen also, es ist nur gut, wenn Sie nicht hier sein werden.»

«Ja», sagte sie ruhig. «Es ist gut, daß ich fortgehen werde. Aber nicht deswegen. Ich denke, Sie haben recht. Wir brauchen Erwerbsmöglichkeiten, die nichts mit Feudalismus oder Landbesitz zu tun haben. Mein Vater wollte das nie einsehen, aber wenn ich gewußt hätte, wie man es anfangen könnte, hätte ich es getan.»

Sie hatten eine Weggabelung erreicht. Der breitere Weg führte zurück zum Schloß; der schmalere, von Moos und Gras überwachsene zurück in den Wald. Tessa zögerte etwas, bevor sie fragte: «Haben Sie noch ein wenig Zeit? Ich hätte Ihnen gern noch etwas gezeigt.»

Guy lächelte. «Ja, sicher. Nerine steht spät auf, und ich kann es offen gesagt erwarten, wieder mit meinen Gästen vereint zu sein.»

«Dann lassen wir sie hier», sagte Tessa und tätschelte den Hals der Rappenstute. Sie befestigten den Zügel an einem Baum und folgten dem Pfad in den Wald.

«Wissen Sie», fuhr Tessa fort, «die Jesuiten sagen, wer ihnen ein Kind während der ersten sieben Lebensjahre überläßt, kann es für die restliche Zeit wiederhaben, weil es ihnen dann bereits gehört. Und ich denke, mit der Landschaft ist es genauso. Was man als Kind kennt und liebt, wird man immer wieder suchen. Für mich ist es der Wald, und wenn ich neunzig Jahre alt werde. Meine Großmutter hatte immer Heimweh nach der See. Nach der richtigen See mit Ebbe und Flut und Wind und Regen. Das Mittelmeer oder die Ostsee zählten für sie nicht.»

«Woher stammte Ihre Großmutter?»

«Ihr Vater war der Duke of Bewick. Sie lebten nahe der schottischen Grenze an der Küste.»

«Ja, ich kenne Bewick Castle.» Er hatte das große, sehr öde und vom Wind gepeitschte Schloß einmal mit seiner Schulklasse besucht. «Bei mir ist es genauso. Die ersten Ausflüge hat Martha mit mir an die northumbrische Küste gemacht. Mimosen und Zitronenbäume können Sie mir schenken.»

Der Pfad war noch schmäler geworden und führte durch dichtes Gebüsch. Nun schoben sie sich durch die letzten tiefhängenden Zweige, und dann blieb Tessa mit einem zufriedenen Seufzer stehen.

Vor ihnen lag eine idyllische Lichtung. Das Gras glänzte in der Morgensonne. Ein Bach sprudelte über schillernde Kieselsteine und mündete in einen Weiher mit Seerosen.

Tessa sah sich um, als suchte sie etwas. Dann bückte sie sich, um ein Büschel dreiblättriger dunkelgrüner Blätter zu teilen.

«Ja», sagte sie glücklich. «Es ist zwar noch ein bißchen früh im Jahr, aber ein paar sind schon reif.» Vorsichtig und wie ein Kind in ihre Tätigkeit vertieft pflückte sie die kleinen Beeren und reichte sie ihm.

«Die Schweden», sagte sie, während sie aufstand, «haben ein besonderes Wort für einen solchen Platz. Sie nennen ihn *smultronställe* – Walderdbeerenplatz.»

Guy blickte auf die Beeren, die sie in seine Hand geschüttet hatte, und roch ihr feines Aroma.

«Aber es ist nicht nur ein Platz, wo Erdbeeren wachsen», fuhr Tessa fort. «Eine *smultronställe* ist jeder Ort, wo man auf besondere Weise ganz für sich sein kann – wie der sehr stille Raum im Kunsthistorischen Museum, wo die Vermeers hängen, oder wenn man im Konzert sitzt und die Flöte hört am Anfang von ‹L'Après-midi d'un faune›.»

«Oder im Mittelschiff der King's-College-Kapelle während der Abendandacht», sagte Guy.

«Die Stelle im Prater hinter dem Jagdhaus, wo im Frühling die ersten Schneeglöckchen wachsen.»

«Die Gartenszene im *Figaro*.»

Es war sehr still auf der Lichtung. Nur das Murmeln des Bachs war zu hören.

«Hierher müssen Sie Ihre Kinder bringen», sagte Tessa. «Aber nie, niemals jemand, den Sie nicht lieben.» Ohne sich der Bedeutung ihrer Worte bewußt zu werden, neigte sie den Kopf und berührte eine der Erdbeeren, die noch in seiner offenen Hand lagen. «Sie müssen sie essen», mahnte sie ihn.

Aber Guy war in Gedanken plötzlich an einer anderen *smultronställe* – in Martha Hodges kleiner dunkler Küche in

Byker, wo es nach frischgebackenen Ingwerkeksen roch und der Teekessel summte. Hier hatte der widerborstige, verwirrte Junge, der er war, zum erstenmal Verständnis und Güte und Sicherheit kennengelernt.

Gedankenverloren schob er sich die Walderdbeeren in den Mund.

11

Den Vormittag des fünften Tags seiner Hausparty verbrachte Guy mit etwas, das er schon vor etlichen Tagen hatte tun wollen. Er mußte endlich an Martha schreiben, um ihr von seiner Verlobung und seinem großen Glück zu berichten.

«Die Hochzeit», schrieb er mit seiner großzügig geschwungenen Handschrift, «wird Ende Oktober hier in Pfaffenstein stattfinden. Ich weiß, liebe Martha, daß Du nicht gern verreist und schon gar nicht ins Ausland. Aber ohne Dich werde ich nicht heiraten. Ich schicke Dir Morgan oder David, um Dich hierherzubringen, oder ich komme selbst, wenn die Sache, die ich für die Regierung übernommen habe, bis dahin abgeschlossen ist. Aber kommen mußt Du ...»

Auch Nerine erledigte ihre Korrespondenz. Sie hatte begeistert an Mama, Onkel Edgar, Clarence Dimcaster – ein Cousin ihres Vaters – und natürlich an die ehrenwerte Tante Dorothy geschrieben, aber noch nicht an Lord Frith.

Nerines Angst nach dem Waldspaziergang war ganz überflüssig gewesen. Sowohl ihr gelbes Satinkleid als auch das Kleid, das sie für die Oper tragen wollte, bedeckten den Mükkenstich vollkommen, und die Überraschung für Guy war gesichert. Nun, während sie den Kopf hob, um die Schleife an ihrer getüpfelten Musselinbluse kritisch zu mustern, überlegte sie, ob sie Frith jetzt von ihrer bevorstehenden Hochzeit in Kenntnis setzen sollte. Sie hatte nicht mehr den leisesten Zweifel an Guy. Andererseits war der arme Frith, der jetzt allein in seiner nordenglischen Burg saß und die Dudelsackpfeifer um seinen einsamen Tisch herummarschieren ließ, ein trauriger Fall. Frith vergötterte sie. Vielleicht wäre es unfreundlich, ihn schon jetzt zu informieren, bevor das Band zwischen ihr und Guy endgültig geknüpft war. Das Schicksal konnte so unverhofft grausam sein. Wenn Guy etwas zustieß bei seinen gefährlichen Angewohnheiten, mit Flugzeugen zu fliegen oder schnelle Wagen zu fahren, dann könnte sie vielleicht den armen Frith immer noch zum glücklichsten Mann der Welt machen. Ja, ein paar nette Zeilen mit der Mitteilung, daß sie ihren Besuch in Österreich verlängern würde, wären am besten. Es hatte keinen Sinn, ihn unnötig leiden zu lassen.

Unterdessen lief hinter den verschlossenen Türen des Theaters die Generalprobe für *Die Zauberflöte* – und sie verlief ganz im Sinne von Witzler, nämlich miserabel.

Herr Berger, der den Sarastro sang, verpaßte den Einsatz. Der Bühnenaufzug blieb auf halbem Weg stecken, so daß die Königin der Nacht nur mit Kopf und Schultern aus der Falltür ragte. Pino stolperte über seinen Schemel und begann das Duett mit Pamina flach auf dem Rücken. Klasky klopfte den Marsch der Priester dreimal ab, um sein Orchester zu beschimpfen, und Raisas Dackel kam auf die Bühne und wollte das Bein an einem Kulissenbaum heben.

Um fünf Uhr nachmittags sagte Raisa: «Ich gehe zu Schalk», und trat ab, und Jakob konnte sie nur zurückbringen, indem er ihr erklärte, er habe nur deshalb gesagt, sie würde wie ein Ferkel mit Keuchhusten singen, weil er meinte, sie habe nicht ihr absolut Bestes gegeben. Um sechs fiel ein dicker Mann im Chor in Ohnmacht. Um neun ging die Alarmanlage los, und die Koloratursängerin aus Dresden wurde auf der Zugbrücke gefaßt, als sie versuchte, in ihre Heimatstadt zurückzukehren. Um zehn riß eine Harfensaite und Frau Kievenholler bekam einen hysterischen Anfall...

Gegen zwei Uhr morgens ließ Jakob den Vorhang herunter,

versicherte seiner Truppe, daß sie samt und sonders eine Schande für die Opernkunst sei und er jeden entlassen werde, der sich vor sechs Uhr des folgenden Abends blicken lasse.

«Gar nicht so übel, was?» sagte er händereibend zu Klasky, als sie den Brunnenhof überquerten. Und nachdem er alle ordentlich nervös gemacht hatte, zog der alte Fuchs seinen Pyjama an, bettete sein kahles Haupt auf den Busen der Rheintochter und schlief den Schlaf des Gerechten.

Obwohl Tessa spät ins Bett gekommen war, wachte sie am nächsten Tag früh auf. Sie streckte sich in dem Holzbett ihres Zimmers im Westturm, stand auf und ging ans Fenster, um auf den schimmernden See und die sanften blauen Hügel hinauszuschauen, denn oft würde sie diese Aussicht nicht mehr genießen können.

«Oh, laß heute abend alles gutgehen», betete sie. «Laß alles so schön werden, wie wir es uns erhoffen!»

Nerine, die in ihrem großen Himmelbett frühstückte, sah einem arbeitsreichen Tag entgegen. Dazu kam, daß sie alle Vorbereitungen heimlich treffen mußte. Während sie ihren Kaffee trank, überlegte sie, wie sie am besten vorgehen sollte. Eine lange Ruhepause, dann eine Massage, gefolgt von einer Gesichtspackung und Duftpolstern in der Beuge von Ellbogen und Knien. Ihr Haar mußte bis zur letzten Minute in den Lockenwicklern bleiben. Löckchen *à la Grecque* verlangten eine sehr feste Krause. Wahrscheinlich war es am besten, wenn sie sich ein leichtes Abendessen heraufschicken ließ und erst in der Loge neben Guy erschien. Ja, so würde sie es machen. Sie würde die Vorhänge teilen und einfach dastehen. Er würde sich umdrehen und seinen Augen nicht trauen!

Sie stellte die Tasse ab und griff nach dem Spiegel, bereit, sich in die Arbeit zu stürzen.

Aber, o Gott! Ihr Herz begann wie verrückt zu schlagen, und Schweißtropfen traten ihr auf die Stirn. Das durfte nicht wahr sein! Nicht jetzt, praktisch fünf vor zwölf. Ein Pickel am Kinn!

Sie beugte sich vor, spähte in den Spiegel, strich mit der Hand über das Glas – und sank aufseufzend in die Kissen zurück. Es war nur ein Stäubchen auf dem Spiegel. Diese Bauerntrampel konnten nicht einmal richtig abstauben. Sie so zu erschrecken! Aber jetzt war alles in Ordnung. Es würde ein Triumph werden!

Ab der Mittagszeit herrschte im Schloßhof reges Treiben, als weitere Gäste, die eine Einladung für die Oper erhalten hatten, aus Wien oder Neustadt in Kutschen und Automobilen eintrafen. Diener schleppten Oleanderbäume über den Hof, um das Foyer zu schmücken. Vor dem Theatereingang war ein Baldachin errichtet worden. Körbe mit Nektarinen und Pfirsichen wurden vom Dorf heraufgebracht, um das kalte Buffet für die Soiree nach der Vorstellung zu bereichern; Blumenbouquets für die Garderoben...

Um halb sieben klopfte jemand an Nerines Tür.

«Nein!» rief sie ihrem Mädchen zu. «Ich darf nicht gestört werden!»

Als Pooley zurückkam, brachte sie eine dunkelblaue Schatulle und ein Briefchen in Guys genialischer Handschrift mit. «Das ist für heute abend – für unser Jubiläum. Ich werde ungeduldig auf Dich warten. Guy.»

Sie öffnete das Etui und holte tief Luft. Ein Diamanthalsband – ein Collier wie aus dem Märchen! Ein Traum! Er hatte gesagt, der Ring sei Teil einer Garnitur...

Sie war überwältigt vor Glück. Das war das einzige, was ihr noch Sorgen bereitet hatte – daß sie, gekleidet wie damals mit siebzehn, etwas zu schlicht wirken könnte. Das Halsband würde ihrem Auftritt die letzte bezaubernde Note geben.

«Ich kann nicht auftreten!» erklärte Raisa und versprühte Rachenspray in ihrer Garderobe. «Mit einem entzündeten Gaumenzäpfchen kann ich nicht singen. Und mein Kopf – oh, er platzt!»

«Ich weiß keinen Text mehr», jammerte Herr Berger, der schon wieder aus der Toilette kam und fror wie ein Schneider. «Ich habe jedes Wort vergessen. Nach ‹In diesen heil'gen Hallen› weiß ich nichts mehr.»

«Doch, Herr Berger, Sie wissen es», sagte Tessa beruhigend. «Nach ‹In diesen heil'gen Hallen› kommt ‹kennt man die Rache nicht›. Und außerdem wird Herr Witzler persönlich in der Kulisse sein.»

«Ich schwitze wie ein Schwein. Ich bin krank...» stöhnte Raisa.

«Wo ist Papagenos Vogelkäfig, Tessa? In drei Teufels Namen, wo ist das Ding?»

«Der Flötist ist schon wieder betrunken. Wir brauchen schwarzen Kaffee, Hoheit. Sofort!»

«Der Knopf!» schrie Herr Klasky. «Wo ist der Knopf von Beethoven?!»

«Hier, Herr Klasky.» Tessa war wie immer überall, tröstete, half und fand, was verloren war.

«Erster Aufruf zum ersten Aufzug, meine Damen und Herren. Erster Aufruf erster Aufzug!»

Jakob wischte sich über die Stirn. «Bleib bei mir, Wolfgang Amadé», betete er.

«Er wird bei uns sein, Herr Witzler. Ganz bestimmt», sagte Tessa voller Inbrunst. «Ich fühle direkt, wie er über dem Theater schwebt und uns Glück wünscht.»

Jakob lächelte über seine kleine zweite Garderobiere und legte mit einer unverhofft zärtlichen Geste die Hand auf ihren Scheitel. «Sie müssen jetzt in den Zuschauerraum, sonst machen Sie Ihre Tanten unglücklich.»

«Nein. Lassen Sie mich hierbleiben, bitte. Ich gehöre doch jetzt hierher.»

Aber Jakob war eisern. «Nein. Wir werden Sie in der Pause brauchen, aber jetzt gehen Sie in Ihre Loge, meine kleine Fürstin, und wir werden für Sie spielen.»

Der dritte Fürst von Pfaffenstein hatte sein Theater gebaut, nachdem er Versailles gesehen hatte. Er war so entzückt von dem blaugrünen Marmor, den aquamarinblauen Seidenportieren und den korinthischen Säulen, mit denen der Sonnenkönig sein Opernhaus geschmückt hatte, daß er diese herrliche Kombination aus Blau und Gold übernahm. Dazu hängte er hundert böhmische Lüster in den Zuschauerraum, und die Logenfronten ließ er mit dem Pfaffensteiner Wappen – dem Greifen, der Lilie und dem Handschuh – verzieren.

In diesem schönen Theater saßen nun Guys Gäste, um die Oper zu hören, die vielleicht die Quintessenz von allem war, was Österreich zu bieten hatte.

Wie vornehm er aussieht, dachte die Gräfin von Wahneck, die immer wieder den Hals reckte, um zur Fürstenloge hinaufzuschauen, wo Mr. Farne saß. Aber warum war er allein?

Die gleiche Frage bewegte die meisten der übrigen Besucher angesichts der einsamen Gestalt des Engländers, der anscheinend in jeder Umgebung und selbst in ruhigem Zustand die Aufmerksamkeit auf sich lenkte. Wo war die Witwe?

«Ah, da bist du ja, Butzi», sagte Maxi, als Tessa, die noch von ihrer Kinderfrau mit Haarbürste und Kleiderbürste aufgehalten worden war, endlich in die Loge schlüpfte, in der Maxi und die Tanten saßen. Sie trug ein dunkelgrünes Samtkleid mit einem großen Spitzenkragen, und ihre Augen leuchteten vor Aufregung, so daß sich sogar der unmusikalische Maxi auf das, was ihm bevorstand, freute.

Das Publikum verstummte. Und dann raschelte es plötzlich überall. Die Zuschauer wandten die Köpfe, und man hörte sie flüstern: «Da ist sie!»

In der Fürstenloge wandte sich auch Guy um. Er erhob sich – und ihm stockte der Atem.

Nerine stand vor ihm. Sie stand ganz still und hielt mit einer Hand die blaue Portiere zurückgeschlagen. Ihre Augen waren auf ihn gerichtet, groß und fragend; ihre Lippen zitterten ein wenig.

«Weißt du noch?» fragte sie leise.

Guy war so gerührt, daß er kein Wort hervorbrachte. Er nahm nur ihre Hand und führte sie an seine Wange. Nerine war so angezogen wie damals. Die gleichen Löckchen umspielten ihren Hals; das Kleid mit den Blümchen... und wie damals hielt sie einen zierlichen Fächer in der Hand. Als sie dort stand und seinen Beifall suchte, war sie wieder siebzehn. Die Zeit hatte das Rad zurückgedreht – das ganze Leben, alle Hoffnungen lagen vor ihnen.

«Ja, ich weiß es noch», sagte Guy – und noch nie hatte Nerine in der Stimme eines Mannes gehört, was jetzt in Guys Stimme lag.

Das Orchester nahm Platz. Herr Klasky trat ans Pult. Guy schob Nerine einen Stuhl zurecht, und sie lächelte ihn dankbar an. Der Dirigent hob den Stab.

Und genau in diesem Augenblick seufzte Nerine so bezaubernd wie damals.

Wie kommt eine großartige Aufführung zustande? Ist es wirklich nur eine Mischung aus harter Arbeit, Talent und Glück? Welche Alchimie verwandelte an diesem einzigartigen Abend den kleinen fetten Italiener Mastrini in einen Prinzen, die brave Koloratursopranistin aus Dresden in die furiose Königin der Nacht, einen unbekannten Bariton, den Witzler aus dem Chor geholt hatte, in einen das Publikum hinreißenden Papageno? Alchimie und Zauberei mußten im Spiel sein, als die streitsüchtige, habgierige Raisa zur jungen Pamina wurde, deren schlichtes, aufrichtiges Wesen aus jedem Ton von Raisas wundervollem lyrischen Sopran sprach.

Ein beglückender Höhepunkt folgte dem anderen, und der für seine ätzenden Kritiken bekannte Herr Mendelow schloß sein Notizbuch und schüttelte nur noch staunend den Kopf.

Guy hatte, gebannt vom Wunder dieser Musik, alles ringsum vergessen, sogar Nerine.

Als der Vorhang nach dem ersten Akt von Jakob Witzlers

Zauberflöte fiel, rauschte der Beifall auf. Die Leute trampelten mit den Füßen und riefen «Bravo», und wenn sie nicht so vornehm gewesen wären, hätten sie gepfiffen und Juchhe geschrien. Guy sah aus dem Augenwinkel, daß eine kleine Gestalt die Loge nebenan verließ. Dann wandte er sich an Nerine.

«Ich brauche dich bestimmt nicht zu fragen, wie es dir gefallen hat», sagte er mit bewegter Stimme. «Ich sehe es in deinen Augen.»

«Ja», hauchte sie. «Oh, ja.» Sie preßte die Hand auf die Diamanten an ihrem Hals, als wollte sie die Gefühlsaufwallung zurückhalten, die sie zu ersticken drohte.

«Ich denke, wir sollten jetzt hinter die Bühne gehen und ihnen gratulieren. Die Pause ist ziemlich lang, und du hast Witzler noch nicht kennengelernt. Wir werden nicht lang bleiben. Aber ich möchte ihnen gern ein paar Worte sagen.»

Nerine lächelte. «Geh du allein, Liebster. Sie wollen dich sehen, nicht mich. Ich brauche ein paar Minuten für mich allein.»

«Bist du sicher?» Guy sah sie zärtlich an. «Wir brauchen nicht sofort zu gehen.»

«Nein, geh nur.»

Sie wartete, bis Guy die Loge verlassen hatte, dann raffte sie ihre Röcke und eilte zur Damentoilette. Es war warm im Theater. Nerine war sich fast sicher, daß ihr ein Schweißtropfen über den Hals gelaufen war. Sie hatte auch gespürt, wie ihr Haar schlaff wurde – und wenn der Ausschnitt ihres Kleides auch nur ein wenig verrutscht war, konnte man den noch nicht ganz verheilten Mückenstich sehen. Sie hatte Pooley befohlen, auf sie zu warten, und – ja, hier war sie.

«Beeil dich, Mädchen! Diese Locke sitzt nicht richtig. Und ich brauche frischen Puder auf die Schulter und hier auf den verdammten Mückenstich...»

«Warten Sie!» Die gebieterische Stimme ließ Tessa innehalten, die bereits durch die mit Flanell überzogene Tür den Gang betreten hatte, der hinter die Bühne führte.

Sie drehte sich um, sah Guy und lief ihm mit ausgebreiteten Armen entgegen. «Oh, war es nicht wundervoll? Es war einfach phantastisch! Sie müssen so *stolz* sein», sagte sie und schmiegte wie ein Kind den Kopf an seine Brust.

«Stolz? Wieso *ich*? *Sie* müssen stolz sein! Ich habe noch nie etwas ähnlich Schönes gehört, Tessa. Noch nie in meinem ganzen Leben.»

«Ich weiß.» Sie hob das Gesicht und rieb sich mit ihrer kleinen Faust die Augen. «Ist es nicht verrückt, daß ich weinen möchte, weil ich so glücklich bin?»

Wenn Guy sie jetzt losgelassen hätte, solange sie nur zwei Menschen waren, die sich in Verehrung von etwas, das größer war als sie, zusammengefunden hatten, wäre alles gut gewesen. Aber Guy gestattete sich eine Dummheit. Er hielt sie im Arm und machte keine Anstalten, sie loszulassen oder sich von ihr zurückzuziehen. Ihm schien gar nicht bewußt zu sein, daß sie ein separates Wesen war.

Seine Gedankenlosigkeit dauerte nur wenige Augenblicke, bis er sich schließlich zusammennahm und sie losließ. Aber sie sollte Tessa teuer zu stehen kommen.

Witzler versuchte, seinen Pessimismus aufrechtzuerhalten. Doch als Guy ihm die Hand schüttelte, leuchteten seine Augen. Es gelang ihm nicht, seine Freude zu unterdrücken. Wenigstens *ein* Akt, der perfekt gelungen war, dachte Witzler. *Ein* Akt, hinter dem er stehen konnte, wenn er Ihm dereinst dort oben begegnen sollte – und wie viele andere, die Musik machten, meinte er mit «Ihm» nicht Gott, sondern Mozart.

Guy kehrte zu Nerine zurück, die, das Profil aufmerksam der Bühne zugewandt, wieder auf ihrem Platz saß. Klasky kam ans Pult, der Vorhang hob sich, und die Vorstellung, die so begeisternd begonnen hatte, ging weiter – und wurde zu einer Opernlegende.

Der Donner krachte, die Blitze zuckten, die sternflammende Königin tauchte vollständig aus der Versenkung auf.

Eine traditionelle Katastrophe nach der anderen blieb aus. Die Liebenden bestanden ihre schwere Prüfung, und mit einem letzten jubelnden Chor endete das Stück.

Und nun zollte das Publikum Witzlers Opernkompanie die höchste Anerkennung. Als der Vorhang fiel und Klasky erschöpft den Kopf über der Partitur senkte, blieb es im Theater still. Die Menschen fingen ihre Seelen ein und verstauten sie wieder in ihren Körpern.

In dieser magischen Stille, bevor der Applaus aufbrandete, der das Dach abzuheben drohte, wandte sich Guy der Frau zu, für die dieses Wunder vollbracht worden war.

Sie hatte den dunklen Kopf an die seidenen Draperien der Loge gelehnt. Ein entzückender Arm lag ruhig auf der Lehne des vergoldeten Sessels, die Hand mit dem großen Diamanten hing entspannt herab. Sie hatte die schönen Augen unter den glänzenden schwarzen Wimpern geschlossen. Ihr Busen hob und senkte sich sanft und gleichmäßig. Nur hin und wieder kam ein unerklärliches Geräusch zwischen ihren geteilten Lippen hervor.

Guy beugte sich besorgt zu ihr. War sie überwältigt? War sie ohnmächtig geworden?

Doch es bestand kein Grund zur Sorge und sicher auch nicht zu der abgrundtiefen Verzweiflung, die ihn nun befiel. Denn Nerine war auf ganz natürliche Weise und bis auf die kleinen Schnarchgeräusche auch sehr anmutig eingenickt.

12

Im großen Saal standen für die Theaterleute und alle, die sich ihnen anschließen wollten, ein Buffet und Champagner bereit. Doch als sie gegessen und insbesondere getrunken hatten, verkrümelten sich die meisten, und die Künstler kehrten mit Flaschen und Gläsern ins Theater zurück, wo sie sich, an Säulen gelehnt oder hingerekelt auf Tempelstufen, heimischer fühlten.

Alle waren erschöpft, beschwipst und vollkommen glücklich. Morgen würde es wieder Spannungen und Rivalitäten geben und harte Arbeit, wenn sie die Kulissen abbauten und die Rückfahrt nach Wien vorbereiteten. Aber der heutige Abend gehörte den Göttern, und selbst Jakob, der nie eine Pause einlegte und nie lobte, tat jetzt beides – und mit Genuß.

Immer wieder kamen sie auf die Vorstellung zu sprechen und wie gut ihnen alles gelungen war. Sie waren wie Leute, die einen Rosenkranz beteten. Nie würden sie diesen Abend vergessen.

Nur einer bildete in dieser Gesellschaft der Glücklichen und Zufriedenen eine Ausnahme: Fürst Maximilian von Spittau, der über Versatzstücke stieg und seine Liebste suchte.

Denn Tessa hatte sich, wie Maxi leider feststellen mußte, schäbig benommen. Sie war nicht nur während der Pause hinter die Bühne gelaufen, sondern auch, sobald der Applaus einsetzte, aufgestanden und gegangen, weil sie angeblich beim Aufräumen helfen mußte. Und seitdem war sie verschwunden.

Aber er würde sie finden und diesen Heiratsantrag hinter sich bringen, und wenn es die ganze Nacht dauerte. Genug war genug. Nun stolperte er mit dem Glas in der Hand über Beine, trat Raisas Dackel auf die Pfote und fragte mit wachsender Verzweiflung nach der Fürstin von Pfaffenstein.

Niemand konnte ihm helfen. Nicht einmal Boris, der sich immer besonders für Tessa verantwortlich fühlte, wußte, wo sie steckte. Klasky öffnete auf die Frage nach Tessas Verbleib nur ein Auge und nuschelte: «Sähr liebäs Ding… hat den Knopf ins Sacher gebracht.» Dann schlief er am Fuß eines Kulissenbaumes ein.

«Ich werde sie schon finden», sagte Maxi und leerte sein Glas. «Ich finde sie…» Leicht torkelnd begab er sich zu den Garderoben.

Anfangs schwamm Tessa noch auf der Welle des allgemeinen Jubels über die gelungene Vorstellung. Aber langsam und unerbittlich drängte sich der Schmerz in den Vordergrund. Er ließ sich nicht mehr ignorieren und schien Körper und Seele, ihr ganzes Ich, zu durchdringen.

Sobald sie in den Garderoben aufgeräumt hatte, verschwand sie in den Westturm. Bevor sie sich in ihr Zimmer zurückziehen konnte, mußte sie jedoch noch zu den Tanten gehen und gute Nacht sagen, denn sie war sich bewußt, wie sehr sie die beiden in der vergangenen Woche vernachlässigt hatte.

Die Tanten wollten eben zu Bett gehen. Ihr graues Haar war zu Zöpfen geflochten, und wie immer erhellten sich ihre Gesichter bei Tessas Anblick. Aber als Tessa wieder gegangen war, sahen sie sich betroffen an.

«Was hat sie?» fragte Tilda. «Warum sieht sie so aus? Ihre Augen…»

Augustine schüttelte mißbilligend den Kopf. «Früher konnte man ihr wenigstens noch die Haare bürsten», brummelte sie. «Aber jetzt…»

«Es wird bestimmt alles gut, wenn sie mit Maxi verheiratet

ist», sagte Tilda beschwichtigend. «Das meinst du doch auch, Augustine, nicht wahr?»

Aber die Herzogin schwieg. Morgen würde sie wieder für diese Heirat eintreten, die so passend und dynastisch einwandfrei war. Doch heute abend stand sie unter dem Einfluß der Musik, die eine andere Wahrheit enthielt.

Tessa war zu ihrem Zimmer hinaufgegangen, aber statt schlafen zu gehen, stieg sie die runde Steintreppe bis zum Dach des Turms hinauf. Wegen der herrlichen Aussicht, die man hier oben hatte, war ihr unter allen Zimmern des Schlosses ihr schlichtes Turmzimmer am liebsten. Als sie das Dach betrat, stand sie unter einem funkelnden Sternenhimmel.

Jetzt war sie allein, und es gab kein Entkommen mehr, keine Möglichkeit, zu vergessen, was mit ihr geschehen war, als Guy sie in den Armen gehalten hatte.

Da war sie also, die Liebe.

Oh, Gott, dachte Tessa. *Warum?* Es war so sinnlos, denn er liebte Nerine. Doch auf dieses «Warum» gab es keine Antwort, höchstens, daß es eine Laune des Schicksals war. Dann also: *Wann?* Das war leichter zu beantworten. Es war fast sofort passiert. Sie hatte nur die Anzeichen nicht erkannt. Jenes erste Mal, als er sie nach Hause brachte und mit dem Finger auf ihrer Wange die Linie ihres Haars nachzeichnete... Und im Stadtpark, als er von seiner Pflegemutter sprach und seine Stimme so warm und zärtlich klang... Und im Sacher. Ja, im Sacher hatte sie es gewußt.

Und ich wollte Professor Freud konsultieren, dachte Tessa. Ein guter Witz. Erschreckend deutlich sah sie Guys Hand, die sich ungeduldig eine Haarlocke aus der Stirn strich; sie sah sein spöttisches Lächeln, als er im Sacher den Vorhang des Alkovens zurückschlug... seinen Hals, als er sich bückte, um die Erdbeeren zu nehmen, die sie ihm gab.

Weiß ich denn schon alles über ihn? dachte sie verwirrt. Und die Antwort lautete: Alles. Du bist mit diesem Wissen gebrandmarkt für den Rest deines Lebens.

Sie atmete tief die Nachtluft ein, die nach Heu roch, und horchte auf die Musik und das Gelächter, das aus dem Theater kam. Die Sterne schienen noch nie so hell und klar gewesen zu sein. Kassiopeia, die Wega, der breite Gürtel der Milchstraße – und ihr Sternbild, die Zwillinge. Die Welt war so schön. Wie konnte da jemand unglücklich sein?

Trotzdem gab es da jemand. Denn wie bei allen Liebenden kam auch bei Tessa der schmerzliche Aufschrei: Was bedeuten mir die Sterne, wenn ich sie nicht mit ihm sehen darf? Was die Schönheit, wenn wir sie nicht gemeinsam genießen?

Entsetzt blickte Tessa in den stillen Himmel. «Das werde ich nicht zulassen», sagte die Fürstin Theresa-Maria Rodolphe Caroline von Pfaffenstein und reckte das Kinn.

«Kann ich Ihnen helfen, Euer Hoheit?» Die kleinste Heidi stand plötzlich vor Maxi, als er auf der Suche nach Tessa einen weiteren Kulissenstapel überwunden hatte.

«Ich suche die Fürstin von Pfaffenstein. Die Tessa», fügte er hinzu, denn er gab sich alle Mühe, demokratisch zu werden.

Aber seine Augen ruhten mit einem Vergnügen, das er beim besten Willen nicht verbergen konnte, auf dem entzückenden Anblick, den die als Häsin verkleidete Heidi Schlumberger bot. So hatte sie zu Taminos Flöte getanzt. Die Kopfmaske hatte sie inzwischen abgenommen, aber vom Hals abwärts steckte sie noch in einem weichen, beigefarbenen Fellanzug mit einem weißen Puschel am unteren Teil des Rückens, und die großen blauen Augen und goldenen Locken über dem reizenden Hasenbalg mit der flaumigen Blume waren für Maxi des Guten beinahe zuviel. Er hatte der kleinen Tänzerin nicht nachgestellt, nachdem sie sich im Kino begegnet waren, aber sie war fast immer in seinen Gedanken.

«Ich habe sie schon eine ganze Zeitlang nicht gesehen», sagte Heidi. «Soll ich Eurer Hoheit suchen helfen? Vielleicht ist sie noch in den Garderoben. Sie können sich gar nicht vorstellen, wieviel sie arbeitet.»

Maxi, der sich das nur zu gut vorstellen konnte, rümpfte die Nase, die er in direkter Linie von Philipp II. von Spanien geerbt hatte, und sagte, dafür wäre er dankbar, denn er müsse unbedingt noch an diesem Abend mit Tessa sprechen.

Sie suchten in den Garderoben, im Kostümfundus, im Grünen Zimmer, aber von Tessa war nichts zu sehen.

«Könnte ich Eurer Hoheit vielleicht noch etwas Champagner holen?» fragte die kleinste Heidi, als sie niedergeschlagen zur Bühne zurückkehrten. «Es sind noch haufenweise Flaschen im großen Saal.»

Wie alle wußte auch sie, daß der Fürst Tessa heiraten sollte, und sie fand das vollkommen in Ordnung. Sie war ein bescheidenes Mädchen, und wenn sie Maxi anhimmelte, dachte sie dabei nicht ans Heiraten.

Maxi fand ihren Vorschlag gut. «Aber Sie werden auch noch einen Schluck wollen. Gehen wir miteinander.» Weiß Gott, es gab Grenzen für das, was man einem Mann zumuten konnte, und morgen war auch noch ein Tag.

Die Abkürzung, die Maxi durch den Trophäensaal, die Ahnengalerie und die Bibliothek nahm, versprach keine nennenswerte Zeitersparnis, aber Heidi ging willig mit. Die Bibliothek war menschenleer und wunderbar eingerichtet mit Statuen, Nischen und Leseecken. Zum genau richtigen Zeitpunkt stolperte Heidi über einen flauschigen Teppich, und der heldenhafte Fürst verhinderte, daß sie fiel. Mit einer genau richtigen kleinen Bewegung der Hüfte deutete sie an, daß seine Hand, die auf der so köstlich weich gerundeten Blume zu liegen kam, nicht störte. Und weil die Hände des Fürsten jetzt beschäftigt waren, hatte sie den Mut zu fragen, ob Seine Hoheit nicht wünsche, daß sie seinen Kragen lockerte, da sie doch wußte, wie sehr Soldaten unter ihren Uniformen litten.

«Sie können mich Maximilian nennen», murmelte der Fürst, als ihre molligen Händchen an seinem Hals nestelten.

Aber das brachte die kleinste Heidi nicht fertig, auch wenn sie ihm in jeder anderen Hinsicht gerne entgegenkam.

Nerine fühlte sich gekränkt. Sie hatte selbstlos den ganzen Tag gearbeitet, um Guy zu überraschen. Schließlich war sie keine siebzehn mehr, und es war keine leichte Aufgabe gewesen, das Wunder ihrer Erscheinung *en grande tenue* zu vollbringen. Und dann war Guy verstimmt, nur weil sie am Schluß dieser endlosen Oper ein paar Minuten geschlafen hatte. Sie wußte, daß er verärgert war, obwohl er nichts gesagt und sie zu dem Boudoir neben dem Prunkschlafzimmer begleitet hatte. Selbstverständlich konnte sie sich nicht unter eine Gesellschaft mischen, die hauptsächlich aus betrunkenen Theaterleuten bestand. Er hatte ihre Ausrede, sie sei müde, akzeptiert und sie nach oben begleitet, aber keine Anstalten gemacht, sie allein zu lassen.

«Bist du mir böse, weil ich kurz eingenickt bin?» fragte sie. «Das würde ich wirklich nicht verstehen. Ich habe nie behauptet, ich sei eine Intellektuelle.»

«Nein, ich bin nicht böse. Nur... Nerine, wieviel bedeutet dir Musik?»

Sie zuckte die Achseln und unterdrückte ein Gähnen. Wenn sie nicht ihre acht Stunden Schlaf bekam, würde sie morgen Ringe unter den Augen haben. Und am Abend würde noch das Abschiedsbankett stattfinden...

«Nun, ich mag Musik sehr gern», sagte Nerine. «Zum Tanzen, meine ich. Und als Charles so krank war und ich nirgends hinkam, nahm mich Mama zu *Chu Chin Chow* mit. Das hat mir gut gefallen. Dort habe ich übrigens auch Lord Frith getroffen.» Immerhin merkte sie, daß dies im Augenblick nicht das richtige Thema war. «Mama war sogar viermal in *Chu Chin Chow*», fuhr sie fort. «Du kannst also nicht sagen, wir wären keine musikalische Familie. Aber schließlich, Liebster, bin ich *Engländerin.*»

«Engländerin?» wiederholte Guy.

«Ja, Liebling, so ist es», sagte sie stolz. «Und Engländer haben sich nie viel aus Opern gemacht. Die Ausländer schwärmen dafür – die Deutschen und die Italiener, und die Russen schwärmen für ihr Ballett. Aber bei uns ist das anders. In England geht man nicht wie in Wien in die Oper, um gesehen zu werden. Man geht nach Ascot und Henley und Goodwood. Selbstverständlich werde ich mitkommen, solange wir hier wohnen – in die Wiener Oper, meine ich. Ich verstehe durchaus, daß das hier notwendig ist. Aber ganz ehrlich, alle diese leiernden Priester und dieser läppische Vogelfänger…»

«Ja.» Auf einer gewissen Ebene war sich Guy der Absurdität der Kunst, die er liebte, vollkommen bewußt. Er verstand, was Nerine meinte, und er war ihr deswegen auch nicht böse. «Es war dumm von mir, daß ich dich nicht vorher gefragt habe. Siehst du, als wir uns das erstemal begegneten, in der Oper…» Er verstummte und drehte gedankenverloren einen Kerzenleuchter in den Händen. «Ich habe nie vergessen, wie du geseufzt hast, als der Vorhang aufging. Immer habe ich mich daran erinnert.»

«Also, du würdest auch seufzen», sagte Nerine, plötzlich am Ende ihrer Geduld, «wenn dir vier Stunden Langeweile bevorstünden. Mein Gott, Guy, Kunst und Kultur nahmen in der Schule nie ein Ende. Die Konzerte, bei denen komische Zwerge fast vom Klavierhocker fielen… die ewigen Museumsbesuche, auch wenn es noch so heiß war… Ich habe nie vorgetäuscht, besonders klug zu sein», rief Nerine geradezu außer sich. «*Das* wirklich nicht!»

Guy neigte den Kopf. Was sie sagte, war wahr. Sie hatte es nicht vorgetäuscht. Aber er war ein Narr. Er hatte sich nicht nur in ihr Bild, sondern auch in ihre Reaktion auf Kunst und Schönheit verliebt, die er einfach unterstellt hatte. Ihm selbst war etwas Ähnliches widerfahren wie Tessas «Blitzschlag», als sie die Sängerknaben in Schönbrunn hörte, oder wie Jakob Witzlers Erlebnis bei *Carmen.* Es war, als er mit Martha zum erstenmal das Weihnachtsspiel in Newcastle sah. Er war gerade sieben Jahre alt, als er in einem tranceartigen Zustand aus dem schäbigen Theatre Royal kam, und es hatte mehrere Tage gedauert, bis er wieder zur Erde zurückkehrte. Aber was hatte seine Leidenschaft für Musik und Theater mit Nerine zu tun? Er war blind und dumm gewesen – und, was noch schlimmer war: Er wollte sie zu etwas anderem machen, als sie war; und das hieß nichts anderes, als sie verletzen.

Nein, Nerine sollte nicht leiden. Er würde ihr seinen Fehler nicht eingestehen und ihr auch nicht sagen, was er sich von ihrer gemeinsamen Zukunft erhofft hatte, in der sein Reichtum der Kunst dienen sollte. Von nun an würde er sie so nehmen, wie sie war: eine schöne Frau, die ihm nichts versprochen hatte und die ihm nichts schuldete.

Er stellte den Kerzenleuchter weg und nahm ihre Hand. «Nein, du hast nichts vorgetäuscht, und du wirst es nie tun müssen», sagte er, während er mit dem Daumen über ihre Finger strich. «Und Opern wird es hier keine mehr geben.»

Sie lächelte erleichtert. «Ehrlich gesagt, Liebling, ich hätte nicht gewußt, wie ich Mama und Tante Dorothy hätte beibringen sollen, daß sie eine Oper aussitzen müssen, wenn sie zu unserer Hochzeit kommen. Außerdem entsteht ja auch für niemand ein Schaden, nicht wahr? Deine Gäste hatten heute abend ihren Spaß, und die Opernkompanie wurde gut bezahlt – wahrscheinlich viel zu gut. Aber nachdem wir gerade von Musik sprechen, Guy», fuhr Nerine fort, glücklich, daß sie doch etwas zu dem Thema sagen konnte. «Was möchtest du lieber als Hochzeitsmarsch? Den von Mendelssohn oder den aus *Lohengrin?»*

Guy lächelte, aber es war ein Lächeln, das es nicht ganz bis in seine Augen schaffte. «Das überlasse ich dir, Liebste. Mir ist beides recht.»

13

Am letzten Tag von Guys Hausparty ereigneten sich auf dem grünen eiszeitlichen Pfaffensteinsee zwei Episoden, die gleichzeitig stattfanden, aber nichts miteinander zu tun hatten.

Unweit des Seeufers lag eine bewaldete Insel, auf welcher der fünfte Fürst zu Pfaffenstein nach seiner Rückkehr von der üblichen Bildungsreise ein klassisches Tempelchen hatte bauen lassen. Guy hatte Boote bereitgestellt und Männer, die rudern sollten, damit seine Gäste die Inseln besuchen konnten. Am frühen Morgen, als die meisten anderen im Schloß noch schliefen, ließ sich Klasky mit einer Aktentasche voll Notenpapier und gekleidet in seinem üblichen dunklen Anzug, dazu die Seidensocken von Gustav Mahler und Lackschuhe, zu diesem friedlichen Ort hinüberrudern.

Nachdem er dem Bootsmann aufgetragen hatte, ihn mittags wieder abzuholen, begab er sich zu der Bank vor dem Tempel. Der Junimorgen zeigte sich von der schönsten Seite – der Kuckuck rief, die Libellen schillerten in allen Farben, blaue Iris und das duftende Mädesüß blühten am Uferrand –, aber Klasky hatte für all das weder Auge noch Ohr. Sein Blick war ausschließlich nach innen gewandt. Seine schlanken Finger glitten über das Notenpapier. Manchmal summte oder pfiff er dazu. Mücken stachen ihn, Käfer krabbelten über seine Schuhe, aber er sah nur, was von innen kam.

Denn jetzt flogen ihm die Ideen nur so zu. Nachdem er den

Polizisten, den Helden seiner Oper, in einen Gepäckträger umgewandelt hatte, war ein weiterer, sogar noch bedeutenderer Durchbruch erfolgt, als er entdeckt hatte, daß der gesamte musikalische Aufbau des Werks stimmte, wenn er das B in seiner Tonreihe durch G ersetzte. Seitdem fehlte ihm nur noch das Thema für den Schlußchor. Die Heldin hatte sich nach dem Verrat des Fabrikbesitzers erhängt. Ihr Mann, der Gepäckträger, wurde wahnsinnig. Der Fabrikbesitzer hatte sich in der irrigen Annahme, sein Kind in einem Frikassee verspeist zu haben, aus dem Fenster gestürzt. Damit war die Handlung abgeschlossen, aber den Schwellenlegern, Maschinisten und Schaffnern, die das einfache, unverdorbene Volk darstellten, sollte es überlassen bleiben, die innere Bedeutung der Tragödie zusammenzufassen.

Das Thema für diesen Schlußchor hatte sich dem Komponisten hartnäckig verweigert, doch jetzt hörte er die Stimmen der Unterdrückten in einer ungebrochenen, ausdrucksvollen Dissonanzenfolge.

Der Kahnfahrer kam, um ihn abzuholen, und wurde von dem schwitzenden Klasky mit einer Handbewegung fortgeschickt. Die Schatten wurden länger...

Um fünf Uhr schrieb er die letzte Note. Er schloß seine Aktentasche und ging wie betäubt zum Anlegesteg. Die Oper war fertig.

Das Boot war nicht da, aber das war unwichtig. Er blickte zu dem kleinen Tempel zurück. Würde man ihn versetzen wie das Sommerhäuschen, in dem Mozart die *Zauberflöte* komponiert hatte? Würde es ein Klaskeum geben wie das Mozarteum in Salzburg? Würden die Leute in Kremsern nach Pfaffenstein fahren, um zu sehen, wo er gearbeitet – nein, wo er gelebt und gewirkt hatte? Denn zweifellos würde Farne nach dem vorangegangenen Abend die Truppe hier installieren.

An diesem Punkt angelangt, sah er plötzlich, nicht weit von ihm entfernt, ein Ruderboot, in dem sich Tessa, der Fürst von Spittau und mehrere Hunde befanden.

Sollte er sie rufen? Die Hunde sahen naß aus, und sie waren ihm auch zu zahlreich. Er holte ein Leberwurstbrot aus der Jackentasche und richtete sich darauf ein zu warten.

Maxi war an diesem letzten Tag der Einladung auf Pfaffenstein mit dem sicheren Wissen aufgewacht, wo er Tessa seinen Heiratsantrag machen würde. Denn ebenso wie die Mexikaner am liebsten in der Hängematte essen, schlafen und Kinder zeugen, in einer Umgebung also, die sie von Geburt an gewohnt sind, so fühlte sich Fürst Maximilian am wohlsten, wenn er etwas im oder auf dem Wasser tun konnte. Deshalb beschloß er, sein Heil in einem Boot zu suchen – und dieses Mal würde er keinen Widerspruch dulden. Die Butzi würde ihn anhören müssen.

Aber Tessa hatte den Kampf ohnehin aufgegeben. Die Oper war vorbei, und morgen würde sie Pfaffenstein für immer verlassen. Sie wußte, daß sie einem Tête-à-tête mit Maxi nicht mehr ausweichen konnte.

Um vier Uhr nachmittags sah man deshalb Maxi mit kräftigen Schlägen auf den See hinausrudern mit der Fürstin von Pfaffenstein im Heck – und dies in einem höchst romantischen Rahmen, zu dem nicht nur das hinter ihnen aufragende Schloß gehörte, das im goldenen Nachmittagslicht mehr denn je wie ein Märchenschloß aussah, sondern auch die Hunde. Fünf Hunde in einem kleinen Ruderboot unterzubringen, ist keine einfache Sache, aber Maxi hatte es geschafft, und obwohl die Tiere ein bißchen aufgeregt waren wegen eines nahen Entenpaars und eines Schwans, benahmen sie sich gut. Die rote Setterhündin hatte den Kopf auf Tessas Schoß gelegt und sabberte liebevoll auf ihr Kleid, während der Wasserspaniel auf ihren Füßen lag. Um zu betonen, daß es ihm heute um die Liebe und nicht um die Jagd zu tun war, hatte Maxi weder Flinte noch Angelrute mitgenommen, und dies trotz der Tatsache, daß der See seit dem Niedergang der Pfaffensteins völlig unterfischt war und von Forellen nur so wimmelte.

Wenn Maxi jedoch glaubte, er würde unbeobachtet sein, wenn er sich aufs Wasser begab, hatte er sich getäuscht. Die Nachricht, daß der Fürst sein Glück probieren wollte, hatte sich wie ein Lauffeuer im Schloß verbreitet. Im Westturm hielt seine Mutter das Fernrohr des verstorbenen Fürsten von Pfaffenstein auf ihn gerichtet. Neben ihr standen Butzis Tanten, die sich persönlich zu solchen Taktiken nicht hergegeben hätten, aber sehr gespannt darauf warteten, Einzelheiten aus zweiter Hand zu erfahren. Der Erzherzog Sava, der sich der Bedeutung des Ereignisses bewußt war, hatte seine Beobachtung der sonnenbadenden Sopranistin unterbrochen und sein Fernrohr im Schlafzimmer von Monteforelli aufgestellt, das auf den See hinausging. Maxis Bursche, der ungewöhnlich gute Augen hatte, war auf die Brüstung vor den Mansardenzimmern der Dienstmädchen geklettert und übermittelte von dort das Geschehen an das Gesinde.

Auf der Schloßterrasse griff Nerine nach dem Feldstecher, den Guy ihr hingelegt hatte, als er zu Witzler gegangen war. Sie sollte einen rotfüßigen Falken beobachten, aber das hier war viel interessanter.

«Jetzt sagt er es!» rief die Schwanenprinzessin. «Jetzt ist es soweit! Er rudert nicht mehr!»

Der Fürst legte in der Tat in diesem Augenblick die Ruder ein.

«Butzi», begann er. «Tessa ...»

Die Fürstin von Pfaffenstein, die still im Heck gesessen hatte, hob den Kopf und wappnete sich gegen das aufkommende Schuldgefühl. «Ja, Maxi?» sagte sie.

«Butzi, du weißt, wie gern ich dich immer gehabt habe», sagte Maxi, und es war die Wahrheit. Niemand hatte so schön und so oft mit ihm Cowboy und Indianer gespielt.

«Ich mag dich auch sehr gern», sagte Tessa mit einem unterdrückten Seufzer.

Eine Forelle, mindestens ein Fünfpfünder, so wie sie sich anhörte, war dicht neben ihnen an die Oberfläche gekommen.

Maxi schaute nicht hin und ebensowenig die älteren Hunde, die perfekt erzogen waren. Aber die junge Setterhündin hob den Kopf aus Tessas Schoß und kläffte aufgeregt. Der Schwan, der sich dadurch gestört fühlte, schoß zischend auf das Boot zu, was den Labrador veranlaßte, sich ans Heck zu drängeln, um den Schwan zu verbellen. Es folgte ein ziemliches Durcheinander, in dessen Verlauf Tessa und Maxi den Schwan verscheuchten, den Wolfshund bändigten, der über die Ruder springend seinem Freund zu Hilfe geeilt war, und eine ganze Menge Wasser in den Kahn schwappte.

Für einen Augenblick fragte sich Maxi, ob die Idee mit den Hunden wirklich so gut war. Tessa schien jetzt mehr um den Wolfshund besorgt zu sein, der sich die Nase an der Riemendolle verletzt hatte, als um ihn. Außerdem war sie, genauso wie er, ziemlich naß geworden.

«Also meinst du nicht auch... Tessa, bitte... Ich weiß, ich hab dich schon früher gefragt, aber jetzt ist Pfaffenstein verkauft... Ich meine, du kannst doch nicht ewig für die Opernkompanie arbeiten, und –» Er unterbrach sich. «Sitz!» befahl er wütend.

Die Pointerhündin, die aufgesprungen war und aufgeregt hechelnd zu der bewaldeten Insel blickte, senkte beleidigt den Kopf. Sie hatte doch nur darauf hinweisen wollen, daß sie etwas gehört hatte.

«Also, Tessa, bitte heirate mich. Ich wäre so glücklich. Alle wären glücklich. Und wir würden so gut miteinander auskommen.»

Tessa hatte die Schöpfkelle in der Hand und versuchte, das Wasser aus dem Kahn zu schaufeln. Nachdem sie noch nicht nein gesagt hatte, war Maxi entschlossen, seinen Vorteil zu nützen, und begann, all die Freuden zu schildern, die sie in Spittau erwarteten. «Wir könnten es so schön miteinander haben. Und du könntest Wasserspaniels züchten, die du so gern magst. Meine Mutter ist freilich ein bißchen schwierig, aber... Und du hast auch kein Rheuma. Du bist kerngesund,

Butzi, obwohl du so klein bist. Das ist auch etwas, was ich so gut an dir finde.»

Die Enten kamen zurück und näherten sich quakend und unnötig aufgeregt, während die Hunde verzweifelt an ihren Herrn appellierten. Waren sie denn heute gar nicht gefragt? Wie lange sollten sie noch stillhalten?

Nun, jedenfalls nicht für immer. Von der bewaldeten Insel mit dem kleinen Tempel ertönte ein langgezogener hoher Ton, und ohne eine Sekunde zu zögern sprangen der Pointer, der Labrador und der Spaniel ins Wasser.

«Bist narrisch, du Hirsch, du damischer!» schrie Maxi und schüttelte drohend die Faust in Richtung der Insel.

Doch es gab keinen Schuldigen. Daß der Ton, den eine Person in Klaskys Oper ausstieß (es war der Maschinist, der im zweiten Akt einen Zornausbruch hat), die gleiche Höhe hatte, nämlich ein eingestrichenes As, wie der Pfeifton, auf den Maxis Hunde trainiert waren, konnte nur ein unvorhersehbarer Zufall sein.

«Sie sind mit den Hunden beschäftigt», berichtete die Schwanenprinzessin, als sie sah, wie die Hunde zurückkehrten und von Maxi an Bord genommen wurden, wo sie sich heftig schüttelten und das Boot gefährlich ins Wanken brachten. «Aber jetzt hat Tessa die Hunde unter Kontrolle, und Maxi rudert wieder.»

Maxi ruderte in der Tat. Die Füße gegen den Wolfshund gestemmt, strebte er mit kräftigen Schlägen von der Insel weg, entschlossen, sich durch nichts mehr aufhalten zu lassen. Und weil ihm nichts anderes mehr einfiel, sagte er: «Letzten Endes, Tessa, stammen wir beide –» Aber hier mußte er bereits wieder innehalten, weil mit Tessa bei diesem Thema nicht gut Kirschen essen war. Die Tatsache, daß er seinen Stammbaum bis zu Friedrich Barbarossa zurückverfolgen konnte, beeindruckte Tessa überhaupt nicht, und sie war imstand, wütend zu werden, wenn er jetzt etwas in dieser Richtung erwähnte. Deshalb kam er noch einmal auf Spittau zurück. «Vielleicht könnten wir eine Zentralheizung ...»

Er errötete, denn nun war er auf ein noch heikleres Terrain geraten. Und Tessa, auf deren Schoß sich der pitschnasse und frustrierte Wasserspaniel niedergelassen hatte, fühlte sich immer schuldiger.

Sie hatte für Pfaffenstein einen guten Preis bekommen. Der Scheck, den sie von der Associated Investment Company erhalten hatte, belief sich bei der herrschenden Inflation auf -zig Millionen Kronen. Die Hälfte davon wurde für die Tanten angelegt, und es waren Schulden zu begleichen, aber es bliebe genug übrig, um Maxis gefährdetes Wasserschloß abzustützen und eine Heizung in den modrigen Räumen einzurichten.

«Maxi, ich habe nicht ganz so viel Geld, wie deine Mutter vielleicht denkt. Mein Vater hat hohe Schulden hinterlassen, die ich bezahlen muß. Aber ich habe trotzdem genug, um –» Sie unterbrach sich und versuchte es noch einmal: «Würdest du erlauben, daß ich ein wenig bei Spittau mithelfe? Wenigstens das Dach könnte ich richten lassen. Ich meine, wir sind beinah Verwandte, nicht wahr?»

Maxi regte sich so auf, daß ihm die Augäpfel herauszufallen drohten. Sein Schmiß verfärbte sich bläulich. Er fühlte sich in seiner Männlichkeit verletzt, in seiner Ehre gekränkt. «Wie kannst du mir so etwas vorschlagen, Butzi?»

«Entschuldige, Maxi. Ich hab's nicht bös gemeint. Aber ich kann nur aus Liebe heiraten. Aus einer ganz besonderen Art von Liebe. Und es ist nicht die Art, mit der ich dich liebe», sagte Tessa sehr leise.

«Aber, Tessa, wir sind nicht so wie normale Leute. Ich meine, daß wir uns verlieben müssen.»

«Ich bin so normal.»

Er seufzte. Da war er wieder, ihr Republikanerspleen!

«Ich glaube, ich werde überhaupt nicht heiraten, Maxi. Ich werde für die Kunst leben und Musik und Theater unter die Leute bringen.»

«Meinst du wirklich, Butzi? Bist du dir da ganz sicher?» fragte Maxi. «Oder könntest du vielleicht doch *ja* sagen?»

Tessas Herz klopfte laut. Sie wußte, was Maxi erwartete, wenn er mit seinem Antrag keinen Erfolg hatte. «Es tut mir so leid, Maxi.» Sie schob den Spaniel von ihrem Schoß und beugte sich, von Mitleid überwältigt, zu Maxi vor, um ihn auf die Stirn zu küssen.

Diesen Kuß sahen Nerine auf der Terrasse, die Schwanenprinzessin und somit auch die Tanten im Westturm, der Erzherzog Sava, Maxis Bursche und viele andere im Schloß – und alle legten ihn falsch aus.

Witzler saß in dem kleinen Raum im Ostturm, der an das Theater angrenzte und der ihm, seit sie auf Schloß Pfaffenstein waren, als Büro diente. Draußen im Hof luden die Bühnenarbeiter Kulissen auf die Wagen, mit denen sie am nächsten Morgen nach Wien zurückfahren sollten. Die Hauptdarsteller und das Orchester würden mit dem Zug reisen.

Was für eine wundervolle Woche lag hinter ihnen! Bubi war braungebrannt wie nach einer Sommerfrische, die Rheintochter nervlich so erholt, daß sie einer Aufführung des gesamten *Rings* gewachsen gewesen wäre. Und Klasky hatte sich an diesem Morgen davongestohlen mit seiner Aktentasche und einem vielversprechenden Blick in den Augen. Wenn Klasky jetzt noch seine Oper vollendete, wäre das die Krönung dieser phantastischen Woche.

Sollte er Farne vorschlagen, die Kompanie permanent in Pfaffenstein zu etablieren, oder wäre es besser, eine Basis in Wien zu haben? Angenommen, er würde im Dorf ein kleines Haus kaufen… Sie könnten eine Kuh halten. Bubi würde rechtzeitig ins Bett kommen und eine Lederhose tragen. Jakob lächelte und blickte versonnen durch das Fenster. Dort draußen warteten alle auf das Ergebnis seines Gesprächs mit Farne. Er warf einen Blick auf seine Taschenuhr, doch da klopfte es schon, und Farne trat ein, auf die Minute pünktlich.

Auch Guy sah braungebrannt und erholt aus. Seit der Unterhaltung mit Nerine in der vergangenen Nacht hatte er sich ordentlich Bewegung verschafft: Squash vor dem Frühstück, ein Tennismatch mit einem seiner Gäste und anschließend ein Ritt in ein Nachbartal. Trotzdem machte er auf Jakob nicht den Eindruck eines sportlichen Herrn, der sich auf seinem Landsitz entspannt, sondern eher den eines Raubtiers – und er, Jakob, sollte das Opfer sein.

Doch Jakob nahm sich zusammen und sagte: «Nun, Herr Farne, ich denke, Sie sind zufrieden, nicht wahr?»

«Ja. Die Aufführung war hervorragend, wie ich Ihnen gestern schon sagte. Die Interpretation, die Ausgewogenheit, auch die Details. Ich habe nie eine bessere *Zauberflöte* gesehen und werde nie eine bessere sehen.»

Guy hatte sein Scheckbuch hervorgeholt, aber selbst dieser in Jakobs Augen so schöne Anblick verleitete den Impresario nicht, schnell zuzugreifen und sein Wunschziel hintanzustellen.

«Für dieses Theater wäre natürlich der *Figaro* ideal. *Die Hochzeit des Figaro* zu *Ihrer* Hochzeit.» Wortreich schilderte er die Instrumentierung, die Geschlossenheit dieser menschlichsten und bewegendsten Oper. «Obwohl es natürlich unklug wäre, sich zu sehr auf Mozart zu konzentrieren wegen der Konkurrenz mit Salzburg. Sie können auf jeden Fall auch etwas Leichtes wählen. Rossini vielleicht… *Der Barbier…*»

Er verbreitete sich ausführlich über Rossini und bemerkte erst nach einer Weile, daß sein Gesprächspartner nur schwieg. Guy hatte seinen Füllfederhalter aufgeschraubt und schrieb einen Scheck aus. «Das ist der Rest, den ich Ihnen schulde. Wollen Sie nachsehen, ob die Summe korrekt ist?»

«Ja», sagte Jakob mit einem Blick auf den Scheck. «Vollkommen korrekt. Danke.»

Zum erstenmal in seinem Leben wollte er jedoch nicht über Geld reden, so sehr das Geld einen Teil seines Lebens bestimmte. Farnes pragmatische, fast krämerhafte Haltung schockierte ihn sogar. Aber Jakob war so von der Vision erfüllt, wie er und der Engländer hier in Pfaffenstein Musik machen würden, daß er freudig und lautstark fortfuhr:

«Wir könnten für die Hochzeit natürlich auch eine Freilichtaufführung erwägen. Ich bin im allgemeinen kein Freund von Freilichtaufführungen, weil sie selten das gewünschte Niveau erreichen, und es wird schwierig sein, Klasky dazu zu überreden. Die Akustik ... die Mücken. Aber wenn Sie es wünschen –»

Guy hatte seinen Füller zugeschraubt und in die Tasche gesteckt. Nun richtete er sich auf. Sein Gesicht wirkte diabolischer denn je, und seine Stimme klang schroff, als er sagte: «Damit wir uns verstehen, Witzler. In Pfaffenstein wird es keine Opernaufführungen mehr geben ... auch keine Musik. Nicht bei meiner Hochzeit. Nie mehr.»

Jakob starrte ihn an, und der Schweiß trat ihm auf die Stirn. Sein Magengeschwür, das er in den letzten Tagen fast vergessen hatte, meldete sich schmerzhaft zurück.

«Was hat nicht gestimmt?» stammelte er. «War es Sarastro, der das tiefe E nicht gesungen hat? Sehen Sie, ich denke, Mozart wollte hier –»

«Ich habe Ihnen gesagt», unterbrach ihn Guy, «die Oper war perfekt. Sie hat nichts damit zu tun. Mein Vertrag mit Ihrer Kompanie ist erfüllt, und er wird nicht erneuert.»

Der rundliche kleine Witzler setzte sich. Mit seiner dicklichen Hand strich er sich über die Stirn.

«Darf man fragen, warum?»

«Das ist meine Sache.»

Jakob nickte. «Ja», sagte er. «Selbstverständlich.»

Guy war zum Turmfenster gegangen. Er hatte Hunderten von Leuten gekündigt, sie zum Teufel geschickt und vergessen. Aber ihm war bewußt, was er gekauft hatte, als er Witzlers Opernkompanie unter Vertrag nahm: Hingabe, nie endende harte Arbeit und Hoffnung ...

Er drehte sich zu Witzler um. «Meine Verlobte macht sich nichts aus Musik», sagte er mit fast tonloser Stimme.

Jakob sah erstaunt auf. «Aber ich dachte ... es sei wegen ihr ...» Er blickte in Guys Gesicht und verstummte.

«Dann haben Sie falsch gedacht», sagte Guy düster.

Um nicht in Jakobs gequältes Gesicht sehen zu müssen, wandte er sich noch einmal zum Fenster. Weil er noch bessere Augen hatte als Maxis Bursche, sah er das Boot auf dem See, sah die Insassen umgeben von einer Schar Hunde und Tessa, die sich vorbeugte und mit einer Zärtlichkeit, die auch über die Entfernung zu erkennen war, den Fürsten von Spittau auf die Stirn küßte.

Die Nachricht von Maxis Verlobung verbreitete sich mit erstaunlicher Geschwindigkeit. Im Westturm verließ die Schwanenprinzessin ihren Platz vor dem Fernrohr, hüpfte trotz ihrer Arthritis im Zimmer herum und umarmte die Tanten, deren Gesichter vor Freude und Erleichterung strahlten. Gleichzeitig gesellten sich Monteforelli, der Erzherzog Sava und die Erzherzogin Friederica zu ihnen, und da der Fürst zufällig eine Flasche Champagner bei sich hatte, war alsbald eine fröhliche Feier im Gang, und unter dem aufgeregten Gekläff des Mopses wurden Dynastien zementiert und Hochzeitspläne geschmiedet.

Die Gräfin von Wahneck, die ihre Mutter über den Schloßhof schob, erfuhr von Maxis erfolgreicher Werbung durch den Ulanenhauptmann mit dem Holzbein, der es von Raisa Romola hörte, die sich auf der Brustwehr gesonnt und den Kuß gesehen hatte. Der Comte d'Antibes erfuhr es von seinem Burschen, und der Bursche hatte es vom Gärtner erfahren, der auf der Terrasse oberhalb des Sees die Eibenhecke schnitt.

Die kleinste Heidi erfuhr es, als die Nachricht die Opernkompanie erreichte, und es gelang ihr, sich zu freuen, weil sie ein gutes Herz hatte. David Tremayne, der von Thisbe Purse unterrichtet wurde – ihre Quelle war die Zofe der Erzherzogin Friederica –, gelang es ebenfalls, sich zu freuen, weil er die Vorstellung schrecklich fand, daß Tessa, wenn sie hier fortging, kein Zuhause mehr haben würde.

Guy Farne erfuhr es von Nerine.

«Sie sind verlobt, Guy! Tessa und der Fürst von Spittau! Ist das nicht eine wunderbare Neuigkeit?» Nerines hübsches Gesicht strahlte vor Glück. Die Fürstin würde Pfaffenstein für immer verlassen und überdies heiraten. Keine dramatischen Auftritte, keine intimen Blickwechsel mehr mit Guy oder langweilige Gespräche über Musik, bei denen sich Nerine ausgeschlossen fühlte.

«Ja», sagte Guy. «Ich habe es gehört – oder vielmehr gesehen. Sie passen bestimmt gut zusammen.»

Dann entschuldigte er sich. Er wollte in den Fechtsaal. Nach Squash, Tennis und einem ausgiebigen Ritt am Vormittag brauchte er dringend Bewegung. Er gönnte sich einen wilden Fechtkampf mit einem jungen Kavallerieoffizier, der der Bitte des Engländers aus purer Höflichkeit nachgekommen war und sich nach zwei Stunden besiegt sah. Als Guy frisch geduscht und mit glattgekämmtem Haar zu seinem Zimmer zurückging, sah er die große Doppeltür des Theaters offenstehen und Witzlers zweite Garderobiere, die einen Korb zu den wartenden Lastwagen auf den Hof trug.

Der Anblick der kleinen Gestalt in ihrem Kittel, die mit der Kompanie packte, als ob nichts geschehen wäre, als ob sie immer noch das bescheidene Kind wäre, mit dem er sich in Wien angefreundet hatte, machte ihn plötzlich wütend.

«Ich muß Ihnen gratulieren», sagte er und vertrat ihr den Weg. «Ja, ich kann Ihnen gar nicht herzlich genug gratulieren. Sie haben mich auf wirklich beeindruckende Weise gefoppt. Wissen Sie, ich habe tatsächlich geglaubt, was Sie sagten.»

«Was ich sagte?» wiederholte Tessa völlig verwirrt. Sie stellte den Korb ab und sah ihn bestürzt an.

«Daß Sie eine Republikanerin sind und daß die Kunst alle Unterschiede zwischen den Menschen beseitigt. Wird Ihnen bei Ihrer Heuchelei nicht manchmal schlecht? Dieser ganze Unsinn über Schönbrunn und wie eingeengt, wie unglücklich Sie waren!»

«Ich ...» Aber mit dem Kloß, der ihr im Hals saß, konnte sie unmöglich weitersprechen. Außerdem war Guy viel zu wütend, um ihr zuzuhören.

«Sie werden es zweifellos komisch finden, aber ich habe Ihnen für eine Weile tatsächlich geglaubt. Ich dachte wirklich, Sie wollten aus Ihrem Käfig ausbrechen – daß Ihnen dieser ganze aristokratische Klimbim nichts bedeutet.» Er lachte, und es war ein erstaunlich häßliches Lachen. «Ja, ich habe Ihnen geglaubt. Ich war gerührt. Ich habe sogar geglaubt, was Sie mir im Sacher erzählt haben.»

Sie errötete über seine Ungezogenheit, etwas so Vertrauliches zu erwähnen. «Was... habe ich getan?» stammelte sie. «Warum sagen Sie das?»

«Oh, Sie haben nichts getan. Alles ist, wie es sein sollte», höhnte er. «Sechzehn Wappenfelder – oder sind es zweiunddreißig? Ein tadelloser Stammbaum und Frohlocken überall.»

«Ich kann nichts dafür, daß ich einen Stammbaum...»

«Ich spreche nicht von *Ihrem* Stammbaum.»

Doch dieses Gespräch mußte schleunigst beendet werden, bevor sein Verstand registrierte, was seine Augen bereits sahen: ein erschöpftes Kind, das den Kopf an den Lastwagen lehnte, als wäre das Gewicht dieses Kopfes plötzlich zu schwer, um es zu tragen. Was spielte es letzten Endes für eine Rolle, wenn sie dem Druck ihrer Verwandtschaft nachgegeben hatte? Maximilian war ein Narr, aber er war wenigstens weder korrupt noch grausam.

Er zuckte die Achseln. «Nun, ich hoffe, Sie werden glücklich», sagte er.

Boris, der wenige Minuten später aus dem Theater kam, fand Tessa immer noch an den Laster gelehnt. Sie weinte nicht, sondern stand nur da mit dem Kleiderkorb vor sich.

«Herrje!» sagte Boris, als er ihr Gesicht sah, und brachte sie ins Haus.

In Boris' Werkraum hinter der Bühne trank Tessa gehorsam den kochendheißen Tee, den er ihr auf dem Samowar aufgebrüht hatte. Aber als er ihr eine Untertasse mit Joghurt anbot, brachte sie ein schwaches Lächeln zustande und schüttelte den Kopf.

«Danke, das ist lieb von dir», sagte sie sehr diszipliniert. «Aber ich glaube nicht, daß ich sehr alt werden möchte. Iß du es, Boris.»

Boris nahm ihr den Löffel ab und sah sie immer noch bestürzt an. Was sollte das bedeuten? Er hatte wie alle anderen von dem Ereignis im Ruderboot gehört, aber als Tessa vom See zurückkam, hatte sie nichts gesagt, sondern sich nur wie üblich an die Arbeit gemacht, und niemand in der Truppe hatte gewagt, ihr zu gratulieren, bevor die Sache nicht offiziell war. Dann hatte Witzler seine Bombe platzen lassen, daß Farne den Kontrakt nicht verlängerte und daß sie packen und abreisen mußten. Doch selbst dann, in der Traurigkeit und Enttäuschung, die Witzlers Ankündigung folgten, als die Rheintochter weinte und den Künstlern der Schmerz und der Schock im Gesicht geschrieben standen, war Boris der festen Überzeugung, daß zumindest für Tessa alles gut war. Wenn jedoch eine Verlobung mit dem Fürsten von Spittau bewirkte, daß sie so aussah...

«Du mußt nichts tun, was du nicht willst», sagte er. «Niemand kann dich zwingen.»

Aber Tessa hörte ihn gar nicht richtig. Sie fühlte sich wie in einem Alptraum, aus dem sie irgendwie herausfinden mußte. Sie legte die Hand auf Boris' Arm und sagte: «Mit der Kompanie wird schon alles gutgehen, Boris. Ich bin ganz sicher. Herr Witzler ist so klug. Er wird sich etwas ausdenken, glaub mir.»

«Ja», sagte Boris ihr zuliebe. Aber er wußte besser um die Finanzen der Kompanie Bescheid. Sein Ausblick auf die Zukunft war in der Tat düster.

Eine Stunde später war das Abschiedsbankett in vollem Gang. Unter den Gästen herrschte eine fröhliche Stimmung dank der Nachricht von Butzis Verlobung, und alle genossen das Vergnügen, noch einmal reichlich zu essen und zu trinken, bevor sie abreisen und in den Alltag zurückkehren mußten.

Herr Farne neben seiner schönen Witwe schien besonders gut gelaunt zu sein. Nun erhob er sich und hielt eine Rede, die witzig, glänzend formuliert und weder zu lang noch zu kurz war. Er gab das Datum seiner Hochzeit bekannt, die Ende Oktober stattfinden sollte, und dankte allen Anwesenden, daß sie ihm das Vergnügen ihrer Gesellschaft gewährt hatten. Dann hob er mit einer galanten Verbeugung sein Glas und brachte einen Toast aus auf die Gesundheit und das Glück der «abwesenden Freunde».

«Auf die abwesenden Freunde!» riefen die Gäste und hoben die Gläser, wobei sie bedeutungsvolle Blicke auf die zwei leeren Plätze in der Mitte der langen Tafel warfen. Denn sowohl der Fürst von Spittau als auch die Fürstin von Pfaffenstein saßen nicht auf ihren üblichen Plätzen, was die Gäste entzückend und vergnüglich fanden.

«Sie gehen bestimmt Hand in Hand im Wald spazieren», gurrte die Erzherzogin Friederica, die endlich einmal guter Laune war.

Ihre Vermutung war sogar teilweise richtig. Maxi befand sich im Wald, aber nicht mit Tessa. Es war die kleinste Heidi, die er im Arm hielt, die seinen Schmerz über den Korb, den ihm die Butzi gegeben hatte, besänftigte und versprach, dieses Geheimnis für sich zu behalten, bis die Gäste abgereist und alle wieder zu Hause waren.

«Es ist der ganze Wirbel», sagte der unglückliche Fürst. «Den Wirbel hab ich so dick.»

«Das verstehe ich, Euer Hoheit», sagte Heidi. Und sie hielt ihr Versprechen. Als sie ihn auf die einzige Weise, die sie kannte, getröstet hatte (und es gibt sicherlich keine bessere), sprachen sie nicht über die Zukunft, sondern über Tom Mix und Buck Jones und die unvergleichliche Pola Negri in *Die Augen der Mumie Ma.*

Tessa hatte es schwerer. Sie hatte gewartet, bis alle beim

Essen waren. Dann lief sie in die Kapelle, kniete vor dem Altargitter nieder und legte den Kopf in die Hände.

«Hilf mir, daß ich es ertrage», betete sie. Mit ihrem kurzen Haar und ihrem Kittel hätte sie ein Hirtenbub aus den Bergen sein können. «Hilf mir, daß ich mich nicht gehenlasse, daß ich niemand merken lasse, wie mir ums Herz ist. Hilf mir, daß ich arbeiten kann. Ich will nur arbeiten und arbeiten und nichts anderes wollen. Und bitte, Gott, beschütze sie, beschütze sie alle.»

Sie stand auf und nahm drei Votivkerzen aus der Schachtel. Sorgfältig zündete sie sie an und steckte sie auf die Halter: eine für die Tanten, die sie verlassen würde und die sie liebte; eine für die Menschen in Pfaffenstein, die ihr ans Herz gewachsen waren; und eine, die größte … Nicht einmal in Gedanken formulierte sie, für wen sie sein sollte. Der liebe Gott würde es schon wissen.

Nun blieb nichts mehr zu tun, als eine kleine Tasche zu packen, eine Nachricht in ihrem Zimmer zu hinterlassen und zum Bahnhof zu gehen. Es gab noch einen Zug, der in Pfaffenstein hielt, bevor er nach Neustadt weiterbummelte. Den würde sie nehmen und in Neustadt auf den Anschluß nach Wien warten.

Als Guy am nächsten Morgen mit dickem Kopf erwachte und zum Fenster hinausschaute, runzelte er die Stirn. Irgend etwas war anders. Natürlich – die bunte Fahne mit dem Greifen, der Lilie und dem roten Handschuh wehte nicht mehr über dem Tor.

14

Die Abreise der Gäste zog sich hin. Aber schließlich waren sie alle fort, und es wurde still im Schloß, denn auch die Opernkompanie war abgereist, und die Tanten hatten sich wieder völlig in den Westturm zurückgezogen.

Guy fühlte sich erleichtert, und er machte David gegenüber keinen Hehl daraus, als er ihm für die gute Arbeit, die er in den letzten Wochen geleistet hatte, dankte.

«Sie waren großartig, David. Alles lief hervorragend. Sogar die Erzherzogin Friederica war so freundlich, mir zu sagen, daß es ihr gefallen hat.»

David lächelte. «War Mrs. Hurlingham auch zufrieden?» fragte er und sah seinen Chef von der Seite an.

«Ja, es war alles so, wie ich es mir vorgestellt habe», sagte Guy, während er einen Bussard beobachtete, der über der Kapelle kreiste. «Ich fahre am Montag nach Wien, um den Herren Beamten im Finanzministerium ein bißchen Beine zu machen. Ich möchte, daß die Unterlagen über den Völkerbund bis Ende September fertig sind. Und Sie kommen mit. Es gibt hier genug Leute, die sich um alles Weitere kümmern können, und ich werde Ihr Talent nicht mehr an den häuslichen Kram verschwenden. Ich habe mir etwas überlegt wegen des bayerischen Hütten- und Bergbaukonsortiums, aber wir müssen schnell handeln, wenn uns die Armenier nicht zuvorkommen sollen.»

Seine Stimme hatte wieder den vertrauten unternehmungslustigen Klang, und David vernahm ihn ungeheuer erleichtert. Der Gedanke, möglicherweise in Pfaffenstein bleiben zu müssen, um die Hochzeit vorzubereiten, hatte ihm wenig behagt.

«Es ist schön, wieder allein zu sein, nicht wahr?» sagte Guy am Abend zu seiner Verlobten. «Mit all den Leuten im Haus hatte ich kaum Gelegenheit, mir dir zu sprechen.»

«Ja, es ist schön. Aber, Guy, wenn du nächste Woche in Wien bist, was soll ich dann hier tun? Ohne dich werde ich mich schrecklich langweilen.»

Sie lächelte ihn zärtlich an, aber Guys Gesicht drückte nur Verwunderung aus. Daß sich jemand in einem Schloß mit dreihundert Zimmern, in einer Umgebung von Wäldern und Bergen, einem See mit Booten, mit einem Stall voller Pferde und einer großen Bibliothek langweilen könnte, hätte er nicht gedacht.

«Ich dachte, du würdest gern die Pächter und die hiesigen Verhältnisse kennenlernen – vielleicht auch einige der einheimischen Leute besuchen. Im Verwalterbüro gibt es eine Liste. Und ich könnte mir vorstellen, daß du Vorbereitungen für die Hochzeit treffen willst.»

«Ja, das werde ich bestimmt tun. Aber Besuche machen… Ich weiß nicht, Guy. Ich glaube, man erwartet das gar nicht mehr. Und es wäre ein bißchen unsinnig, in eines dieser muffigen kleinen Häuser zu gehen und zu riskieren, sich mit irgend etwas anzustecken. Nein, ich dachte, ich könnte mit dir nach Wien fahren. Mutter und Tante Dorothy und die anderen kommen erst später. Ich könnte mit Arthur wieder im Grand absteigen. Das wäre vollkommen korrekt.»

«Nun, das würde mich natürlich sehr freuen. Aber was willst du tun, während ich arbeite? Ich werde wahrscheinlich einen Zwölf-Stunden-Tag haben.»

«Einkaufen», antwortete sie.

Also logierte Nerine in der darauffolgenden Woche im Grand Hotel und kaufte ihre Brautausstattung. «Ich werde dein Geld nicht verschwenden, Guy», hatte sie ihm versichert. «Glaub mir. Du wirst richtig stolz auf mich sein.» Und Guy hatte gelächelt und gesagt, er sei bereits sehr stolz auf sie, und er hatte, was wichtiger war, in allen besseren Geschäften ein Konto für sie eingerichtet.

Mit welcher Hingabe sich Nerine ihrer Lieblingsbeschäftigung widmete, war wirklich beeindruckend. Was Ithaka dem umherirrenden Odysseus bedeutete oder die Hadsch den Muslimen, das waren für Nerine die Anprobezimmer mit den wunderbar großen Spiegeln. Hier war sie geduldig, einsatzfreudig und voller Eifer. Sie fror nicht, wenn sie im Hemdhöschen herumstehen mußte, und sie schwitzte nicht, wenn sie sich bei hochsommerlichen Temperaturen in Pelze hüllte. Was andere Damen in den Anprobekabinen kribblig machte – der Gedanke, daß draußen die Vögel sangen und ein herrlicher Sommertag verging –, störte Nerine nicht und verleitete sie nie, eine übereilte Wahl zu treffen.

Wien war immer berühmt gewesen für guten Geschmack, und obwohl der Krieg vieles verändert hatte, war die Stadt nach wie vor das Zentrum für Waren aus dem gesamten einstmaligen Kaiserreich. Chauffiert von Morgan und begleitet von Thisbe Purse, die Guy in die Rolle der Anstandsdame gepreßt hatte, machte Nerine ihre Einkäufe. Sie kaufte ein Abendkleid aus weißem Satin, ein blaues gestuftes Chiffonkleid mit gewagtem Rückenausschnitt, ein wie Perlen schimmerndes Taftkleid, ein handbemaltes Theatercape aus silberner Gaze, ein kariertes Wollkostüm, dessen Rock kühne 25 Zentimeter über dem Boden endete, und (obwohl sie hier eine Sekunde gezögert hatte) einen Hausanzug aus glänzender roter Seide.

Inzwischen hatte sie auch jemand gefunden, der ein Pariser Modell in zwei Tagen kopieren konnte. Sie entdeckte kleine Geschäfte, die versteckt hinter dem Graben lagen: einen Blusenladen, eine wahre Aladdinshöhle für Spitzen und köstliche Stickereien; ein Schuhgeschäft, wo sie leichte Halbschuhe aus Schweins- und Ziegenleder kaufte, Sandalen mit Goldriemchen, Pumps aus Eidechsenleder und zu allem die passenden Handtaschen…

Nie war Nerine so glücklich gewesen. Befreit von den knikkerigen Hurlinghams und von dem Zwang, eine trauernde Witwe spielen zu müssen, strahlte sie vor Zufriedenheit und Wohlbehagen, und wenn sie das Restaurant des Grand betrat, wo Guy jeden Abend mit ihr speiste, und zu ihrem Platz ging, folgten ihr alle Blicke.

«Du bist so gut zu mir, Liebling», sagte sie zu ihm. «Du verwöhnst mich so.»

Aber Nerine schwärmte nicht nur von ihren Einkäufen, sie teilte auch ihre Probleme mit Guy. Eines Abends zum Beispiel gestand sie, daß sie sich in einer gewissen Verlegenheit befand, was sie nicht hinderte, mit unvermindertem Appetit ihr Schnitzel zu verzehren. Am Nachmittag, erzählte sie Guy, habe sie einen bodenlangen Chinchilla anprobiert, dessen weicher, blaugrauer Glanz ganz wundervoll zu ihren Augen paßte. Sie hatte sich schon entschlossen, ihn zu kaufen, als der dumme Kürschner noch einen anderen Mantel brachte, einen russischen Zobel mit hohem Kragen, der einfach atemberaubend war.

«Was soll ich tun, Guy? Welchen soll ich nehmen? Schließlich tue ich das alles für dich.»

Guy, in Gedanken bei der komplizierten Bodenschätzung in Vorarlberg, blickte auf.

«Kauf sie beide», sagte er.

Vermutlich war dies das Schönste, was je ein Mensch zu Nerine gesagt hatte, die am nächsten Tag zusätzlich zu dem Chinchilla und dem Zobel noch ein sauternesfarbenes Breitschwanzcape und eine Jacke aus kanadischem Luchs erstand.

Arthur war inzwischen nach England zurückgekehrt, um die Mama und Tante Dorothy für die Hochzeit nach Pfaffenstein zu begleiten. Nerine hatte seine Abreise kaum bemerkt, denn sie hatte eine neue und obendrein einträgliche Beschäftigung entdeckt. Seit einigen Tagen empfing sie in ihrer Suite vornehme Damen, die meistens alt und schwarz gekleidet waren und nach einem leise geführten Gespräch wieder gingen ohne den herzförmigen Saphiranhänger, den sie zu ihrer Verlobung bekommen, oder die Perlen, mit denen ihre Großmütter auf dem Opernball getanzt hatten. Manchmal nahm Nerine auch längere Wege in Kauf, um heruntergekommene Villen in Hietzing oder Heiligenstadt zu besuchen und mit meterweise unbezahlbarer Spitze oder kleinen schwarzen Schatullen zurückzukehren, die sie im Safe des Hoteldirektors deponierte.

Nach drei Wochen schmiß Thisbe ihren Job als Anstandsdame.

«Bei mir häuft sich die Arbeit», sagte sie zu Guy. «Ich muß ein halbes Dutzend Berichte tippen, und ich eigne mich nicht für solche Sachen, Sir. Jemand, der sich für Kleider interessiert, sollte Mrs. Hurlingham begleiten. Sie könnte ihr Mädchen mitnehmen. Und ich kann nicht –»

Hier verstummte die brave Thisbe. Sie konnte vor ihrem Chef, den sie vergötterte, unmöglich Kritik an Nerine üben. Es war Morgan, der mit Kündigung drohte, wenn er noch länger vor Modehäusern herumstehen müßte, und der ganz offen sagte: «Außerdem finde ich es nicht richtig, Sir, diesen armen Teufeln ihre letzten Wertsachen abzuknöpfen. Ein gutes Geschäft laß ich mir gefallen, aber einer alten Frau ihre Perlen für den Preis von drei warmen Mahlzeiten abzukaufen, das nenn ich Betrug. Kein Wunder, daß uns die Leute hier hassen, wenn wir uns so benehmen.»

«Nerine, ich muß darauf bestehen, daß du mir genau sagst, was du für deine Einkäufe brauchst», sagte Guy am selben Abend, während sie in einem Fiaker durch die Hauptallee im Prater fuhren. «Wir sollten die Menschen hier nicht ausnützen. Es geht uns weiß Gott gut genug. Diese alten Frauen wissen gar nicht, was ihre Sachen wert sind.»

Der zufriedene Ausdruck, der sich auf Nerines Gesicht seit Beginn ihrer Einkaufstour eingestellt hatte, war wie weggewischt.

«Guy, wenn mir deine Angestellten nachschnüffeln und herumspionieren, solltest du sie entlassen. Ich habe nur versucht, dein Geld zu sparen.»

«Gut, aber tu es nicht mehr, Nerine. Ich habe genug Geld», sagte Guy.

Eine Weile fuhren sie schweigend unter den schönen Kastanienbäumen dahin. Dann warf Nerine unter ihrem wagenradgroßen Hut einen verstohlenen Blick auf Guy und sagte: «Du meinst, du bist mir nicht wirklich böse, daß ich die Sachen kaufe. Oder doch?»

«Nein, warum sollte ich? Aber ich bin hier im Auftrag der britischen Regierung. Wir müssen uns so verhalten, daß niemand an unserer Fairneß zweifelt. Ich werde bei meiner Bank ein Konto für dich eröffnen», sagte Guy. Es klang beinahe mechanisch.

Nerine lehnte sich erleichtert zurück. Sie konnte weitermachen und noch mehr ausgeben! Angeregt sah sie sich um und sagte: «Sieh mal, Guy, der alte Pavillon dort drüben! Hier waren wir doch schon einmal mit Frau von Edelnau. Es war an irgendeinem Feiertag.»

«Ja, es war Ostersonntag und ein wundervoller Tag. Ich habe dir einen Strauß Märzenbecher gepflückt, und ein alter Mann kam und hat mir mit der Faust gedroht, denn sie wachsen nicht wild, sondern werden von der Stadtgärtnerei angepflanzt.»

Nerine gab sich die größte Mühe, aber dieses Bild aus der Vergangenheit stellte sich nicht mit der von ihr erhofften Deutlichkeit ein.

«Was hatte ich an?» fragte sie.

Guy schwieg einen Augenblick. Dann sagte er: «Ich weiß es nicht mehr.»

«Du meinst, die Butzi hat dich abgewiesen!» rief die Schwanenprinzessin mit sich überschlagender Stimme. «Das glaube ich ganz einfach nicht! Ich habe doch mit eigenen Augen gesehen –»

Aber hier hielt die Fürstin inne. Auch wenn ihr Sohn in ihren Augen ein Nichtsnutz war, hatte sie keine Lust, ihm gegenüber zuzugeben, daß sie ihn durch ein Fernrohr beobachtet hatte, als er um Butzis Hand anhielt.

Dank der Diskretion der kleinsten Heidi und Tessas nächtlicher Abreise von Pfaffenstein war es Maxi möglich gewesen, seinen Fehlschlag bis zur Rückkehr nach Spittau geheimzuhalten. Doch nun war der Tag gekommen, an dem er seinen Mißerfolg gestehen mußte. Sie standen auf dem Damm, der einzigen Verbindung zwischen Spittau und dem Festland, und die Schwanenprinzessin (vom Scheitel bis zur Sohle in Moskitonetze gehüllt) spuckte Gift und Galle. Die Hunde wuselten um sie herum, und im Graben planschten die Frösche.

«Ich habe mein Bestes getan, Mutter. Ich habe gesagt, sie könnte Wasserspaniels züchten», sagte Maxi, während er dem Labrador mit dem Fuß den Bauch massierte.

«Du weißt, was das bedeutet», sagte die Schwanenprinzessin. «Das ist das Ende. Selbst wenn ich meine Perlen verkaufe, ist das das Ende.»

«Sie hat mir Geld angeboten, um das Dach zu reparieren.»

«Und?» fragte die Schwanenprinzessin scharf.

«Das habe ich abgelehnt», antwortete Maxi und errötete vor Empörung bei der Erinnerung an diesen Angriff auf seine Männlichkeit.

«Dieses dumme, bockbeinige Mädchen. Ich muß mich schon sehr über Tilda und Augustine wundern. Lassen sie allein in Wien herumlaufen! Und dieser ganze Unsinn über Kunst und Musik.»

«Ich könnte jemand anders heiraten», schlug Maxi vor, während er eine Zecke aus dem Ohr des Wolfshunds entfernte.

Seine Mutter sah ihn mit zusammengekniffenen Augen an. «Waltraut könnte vom Stammbaum her akzeptabel sein. Aber sie hat kein Geld. Und sie ist bestimmt zu alt, um Kinder zu kriegen.»

«Ich hab an eine Amerikanerin gedacht», sagte Maxi, der bei

der Erwähnung der ölverschmierten Gräfin blaß geworden war, «an eine reiche Erbin.»

«Kommt nicht in Frage», erklärte die Schwanenprinzessin. «Keine Bürgerliche!» Sie blickte über den grauen See. «Wir werden verkaufen müssen», verkündete sie mit versagender Stimme. «Nach neunhundert Jahren wird es keine Spittaus mehr auf Spittau geben.»

«Wenn wir sehr sparen, könnten wir ...»

«Nicht ohne ein neues Dach», fuhr ihm die Fürstin über den Mund. «Es war ein großer Fehler, Maxi, Tessas Angebot nicht anzunehmen. Mit einem neuen Dach hätten wir vielleicht bleiben können, aber so ...»

Maxi blickte tapfer auf den großen ockerfarbenen Steinhaufen, denn recht viel mehr war dieses Schloß nicht mehr. Nun würde Spittau denselben Weg gehen wie Hammerfelden mit seinen vierhundert Zimmern, wie der Besitz an der Oder, der Palast in Wien ...

«Nun gut, dann habe ich eben einen Schlappschwanz zum Sohn, der ein Mädchen ohne Schönheit oder besondere Auszeichnung nicht dazu bewegen kann, ihn zu heiraten. Dann werde ich eben leiden müssen», sagte die Schwanenprinzessin. «Biete Spittau zum Verkauf an.»

Also schrieb Maxi an den Makler in Wien, der jemand schickte, um Fotos von Spittau zu machen, und Spittau kam zu den vielen Palästen, Burgen und Lustschlößchen, deren verbleichende Fotos im Schaufenster der Immobilienfirma am Schubertring hingen. Und damit hatte es sich erst einmal.

Witzler saß wieder in seinem Käfig im Theater in Wien und beförderte den üblichen Stapel an Rechnungen und letzten Mahnungen, aus denen sich seine Post zusammensetzte, in den Papierkorb.

Er befand sich in wesentlich größeren Schwierigkeiten, als er sich selbst gegenüber zugeben wollte. Mit Guys Vertrag in der Tasche und mit gewissen Andeutungen, was die Protektion des Millionärs für die Zukunft seiner Kompanie bedeutete, hatte er kräftig Schulden gemacht, und nun rückten ihm die Gläubiger auf den Pelz. Und nicht nur das. Im Oktober lief der Mietvertrag für das Theater aus. Die Eigentümer würden die Miete zweifellos erhöhen, und Witzler hatte Feinde, die ihm dieses Theater nur zu gern wegschnappen wollten.

Er zerknüllte eine weitere Rechnung und sann über die nächsten drei Monate nach. *Bohème, Traviata, Fledermaus.* Populärer ging es nicht. Er würde versuchen müssen, den ganzen Sommer hindurch zu spielen, auch wenn das Haus halb leer sein würde. Eine Pause konnte er sich jetzt nicht leisten.

Seufzend nahm er bestimmt zum fünftenmal an diesem Vormittag die Partitur zur Hand, die ihm Klasky am Tag ihrer Rückkehr nach Wien auf den Schreibtisch gelegt hatte. *Frikassee,* für fünfzehn Mandolinen, Streicher und 37 Schlaginstrumente, war ein bescheidenes Werk verglichen mit anderen zeitgenössischen Stücken. Klasky hatte für das Orchester weder Schreibmaschinen noch Dampflokomotiven verlangt. Trotzdem würde die Inszenierung dieses unbestrittenen Meisterwerks Jakobs finanzielle Möglichkeiten überschreiten.

Er stützte den Kopf in die Hand und griff nach einer weiteren Pille gegen Verdauungsstörungen. *Frikassee* war sein Baby; er war dafür verantwortlich. Sieben Jahre lang hatte er Klasky in den Ohren gelegen, die Oper zu vollenden, und in Pfaffenstein, diesem für sie auf ewig verlorenen Paradies, hatte es Klasky endlich geschafft. Und was konnte Jakob tun? Nichts. Absolut *nichts.* Er konnte sich noch nicht einmal das Stahlrohrgerüst leisten (das die Härte der kapitalistischen Gesellschaft ausdrückte), auf dem sich die Handlung abspielte.

An diesem Punkt angelangt, vernahm er ein schüchternes und vertrautes Klopfen.

«Herein!» rief Witzler und blickte erwartungsvoll zur Tür.

Ja, es war Tessa! Ein Gefühl der Erleichterung durchflutete ihn. Seit der Rückkehr nach Wien hatte sich seine zweite Garderobiere nicht blicken lassen, und weil Jakob glaubte, sie bereite ihre Hochzeit vor, hatte es ihn nicht überrascht. Aber ihre Abwesenheit hatte erheblich zu seiner niedergeschlagenen und zunehmend gereizten Stimmung beigetragen.

«Hätten Sie ein wenig Zeit für mich?» fragte Tessa, als sie eintrat.

«Natürlich. Setzen Sie sich.»

Er bemerkte, daß die Fürstin von Pfaffenstein ungewöhnlich – oder, anders gesagt, korrekt – gekleidet war. Sie trug einen braunen Rock und eine frische weiße Bluse.

«Es geht um die Oper von Herrn Klasky», sagte sie, während sie sich auf einen Hocker neben dem Schreibtisch setzte. «Stimmt es, daß nicht viel Geld vorhanden ist und daß Herr Farne die Truppe nicht mehr engagieren wird?»

«Es stimmt», sagte Witzler. «Leider.»

«Nun, ich habe mich gefragt, ob Sie mir erlauben würden, einzuspringen.» Sie schob ihren Pony zur Seite, der bereits dringend hätte gekürzt werden müssen, und sah ihn an, als erwarte sie eine Abfuhr. «Ich meine, um Herrn Klaskys Oper zu inszenieren. Sehen Sie, ich habe jetzt etwas Geld. Keine Unsummen, weil die Schulden meines Vaters einiges geschluckt haben, aber doch ganz schön viel. Deshalb war ich letzte Woche nicht hier. Ich habe ein Bankkonto eröffnet und einige Dinge mit meinem Anwalt geregelt.»

«Sie wollen Klaskys Oper finanzieren?» sagte Jakob ungläubig. Der Raum begann sich zu drehen. Das war die Vorsehung, ein Engel vom Himmel, die Hand Gottes! Doch dann regte sich sein Gewissen. Da saß dieses Kind vor ihm, wehrlos, unschuldig und blutjung. So war auch er einmal gewesen – und wohlhabend obendrein. Damals konnte er mit hoch erhobenem Kopf seinem Bankdirektor begegnen. Doch das Lederwarengeschäft war nach drei Jahren weg. Die Gerberei, die er von seinem Vetter geerbt hatte, ging für eine Aufführung des vollständigen *Rings* von Wagner drauf und die Lebensversicherung für eine *Turandot*-Aufführung in moderner Kostümierung. Das war ein Flop gewesen! Und wenn wirklich einmal eine Produktion etwas Geld einbrachte, wurde es von der nächsten oder übernächsten aufgebraucht.

«Wie denkt der Fürst darüber?» erkundigte er sich.

«Der Fürst?» sagte Tessa verwirrt.

«Der Fürst von Spittau. Ihr Verlobter.»

«Du liebe Zeit, er ist nicht mein Verlobter. Ich werde Maxi nicht heiraten.»

«Aber … das war doch die allgemeine Meinung», stammelte Jakob.

Er sah Tessa an. An ihrer Hand steckte kein Ring, und sie sah auch nicht so aus wie jemand, der sich mit Heiratsgedanken trug.

Tessa seufzte. «Ich werde weder ihn noch jemand anders heiraten. Ich kann also mein Geld ausgeben, wie ich will.»

Jakob rang verzweifelt mit seinem Gewissen – und das Gewissen verlor.

Er selbst war ruiniert. Seine Frau schlief mit den Perlen unter ihrem Kopfkissen. Eines der ersten Worte, die sein Sohn sagen konnte, war «Gerichtsvollzieher». Doch er würde alles genauso wieder tun – alles. Für *Die Zauberflöte* in Pfaffenstein, für den herrlichen, überirdischen Monolog der jungen Raisa im *Rosenkavalier* an jenem Abend, als der Krieg erklärt wurde … Warum also Tessa das Recht verwehren, zu tun, was auch er getan hatte?

«Ich möchte mich beteiligen», erklärte Tessa vorsichtig. «Ich möchte arbeiten. Ich denke, es geht einem am besten … wenn man möglichst wenig Freizeit hat.»

Jakob warf ihr unter seinen buschigen Brauen einen kritischen Blick zu, aber er sagte nur: «Ich treffe Klasky heute abend im Griechenbeisl. Sie sollten auch kommen. Dann können wir alles besprechen.»

Für die Gesellschaft, die sich am Abend vor dem berühmten Straßenbistro einfand, mußten vier Tische zusammengeschoben werden, denn die Neuigkeit, daß Klaskys Oper von Witzlers zweiter Garderobiere finanziert werden sollte, hatte sich wie ein Lauffeuer im Theater und in der Wiener Musikwelt verbreitet. Raisa war da mit ihrem neuen Liebhaber, einem blassen jungen Mann und Besitzer einer Braunkohlengrube bei Meuselwitz; Pino, der Mann, der *Pelleas* produziert hatte; der Kritiker Mendelow; die Rheintochter und Bubi, der mit einer großen Serviette um den Hals Kartoffelpuffer in sich hineinstopfte; ein junger Journalist von der *Wiener Presse,* der einen Artikel über die Schirmherrin schreiben wollte, und natürlich Klasky, der sich nun erhob und mit brennenden Augen und vor Dankbarkeit bebender Stimme eine kleine Ansprache hielt.

Die Wiener, begann er, könnten alles verzeihen, nur Größe nicht. «Keine drei Straßen von hier», sagte er mit einer ausholenden Armbewegung, «ist Mozart verhungert, wurde Beethoven erniedrigt, flüchtete Hugo Wolf in den Wahnsinn. So ähnlich wäre auch mein Schicksal gewesen», fuhr er in schöner Bescheidenheit fort, «wäre da nicht dieses junge Mädchen, das der Himmel geschickt hat und in dessen schlankem Körper das Herz eines Rasumowsky, eines Esterhazy, eines Friedrich des Großen schlägt.»

Er erhielt großen Applaus, auch von einigen Passanten, die daraufhin beschlossen, mitzufeiern. Tessa konnte nicht aufstehen, weil Bubi, satt und müde, auf ihren Schoß geklettert und dort eingeschlafen war. Aber sie antwortete freundlich auf Klaskys Rede und fügte hinzu, sie sehe sich mehr in der Rolle einer Madame von Meck, die Tschaikowsky viele Jahre unterstützt hatte. Sie wolle jedoch eine gewisse Distanz wahren und sich nicht in die künstlerische Arbeit einmischen. Einige Anwesende, die musikhistorisch beschlagen waren, wechselten an dieser Stelle leicht amüsierte Blicke, denn Tschaikowskys Gönnerin war eine dicke, grimmig dreinblickende Witwe, die einen Industriemagnaten beerbt hatte. Tessa, die ihre weiße Bluse mit einem blauen Halstuch aus dem *Zigeunerbaron* ergänzt hatte, sah wirklich nicht wie Madame von Meck aus.

Doch Tessa genoß den Abend. Das war *la vie de Bohème,*

wie sie es sich erträumt hatte. Sie hatte mindestens eine Viertelstunde lang nicht an Guy gedacht. Und als die Gesellschaft aufbrach, hatte sie die Ehre, mit schwungvoller Unterschrift die Rechnung zu begleichen.

Es war eine Ehre, der sie zunehmend teilhaftig werden sollte.

Die Proben für die neue Oper begannen sofort, obwohl sie jeden Abend Vorstellung hatten. Die allgemeine Begeisterung war groß, denn es handelte sich zweifellos um ein geniales Werk, aber natürlich gab es auch Spötter. Frau Pollack zum Beispiel fragte gereizt: «Was soll denn ein Frikassee überhaupt sein?»

«Es ist eine Art Gulasch... kleingeschnittenes Fleisch in einer weißen Soße», sagte Tessa, während sie die Hosenbeine eines Heizeranzugs kürzte, der für die kleinste Heidi gedacht war. Trotz ihrer Beförderung zur Schirmherrin verrichtete Tessa die gleiche Arbeit wie früher. «Und es hat auch eine symbolische Bedeutung, weil es ja um die Zerschlagung der kapitalistischen Gesellschaft geht.»

«Daß dabei unbedingt Kinder zerstückelt und gegessen werden müssen, gefällt mir nicht», sagte Boris, während er Die Mutter schüttelte, die seit der Rückkehr nach Wien eine blaue Periode durchmachte.

«Aber das Kind wird ja gar nicht umgebracht», sagte Tessa. «Der Gepäcktrager will es töten, aber dann packt den Chefmaschinisten, der so eine Art heiliger Narr ist, der Zorn, und eine Putzfrau rettet das Kind. Der Fabrikbesitzer *denkt* nur, er habe das Kind gegessen, deshalb springt er aus dem Fenster. Aber er hat es nicht gegessen.»

«Aber allein die Vorstellung ist grauslig», sagte Frau Pollack unwirsch und sprach weiterhin vom «Gulasch», wenn sie Herrn Klaskys Oper meinte.

Alle Zweifel, die Raisa möglicherweise wegen einer atonal komponierten Rolle hegte, wurden von Jakob beseitigt, indem er zu ihr sagte, wenn sie sich der Rolle der Gepäckträgersfrau nicht gewachsen fühle, wäre bestimmt die junge Sopranistin, die als Papagena so gefallen hatte, bereit, den Part zu übernehmen. Was Pino anging, so hätte er um nichts auf der Welt eine Rolle ausgeschlagen, in der er fünfzehn Minuten allein auf der Bühne stand und begleitet von 37 Perkussionsinstrumenten wahnsinnig werden durfte.

Dennoch gab es Schwierigkeiten. Die älteste Heidi stürzte vom Stahlrohrgerüst und verstauchte sich den Knöchel, und als ihr Beschützer – ein einflußreicher Geheimrat – drohte, Jakob zu verklagen, war die ganze Truppe zerstritten. Klasky erwies sich bei diesem Debakel als ungemein kooperativ; er sagte, er sei durchaus bereit, ein realistischeres Bühnenbild zu akzeptieren, vorausgesetzt, Rainer Meierhof und kein anderer würde es entwerfen. Der Mann wurde aus Düsseldorf geholt, und er schuf einen Bühnenaufbau mit fünf verschiedenen Ebenen, wobei er skelettartige Bauteile verwendete, die zu Bahnsteigen, Stellwerken, dekadenten Fabrikbesitzerswohnungen oder Irrenanstalten zusammengesetzt werden konnten, immer vorausgesetzt, sie verklemmten sich nicht in der Drehbühne oder blieben in den Aufzügen stecken.

Den ganzen Juli und August, während die Zuschauerzahlen wegen der Sommerhitze eklatant zurückgingen und sogar bei der *Fledermaus* zehn Reihen leer blieben, liefen die Vorbereitungen für *Frikassee* auf Hochtouren. Und der Dreh- und Angelpunkt, das Zentrum dieser kleinen Welt, war ein Ding, das für die Mitglieder von Witzlers Truppe eine fast mystische Bedeutung annahm: Tessas Scheckbuch.

Es hauste, mit Eselsohren, von Farbe bekleckert und schokoladenverschmiert (denn besonders Bubi hielt es für sein Eigentum), in der Tasche von Tessas Kittel. Oft war es verlegt, denn sie kritzelte manchmal auch Maße auf seinen Umschlag, und wer es fand, brachte es eilends zu ihr zurück. Mehrmals pro Woche begab sich Tessa nach oben, um an einem Tisch in Jakobs Büro Platz zu nehmen und Schecks zu unterschreiben.

Sie unterzeichnete einen Scheck für das Stahlrohrgerüst und für die Männer, die es auf den Schrottplatz brachten. Sie unterschrieb einen Scheck für neunhundert Meter Köper, für zwanzig Sänger, die den Chor der Schwellenleger verstärken sollten, für Rainer Meierhofs ehrfurchteinflößendes Honorar und den Bonus, den er verlangt hatte, weil er sich freundlicherweise die alte Bühnenausstattung für *Traviata* angesehen und sie abscheulich gefunden hatte. Manchmal durfte sie auch bei anderen Produktionen ein bißchen helfen, zum Beispiel mit einem Scheck für Raisas Claque (die sich gewerkschaftlich organisiert hatte) und bei den neuen Kostümen für die Ballszene in der *Fledermaus,* von denen sich Witzler einen Anstieg der Zuschauerzahlen erhoffte, der jedoch ausblieb.

Und wenn ein Scheckbuch zu einer zerfledderten Sammlung von Kontrollabschnitten geschrumpft war, ging Tessa zur Bank und holte ein neues.

Daß ihrer Schirmherrin und zweiten Garderobiere etwas fehlte, wurde in der Kompanie zum erstenmal von Boris geäußert, und er wurde sogar angehört, denn er galt als besonderer Kenner der Fürstin von Pfaffenstein.

«Ich sage euch, irgendwas ist los mit ihr», sagte er. Sie stellten gerade die Kostüme für die Hauptdarsteller zusammen. Tessa war unterwegs, um mit der österreichischen Eisenbahn wegen drei Dutzend Gepäckwagen zu verhandeln.

«Ja, ich glaube, du hast recht», sagte Pino, während er sich eine Arbeitshose über den stattlichen Bauch zog. «Bei den *Frikassee*-Proben ist sie in Ordnung, aber gestern abend, als sie in der Kulisse darauf gewartet hat, Mimis Kerze auszublasen, sah sie aus wie meine Großmutter, als sie erfuhr, daß mein Großvater beim Erdbeben umgekommen war.»

Raisa nickte. «Und im zweiten Akt von *Traviata,* wenn ich Alfredo aufgebe und sie darauf wartet, das Geräusch für die Pferde zu machen – da hat sie, glaube ich, geweint.»

«Genau mein Eindruck, Raisa», warf der Tenor ein, dessen Kopf vorübergehend unter der Schirmmütze eines Gepäckträgers verschwunden war. «Bei ‹Addio del passato›, wenn du stirbst und denkst, du siehst mich nie wieder … also während ich auf meinen Einsatz warte und obwohl du einen Viertelton zu tief warst, hat sie schrecklich ausgesehen.»

Witzler und Klasky, die dazugekommen waren, um die Kostüme in Augenschein zu nehmen, runzelten die Stirn.

«Außerdem ist sie mager wie eine halbverhungerte Katze», sagte Boris. «Ich sage euch, wenn wir nicht aufpassen, klappt sie uns zusammen.»

«Ist sie denn krank?» fragte Jakob.

«Nein!» Raisas Augen blitzten. «Es ist schlimmer, Freunde. Sie ist verliebt!»

Alle schwiegen verblüfft. Dann schienen die Herren ihre eigenen Eindrücke von Tessa seit der Rückkehr aus Pfaffenstein zu rekapitulieren, und Klaskys schwarzer Wuschelkopf, Jakobs kahler und Boris' gelber Schädel nickten.

«Mein Gott!» sagte Jakob erschüttert. Er hatte das nette jüdische Mädchen, das seine Mutter für ihn ausgesucht hatte, auch nicht geheiratet und sich schrecklich schuldig gefühlt. Aber er war mit seiner Rheintochter reichlich entschädigt worden.

«Wir müssen sie beschützen», sagte Boris. Vor vielen Jahren in Sofia war er als kleiner Junge einmal hingefallen und hatte sich das Knie aufgeschürft. Ein kleines blondes Mädchen in weißen Kniestrümpfen war auf ihn zugekommen und sagte: «Tut es weh?» Und dabei hatte sie ihn mit großen traurigen Augen angesehen. Es war ein verheerendes, ein erschütterndes Erlebnis, das nichts mit dem Leben zu tun hatte, das er jetzt mit einer Stenotypistin in Ottakring führte.

Klaskys Basedow-Augen traten noch stärker hervor als gewöhnlich. Daß es seine Schirmherrin so erwischt hatte, war bedauerlich. Und plötzlich erinnerte er sich an ein Mädchen mit braunen Zöpfen, die in der Harmonieklasse in Budapest neben ihm saß. Klasky war frühreif gewesen und ging noch in kurzen Hosen auf die Akademie. Die Wirkung von Ildis Zopfende auf seinem nackten Schenkel hatte er nie vergessen. Ein Jahr lang war er krank vor Liebe. Nie wieder war ihm etwas ähnlich Schmerzhaftes widerfahren.

«Ich seh zu, daß mir das Faultier den Kimono bringt», sagte Raisa, wobei sie sich auf ihre etwas langsame Garderobiere bezog. «Dann braucht Tessa nicht zu hören, wenn ich ‹Addio del passato› singe – wo ich bin *nie* zu tief!»

«Im ersten Akt von *Bohème* lasse ich sie unten in der Wäscherei», sagte Frau Pollack. «Mimis Kerze kann auch ein Bühnenarbeiter ausblasen.»

Aber während sie überlegten, wie sie Tessa vor Seelenqualen schützen könnten, die die Musik in solchen Fällen verursacht, ging allen die Frage durch den Kopf, die Klasky jetzt stellte:

«Aber in *wen* ist sie verliebt? Es kann nicht der Fürst von Spittau sein, denn er hat, wie wir alle wissen, die ganze Zeit versucht, ihr einen Heiratsantrag zu machen.»

Jakobs Gesicht war sehr düster geworden. Er erinnerte sich an die Sache mit dem Friseursalon «Anita»… an seine eigene Idee, Tessa ins Ballett aufzunehmen.

«Ich glaube, ich weiß es», sagte er nachdenklich. «Aber wenn ich recht habe, ist es eine schlimme Geschichte. Eine sehr schlimme sogar.»

Und er erzählte ihnen, was er vermutete.

15

An einem besonders heißen und schwülen Tag Ende Juli verließ Guy das Finanzministerium früher als sonst. Als er den Schubertring entlangschlenderte, fiel sein Blick auf ein großes Foto im Schaufenster eines Immobilienmaklers.

Er kam häufig hier vorbei und war vertraut mit dem Bild von Burg Wahneck hoch über der Donau und der beigefügten, von der Mutter der Gräfin Waltraut frei erfundenen Schilderung der besonderen Vorzüge dieses Anwesens. Er hatte das vergilbende Foto des baufälligen Palastes der Erzherzogin Friederica in Petersbrunn gesehen und gemerkt, daß sich auch für Schloß Landsberg bei Graz noch kein Käufer gefunden hatte, was verständlich war, da der Erzherzog Sava in der Remise mit seinem Bären hauste.

Aber das Schloß, das jetzt den Ehrenplatz im Schaufenster des Maklers einnahm, war ihm neu. Es war ein langes, niedriges und mit Stuck verziertes Gebäude, das auf einem verschilften See zu schwimmen schien und dessen einer Turm von einem großen, sich mausernden Schwan verdeckt wurde.

Zu verkaufen
Schloss Spittau

las er – und darunter den Hinweis auf das wohltuende Klima, die historische Bedeutung und die ausgezeichneten Bedingungen für jegliche Art von Wassersport, die den glücklichen Käufer erwarteten.

Guy blickte in das Schaufenster und runzelte die Stirn. Was zum Teufel sollte das bedeuten? Hatte sich der Fürst nicht mit Tessa verlobt, um sein verfallendes Wasserschloß zu retten?

Er wollte schon weitergehen, als jemand aus der Tür des Maklerbüros geschossen kam und ihn beinahe umrannte.

«Hab mir doch gedacht, daß Sie es sind!» sagte der Fürst von Spittau hochbefriedigt. «Ich war da drin und hab Sie gesehen.»

Nichts hätte Maxi von der Überzeugung abbringen können, daß Guy ihm aufrichtig zugetan war. Über das ganze Gesicht strahlend, schüttelte er dem Engländer die Hand und sagte: «Ich muß zur Zeit öfters geschäftlich nach Wien herauf. Ist aber ziemlich umsonst.» Er wandte sich dem Schaufenster zu, um das Bild seines Ahnensitzes zu betrachten. «Seit vierzehn Tagen steht's zum Verkauf, aber Interessent war noch keiner da.»

Guy äußerte sein Bedauern, aber dann sagte er: «Warum wollen Sie denn überhaupt verkaufen? Ich dachte, Tessa bringt genug mit, um das Schloß herzurichten. Macht sie sich nichts aus Spittau?»

«O doch. Ihr hat es dort immer gefallen, wegen der Frösche und solchen Sachen. Sie mag auch die Leute. Und natürlich die Hunde. Sie hat mir Geld für das Dach angeboten, aber das hab ich natürlich nicht annehmen können. Wenn sie mich heiraten würde, wär's was anderes, aber ein Mann hat schließlich auch seinen Stolz.»

Guy starrte ihn an. «Was sagen Sie? Ich denke, Tessa und Sie sind verlobt?»

«Nein, sind wir nicht.»

«Aber jeder –»

«Jeder», sagte Maxi mit ungewohnter Schärfe, «scheint mit einem Fernrohr oder sonstwie beobachtet zu haben, wie Tessa mir einen Kuß gegeben hat. Aber den hat sie mir gegeben, weil sie gesagt hat, es tut ihr leid. Ich kann's langsam nicht mehr hören, daß mir die Leut' gratulieren.»

«Ja, das kann ich verstehen.» Er erinnerte sich an den Anblick der bleichen Tessa vor dem Lastwagen, als er ihr Heuchelei vorgeworfen hatte. Aber er schob die Erinnerung beiseite und fragte: «Was tut sie denn jetzt?»

«Das ist es ja! Sie finanziert den Ungarn, und wenn ich gewußt hätte –»

«Sie meinen, sie lebt mit Klasky zusammen?» sagte Guy in einem Ton, daß Maxi stirnrunzelnd aufblickte. Was war los mit dem Burschen? Er war doch sonst immer so kühl und überlegen.

Der Fürst schüttelte den Kopf. «Sie ist wieder bei der Witzlerschen Opernkompanie und unterstützt die neue Oper über …» Aber bei dem Gedanken, wovon *Frikassee* handelte, gab er auf. «Also, einen solchen Schmarr'n haben S' noch nicht gehört. Gepäckträger und Waggonschmierer, die überschnappen, und eine Musik wie von lauter halskranken Katzen. Die kleine Heidi muß in einem Heizeranzug auftreten –» Hier stockte der Fürst erneut, denn Tatsache (wenn auch eine sehr merkwürdige) war, daß die Heidi in Arbeitshose und mit einem Schraubenschlüssel in der Hand goldig aussah. «Und Tessa bezahlt das alles. Sie tut nichts anderes als den ganzen Tag Schecks unterschreiben. Dabei schaut sie aus wie eine elende Spitzmaus. Und wenn man ihr erklären will, daß das, was sie treibt, ein Unsinn ist, fährt sie einen an und sagt, es sei ein Privileg, der Kunst zu dienen, und unsereins sei quasi verpflichtet, so etwas zu tun.»

«O mein Gott!» sagte Guy.

«Das kann man wohl sagen», bestätigte Maxi. «Ein Onkel von mir hat sich mit einer Ballett-Truppe ruiniert, und eine Oper ist noch zehnmal schlimmer. Es heißt, Witzler steckt bis zum Hals in Schwierigkeiten. Er hat mordsmäßig Schulden gemacht, weil er gedacht hat, Sie würden ihn für Pfaffenstein permanent engagieren. Und jetzt wird's eng für ihn. Es würd mich nicht wundern, wenn sie alle im Gefängnis landen, mitsamt der Tessa. Und was meine Mutter dann sagt…»

Guy stand vollkommen still und blickte auf das Muster der Pflastersteine.

«Gott sei Dank hat sie die Hälfte von ihrem Geld ihren Tanten überlassen», fuhr Maxi fort. «Das wird sie ja eines Tages erben. Aber wenn ich gewußt hätte, was sie vorhat – der Teufel soll mich holen, wenn ich ihr dann nicht erlaubt hätte, das Dach zu reparieren. Dann hätt' sie wenigstens einen Platz gehabt, wo sie hinkann, wenn es ihr einmal schlechtgeht.»

Guy hob den Kopf und sah Maxi an. «Würden Sie sie immer noch heiraten? Auch wenn sie ihr ganzes Geld verliert?»

Maxi errötete. «Freilich würde ich die Butzi heiraten. Ich würd' sie immer heiraten, weil ich sie verdammt gern hab. Wenn Sie die Butzi im Boot haben, brauchen Sie keine –»

Aber Guy interessierte sich nicht für Butzis Fähigkeiten, eine Lockente nachzuahmen, und fiel dem Fürsten ins Wort. «Ihnen gehörten doch auch noch andere Besitzungen, nicht wahr? Besitzungen, die von den Alliierten konfisziert wurden. Wo lagen sie?»

«Ja, das war Hammersfelden bei Kiel und Pottin an der Oder in Pommern. Das Palais hier in der Himmelgasse hat mein Vater leider schon vor dem Krieg verkauft.»

Guy schüttelte den Kopf. «Aus Berlin bekommen wir keinen Pfennig. Aber besaßen Sie nichts in den zurückgegebenen Gebieten? In Elsaß-Lothringen? Triest? Irgendwo außerhalb der vom Militär besetzten Zonen?»

«Wir hatten ein Schloß im Elsaß», gab Maxi zu. «Das Château d'Arboras. Ein ziemlich kleines Haus – höchstens achtzig Zimmer, würd' ich sagen –, aber das Land war gut. Rund zwanzigtausend Hektar, zum größten Teil Weinberge. Wir haben da einen recht guten Wein gekeltert.»

«Und Sie haben nie eine Entschädigung bei der Bodenredistributionskommission in Straßburg beansprucht?»

Maxi schüttelte den Kopf. «Ich hab unsere Anwälte gefragt, ob da was zu machen ist, aber sie halten es für aussichtslos.»

«Wer sind Ihre Anwälte?»

«Schweighofer und Brillmann am Kohlmarkt. Eine sehr alte Sozietät.»

«Alt, faul und nutzlos», lautete Guys knappes Urteil. Er hatte sein Notizbuch hervorgeholt und begann zu schreiben. «Ich glaube, Sie haben eine ganz gute Chance. Sie werden den Verlust ihres Lebensunterhalts geltend machen müssen. Die Weinberge werden dabei ganz nützlich sein. Gehen Sie damit zu Hermann Rattinger am Börsenplatz 12 und sagen Sie ihm, er soll sich besonders Paragraph 8 Absatz 15 ansehen. Lassen Sie keinen anderen als Rattinger an die Sache herangehen.» Er blickte auf. Maxis Gesicht war ganz verzerrt von der Anstrengung, so viel Neues auf einmal zu verkraften. «Ich werde Rattinger morgen anrufen. Sie werden nicht viel bekommen, aber wenn es für die nötigen Reparaturen reicht, müßten Sie sich auf Spittau halten können. Und wenn Ihre Mutter einmal stirbt, werden Sie mit dem Schloß bestimmt etwas Vernünftiges anfangen können – ein Hotel eröffnen oder etwas Ähnliches. Niemand von uns kann nach dem fragwürdigen Friedensvertrag weit vorausschauen.»

Er riß das Blatt mit der Adresse aus seinem Notizbuch und reichte es Maxi. Dann verabschiedete er sich, bevor sich Maxi bedanken konnte, und setzte seinen Weg auf dem Ring fort.

Der vor dem Maklerbüro zurückgelassene Maxi war ein glücklicher Mann. Bei der Aussicht auf ein wenig Bargeld in Verbindung mit Guys beiläufiger Bemerkung, daß die Schwanenprinzessin nicht ewig leben würde, war ihm fast ein bißchen schwindlig geworden. Gleich morgen würde er zu der Adresse gehen, die ihm Guy aufgeschrieben hatte. Aber sein nächstes Ziel war eine stille Straße in der Nähe des Donaukanals, wo er an die Tür eines bescheidenen Hauses klopfte. Er wurde eingelassen, durch einen Hintergarten und über eine hölzerne Stiege zu einer kleinen Wohnung hinaufgeführt, die ihm in den vergangenen Wochen ein Zuhause geworden war.

Und hier, zwischen molligen Federkissen, Teddybären und bunten Federbüschen in muschelverzierten Vasen, die Heidi Schlumberger liebevoll gesammelt hatte, und während vom Kanal her das Tuten der Schlepper durch die geschlossenen Fensterläden drang, gaben sich der Fürst und die kleine Tänzerin ihrer nicht zu unterdrückenden Zusammengehörigkeit hin.

In der Augusthitze erschlaffte sogar Nerines Einkaufseuphorie. Sie kehrte nach Pfaffenstein zurück, und Guy begleitete sie. Seine Suite im Sacher behielt er vorerst noch.

Sie fanden den Westturm leer vor. Nur Tessas alte Kinderfrau wohnte noch darin, denn die Herzogin und die Markgräfin waren nach Wien gezogen, wo sie, wie sie in einem Dankesbrief an Guy mitteilten, für ihre Nichte ein Zuhause schaffen wollten. Nerine war froh, daß sie ausgezogen waren, und Guy, der die alten Damen zwar vermißte, teilte Nerines Erleichterung, denn auch er wollte Tessa nicht mehr in Pfaffenstein sehen.

Guy hatte weiterhin viel zu tun. Trotz der Sommerpause kamen Beamte des Finanzministeriums nach Pfaffenstein; manche blieben mehrere Tage, und es gab lange Sitzungen in der Bibliothek wegen des ungemein komplizierten Materials, das sie beim Völkerbund in Genf vorlegen mußten. Wenn Guy aus den endlosen Sitzungen herauskam, schien er ein unstillbares Bedürfnis nach Bewegung zu haben – ein Thema, auf das Morgan mit David zu sprechen kam, als letzterer vor dem Abendessen von einem Squashspiel zurückkehrte.

«Haben Sie wieder mit ihm gespielt?» fragte Morgan, während er den Hispano-Suiza mit einer nach seinem Geheimrezept gemixten Paste polierte.

David nickte. «Er hat mich wieder einmal gründlich geschlagen. Jetzt macht er Konditionstraining im Turnsaal.»

Morgan prüfte mit kritischem Blick den Glanz auf der Motorhaube und meinte: «Er hält sich fit. Das hat er schon immer getan.»

«Auch so fanatisch wie jetzt?» fragte David. Morgan war im Krieg Guys Offiziersbursche gewesen und kannte ihn besser als jeder andere.

«Er hat so seine Phasen. Nach Passendale ... dort hat es den jungen Whittaker erwischt, und Mr. Farne wollte ihn rausholen. Er ist über die Linie gegangen und hat ihn zurückgebracht, aber viel war nicht mehr zurückzubringen. Wir haben danach Urlaub bekommen, und Mr. Farne hat 'ne Menge Sport getrieben. Squash, Tennis, Hanteln. Er war unheimlich fit in dem Sommer. Und natürlich auch, als wir nach Newcastle gefahren sind, weil Mrs. Hodge mit Bauchfellentzündung im Krankenhaus lag. Sie ist zu spät eingeliefert worden, weil sie sich um ein Nachbarskind gekümmert und nicht gesagt hat, daß ihr was weh tut. Eine Woche lang hat man nicht gewußt, ob sie durchkommt, und Mr. Farne hat sich in Topform gebracht. Ich kann Ihnen sagen ... Fünfhundert Längen im Schwimmbad und Säbelkämpfe mit seinem alten Fechtlehrer. Auf die Cheviot Hills ist er gestiegen, obwohl dort noch Schnee lag. Es ist nichts Ungewöhnliches für Mr. Farne, viel Sport zu treiben.»

Wenn Guy gehofft hatte, Nerine würde sich nun bemühen, die Leute in der Gemeinde kennenzulernen, wurde er enttäuscht. Sie hatte gehört, daß es im Dorf einen Fall von Masern gab, und das machte solche Besuche unmöglich. «Mama hat mich von Infektionen strikt ferngehalten», erklärte sie Guy, «so daß ich absolut keine Abwehrkräfte entwickeln konnte.»

Obwohl Guy so beschäftigt war, langweilte sich Nerine nicht. Die Hochzeit war auf Mitte November verschoben worden, weil man beim Völkerbund nur schleppend vorankam und der Fall Österreich erst im Oktober verhandelt werden sollte. Aber Nerine beklagte sich nicht über die Verzögerung. Sie ließ bei den drei führenden Wiener Modehäusern Kostenvoranschläge für ihr Brautkleid machen und hatte alle Hände voll zu tun, die Brokatmuster und Entwürfe zu prüfen, die mit jeder Post eintrafen. Und sie hatte eine neue Beschäftigung entdeckt, die sie sehr in Anspruch nahm: das Sonnenbaden.

Es war kein leichter Entschluß gewesen, denn ihre weiße Haut war einer ihrer größten Vorzüge. Obwohl sie sich völlig von der Operntruppe ferngehalten hatte und kaum zugegeben hätte, daß sie auch nur ein einziges Mitglied als solches erkannte, war ihr nicht entgangen, mit welcher Begeisterung Sava und Monteforelli über die sonnenbadende Sopranistin sprachen. Wenn ihre Augen nicht so blau gewesen wären, hätte sie gezögert, aber eine bronzefarbene Haut zum Azur ihrer Augen...

Also wurde Pooley losgeschickt, um eine einsam gelegene Schießscharte auf der alten Burgmauer ausfindig zu machen. Matratzen wurden hinübergeschafft, eine Weckeruhr, Handtücher und Sonnenöl, und Nerine begann ihre Sonnenbäder. Die Dosis der Sonnenbestrahlung wurde täglich erhöht und durch Umdrehungen in zeitlich genau bemessenen Abständen gleichmäßig auf alle Körperteile verteilt.

Das Ergebnis war, wie sie sich eingestehen mußte, phantastisch. Wenn sie durch die großen Zimmer der Südfassade schritt, sah sie in den Glastüren der Kabinettschränke, auf den blanken Rüstungen, den silbernen Tabletts das Spiegelbild einer golden schimmernden Nymphe.

Dieser glückliche Zustand wurde eines Morgens Anfang September empfindlich gestört, als sie auf ihrem Frühstückstablett einen Brief ihres Bruders Arthur vorfand.

Arthur war nach Hause gefahren, nicht nur, um seine Verwandten nach Pfaffenstein zu begleiten, sondern auch, um die für Nerines Heirat notwendigen Dokumente zu besorgen. Bei einem dieser Behördengänge traf er in Whitehall einen alten Freund, der dem diplomatischen Corps angehörte und ihm erzählte, Guy Farne sei die Erhebung in den Ritterstand angeboten worden – und er habe abgelehnt! «Anscheinend ließ er einfach durch sein Büro dankend absagen. Es ist kaum zu glauben, aber mein Freund hat geschworen, daß es die Wahrheit ist. Mama hat die Nachricht schwer getroffen, wie Du Dir denken kannst ...»

Noch nie hatte sich Nerine so schnell angezogen. Eine knappe Viertelstunde später betrat sie die Bibliothek. «Guy, ich muß mit dir sprechen. Ich habe eben einen Brief von Arthur bekommen. Er schreibt, daß dir ein Adelstitel angeboten wurde und daß du ihn abgelehnt hast!»

«Ja, das stimmt», sagte Guy, während er die Papiere aus der Hand legte, die er gerade studierte. «Wenn man mit diesem diplomatischen Kram zu tun hat, ist die Verleihung der Ritterwürde fast Routine.»

«Also... du meinst, es ist wirklich wahr? Du hättest Sir Guy sein können und ich Lady Farne – und du hast abgelehnt!»

«Ganz recht», antwortete Guy fröhlich.

Nerine platzte beinahe vor Wut. «Aber du hattest kein Recht dazu, ohne mich vorher zu fragen. Ich werde deine Frau sein. Du hast mich um einen gesellschaftlichen Rang gebracht, um eine anständige Stellung in der Gesellschaft. Warum hast du nicht gefragt, was ich will?»

«Weil ich mich in diesem Fall nicht nach deinen Wünschen gerichtet hätte. Ich habe Pfaffenstein für dich gekauft. Ich habe viele adlige Leute eingeladen und bewirtet, Leute, die ich, ehrlich gesagt, normalerweise nicht einmal grüßen würde. Ich habe das alles getan, weil ich meine, daß es dein Recht ist, von der Gesellschaft akzeptiert zu werden. Aber ich werde die Welt so verlassen, wie ich in sie hineingeboren wurde. Ich habe im Waisenhaus einen Namen bekommen, und den werde ich behalten.»

«Aber *warum?*»

Guy zuckte die Achseln. «Vielleicht aus Stolz. Wir Findelkinder sind ein komisches Völkchen. Ja, ich glaube, es ist Stolz. Ich habe mir selbst einen Namen gemacht. Ich bin immer mit allem allein fertig geworden. Nicht einmal Martha hätte mich dazu gebracht, meine Meinung zu ändern. Sie hätte es auch gar nicht erst versucht.»

«Nicht einmal Martha! Du meinst, diese … diese Waschfrau hätte mehr Einfluß auf dich gehabt als ich?»

Guy wirkte plötzlich sehr angespannt, aber er wurde fast sofort wieder locker und sagte ruhig: «Nein, Nerine. Nur daß Martha unverbildet ist. Sie kann mit diesen Dingen nicht viel anfangen. Du dagegen müßtest *wissen,* wie wenig ein Titel letzten Endes bedeutet.»

«Nun, ich weiß es *nicht.* Du bist dir doch klar darüber, daß ich Lord Frith hätte haben können mit einem Adelsnamen, der bis in die Steinzeit zurückreicht. Du hättest mich dafür entschädigen können.» Mit größter Anstrengung unterdrückte sie ihre aufsteigenden Tränen. Tränen wirkten ausgezeichnet, als sie siebzehn war, aber in letzter Zeit hatte sie festgestellt, daß sie ihr Gesicht fleckig machten. «Vermutlich bist du ein Republikaner wie deine lächerliche Fürstin», höhnte sie.

Guy sah sie an. «Nerine, wenn du nicht zufrieden bist, können wir unsere Verlobung lösen. Wenn du unglücklich bist, brauchst du es nur zu sagen, und ich werde dich sofort und ohne dir Vorwürfe zu machen freigeben. Aber ich werde keinen Adelstitel annehmen. Weder jetzt noch irgendwann. Willst du mich immer noch heiraten?»

Nerine blickte auf den großen Diamanten an ihrem Finger, auf die Türme von Pfaffenstein draußen vor dem Fenster und auf den zweifellos attraktiven Mann.

«Natürlich will ich dich heiraten, Guy», sagte sie und kniete neben ihm nieder.

Inzwischen folgte bei den Proben für *Frikassee* eine Katastrophe nach der anderen. Der Bahnsteig des berühmten Bühnenbildners brach zusammen, wobei fünf Eisenbahner auf die darunterliegende Bühne stürzten, und die dadurch bei der Rheintochter heraufbeschworenen Erinnerungen an ihre eigene Katastrophe waren so schockierend, daß sie einen

Herzanfall erlitt und mit einem Krankenwagen ins Rudolphinum gebracht werden mußte. Klasky fand die Schlaginstrumente zu wenig ausbalanciert und ersetzte die Pauke durch zwölf Trommeln. Herr Berger, der den kapitalistischen Fabrikbesitzer sang, bekam Knötchen auf dem Kehlkopf, und Frau Pollack brach sich den großen Zeh.

Tessa und ihr Scheckbuch taten alles, um diesem Ansturm standzuhalten. Sie unterschrieb einen Scheck für den verstärkten Bahnsteig, für den Krankenhausaufenthalt der Rheintochter und die zwölf neuen Trommeln. Sie bezahlte einen neuen eisernen Vorhang, den die Feuerwehr schon längst gefordert hatte; die Reparaturen an der Drehbühne, die durch Rainer Meierhofs unsentimental gestaltetes Stellwerk beschädigt worden war; einen künstlichen Mond...

Und wenn Tessa irgendwann nach Mitternacht nach Hause kam – ihr Speicherzimmer in der Wipplingerstraße hatte sie aufgegeben –, erwarteten sie die besorgten Tanten.

Die Herzogin und die Markgräfin hatten von einer entfernten Verwandten eine Wohnung im vierten Stock eines Hauses gemietet, das neben dem Zentralfriedhof lag. Es war eine kleine, wenig komfortable Wohnung, und die alten Damen verbrachten ihre Tage voller Heimweh nach Pfaffenstein, was sie nicht nur vor Tessa, sondern auch voreinander zu verheimlichen suchten. Keine der beiden war je ohne Begleitung zum Einkaufen gegangen oder mit einer Straßenbahn gefahren. Nun standen sie beim Metzger an, zogen und schoben den Mops in den beängstigenden Lift, der zu ihrer Wohnung hinaufführte – und sparten.

Sie sparten eisern und heimlich, denn ihre Großnichte durfte nichts davon merken. Die Tanten hatten Tessa nicht hindern können, die Hälfte ihres Geldes ihnen zu überschreiben, aber sie waren entschlossen, jeden Groschen, den sie sparen konnten, der Summe hinzuzufügen, die Tessa nach ihrem Tod erben würde. Während Tessa im Theater war, aßen sie praktisch nichts; sie schickten das Dienstmädchen fort, das ihnen die Hausmeisterin besorgt hatte, und saßen beim Licht einer einzigen Lampe. Wenn sie Tessa kommen hörten, wurden die Lampen angezündet, Suppe und Topfenkuchen aus der Speisekammer geholt, und Tessa erfuhr, daß sie einen höchst interessanten und schönen Tag verlebt hatten.

«Und du, Butzi? Wie ist es dir gegangen?»

«Oh, gut. Sehr gut. Ich habe heute das Bett gestrichen, das wie ein Mund aussieht...»

«Wie ein Mund?» sagte Tante Tilda erstaunt.

Tessa nickte. «Es soll die Dekadenz in der Wohnung des Fabrikbesitzers darstellen», sagte sie, während sie einen Brief öffnete, in dem sie von einem Choreographen gebeten wurde, sein Ballett zu finanzieren. «Eßt ihr denn nichts?» fragte sie die Tanten. «Die Suppe schmeckt gut!»

«Du weißt doch, daß wir so spät abends nichts mehr essen», sagte Tante Augustine und fuhr fort, ihre Nichte zum Essen zu nötigen, bis Tessa in ihr Zimmer ging, um dort wach zu liegen und zu denken, daß Madame von Meck im Besitz sehr starker Nerven oder auch nur sehr vieler Papierfabriken gewesen sein mußte.

Denn nicht nur bei *Frikassee,* sondern auch sonst ging alles schief. Schalk, Jakobs Erzfeind in der Staatsoper, setzte eine Produktion, die schlecht ging, ab und spielte statt dessen *La Bohème.* Gegen die Jeritza in der Rolle der Mimi hatte Raisa keine Chance. Jakob brachte schleunigst den *Barbier von Sevilla,* aber es war eine alte Produktion, die beim Publikum nicht mehr ankam. Außerdem gab es alarmierende Gerüchte wegen des auslaufenden Mietvertrags für das Theater...

«Es ist wie verhext, seit wir in Pfaffenstein gespielt haben», sagte Boris.

Sogar er war schockiert, als Jakob nach einer Matinee der *Fledermaus* bei ihm erschien und um ein blondes Toupet und einen Schnurrbart bat, um den vor dem Theater wartenden Gläubigern zu entkommen.

«Sehr arisch», sagte Jakob befriedigt, nachdem Boris ihn ausstaffiert hatte.

Als Tessa dann eines Tages Mitte September ihre Bank aufsuchte, um sich wie gewöhnlich ein neues Scheckbuch zu holen, wurde ihr von einem respektvollen, um nicht zu sagen unterwürfigen jungen Kassierer mitgeteilt, daß der Leiter der Bank sehr dankbar wäre, wenn Ihre Hoheit ein paar Minuten für ihn erübrigen könnte.

Der dicke Herr Simmelmann hielt ihr eine salbungsvolle und anscheinend endlose Predigt. Ihr Kredit sei erschöpft, und obwohl er sich bewußt sei, daß Ihre Hoheit noch andere Quellen habe und ihre Verpflichtung gegenüber der Bank bestimmt erfüllen würde, müsse er darauf hinweisen, daß sie sich unter den gegenwärtigen Umständen in ziemlich kurzer Zeit in ernsthaften Schwierigkeiten befinden würde. Ferner sei die Tatsache zu berücksichtigen, daß Ihre Hoheit nach österreichischem Gesetz noch nicht das geschäftsfähige Alter erreicht habe, was bedeute, daß ihre geschäftlichen Berater – und er dürfe sich glücklich schätzen, einer davon zu sein – bestimmte Schritte unternehmen müßten (natürlich nur im Interesse von Ihrer Hoheit), wenn sie das Gefühl hätten, daß sie sich in unpassender Gesellschaft befinde und ausgenützt werde.

Tessa dankte ihm und trat ein weiteres Aktienpaket an die Bank ab. Jakob gegenüber erwähnte sie davon nichts. Auch ihre Vorfahrin Hildegard von Breganza war lieber nackt in die Flammen gesprungen, als ihren Glauben zu verleugnen…

16

In der King Street von Newcastle upon Tyne gab Martha Hodge ein Abschiedsfest. Da Marthas Freunde und Nachbarn alle neben dem Hafen wohnten, waren sie keine Provinzler. Das Tuten der Schiffe auf dem Tyne war für sie so selbstverständlich wie das Atmen, und viele von ihnen hatten Männer und Söhne auf See.

Jetzt wollte Martha nach Wien fahren und dann noch ein Stück weiter, und sie war zur Hochzeit ihres Pflegesohns eingeladen, an den sich alle noch gut erinnerten. Wie ein Teufel war er in der Straße umhergetollt, und nun hatte er sich so herausgemacht! Also floß das Bier reichlich, und schon zwei Stunden vor Mitternacht war man bei «Cushy Butterfield» und «Keep Your Feet Still, Geordie Hinny» angelangt.

Martha, die in ihrer Küche Würstchen heiß machte und Brote belegte, dachte mit zwiespältigen Gefühlen an ihre Reise. Ihr gefiel nicht, wie die alte Mrs. Hookey von Nummer 3 aussah; sie hatte heute morgen so blaue Lippen, und wenn sie starb, während Martha in Österreich war, würde sie sich das nie verzeihen. Sie hatte auch ein schlechtes Gewissen wegen der Ridley-Zwillinge, denn sie hatte versprochen, auf sie aufzupassen, damit Daisy ihre Mutter in Middlesborough besuchen konnte, und das würde jetzt warten müssen. Dann war da noch die Katze, die auf der Müllkippe hinter der Werft herumstreunte. Martha hatte sie gefüttert, als sie ihre Jungen säugte, und obwohl Minnie vom Laden an der Ecke versprochen hatte, nach ihr zu sehen, ließ es sich nicht vermeiden, daß sich Martha ein wenig um das Tier sorgte.

Aber Guy hatte gesagt, ohne sie würde er nicht heiraten, und sie solle zu Besuch kommen, um Nerine kennenzulernen. Sie wäre an den Nordpol gereist, um bei Guys Hochzeit dabeizusein – und wenn es nun ein Schloß war, würde das auch nicht allzu schlimm werden. Menschen sind Menschen, fand Martha, egal wo.

«Warum willst du hier nicht wegziehen, Martha?» hatte Guy gesagt, als er anfing, das viele Geld zu verdienen. «Warum willst du nicht, daß ich dir ein hübsches kleines Haus kaufe? Nichts Protziges, nur mit einem netten Garten und einer hellen Küche. Es bräuchte ja nicht weit weg von hier zu sein.»

«Es gefällt mir hier», war alles, was Martha sagen konnte. «Hier gefällt es mir einfach.»

Und so war es auch. Andere schimpften vielleicht über den Geruch der Leimsiederei oder über den Ausblick auf die rußige Mauer mit Stacheldraht, aber nicht Martha. Sie blickte über die Mauer hinweg zu den hohen Kränen und mennigroten Rümpfen der neuen Schiffe. Sie hatte die Kinder gern, die auf den Pflastersteinen Himmel und Hölle spielten, und ebenso die mageren Hunde. Sie mochte Betty von Nummer 5, die ununterbrochen reden konnte, und sie mochte Gladys von nebenan, die fast nie etwas sagte.

«Ich bin gern hier am Fluß», hatte sie zu Guy gesagt, während sie auf den Unrat, die morschen Schuppen und das schlammige Ufer blickte.

Aber der eigentliche Grund, warum sie hierbleiben wollte, war Jim, der sie nach ihrer Hochzeit in dieses Haus gebracht hatte. Wenn sein Geist wanderte, würde er hierherkommen, wo er einst Arbeit und Kameradschaft und Fröhlichkeit gefunden hatte, und dann sollte er das Haus nicht ohne sie vorfinden.

Deshalb fiel es ihr so schwer, fortzugehen, auch wenn es nur für einige Wochen sein sollte. Aber sie war auch glücklich, während sie auf ihre ruhige, angenehme Art umherging, belegte Brote und Kuchen servierte und Bier einschenkte, denn Guy wollte heiraten. Er hatte das Mädchen gefunden, in das er sich in Wien verliebt hatte. Alles war gut geworden für diesen Pflegesohn, den sie liebte wie ein eigenes Kind.

Am nächsten Morgen kleidete sie sich besonders sorgfältig an, denn sie durfte Guy keine Schande machen: ein schlichtes Kostüm, das sie in Newcastle gekauft hatte, eine hübsche Glocke und um den Hals den Fuchspelz, den ihr Guy geschenkt hatte. Den Fuchs befestigte sie mit einer Diamantbrosche, weil sie wußte, daß sie Guy, was seine Geschenke betraf, immer ein bißchen enttäuscht hatte.

«Sie werden mich schon nicht für eine Lady halten», sagte sie zu den Nachbarn, als sie ins Taxi stieg. «Ich brauch nur den Mund aufzumachen.»

Als der Zug über die Tynebrücke gefahren war und Martha es sich in der Ecke ihres Erster-Klasse-Abteils bequem gemacht hatte, öffnete sie das Medaillon, das sie um den Hals trug, und betrachtete wieder einmal das Foto von Guy. Wie gut er aussah, und wie glücklich! Nerine mußte bei ihm gewesen sein, als das Foto aufgenommen wurde.

Martha hätte Guys Mädchen in jedem Fall geliebt, aber daß sie dieses schöne Geschenk vorgeschlagen hatte, machte sie schon jetzt zu ihrer Freundin.

Das ist das erste, was ich tun werde, wenn ich sie sehe, nahm sich Martha vor. Ich werde ihr danken, daß sie Guy dazu gebracht hat, mir dieses schöne Geschenk zu machen.

Sie hatte sich strikt geweigert, auf der Reise begleitet zu werden, und Guy nur erlaubt, einen seiner Angestellten in London an den Bahnhof zu schicken, um sie quer durch die Stadt zu bringen und in den Zug mit Schiffsanschluß zu setzen. Und dreißig Stunden später, nachdem sie die Lebensgeschichte der Dame im Schlafwagen nebenan gehört und einen Heiratsantrag von einem betrunkenen Börsenmakler erhalten hatte, der dank ihrer Hilfe aufrecht den Speisewagen verlassen konnte, traf sie in Wien ein.

Zufällig war für dieselbe Zeit, zu der ihr Zug in Wien ankam, ein Treffen zwischen dem Finanzminister, dem Außenminister und einem Gesandten aus Genf anberaumt; doch sie alle wurden von einem höflichen, aber unerschütterlichen Herrn Farne informiert, daß er um diese Zeit am Westbahnhof sein müsse, um seine Pflegemutter abzuholen.

Das Treffen wurde verschoben, und nun kam er Martha auf dem Bahnsteig entgegen. Er sah gesund und braungebrannt aus und sehr elegant in einem dunklen Anzug.

«Martha!» Er umarmte sie und hob sie, stattlich wie sie war, halb von den Füßen.

Es dauerte eine Weile, bis Martha genug Abstand zwischen sich und ihren Pflegesohn bringen konnte, um ihm ins Gesicht zu sehen.

Herrje! dachte sie erschrocken, als sie seine Augenfarbe sah. Was ist los mit ihm?

Beim ersten Blick auf Schloß Pfaffenstein – der Guy so erheitert und Nerine so mit Ehrfurcht erfüllt hatte – war Martha Hodge einfach entsetzt. Sie konnte nur denken, daß Guy den Verstand verloren haben mußte, während sie auf der Serpentinenstraße den steilen Berg hinauf und über die Zugbrücke in den großen Schloßhof fuhren, in dem man leicht ein Bataillon der Tyneside Fusiliers hätte unterbringen können.

Ihre Befürchtung hielt an, als sie durch die Prunkzimmer und die große Treppe hinaufgeführt wurde. Alle diese Statuen! Und einige waren nicht einmal manierlich. Die vielen geschnitzten Truhen, die ständig abgestaubt werden mußten! Als sie durch eine alte Eichentür gingen und in den Westturm kamen, sah sie sich etwas wohlgefälliger um. Ihr gefielen die schlichten weißen Wände und die gescheuerten Steintreppen, und als Guy die Tür zu einem runden Zimmer öffnete, das im Himmel zu schweben schien, hellte sich ihre Miene vollends auf, und sie sagte: «He, Darling, das ist wirklich ein hübsches Zimmer.»

«Ich dachte mir, daß es dir gefällt. Früher hat es der Fürstin von Pfaffenstein gehört. Sie hat sich hier wohler gefühlt als in den großartigen Zimmern im Hauptflügel, und ich dachte, daß es dir genauso gehen würde.»

Während Martha umherging und die schlichte Einrichtung bewunderte, fiel ihr plötzlich etwas auf. Sie kannte jeden Tonfall in Guys Stimme und nahm mit jeder Pore auf, was er fühlte. Er war kein Kind gewesen, das sich in Lügen flüchtete. Wenn er etwas falsch gemacht hatte, war er immer dafür geradegestanden. Aber wenn er etwas zurückhielt, lag so ein ausdrucksloser Ton in seiner Stimme, der ihr sagte: Halt dich raus!

«Eine der ehemaligen Schloßbediensteten wohnt noch nebenan, eine alte Kinderfrau. Du bist also nicht allein hier oben. Sie besorgt dir alles, was du möchtest.»

«Komisch, man möcht glauben, hier hat ein junges Ding gewohnt», sagte Martha beiläufig. «Aber sie war bestimmt schon recht alt – die Fürstin, oder?»

«Sie ist zwanzig geworden», sagte Guy. «So, ich werde dir jetzt eines der Mädchen heraufschicken. Nerine ist noch im Bad, sonst wäre sie selbst gekommen.»

Martha sah ihn an. «Das wirst du schön bleiben lassen, Guy Farne. Ich wasche mir selber das Gesicht, und ich finde auch den Weg wieder hinunter.»

Nerine wartete im blauen Salon, um Guys Pflegemutter zu begrüßen. Es war ein Raum, den sie sich besonders zu eigen gemacht hatte. Sie liebte das satte Pfauenblau der Wände, die Gobelins, die aufwendig bestickten Sofas, den tiefen Aubusson-Teppich mit dem Paradiesvogelmuster, und sie liebte die achtzehn, symmetrisch zu beiden Seiten des Zimmers angeordneten Spiegel.

Obwohl Nerine nur eine Frau aus der Arbeiterklasse begrüßen sollte, hatte sie nicht weniger Sorgfalt auf ihre Erscheinung verwendet als sonst. Sie war bereits für das Abendessen gekleidet und trug ein fließendes moosgrünes Spitzenkleid. Guys Diamanten glitzerten an ihrem Hals.

Als Martha über den Aubusson auf sie zuging, mußte sie stehenbleiben, um buchstäblich nach Luft zu schnappen. Kein Wunder, dachte sie, daß er ihr zehn Jahre nachgetrauert hat!

«Willkommen auf Pfaffenstein, Mrs. Hodge», sagte Nerine. «Ich hoffe, Sie hatten keine allzu anstrengende Reise.»

Sie sprach langsam und betont deutlich, damit die einfache Frau mit dem sandfarbenen Haar auch verstand, was sie sagte. Dann reichte sie Martha die Hand; und Martha, die Nerine umarmen und küssen wollte, nahm sie und schüttelte sie.

«Aber nein, Mädchen», sagte sie beruhigend. «Die Reise war rein gar nichts. Und ich hätt sie auf Händen und Knien gemacht, um bei Guys Hochzeit dabeizusein.»

Nerine antwortete angemessen, aber ihre Augen blickten besorgt. Die Erscheinung dieser Frau war weniger schlimm, als Nerine befürchtet hatte. Sie war unauffällig gekleidet, und ihr Auftreten war weder unterwürfig noch frech. Aber dieser Akzent! Einen schottischen Akzent – besonders den der Highlander – konnte man noch durchgehen lassen, notfalls auch einen irischen, aber das hier...! In Österreich spielte Marthas Dialekt vielleicht noch keine so große Rolle, aber Pfaffenstein war schließlich nur eine Übergangsregelung. Guy würde nicht umhin können, einen passenden Wohnsitz in England zu kaufen, und wenn er dann darauf bestand, Mrs. Hodge zu sich zu nehmen... Und in knapp zwei Wochen trafen ihre Verwandten ein! Was würde Mama denken, wenn sie neben einer Frau sitzen müßte, die, sobald sie den Mund aufmachte, ungebildeter wirkte als Mamas niedrigste Dienstboten? Und was würde erst Tante Dorothy denken?

Aber Nerine sah ein, daß da im Augenblick nichts zu machen war, vor allem, solange Guy neben ihr stand und sie mit seinem leicht spöttischen Lächeln beobachtete. Sie gingen zu Tisch, und Nerine akzeptierte anstandslos, daß Martha links neben Guy gesetzt wurde; und sie war auch nicht überrascht, als David Tremayne (obwohl ehemaliger Eton-Schüler) sofort ein Riesentheater um die Frau machte. Tremayne würde alles tun, um sich bei Guy lieb Kind zu machen.

Nach dem Essen, als sie im blauen Salon neben dem großen Porzellanofen den Kaffee nahmen, fand Martha die Gelegenheit, auf die sie gewartet hatte.

«Seit Guy mir geschrieben hat», sagte sie, «hab ich mir vorgenommen, Ihnen zu danken, daß Sie ihm gesagt haben, er solle mir das hier schicken. Über kein Geschenk hab ich mich je im Leben so gefreut.» Martha nahm die Kette mit dem Medaillon ab, um Nerine das Foto von Guy zu zeigen. «Es ist gut geworden, nicht wahr?»

Nerine warf einen wenig interessierten Blick auf das kleine Porträt. «Ja», sagte sie. «Aber ich weiß nichts davon. Meiner Meinung nach hätte er Ihnen etwas Wertvolleres schenken können», sagte sie, ohne die hübsche Filigranarbeit zu beachten.

Martha äußerte sich nicht dazu. Aber als sie das Medaillon zuklappte, runzelte sie die Stirn. Wenn Nerine es nicht war, wer dann? Es war doch ein Mädchen, das ihn «beraten» hatte. Oder hatte sie sich das Ganze nur eingebildet?

Nein, dachte Martha. Es war ein Mädchen. Aber wer und wo war sie?

Während der folgenden Tage nahm Marthas Beunruhigung zu. Guy sprach mit seiner Verlobten mit ausgesuchter Höflichkeit, aber er schien sich viel Mühe zu geben, nicht mit ihr allein zu sein, und jede Gelegenheit zu begrüßen, die ihn an seinen Schreibtisch in die Bibliothek zurückkehren ließ. Nachdem Nerine nicht gerade ihren Rock wegzog, wenn Martha vorüberkam, sie aber weiterhin anredete, als wäre sie taubstumm, fand Martha in den großartigen Salons wenig, was sie erfreut hätte.

Aber bald entdeckte sie eine Welt, in der sie sich zu Hause fühlte. Am dritten Tag drang sie in die Küchen vor und anschließend in die Backstube, die Molkerei und die Kuhställe. Hier konnte sie nur staunen und alles gutheißen. Die Leute, die dort arbeiteten, waren tüchtig, einfach und freundlich. Sie verstanden ihre Arbeit, und die Pflegemutter des englischen Herrn war ein willkommener Gast.

«Wie die den Rotkohl kochen, Guy», erzählte sie bewundernd. «Du würdest es nicht glauben! Mit Äpfeln und Nelken und ich weiß nicht was! Die Köchin will mir das Rezept geben. Aber hör zu, Guy, du solltest einen Korb mit Lebensmitteln zum Hilfsförster runterschicken – der neben dem Gasthaus. Die zwei ältesten Buben haben Masern, und die Frau ist gestürzt und hat sich das Handgelenk gebrochen. Und meinst du, es würde Nerine etwas ausmachen, wenn ich die alte Frau Keller besuche – die mitten im Wald wohnt – und ihr ein paar Trauben oder so was mitbringe? Ich hab gehört, sie soll die junge Fürstin sehr vermissen. Das leuchtet einem ja auch ein, nicht wahr?»

«Nerine würde sich bestimmt darüber freuen. Sie selbst geht nicht ins Dorf», sagte Guy. Dann kräuselten sich seine Lachfältchen. «Sag mal, Martha, wieso weißt du, daß die Försterkinder Masern haben oder daß Frau Keller die Fürstin vermißt? Du sprichst doch kein Wort Deutsch? Und selbst wenn, würde es dir wenig nützen bei dem Dialekt, der hier gesprochen wird.»

«Ach, ich weiß auch nicht, Junge, aber man braucht kein Deutsch zu können, um so was rauszukriegen. Irgendwie geht's auch anders», sagte Martha und verbrachte weiterhin ihre Tage damit, die Pfaffensteiner und ihre Lebensweise kennenzulernen. Eines Nachmittags buk sie unter Anleitung der Köchin sogar einen Gugelhupf.

Es war unvermeidlich, daß Martha bemerkte, wie sehr die Menschen in Pfaffenstein die junge Fürstin vermißten, und in David Tremayne fand sie bald jemand, der gern bereit war, ihre Fragen zu beantworten.

«Anscheinend war sie ein kluges Kind. War sie auch hübsch?»

«Nein... Ich weiß nicht recht. Sie hat schöne Augen. Aber sie ist so klein und dünn, und sie bewegt sich so unauffällig, daß man anfangs nicht auf die Idee kommt... Sehen Sie...» David schüttelte den Kopf, hilflos wie alle, die versuchen, etwas Bezauberndes zu beschreiben. «Mrs. Hodge, ich weiß nur, wenn sie in ein Zimmer kommt, ist es, als ob eine Lampe hereingebracht würde... oder Blumen.»

Martha sah ihn freundlich, aber ohne Mitleid an, denn er war genau im richtigen Alter für eine romantische Liebe.

«Aber sie ist vielleicht ein bißchen hochnäsig, hm? Muß sie ja wohl sein, wenn ihr Fürsten den Hof machen.»

«Nein, überhaupt nicht. Ich kenne niemand, der so schlicht und bescheiden ist. Sie würde einen Schmied heiraten, wenn er der Mann ist, den sie liebt», entgegnete David leidenschaftlich.

Martha, die auf österreichische Art Stricken lernte, wie sie es von Großmutter Keller gezeigt bekommen hatte, beugte sich über ihr Nadelspiel.

«Guy hat sie schon in Wien kennengelernt, als er die Operntruppe angeheuert hat. Da war er noch gar nicht in Pfaffenstein gewesen, nicht wahr?» fragte sie beiläufig.

David runzelte die Stirn. «Ich glaube nicht. Aber er spricht nie darüber. Er spricht überhaupt nicht von ihr, wenn es nicht unbedingt sein muß.»

«Aye», sagte Martha. «Das ist mir auch schon aufgefallen.»

Zu Maxis großer Überraschung ließ Herr Rattinger vom Börsenplatz umgehend von sich hören. Daß im österreichischen Rechtswesen etwas schnell gehen konnte, hätte Maxi nicht gedacht. Der Anwalt schrieb, er habe mit der Bodenredistributionskommission in Straßburg Verbindung aufgenommen und den Anspruch des Fürsten gemeldet; zwar könne er noch nicht genau sagen, was dabei herauskommen würde, aber ein vorsichtiger Optimismus sei durchaus angebracht. Außerdem riet er dem Fürsten, das Verkaufsangebot für Spittau zurückzuziehen, zumindest vorerst, weil es vorteilhafter wäre, wenn er nachweisen konnte, daß der letzte ihm verbliebene Wohnsitz nur zu erhalten sei, wenn sein Gesuch bei der Kommission Erfolg habe.

Diese Nachricht versetzte Maxi in Hochstimmung und zauberte sogar in das Gesicht der Schwanenprinzessin ein Lächeln. Seit Tessa ihrem Sohn einen Korb gegeben hatte, ging sie wie eine Unheilsprophetin im Kindertrakt von Spittau umher und beweinte die aussterbende Linie.

Das Wasserschloß war am schönsten im Herbst. Dann waren die Mücken weg, die Sonnenuntergänge waren prachtvoll, Scharen von Gänsen, Enten und Schnepfen zogen über den See. Maxi inspizierte seinen vorerst geretteten Besitz mit echter Rührung.

Einen Tag, nachdem er Herrn Rattingers Brief erhalten hatte, fuhr er nach Wien und zog das Verkaufsangebot für Spittau zurück. Anschließend ging er zu Witzlers Theater, um Tessa die gute Nachricht zu überbringen und sie zum Mittagessen einzuladen.

Die Welt hinter der Bühne war Maxi inzwischen vertraut, aber nichts konnte ihn mit *Frikassee* versöhnen, und so stieg er mit angewidertem Gesicht über das Bahnsteiggerüst, schob sich an dem wie ein Mund geformten Bett vorbei und fand Tessa im Kulissenraum, wo sie das Signal strich, an dem sich Raisa im zweiten Akt erhängen sollte.

Sie freute sich, ihn zu sehen, und war überglücklich, daß er Spittau vielleicht doch nicht verkaufen mußte. «Oh, Maxi, ich bin so froh.» Sie freute sich auch, daß er ihr ganz offensichtlich nicht böse war, weil sie ihn abgewiesen hatte, denn er war seitdem häufig ins Theater gekommen. «Jetzt habe ich ein weniger schlechtes Gewissen, weil aus unserer Heirat nichts geworden ist», sagte Tessa, die sich an diesem Vormittag so niedergeschlagen fühlte wie noch nie. «Aber es ist das reinste Wunder. Woher hast du von dieser Straßburger Kommission erfahren?»

«Herr Farne hat mich draufgebracht.»

«Guy!» Tessa drehte sich verblüfft um, wobei die rote Farbe von ihrem Pinsel auf den Boden tropfte.

«Ja. Ich habe ihn vor dem Maklerbüro getroffen, und er hat

mir gesagt, was ich tun soll. Ich glaube, nur wegen ihm ist es so schnell gegangen. Er hat den Rattinger persönlich angerufen, und schon nach vierzehn Tagen hab ich Antwort bekommen – ob du's glaubst oder nicht.» Er sah Tessa forschend an. «Geht's dir nicht gut, Butzi? Du schaust komisch aus.»

«Doch, mir geht's gut. Ausgezeichnet.» Tessa schob mit dem Handrücken ihren Pony zur Seite und ging daran, mit einem Lappen und Terpentin die verkleckerte Farbe wegzuwischen. Eines Tages, sagte sie sich, vielleicht in zwei- oder dreitausend Jahren, würde sie Guys Namen hören können, ohne sich wie durch die Mangel gedreht zu fühlen.

«Also, was ich sagen wollte, Butzi. Wenn du irgendwann das Gefühl hast... ich meine, wenn du es dir anders überlegst... Ich würd' mich immer noch sehr freuen. Schau, Spittau ist da, und das Geld spielt jetzt auch keine Rolle mehr. Wir hätten freilich nicht viel, aber wir hätten ein Auskommen. Du könntest keinen großen Hochzeitszirkus veranstalten, aber wir könnten den Pater Rinaldo bitten und ein paar Leut' einladen. Ich werde dich nicht mehr andauernd fragen wie früher, aber wennst meinst, es könnt noch was werden aus uns zwei, sagst es mir einfach.»

«Danke, Maxi, du bist sehr lieb.» Tessa war gerührt. Ihr Jugendfreund schien in den letzten Wochen netter und einfühlsamer geworden zu sein, und in der ständig staubigen und schmutzigen Umgebung des Theaters war Spittau mit seinem weiten Himmel und dem frischen Wind ein verlockendes Bild. «Ich weiß nicht, wie es hier weitergehen wird. Du hast wahrscheinlich gehört, daß nicht alles zum besten steht. Ich hab viel Geld ausgegeben, und der Bankdirektor war ziemlich ekelhaft. Ich weiß auch nicht... Ich meine, ich bin nicht so musikalisch wie andere, und manchmal bin ich mir nicht mehr so sicher, ob *Frikassee* –» Sie seufzte. «Aber das ist dumm von mir. Ich muß weitermachen. Ich hab's versprochen.»

«Freilich, Butzi. Du sollst nur wissen, daß es einen Platz gibt, wo du hinkannst. Gehst mit mir Mittagessen?»

«Maxi, ich kann nicht. Wir haben um eins Kostümprobe, und dann kommen die Leute von der Reklame.»

«Also, wenn du nicht wegkannst», sagte Maxi und errötete leicht, «meinst du, deine kleine Freundin würd' mitkommen? Die Heidi Schlumberger?»

«Das ist eine gute Idee. Sie ist in der Tänzerinnengarderobe. Ein anständiges Essen wird ihr guttun. Sie ist in letzter Zeit so blaß.»

Eine Stunde später saß Maxi mit der kleinsten Heidi an einem weiß gestrichenen Tisch unter einer herbstlich goldenen Linde im Wurschtlprater. Es war ein warmer Tag Ende September. Ein gelbes Blatt landete auf Heidis allerliebstem blonden Köpfchen, das eine rosarote, zu ihrer Bluse passende Schleife zierte. Wie Tessa war auch Heidi entzückt von den guten Nachrichten, die Maxi zu berichten hatte, und nun sagte sie schüchtern, Tessa würde bestimmt ihre Meinung ändern und Herrin auf Spittau werden wollen. «Sie muß es tun... Ich meine, man kann sich nicht vorstellen...» Und dabei sah sie Maxi voller Verehrung aus ihren großen blauen Augen an.

Maxi tätschelte ihre Hand und sagte: «Iß noch ein Scheiberl Sauerbraten.»

Aber Heidi, die sonst immer einen guten Appetit hatte, verzog ein wenig das Gesicht und sagte: «Nein, danke, du bist sehr lieb, aber ich kann nicht mehr. Ich möcht auch keinen Wein mehr, danke.»

Obwohl ihr leicht übel war, wollte Heidi die Mahlzeit nicht vorzeitig beenden. Solange sie hier in der frischen Luft saßen, war alles gut. Der Ölgeruch, der vom Karussell herüberzog, war zwar unangenehm und genauso die gelegentlichen Duftwolken aus der Krapfenbude. Kaum zu glauben, daß Krapfen bis vor kurzem ihre Leibspeise waren! Aber aus dem angrenzenden Park wehte auch eine frische und belebende Brise herüber, die nach feuchter Erde und Herbstlaub roch.

Aber ihre Erholungspause würde nicht lange dauern. Maxi würde bestimmt mit dem Riesenrad fahren wollen. Er war in

Festtagsstimmung und hatte ihr bereits einen flauschigen blauen Hasen geschossen. Die Herren wollten immer Riesenrad fahren, und Heidi wußte genau, was sie machen mußte, damit es recht lustig wurde. Sie wußte, wann sie «Ooh!» und «Aah!» sagen, wann sie ängstlich sein mußte (ungefähr drei Rucks, bevor die Gondel den höchsten Punkt erreichte), damit sie den Arm um sie legten. Und sie hatte gelernt, einen kleinen Schrei auszustoßen, wenn das Rad steckenzubleiben schien, obwohl jeder wußte, daß es der Mann an der Maschine absichtlich machte und sie nicht wirklich steckenblieben. Dieser Schreckensschrei hatte allen viel Spaß gemacht, und Heidi wäre dumm gewesen, wenn sie das nicht gemerkt hätte.

Während die kleine Heidi auf den goldgelben Wein in ihrem Glas blickte, den sie auch nicht für einen Jahreslohn hätte trinken können, dachte sie an all die zufriedenen Herren, in deren Armen sie auf das blaue und goldene Panorama ihrer Heimatstadt geblickt hatte. Stadträte und Geheimräte, Industrielle und Offiziere – seit ihrem fünfzehnten Lebensjahr war sie nie ohne Beschützer gewesen. Und jetzt war das alles Vergangenheit. Seit sie Maxi in Pfaffenstein getroffen hatte, konnte sie keinem anderen mehr gefällig sein. Es war natürlich heller Wahnsinn, denn sie mußte an die Zukunft denken und die Miete bezahlen.

Aber im Augenblick war es besser, nicht an die Zukunft zu denken. Selbst die Putzfrauen im Theater erkannten die Schrift an der Wand. Tessa mochte noch so entschlossen sein, die Löcher zu stopfen; die Wellen schlugen trotzdem bereits über den Damm. Und wer wird mich jetzt noch engagieren? dachte Heidi und brachte es fertig, gleichzeitig über einen von Maxis Scherzen zu lächeln. Inzwischen hatte Maxi den Kellner gerufen und die Rechnung bezahlt.

«Jetzt fahren wir Riesenrad, was meinst?» sagte er glücklich. «Heut ist genau das richtige Wetter dafür, und viel Leut hat's auch nicht.»

«Ja.» Sie nahm ihren blauen Hasen auf den Arm und griff nach ihrer Handtasche.

«Du hast doch Lust, Katzerl, oder?» fragte Maxi besorgt, als Heidi nicht so flink und fröhlich aufsprang wie sonst.

Aber sie nahm lächelnd seinen Arm, und dann gingen sie auf die Gondeln des Riesenrads zu, die im auffrischenden Wind bedenklich schaukelten.

O heilige Theresia vom Kinde Jesu, Beschützerin der Betrübten und Armen, laß mich nicht speiben, betete die kleinste Heidi und entdeckte wie die Fürstin von Pfaffenstein vor ihr, wie grausam die Liebe sein kann.

17

Anfang Oktober fuhr Guy nach Genf. Wenn alles gutging, würde Österreich das Darlehen erhalten, um wieder zu finanzieller Stabilität zurückzufinden, und seine Aufgabe wäre erfüllt. Danach wollte er nach Pfaffenstein zurückkommen, um die letzten Vorbereitungen für die Hochzeit zu treffen.

Während seiner Abwesenheit trafen Nerines Verwandte mit Bruder Arthur ein: Nerines Mutter – Mrs. Croft –, Onkel Edgar, Onkel Victor, der dicke Cousin Clarence und die ehrwürdige Tante Dorothy.

Die Ehre, die Tante Dorothy der Familie durch ihre Heirat mit einem geadelten Textilfabrikanten erwiesen hatte, war nie in Vergessenheit geraten. Auch jetzt noch, verwitwet und gut über sechzig, fettleibig, überheblich und engstirnig, schwang sie unangefochten das Zepter über den Häuptern ihrer Lieben.

In Kürze wurden noch weitere Verwandte von Nerine erwartet, aber selbst die, die schon da waren, schienen das Schloß zu füllen. Sie sprachen sehr laut in der Annahme, Nicht-Engländer seien taub, gaben den Dienstboten Anweisungen, verlangten Mineralwasser und englische Zeitungen, und überall konnte man sie über ihre eigenen Witze lachen hören.

Nerine erkannte erst jetzt, als sie wieder mit ihrer Familie und ihren Bekannten zusammen war, wie sehr sie ihr gefehlt hatten. Und die allgemeine Bewunderung für Pfaffenstein war Balsam für ihre Seele. Doch die Familie hatte auch eine betrübliche Nachricht mitgebracht, die einen Wermutstropfen in ihre Freude mischte.

Nur vierzehn Tage vor ihrer Abreise aus England waren Lord Henry, seine Frau und seine beiden kleinen Söhne mit dem Segelboot vor der Isle of Wight gekentert und ertrunken. Mrs. Croft hatte gewartet, bis kein Zweifel mehr bestand und die Leichen der vier Opfer geborgen waren, bevor sie einen Kondolenzbrief an Lord Frith in seinem zinnenbewehrten Turm im Grampiangebirge schrieb. Frith drückte in seiner Antwort, die kurz vor ihrer Abreise nach Österreich eintraf, natürlich seinen großen Kummer aus, aber sie war auch in anderer Hinsicht unmißverständlich. Ja, es stimmte, daß sein älterer Bruder, Henry, und dessen Söhne gestorben waren. Der Verlust habe nicht nur ihn, sondern auch seinen Vater schwer getroffen, der um zehn Jahre gealtert war und wahrscheinlich nicht mehr lange leben würde. Zutreffend sei auch, schrieb Frith, daß er jetzt den Titel seines Vaters erben würde, aber angesichts des tragischen Verlustes seines Bruders, seiner zwei Neffen und seiner Schwägerin bedeute es ihm verständlicherweise nur wenig, jetzt Duke of Aberfeldy zu sein. Am Schluß, berichtete Mrs. Croft, habe er sich wie immer nach Nerine erkundigt und die Hoffnung geäußert, daß sie bald von ihrem Auslandsaufenthalt zurückkehren möge.

«Hast du ihm nicht gesagt, daß du heiraten wirst?»

Nerine schüttelte den Kopf. «Ich hatte das Gefühl, ich sollte es ihm lieber erst nach der Hochzeit sagen.»

Mrs. Croft wirkte ein wenig nachdenklich. Sie war mit Nerine in das Prunkschlafzimmer gegangen, um die Brautausstattung zu begutachten. Der bodenlange Chinchilla, der russische Zobel, die Jacke aus kanadischem Luchs waren auf dem Bett ausgebreitet. Das Diamantkollier, die doppelte Perlenkette und etliche andere Kleinigkeiten, die Nerine in Wien aufgegabelt hatte, lagen auf dem Frisiertisch.

«Und ich bekomme noch die berühmte silberne Lilie», sagte Nerine. «Es ist ein Pfaffensteiner Erbstück und absolut unbezahlbar. Arthur hat herausgefunden, daß die Antikensammlung in New York fünfzigtausend Dollar dafür geboten hat, und das war vor dem Krieg!»

Mrs. Croft nickte. Sie konnte Nerine nicht verübeln, daß sie sich für Farne entschieden hatte, aber die Nachricht von Frith, die sie wie ein Schlag getroffen hatte, war schwer zu verkraften. «Meine Tochter, die Herzogin von Aberfeldy.» Wie passend das klang!

«Man möchte meinen, Gott hätte es besser einrichten können», sagte Nerine, während sie ihren Kleiderschrank vor der staunenden Mama öffnete. «Gerade wenn man richtig glücklich ist, kommt so etwas, damit man ja nicht zu glücklich wird.» Sie nahm ein hermelingefüttertes Cape aus dem Schrank und hielt es sich an, wobei sie das spielende Licht auf dem Goldbrokat betrachtete. Ja, sie hatte die richtige Wahl getroffen, aber das Leben konnte grausam sein!

Tante Dorothy gefiel, was sie auf den ersten Blick von Pfaffenstein gesehen hatte – die livrierten Diener, die luxuriös ausgestatteten Räume –, aber abends beim Diner mußte sie einen Schock verkraften.

«Ich war völlig entgeistert, Alice», sagte sie zu Nerines Mutter, als sie sich in den blauen Salon zurückgezogen hatten. «Darauf war ich wirklich nicht vorbereitet, obwohl man mit so etwas hätte rechnen können...»

«Das kann ich verstehen», erwiderte Mrs. Croft, und Onkel Victor und Cousin Clarence und Nerines Bruder Arthur waren sich einig, daß es ein Schock gewesen war.

«Ich weiß», sagte Nerine, «aber Guy hat sie so gern. Ich kann wirklich nichts machen. Er hat Mr. Tremayne nach Genf mitgenommen, und zur Zeit macht der Haushofmeister die Sitzordnung. Aber es war auch schon so, als alle hier waren.»

«Aber direkt mir gegenüber! Am Kopfende der Tafel!» rief Tante Dorothy. «Und dieser Akzent! Ich konnte kaum ein Wort von ihr verstehen!»

«Mir ging es genauso», sagte Onkel Edgar, der beim Abendessen rechts neben Martha gesessen hatte. «Ich muß sagen, Nerine, ich finde es höchst unklug von Guy, sie dir auf diese Weise aufzudrängen. Natürlich erwartet niemand von ihm, daß er sie vergißt – das wäre natürlich verkehrt. Man sollte Geld schicken, einen Freßkorb zu Weihnachten. Aber so kann ich das nur als Affront verstehen.»

«Nein, nein!» Nerine wandte sich entschieden gegen diese Auffassung. «Guy denkt, er tut einem den größten Gefallen, wenn man neben Martha Hodge Platz nehmen darf. Als vorige Woche der österreichische Außenminister hier war, hatte *er* das Vergnügen.»

«Wirklich?» Tante Dorothy fühlte sich zunehmend beunruhigt von dieser Wendung der Ereignisse. «Siehst du, Liebes, unter Ausländern ist das in Ordnung. Sie bemerken ihren Akzent wahrscheinlich nicht. Obwohl das kaum denkbar ist. Oder ihre Entgleisung mit den Fingerschalen! Aber schließlich ist Pfaffenstein nur eine Zwischenstation, nicht wahr? Um deinen Platz in der Gesellschaft einzunehmen, werdet ihr nach England zurückkehren müssen. Aber wenn sich diese Person daran gewöhnt hat, wie ein Familienmitglied zu leben, wird man das schwerlich akzeptieren, besonders im Hinblick auf –»

Hier legte sie eine Pause ein, weil ihr die Worte fehlten für die Sache mit dem Fischhafen, dem Jutesack und dem, was sie nur als «all das» bezeichnen konnte.

«Ja, ich verstehe, was du meinst. Ich habe mir deshalb auch schon Sorgen gemacht, Tante Dorothy. Aber wenn man es wagt, sie zu kritisieren, wird Guy gleich wütend.»

«Weißt du, Liebes, du brauchst sie nicht zu kritisieren. Das wäre ganz falsch. Wir müssen ihr nur zu verstehen geben, ganz ohne Groll, daß es für alle das Beste wäre, wenn –»

Sie verstummte, als eine rundliche, unscheinbare Gestalt im Türrahmen erschien. Arthur, der beim Anblick einer Frau instinktiv aufstand, fing einen mißbilligenden Blick von Onkel Victor auf und setzte sich wieder hin.

Martha sagte «guten Abend» in eine schweigende Runde,

ging zu einem tiefen Sessel am Fenster und holte den Strumpf hervor, den sie stolz mit dem Faden über dem linken Zeigefinger strickte, wie es ihr Frau Keller gezeigt hatte.

«Ein schöner Abend ist das heute», sagte sie heiter. «Ich hab noch nie so schöne Sterne gesehen wie hier. Bei uns sieht man überhaupt nicht viel davon, bei dem ganzen Dreck, den die Schornsteine in die Luft pusten.»

Niemand antwortete, und Martha hob den Kopf. Für einen Moment verschwand der freundliche Ausdruck auf ihrem Gesicht, und ihre sanften grauen Augen blickten traurig. Dann beugte sie sich wieder über ihr Strickzeug.

Eine Stunde später wickelte sie ihr Wollknäuel auf, sagte «gute Nacht» und ging auf ihr Zimmer. Den ganzen Abend lang hatte niemand ein Wort an sie gerichtet. Die Erziehung von Martha Hodge, die weitreichende Konsequenzen haben sollte, hatte begonnen.

In den darauffolgenden Tagen ließen sich die Crofts, angeführt von Tante Dorothy, keine Gelegenheit entgehen, um Martha zu brüskieren. Sie verstummten, sobald sie das Zimmer betrat, hoben die Augenbrauen, wenn sie sich zu ihnen an den Tisch setzte, und belächelten mitleidig ihre fröhlichen Berichte von den Ereignissen im Dorf.

Nerine machte bei diesen Demütigungen pflichtschuldig mit, aber sie befand sich in einem Dilemma, denn sie hatte bei dieser schlichten Frau aus der Arbeiterklasse ein unverhofftes Talent entdeckt. Vor drei Tagen, als sie nach ihrer Nachmittagsruhe über den Hof kam, traf sie Martha, die von einem höchst befriedigenden Nachmittag bei der Frau des Dorfgastwirts zurückkehrte, der sie gezeigt hatte, wie man einen «Singin' Hinny» (einen «Singenden Maulesel») zubereitete. Nun, jedenfalls hatte Martha ihre zukünftige Schwiegertochter bei dieser Begegnung mit einem raschen und unwillkürlichen Kopfschütteln begrüßt.

«Was ist los?» fragte Nerine ungehalten.

«Na ja, Mädchen», sagte Martha, die auch so etwas durchstehen konnte, «es ist dieser Schalknoten. Der Anzug ist schnieke und das weiche Grau steht dir, aber der Ausschnitt mit diesem Knüddel in der Mitte – das putzt sich nich'. Wie wär's denn, wenn du ihn offen trägst, so'n büschen lässig...»

«Ja», sagte Nerine. «Das hat mich auch etwas gestört. Komm mit nach oben.»

Es folgten lange Sitzungen in Nerines Schlafzimmer, denn Pooley, die sonst auf jeden eifersüchtig war, fühlte sich zu Martha hingezogen. Gemeinsam brüteten sie über Modeheften, suchten Borten und Bänder aus und grübelten über dem genau richtigen Neigungswinkel eines Huts. Martha hatte einen absolut sicheren Geschmack, ihre Freundlichkeit war unerschöpflich, und sie scheute sich nicht, ihre Meinung zu sagen. Nerine, die in ihren neuen Sachen hin und her stolzierte, hörte sich interessiert alle Vorschläge an und dachte, wie einfach alles sein könnte, wenn Martha zum Personal gehörte.

Für Martha, die die Brüskierungen und Nadelstiche, denen sie in den Salons ausgesetzt war, mit sanfter Würde ertrug, waren diese Stunden in Nerines Boudoir schwer zu ertragen. Sie begriff auf ihre Weise, daß Nerines Gier und Egozentrik Eigenschaften waren, wie man sie auch bei Künstlern oder Komponisten fand, die alles und jeden für ihr Talent opfern. Nerines Talent war bloß ihre Schönheit. Und Martha erkannte auch Guys Verhängnis, weil diese Frau nichts Schlechtes oder Bösartiges an sich hatte, was Guy abgestoßen und befreit hätte.

«Ich gehe zu Schalk!» verkündete Raisa auf dem wie ein Mund geformten Bett, wo ihr jetzt nie mehr von einem kapitalistischen Fabrikbesitzer Gewalt angetan werden sollte. Aber ihre Stimme klang unglücklich, und eine Träne stahl sich aus den schwarzen Mandelaugen und kullerte über Raisas Wange.

Über Witzlers Opernkompanie war die endgültige Katastrophe hereingebrochen. Die Besitzer des Theaters hatten Jakob ein Ultimatum gestellt. Wegen seines angeschlagenen Rufs in der Geschäftswelt waren sie nur dann zu einer Verlängerung des Mietvertrags bereit – inklusive einer beträchtlichen Mieterhöhung, versteht sich –, wenn Herr Witzler eine Vorauszahlung für sechs Monate hinterlegen könnte. Andernfalls würden sie das Theater Herrn Kitzbichler anbieten, der schon seit längerem ein Komödienhaus suchte.

Tessa hatte darauf bestanden, die Vorauszahlung zu übernehmen, und dieser Scheck war vor drei Tagen zurückgekommen mit dem Vermerk, daß der Kredit Ihrer Hoheit bei der Bank von Österreich erschöpft war.

Dieser Umstand führte zu einer Flut von Katastrophen. Zwei schwarz gekleidete Herren erschienen in Witzlers Büro. Sie wiesen sich als die amtlichen Vertreter der Fürstin von Pfaffenstein aus und informierten Jakob, wenn er weiterhin versuche, Geld von Ihrer Hoheit zu erhalten, müsse er mit einer Anklage wegen Nötigung einer Minderjährigen rechnen. Jakobs Gläubiger traten an, und die Besitzer des Theaters schrieben, daß er das Haus am 21. Oktober zu räumen habe – dem Tag, an dem *Frikassee* Premiere haben sollte.

Nun hatte sich die Truppe auf der Bühne zu einem lebenden Bild der Hoffnungslosigkeit versammelt. Draußen warteten die Journalisten, um sich wie Piranhas auf die Theaterleute zu stürzen, aber drinnen war es dunkel und still. Das Telefon schwieg seit Tagen; die großen Bogenlampen, die für eine Beleuchtungsprobe bereitstanden, waren ausgeschaltet.

«Kopf hoch, Hoheit», sagte ein Bühnenarbeiter und drückte Tessa aufmunternd die Schulter. «Es ist nicht *Ihr* Fehler. Sie waren einmalig!»

«Das ist wahr», sagte die kleinste Heidi, die ihre eigenen Probleme vergaß, um ihre Freundin zu trösten. «Sie sind eine Heldin.»

Aber Tessa, die wie ein Häufchen Elend auf einem Gepäckwagen saß, war nicht zu trösten. Äußerlich wirkte sie ruhig, aber innerlich kochte sie vor Wut und Enttäuschung. Wenn sie doch nur volljährig, nur ein Jahr älter gewesen wäre, dann hätte sie die Rechtsanwälte zum Teufel geschickt. Es gab immer noch ein paar Sicherheiten, die sie hätte verkaufen können. Irgendwie wäre sie ausgekommen, bis *Frikassee* das Geld wieder eingespielt hätte. Aber so hatte sie gegenüber der Kunst versagt, sie hatte ihre Freunde im Stich gelassen und alle enttäuscht...

Jakob, den Magengeschwür und Schuldbewußtsein plagten, ging weiß wie die Wand zwischen den Bühnenaufbauten umher. Hin und wieder blieb er wie ein verprügelter Hund vor seiner kleinen Garderobiere stehen. Wahrscheinlich waren die Gerichtsvollzieher gerade in seiner Villa in Hietzing. Möglicherweise drohte ihm sogar das Gefängnis, aber er war solche Sachen gewöhnt, wogegen Tessa...

Es war ein niederschmetternder Schlag für alle. Raisa wußte genau, daß sie nicht zu Schalk gehen konnte, weil er genug eigene erstklassige Sopranistinnen hatte. Und Pino wurde auch nicht in der Mailänder Scala erwartet, womit er häufig geprahlt hatte. Die Bühnenarbeiter und Techniker, die ohnehin nur das Allernötigste zum Leben hatten, würden mit Sicherheit arbeitslos werden. Trotzdem hatten sie im Augenblick alle nur eines im Sinn: Sie wollten Tessa trösten.

«Wir werden Ihr Opfer nie vergessen!» erklärte die Rheintochter, die wußte, wovon sie sprach, denn ihre Perlen lagen unwiederbringlich im Pfandhaus in der Dorotheergasse.

«Komm, iß erst mal etwas», sagte Boris und reichte ihr die Hälfte seines mit Essiggurken belegten Brotes. «Ich habe dir immer gesagt, daß du nicht genug ißt.»

Bubi, der auf dem Boden neben Tessa saß, hob den Kopf. Er hatte sich Pinos Gepäckträgermütze aufgesetzt und spielte Trambahnschaffner. Tessas Scheckbuchabschnitte waren die Fahrkarten. Aber jetzt fand er, daß auch er seinen Beitrag leisten mußte.

«Tessa ist lieb», verkündete er. Dann überlegte er eine Weile. «Lieber als Vanillekipferl.»

Als Tessa Bubis Kompliment entsprechend beantworten wollte, ertönte plötzlich Raisas Stimme wie die Posaunen von Jericho.

«Wo ist Zoltan?»

«Ja, wo ist Klasky?» fragten alle.

Der Dirigent hatte das Theater gegen Mittag verlassen und versprochen, kurz danach wiederzukommen, aber seitdem waren Stunden vergangen.

«Vielleicht hat er sich ja erschossen», sagte Raisa nicht ohne eine gewisse Befriedigung.

«O mein Gott!» Jakob stürzte zum Telefon; dann fiel ihm ein, daß es abgestellt war. Es war nicht auszuschließen, daß sich Klasky etwas angetan hatte. Mit ansehen zu müssen, wie sein mühevoll geschaffenes Meisterwerk zunichte gemacht wurde, genügte, um ein empfindsames Genie aus dem Gleichgewicht zu werfen.

«Soll ich zu ihm nach Hause gehen?» fragte Tessa besorgt und rutschte von dem Gepäckwagen herunter. «Es würde nicht lang dauern.»

Aber in diesem Augenblick erschien Klasky aus der linken Kulisse. Sein wirres Haar und das erhitzte Gesicht ließen darauf schließen, daß der Komponist von *Frikassee* eine elementare und läuternde Erfahrung hinter sich hatte, aus der er hervorgegangen war, um eine große und edle Tat zu vollbringen.

Schweigend schaute die Truppe zu, wie er über den Bahnsteig kletterte, um das Stellwerk herumging, über einen Sandeimer stolperte und sich wieder fing.

Er steuerte auf Tessa zu. Als er schließlich vor ihr stand, sah sie ihn ruhig, aber auch leicht verwundert aus ihren braunen Augen an.

«Hier», sagte er. Es klang, als hätte dieses Wort einer ungeheuren Kraftanstrengung bedurft. «Das ist für Sie.»

Mit einer entschlossenen Geste drückte er Tessa eine kleine schwarze Schachtel in die Hand.

«Nein!» stieß Tessa leise hervor, aber sie war trotzdem bis in den letzten Winkel des Theaters zu hören. «Nein, bitte ... Das kann ich nicht annehmen.»

«Doch», entgegnete Klasky barsch. «Ich will, daß Sie es

nehmen. Ich möchte damit meine Dankbarkeit ausdrücken für das, was Sie zu tun versucht haben. Er gehört Ihnen.»

Nun versammelten sich alle um Tessa und Klasky, denn mit dieser Geste, die aus Klaskys innerstem Wesen kam, war Tessa etwas gesagt worden, was man besser nicht hätte sagen können.

Und so blickte Tessa an ihrem letzten Tag als Witzlers zweite Garderobiere auf einen kleinen, abgenützten und mehr als jedes Juwel des Abendlands geschätzten Gegenstand in ihrer zitternden Hand. Es war der Westenknopf von Ludwig van Beethoven.

Guy und seine Begleitung trafen an einem nebligen Nachmittag Mitte Oktober in Wien ein. Seine Arbeit in Genf war erfolgreich beendet. Erleichtert, dies alles hinter sich zu haben, stieg er aus dem Zug.

«Holen Sie rasch das Gepäck», befahl er David. «Soviel ich weiß, geht um drei Uhr ein Zug mit Anschluß nach Pfaffenstein. Sehen Sie auf dem Fahrplan nach. Ich besorge eine Zeitung.»

David war nach wenigen Minuten zurück. «Ich habe ein Erster-Klasse-Abteil reserviert. Die Koffer sind schon drin. Der Zug geht in zehn Minuten.»

Er erhielt keine Antwort. Guy las einen Artikel in der *Wiener Presse*. Sein Gesicht wurde immer finsterer. «Holen Sie das Gepäck aus dem Zug», sagte er, während er die Zeitung zusammenfaltete. «Bringen Sie es ins Sacher und warten Sie dort auf mich. Das gleiche gilt für Thisbe.»

«Ist irgendwas –» begann David, aber als Antwort bekam er nur die Zeitung in die Hand gedrückt, und David las:

WITZLERS THEATER SCHLIESST DIE PFORTEN
ADELIGE MÄZENATIN BANKROTT
MEINE OPER HÄTTE DIE WELT BEREICHERT, SAGT KLASKY

«O Gott!» dachte David. Er blickte auf, aber Guy war bereits in der Menge verschwunden.

Jakob saß in seinem Büro und räumte seinen Schreibtisch aus. Die Rheintochter warf schniefend alte Programmhefte und Erinnerungsstücke an frühere Glanzzeiten in den Papierkorb. Bubi saß in einem Nest aus alten Zeitungsausschnitten und spielte Maus.

Das Theater wirkte bereits nach so kurzer Zeit öde und verlassen. Draußen flatterten die Plakate mit dem quer darübergeklebten «Abgesagt» im Wind. Die roten Plüschsitze im Zuschauerraum waren mit Planen abgedeckt. Überall war es staubig und bitterkalt.

In diese düstere Umgebung platzte ein Energie und Kraft ausstrahlender Guy Farne und riß Jakob zu einem Freudenschrei hin. «Herr Farne! Ich grüße Sie! Kommen Sie herein! Einen Stuhl für Herrn Farne, Liebchen!» rief er und fegte einen Stapel Notenblätter von einem Hocker.

Seine ganze Niedergeschlagenheit und Hoffnungslosigkeit waren dahin. Farne hatte von ihrem Pech erfahren. Dieser große Musikliebhaber ertrug es nicht, daß Witzlers Opernkompanie unterging. Er war gekommen, um die sechs Monate Miete zu bezahlen. Er würde *Frikassee* finanzieren. Sie waren gerettet!

Die Illusion dauerte genau bis zu Farnes ersten Worten.

«Wenn Sie glauben, ich würde mich zu Ihnen setzen», sagte der Engländer und sah Jakob mit seinen beunruhigenden Augen an, «sind Sie ein noch größerer Narr als der, für den ich Sie bereits halte. Sie sollten in der Hölle braten für das, was Sie Tessa angetan haben.»

«Ich... Sie hat es freiwillig angeboten. Ich habe versucht, mich zu weigern, aber –»

«Wenn Sie sich ruinieren, ist das Ihre Sache, aber ein zwanzigjähriges Mädchen in den Bankrott zu treiben, steht auf einem anderen Blatt. Es wäre mir ein Vergnügen, Sie im Gefängnis zu sehen.»

Aber Jakob hatte sich schon wieder gefangen. «Herr Farne, eine minimale Summe könnte uns retten. Klaskys Oper ist ein Meisterwerk, und –»

«Klaskys Oper interessiert mich nicht im geringsten, und wenn Sie meinen, ich würde auch nur einen Finger krumm machen, um Ihnen zu helfen, nach dem, wie Sie sich benommen haben, irren Sie sich gewaltig.»

«Aber – warum sind Sie dann gekommen?»

«Ich suche Tessa. Wo ist sie?»

Jakobs Augen leuchteten auf. Wenn Farne an Tessa interessiert war, bestand doch noch Hoffnung. Und mehr als das! Wenn Farne Tessa heiratete, dann war Pfaffenstein, dieses verlorene Paradies, wieder in Reichweite. Aber nein… Das Datum für die Hochzeit des Engländers mit der Witwe stand ja bereits fest. Ein berühmtes Modehaus hatte in einem Interview das Brautkleid vorgestellt.

«Sie ist nicht im Theater», sagte er. «Sie kam heute morgen, um nachzusehen, ob sie noch etwas helfen könnte, aber dann wollte sie eine unserer Tänzerinnen besuchen, die Heidi Schlumberger, der es nicht gutgeht.»

«Wann kommt sie zurück?»

Jakob breitete die Hände aus. «Hier gibt es nichts mehr zu tun, Herr Farne», sagte er traurig. «Wir sind fertig.»

«Dann geben Sie mir ihre Adresse.»

«Friedhofgasse 15, 4. Stock. Es ist in der Nähe des Zentralfriedhofs.»

Und weil Jakob nichts mehr zu verlieren hatte, versuchte er es noch einmal. «Herr Farne, wir haben für Sie eine wundervolle *Zauberflöte* gespielt. Leihen Sie mir doch –»

Guy war bereits an der Tür, aber nun drehte er sich noch einmal um. «Wenn Sie es wagen, sich noch einmal an mich zu wenden – nach dem, was sie getan haben –, werfe ich Sie eigenhändig die Treppe hinunter. Und außerdem –»

Er wurde von lautem Wehgeschrei unterbrochen, das in ein herzzerreißendes Schluchzen überging.

Bubis friedliches Dasein als eine Maus namens Heinrich war durch die zornigen Stimmen von oberhalb des Schreibtischs zunehmend gestört worden. Es waren Stimmen von Leuten, die böse auf Papa waren und Mama zum Weinen brachten. Er wußte alles über solche Leute. Sie trugen dunkle Anzüge und runde Hüte und kamen ins Haus, um Sachen wegzunehmen. Sein zerzauster Lockenkopf kam unter dem Schreibtisch hervor.

«Gerichtsvollzieher!» rief er, und sein kleines Gesicht war von Kummer verzerrt. *«Gerichtsvollzieher!»*

Auch das noch! dachte Guy. Ein kleines Kind zu erschrecken war nicht seine Absicht gewesen. Er hob Bubi hoch und setzte ihn auf den Schreibtisch. «Ich bin kein Gerichtsvollzieher», sagte er. Um schneller wegzukommen, nahm er eine Abkürzung auf dem Weg zu einem getrösteten Kind. «Greif in meine Tasche», sagte er.

«In welche?»

«Egal.»

Bubis Patschhand verschwand und kam wieder zum Vorschein mit einem höchst wunderbaren Ding: einem goldenen Fisch mit glänzenden schwarzen Augen.

«Fisch?» sagte Bubi mit sehnsüchtigem Blick.

«Ja, ein Delphin. Drück auf den Schwanz.»

Bubi drückte, und aus dem Maul des Wunderwesens schnellte eine stählerne Zunge hervor.

«Gibst du ihn mir?»

«Ja», sagte Guy. Er überließ Bubi ohne das geringste Bedauern den Zigarrenstecher aus Gold und Onyx, den ihm der Präsident von Brasilien geschenkt hatte, und ging.

Er fand mühelos zur Friedhofgasse, aber der Anblick der Tanten erschreckte ihn. Sie sahen eingefallen und krank aus, völlig anders als die einst so selbstherrlichen Damen von Pfaffenstein. Und Tessa war nicht da.

«Sie ist vielleicht zu Frau Richter gegangen», sagte die Herzogin.

«Sie war ein bißchen aufgeregt», ergänzte die Markgräfin. «Nicht die Frau Richter», fügte sie hinzu, «die kann sich schon lang nicht mehr aufregen, sondern Tessa. Es hat wohl ein paar Probleme beim Theater gegeben. Sie ist ganz unverhofft heimgekommen und –»

Ein Blick von ihrer Schwägerin ließ die Markgräfin verstummen. Es war wirklich eine dumme Geschichte. Tessa kam mittags ohne Vorwarnung heim, als sie, die Markgräfin, mit hochgebundenem Rock den Boden im Badezimmer aufwischte und Augustine die Fenster putzte. Tessa war ziemlich unangenehm geworden und wollte wissen, was mit dem Dienstmädchen passiert war. Dann fing sie an, überall herumzuschnüffeln, wollte wissen, warum der Ofen nicht geheizt war und was sie mittags gegessen hatten. Und wenn es auch richtig war, daß das Hinknien auf den Boden schlecht für ihre Arthritis war, wäre es nicht nötig gewesen, daß die Butzi so viel Aufhebens davon machte.

«Wer ist Frau Richter?» fragte Guy.

«Das ist eine Dame, die unsere Butzi besonders ins Herz geschlossen hat. Aber sie liegt auf dem Friedhof», erklärte die Markgräfin und wies mit dem Kopf in die Richtung des großen Friedhofs, der sich vor ihren Fenstern erstreckte.

«Wir nehmen an, daß sie auf den Friedhof gegangen ist, weil sie Quin-Quin nicht mitgenommen hat», sagte die Herzogin und deutete auf den Mops, der noch leidender aussah als die Tanten und weder in Samt noch Brokat, sondern nur in eine Wolldecke gewickelt war.

Die Höflichkeit verlangte es, daß Guy mit den alten Damen ein wenig Konversation machte, von seiner Reise berichtete und von Pfaffenstein, soweit er auf dem laufenden war. So kam es, daß er erst eine Viertelstunde später den Friedhof betrat.

Er ging rasch. Grabsteine aus schwarzem Marmor und Granit, Urnen und trauernde Engel säumten seinen Weg. Obwohl er systematisch in alle Seitenpfade hineinschaute, Schuberts Grab und Beethovens Sarkophag passierte, entdeckte er zwischen all den Bäumen und dem moosigen Grün keine Tessa. Dann endlich, fast am Ende des großen Friedhofs, sah er die kleine wohlbekannte Gestalt auf einer Bank sitzen.

Während er auf sie zuging, bemerkte er, daß sein Herz schneller schlug. Es war ein dumpfes Gefühl, das ihn nicht einmal überraschte. Dann hörte sie das Knirschen seiner Schritte. Sie blickte auf und sah ihn, und plötzlich war sie wie verwandelt. Alles an ihr – die Augen, der Mund, die Schultern – drückte Freude aus. Sie stand auf und wartete, bis er bei ihr war.

Guy fühlte sich wie von einem Schlag getroffen. Ich darf sie nicht berühren, dachte er. Ich darf sie kein einziges Mal berühren, nicht eine Sekunde.

«Ich habe in der Zeitung gelesen, was passiert ist», sagte er. «Ist es wahr, daß Sie ruiniert sind? Daß das ganze Geld von Pfaffenstein dahin ist?»

«Nun, nicht ganz. Nicht *alles*... Ich bin eben noch nicht volljährig und deshalb hat man mir mit allem möglichen gedroht. Sie wissen ja, wie Anwälte sind. Sie wollen immer nur das Beste für einen.»

«Tessa, lassen Sie mich Ihnen helfen. Deshalb bin ich gekommen.»

Sie schüttelte den Kopf, und das Strahlen auf ihrem Gesicht erlosch fast völlig. Sie hatte gedacht, er sei frei und sei gekommen, um sie in die Arme zu schließen.

«Sie waren verrückt, so etwas zu tun», sagte er schroff.

«Sie haben es in Pfaffenstein auch getan.»

«Ich habe wesentlich mehr Geld als Sie. Und wenn ich Witzler fest engagiert hätte, hätte ich ihn an die Kandare genommen, das können Sie mir glauben. Wissen Sie, ich hatte daran gedacht, Pfaffenstein in Ihrem Sinn zu nutzen. Ich wollte, daß es der Musik dient. Ich konnte mir nicht vorstellen, daß Nerine und ich mehr als einen kleinen Teil des Schlosses bewohnen würden. Außerdem zwingt mich meine Arbeit, viel unterwegs zu sein. Aber als ich entdeckte, daß sich Nerine aus Musik nichts macht, gab ich diesen Plan natürlich auf.»

«Ja.» Tessa blickte auf etwas, das sie in der Hand hielt – ein goldgelbes Blatt von der Buche, unter der sie standen. «Als ich klein war», sagte sie, «habe ich immer versucht, die Blätter wieder an die Bäume zu stecken. Ich wollte nicht, daß sie abfallen und daß es Herbst wird.»

«Und jetzt?»

Sie zuckte die Achseln. «Sehen Sie sich hier um», sagte sie. «Dann sehen Sie, was die Menschen alles aushalten müssen.»

Sie führte ihn in einen Seitenweg zu einem schlichten, efeubewachsenen Grab und deutete auf die Inschrift:

In Memoriam
Berta Richter, gest. 1896 im Alter von 75 Jahren

und ihrer Kinder
Johanna Richter, gest. 1843 im Alter von einem Jahr
Gabriele Richter, gest. 1845 im Alter von 6 Monaten
Hermann Richter, gest. 1846 im Alter von einem Jahr
Brigitte Richter, gest. 1849 im Alter von 3 Monaten
Nikolaus Richter, gest. im Alter von 24 Jahren

und ihres Gatten
Johannes Richter, 1. Ungarisches Jäger Regiment
gefallen bei Königgrätz 1866

Der Herr sei ihnen gnädig

«Ja», sagte Guy, «da hätte der Herr ein bißchen eher gnädig sein sollen.»

«Wenn es mir nicht gutgeht, denke ich an Frau Richter, die einfach weitergelebt hat, nachdem alle diese Kinder gestorben waren. Sehen Sie, sie ist fünfundsiebzig Jahre alt geworden. Und wenn man an alle die Berta Richters hier denkt, dann spürt man ihren Mut, so als käme er aus der Erde herauf.» Sie wandte sich um und ging langsam zum Hauptweg zurück. «Wegen diesen Menschen komme ich hierher, wenn ich niedergeschlagen bin – nicht wegen Beethoven oder Schubert. Die berühmten Leute sind für die Zeiten, wenn das Leben schön ist.»

«Um Himmels willen, Tessa. So laß mich doch helfen. Es würde mich doch praktisch nichts kosten, dir deine Auslagen zu erstatten.»

Sie lächelte ihn dankbar an für das «Du», aber sie sagte: «Nein», und es klang endgültig. «Ich muß es selbst tun, Guy. Es ist nicht nur die verpfuschte Sache mit dem Theater – es sind auch die Tanten. Ich habe entdeckt, daß sie praktisch hungern, um ja nichts von dem Geld auszugeben, das ich ihnen überschrieben habe. Ich muß irgendwie eine Lösung finden.»

Sie fröstelte etwas in ihrer Baumwollbluse. Guy holte den Schal, den sie auf der Bank liegengelassen hatte, und es gelang ihm, ihr den Schal umzulegen, ohne daß seine Finger ihre Schultern berührten. Sie dankte ihm. Dann erkundigte sie sich wie beiläufig, wann die Hochzeit sein würde.

«Am 14. November.»

«Oh, so bald?» Sie blickte wieder auf das Blatt in ihrer Hand. «Ich habe die Lilie nicht vergessen», fuhr sie fort. «Ich werde mich darum kümmern, daß Nerine sie bekommt.»

«Das ist doch nicht nötig. Nerine hat genug Juwelen.»

«Nein. Die Lilie ist etwas Besonderes. Ich habe mir nie etwas aus Juwelen gemacht, aber dieses Stück ist so alt, so unglaublich alt. Ich kann es nicht richtig erklären, aber wenn man die Lilie ansieht, weiß man irgendwie, was alles dazu gehört, bis so etwas entsteht.»

Sie war selbst wie eine Lilie, dachte Guy – das helle Haar, der schlanke Nacken, die Eleganz ihrer Haltung und Gesten.

«Ist deine Pflegemutter schon in Pfaffenstein?»

«Ja.» Guy lächelte. «Sie machte begeistert Bekanntschaft mit den Pfaffensteinern. Rudi frißt ihr aus der Hand, und Großmutter Keller hat ihr beigebracht, wie man bei euch Socken strickt.»

«Oh, das freut mich!» Das elfenhafte Gesicht strahlte wieder. «Und Nerine wird natürlich –»

«Nerine geht nicht ins Dorf», sagte er dumpf. «Sie hat Angst, sich anzustecken.»

Tessa sah ihn erschrocken an. «Womit? Ist wieder Typhus ausgebrochen?»

«Nein, nichts in der Art. Ein paar Kinder hatten Masern, das ist alles.» Er schwieg eine Weile. «Nerine kann einem leid tun, Tessa», fuhr er leise fort.

«Nerine! Aber sie hat doch *alles*!»

Er schüttelte den Kopf. «Sie ist in ihre Schönheit verliebt, und diese Schönheit vergeht mit jeder Stunde. Ich habe gesehen, wie sie in den Spiegel blickt. Manchmal steht die nackte Angst in ihren Augen.»

«‹Es ist ein schrecklich Ding, zu lieben, was die Zeit berühren kann›», zitierte Tessa. «Wer hat das gesagt?»

«Ich weiß es nicht, aber es stimmt. Es wäre besser gewesen», fuhr Guy verbittert fort, «wenn ich mir drei Tage Zeit genommen hätte, um Nerine kennenzulernen, statt ihr ein Schloß zu kaufen. Ich war in die Vergangenheit verliebt, in meine wundervolle Treue. Aber Nerine trifft keine Schuld. Sie ist, was sie immer war – ein schönes, eigenwilliges Kind. Ich habe sie mir anders zurechtphantasiert. Und deshalb», schloß er resigniert, «kann ich sie jetzt nicht abweisen.»

Tessa senkte den Kopf. Solange sie geglaubt hatte, Guy sei vernarrt in Nerine, konnte sie hoffen, daß er vielleicht aufwachen würde. Aber er war bereits aufgewacht und wollte trotzdem sein Wort halten. Und damit war alle Hoffnung dahin.

Während sie dort beieinanderstanden, sehr nah, doch ohne sich zu berühren, kam vorsichtig ein rotes Eichhörnchen den Baum herunter. Es zuckte, als wollte es gleich wieder weglaufen, doch weil sich nichts regte, sprang es auf den Boden und setzte sich mit einer Buchecker zwischen den Pfoten ins Gras.

«Wie hieß das Wort, das du mir in Pfaffenstein erklärt hast?» fragte Guy leise. «Das Wort für einen Platz, wo es Erdbeeren gibt? *Smultronställe*? War es das?»

«Ja.»

Sie fragte nicht, warum ihm das gerade jetzt eingefallen war. Sie wußte, was er sagen wollte – daß dieser Platz jetzt eine *smultronställe* geworden war; daß jeder Ort, wo sie zusammen waren, ein solcher Ort sein würde.

«Guy, als ich in die Ahnengalerie in Pfaffenstein kam, damals, als die Tanten dir die Geschichte von der Lilie erzählten … da hat Nerine gefragt, wann du geboren wurdest, und du wolltest es nicht sagen. Du hast gesagt, du wüßtest es nicht. Aber es war im Juni, nicht wahr? Bist du ein Zwilling?»

«Ja.»

Sie seufzte wie ein Kind, dem man eine Strafe erlassen hatte. «Ich wußte es», sagte sie. «Ich glaube zwar nicht an Astrologie, weil es wahrscheinlich Unsinn ist, aber ich habe es trotzdem gewußt.»

Sie standen viel länger beisammen, als ihnen bewußt war. Nun wurde es dunkel, und die schmale Mondsichel stieg hinter den Bäumen empor. In ihrer Wiege leuchtete der Abendstern.

«Ich muß gehen», sagte Tessa. «Die Tanten werden sich Sorgen machen. Guy, ich weiß nicht, ob wir uns wiedersehen werden, aber …» Ihr versagte die Stimme, und sie versuchte es noch einmal. «Aber manchmal, wenn du allein bist und zum Himmel –» Sie brauchte noch einen dritten Anlauf, aber dann schaffte sie es. «Wenn ich nichts anderes für dich sein kann, Guy … Könnte ich dann vielleicht deine Sternenschwester sein? Könnte ich wenigstens das für dich sein?»

Guy grub seine Fingernägel in seine Handflächen. Alles in ihm sträubte sich gegen die romantische Idee. Er wollte sie nicht als Stern am Himmel, sondern hier und jetzt als lebendiges Wesen.

Doch er nahm sich zusammen. «Ja», sagte er. «Du kannst meine Sternenschwester sein. Wenigstens das kannst du sein.»

Er spürte eine leichte Berührung am Handgelenk und sah, daß sie ihm das Buchenblatt wie ein kostbares Geschenk in die Hand legte.

Dann ging sie mit leichten Schritten davon. Sie zog den Schal enger um die Schultern und verschwand wie Giselle im Abenddunst.

«Haben Sie sie gefunden, Sir?» fragte David, als Guy ins Sacher kam.

«Ja, aber sie wollte sich nicht helfen lassen. Gott weiß, was aus ihr werden wird. Es sei denn –» Aber das war mehr, als er ertragen konnte. Er wandte sich ab. Kurz darauf drehte er sich noch einmal um und sah David scharf an. «Daran habe ich nie gedacht, David», sagte er langsam. «Sind Sie …?»

David errötete. Aber er antwortete geradeheraus und mit erhobenem Kopf.

«Nein, Sir. Ich hätte sie nicht einmal gefragt. Sie hatte immer nur Augen für Sie.»

18

Am nächsten Abend traf Guy in Pfaffenstein ein. Er verzichtete darauf, sich von den Dienern anmelden zu lassen, und fand Nerine in Gesellschaft ihrer Verwandten beim Abendessen im spanischen Eßzimmer.

Obwohl es nur eine kleine Runde war, wurde stilvoll diniert. Das Licht der in zwei Reihen aufgestellten Kandelaber erhellte den Raum. Ein großer silberner Tafelaufsatz, der zwei kämpfende Reiter darstellte, zierte die Mitte des aufwendig gedeckten Tischs.

«Guy, Liebster! Wir haben dich nicht erwartet!» Nerine war ganz in Weiß gekleidet. Diamantenbesetzte Kämme steckten in ihrem Haar, und eine Locke umschmeichelte ihren Hals, was Guy immer bezaubert hatte.

«Darf ich dir meine Familie vorstellen? Dies ist» – Nerines Stimme nahm einen ehrfürchtigen Tonfall an – «meine Tante Dorothy. Mutter kennst du natürlich, und hier sind Onkel Victor, Onkel Edgar, mein Cousin Clarence ...»

Die Männer erhoben sich halb, die Damen neigten die Köpfe. Guy verneigte sich formvollendet und reichte jedem die Hand.

Seine zukünftigen Verwandten beeindruckten ihn auf erschreckende Weise, denn hier und da auf den stumpfen Gesichtern sah er eine Linie um den Mund, eine Wölbung der Brauen, die unmißverständlich die Verwandtschaft mit Nerine bezeugten. Trostsuchend sah er sich um und fragte: «Wo ist Martha?»

Alle schwiegen. Nerine wich seinem Blick aus und spielte nervös mit ihrem Serviettenring.

«Ist sie krank?» fragte Guy in schärferem Ton. «Ist etwas passiert? Hatte sie einen Unfall?»

«Nein, nichts dergleichen. Guy, du mußt halb verhungert sein.»

Sie winkte einem Diener. «Hans, bitte noch ein Gedeck.»

Doch Nerines Ablenkungsmanöver brachte nicht den gewünschten Erfolg. «Ich habe dich etwas gefragt, Nerine. Würdest du mir bitte antworten. Wo ist Martha?»

Es war Tante Dorothy, die ihm antwortete, nachdem sie ihrer aufgeregten Nichte einen vorwurfsvollen Blick zugeworfen hatte.

«Mrs. Hodge speist in einem anderen Raum. Man hatte allgemein das Gefühl, daß ihr das lieber ist.»

«Wo?» fragte Guy sehr ruhig.

Er hatte sich nicht bewegt. Seine Hände lagen nach wie vor locker auf einer Stuhllehne. Trotzdem wichen beide Diener in den Schutz der Anrichte zurück, und Onkel Victor blickte über die Schulter zur Tür.

«Dort, wo es sie aufgrund ihrer Stellung in der Gesellschaft natürlicherweise hinzieht», sagte Tante Dorothy, «und wo sie sich am wohlsten fühlt.»

«Und wo ist das?» Guys Stimme klang immer noch beherrscht.

«In der Küche, Guy.» Nerine sah ihn flehend an. «Sie hat sich so mit dem Personal angefreundet, und – Guy! O Guy, was tust du? Nicht!»

Guy hatte sich vorgebeugt und den großen silbernen Tafelaufsatz mit den sich bäumenden Pferden an den Griffen gepackt. Dann hob er ihn hoch und hielt ihn – zum größten Erstaunen der Diener – ein paar Sekunden lang über seinen Kopf, bevor er ihn mit voller Wucht gegen das Fenster schleuderte.

«Ich dachte mir, es wäre dir lieber, wenn ich mich nicht an dir vergreife», sagte er überaus freundlich zu Nerine.

Und ohne einen Blick an die aufschreienden Damen oder das geborstene Fenster zu verschwenden, verließ er den Raum.

Wenige Minuten später betrat er die Küche. Das Bild, das sich ihm hier bot, war alles andere als erschreckend. In der Mitte der großen Küche stand ein langer, blankgescheuerter Holztisch. Schinken und Würste hingen von den Balken, Kupferpfannen glänzten im Licht des offenen Feuers, und ein köstlicher Geruch von Zwiebeln, frischem Brot und Schweinsbraten hing in der Luft. Am Tisch saßen fröhlich schmausende Männer mit weißen Mützen und apfelbackige Mädchen in weißen Schürzen, und es wurde gescherzt und gelacht. Und dort, wo ganz offensichtlich der Ehrenplatz war, zwischen dem Küchenchef Rudi und dem alten Otto, der für den Weinkeller zuständig war, saß Martha Hodge.

«Aufstehen!» brüllte Guy.

Doch dieser Befehl war überflüssig, denn beim ersten Anblick des englischen Herrn hatten sich sofort alle erhoben.

«Du nicht, Martha», sagte Guy leise. «Du brauchst nicht aufzustehen.»

Aber sie stand bereits, und als sie sich ihm zuwandte, sah er Schmerz und Kummer in ihren sanften Augen.

«Ich will den Haushofmeister sehen.»

«Jawohl, gnädiger Herr.» Rudi eilte durch die gewölbte Tür und erschien kurz darauf mit dem ranghöchsten Hausdiener.

«Zu Ihren Diensten, Herr Farne», sagte der alte Mann und verneigte sich.

«Wer hat angeordnet, daß Frau Hodge mit den Dienstboten essen soll?» fragte Guy, und als der Mann zögerte: «Ich habe Ihnen eine einfache Frage gestellt. Bitte, antworten Sie.»

«Die Anordnung kam von Frau Hurlingham, gnädiger Herr. Sie ist mit der anderen Dame, ihrer Tante, zu mir gekommen, aber Frau Hurlingham hat die Anweisung gegeben.»

«Danke. Sie können gehen.»

Wie erstarrt wartete die Dienerschaft auf weitere Explosionen. Aber jetzt lächelte Guy fröhlich und sagte an den Küchenchef gewandt: «Sie werden ein bißchen rücken müssen, Rudi. Ich werde heute hier essen.» Er trat an den Tisch, hob den Deckel der Suppenterrine an und schnupperte. «Hm, Erbsensuppe!» sagte er anerkennend. Dann setzte er sich gemütlich neben Martha. Ein Küchenmädchen brachte ihm einen Teller und einen Löffel. Guy schöpfte sich eine ordentliche Portion auf den Teller und ließ es sich schmecken.

In jener Nacht schlief Guy nur wenig, denn es waren einige Entscheidungen zu treffen. Bis jetzt hatte seine Ritterlichkeit Nerine gegolten, weil er sich verpflichtet fühlte, sie vor den Folgen seiner Desillusionierung zu schützen. Doch nun mußte er Martha vor Nerine schützen.

Aufgrund seines Temperaments konnte er nicht begreifen, daß die bescheidene Martha durch Nerine nicht zu verletzen war und daß ihr die Verbannung in die Küche gar nichts ausmachte. Er hatte nur ihre traurigen Augen gesehen, aber nicht erkannt, daß sie um ihn litt, weil er unglücklich war. Und deshalb beschloß er zu handeln.

Aber wie?

Draußen rief eine Eule, eine Uhr schlug zwei, und er saß immer noch grübelnd in einem schweren, geschnitzten Sessel. Immer wieder verscheuchte er ärgerlich einen Gedanken, schnippte ihn weg wie ein Aschestäubchen seiner Zigarre – aber das Bild von Witzlers kleinem Jungen, der mit tränenverschmiertem Gesicht unter dem Schreibtisch seines Vaters hervorgekrochen war, ging ihm nicht aus dem Sinn.

Was zum Teufel? dachte Guy, der sich noch weniger als die meisten Männer aus plärrenden Kindern machte. Doch dann richtete er sich plötzlich auf. Natürlich! Er nahm Notizblock und Bleistift zur Hand und kritzelte einige Zeilen. Zehn Minuten später lag er im Bett und schlief.

Um halb sieben weckte er David.

«Fahren Sie nach Wien zu Witzler», befahl er. «Sagen Sie ihm, ich möchte ihn morgen nachmittag um drei Uhr mit seinen sämtlichen Bühnenarbeitern und Technikern im Theater sehen. Nicht die Sänger. Lassen Sie zu keinem etwas verlauten und warten Sie dort auf mich.»

Nerine graute davor, Guy beim Frühstück zu begegnen, aber er war freundlich und höflich und erwähnte die Ereignisse vom Vorabend mit keinem Wort. Merkwürdigerweise war sie nach seinem Temperamentsausbruch entschlossener denn je, ihn zu heiraten, denn sie fand, daß ihr der naturburschenhafte Wesenszug, den er an den Tag gelegt hatte, gefiel. Es war ihr immer unbegreiflich gewesen, daß die Männer ihre Schönheit bewunderten und dann nichts anderes im Sinn hatten, als sie durch den «Akt», der einer Hochzeit unvermeidlich folgte, zu ruinieren. Sie hatte stets versucht, ihn so gelassen wie möglich über sich ergehen zu lassen; trotzdem sah sie danach immer zerzaust und unvorteilhaft aus. Aber wenn dieser Akt in einer Ehe schon sein mußte – und sie hatte lange genug gelebt, um darüber nicht mehr im Zweifel zu sein –, dann doch lieber mit jemand wie dem dunkelhaarigen, kräftigen Guy als mit dem armen Frith, dessen sommersprossige Knie und schütteres rötliches Haar den Gedanken an «all das» besonders unangenehm machten.

Sie entschuldigte sich und versprach, für Martha wieder im Eßzimmer decken zu lassen – eine Sache, die ihr um so leichter fiel, als Guys Pflegemutter klar zu verstehen gegeben hatte, daß sie sofort nach der Hochzeit nach Newcastle zurückkehren und dort bleiben wollte.

«Das ist schon in Ordnung, Nerine.» Obwohl Guy offensichtlich bereit war, ihr zu vergeben, wirkte er geistesabwesend und sogar besorgt. «Hör zu, meine Liebe. Ich habe heute morgen schlechte Nachrichten erhalten. Anscheinend gibt es Probleme mit einigen Investitionen, die ich getätigt habe.»

Nerine wurde blaß. «Guy! Doch hoffentlich nichts Ernstes!»

«Nein, nein. Keine Sorge. Ich fürchte nur, daß ich für einige Tage verreisen muß, um mich um die Sache zu kümmern.

Mach du hier mit den Hochzeitsvorbereitungen weiter. Und hör nicht auf die Gerüchte. Hab Vertrauen, ja?»

Mit diesen beruhigenden Worten verließ er sie. Was er zu Martha sagte, bevor er ging, erfuhr Nerine nicht. Sicherlich forderte er Martha nicht auf, ihm zu vertrauen, denn daß sie das tat, wußte er seit seinem sechsten Lebensjahr.

Zur Mittagszeit war er bereits fort. Er war mit Morgan gefahren und hatte nur Thisbe zurückgelassen, die sich in Pfaffenstein um alles kümmern sollte. Und dann ließ er mehrere Tage nichts von sich hören.

«Was ist *das* denn?» fragte Tante Tilda entsetzt.

Tessa sah sie gekränkt an. «Das ist mein Hochzeitskleid.»

Die Tanten wechselten gequälte Blicke.

«Theresa, du gehst zu deiner Hochzeit, nicht zu einer Beerdigung», sagte Tante Augustine, die mit dem Rücken vor dem beschlagenen Fenster von Spittaus Prunkschlafzimmer stand. Hinter ihr wogte die graue See. «Wo hast du dieses Kleid nur her?»

«Aus dem Fundus.» Tessas kleiner, mit einem Schleier garnierter Kopf tauchte aus den Tiefen eines riesigen und leicht staubigen Gewandes auf und saß wie ein Schneeflockenhäubchen auf einem Iglu. «Herr Witzler sagte, ich könnte nehmen, was ich wollte. Es ist aus *Lucia di Lammermoor* und nicht mit Blut befleckt. Blutbefleckt ist nur das Nachthemd. Ihr wißt doch, sie wird erst nach der Hochzeit wahnsinnig, und erst dann ermordet sie Arturo.»

Obwohl die Tanten vermutlich für diese Erklärung dankbar waren, drückten ihre Gesichter Verzweiflung aus. Und von der Zimmerdecke fiel ein weiterer Wassertropfen in die unter dem Leck aufgestellte Meißener Suppenterrine. Maxis Schadensersatz war zwar genehmigt, aber noch nicht ausgezahlt worden, und obwohl Spittau bald trocken und warm sein würde, gestalteten die herbstlichen Regenfälle das Leben im Schloß etwas schwierig.

«Ich habe mir nicht wegen der Blutflecken Sorgen gemacht», sagte Tante Augustine, «sondern wegen der Größe dieses Kleides.»

«Ich werde es kürzer machen», sagte Tessa beruhigend.

«Und enger. Schätzungsweise um drei Meter», ergänzte Tante Tilda ungewöhnlich bissig.

«Tessa, bitte, laß uns ein anständiges Kleid kaufen. Es ist ja noch Zeit.»

Aber jetzt bekamen die sparsamen Tanten Tessas Rache zu spüren.

«Nein», sagte sie. «Es ist schlimm genug, daß ich ohne Mitgift zu Maxi komme. Ich will nicht noch mehr Geld ausgeben. Ich sage euch, es wird sehr schön aussehen.» Sie raffte einen Volant des voluminösen Gewandes, wobei ihr der Verlobungsring mit dem Spittau-Rubin, der 1343 aus der Krone von Horsa dem Roten genommen worden war, vom Finger glitt.

Ohne sich zu bücken fing ihn Tante Augustine mit der Spitze ihres Gehstocks auf. Sie beherrschte das kleine Kunststück perfekt, nachdem sie in den acht Tagen seit Tessas Verlobung reichlich Gelegenheit hatte, es zu üben.

«Und Heidi wird ganz besonders hübsch aussehen. Ihre Mutter hat ihr das hübscheste Brautjungfernkleid genäht. Sie wird gleich hier sein, um mir das Kleid abzustecken. Ich werde sie bitten, euch ihr Brautjungfernkleid zu zeigen.»

Die Nachricht, daß Maxi der glücklichste Mann der Welt werden sollte, erreichte ihn brieflich in der letzten Oktoberwoche. Tessa teilte ihm ohne Umschweife mit, sofern er noch wollte, würde sie ihn jetzt heiraten, in aller Stille und mit so wenig Verwandtschaft wie möglich. Wenn er, wie er gesagt hatte, Pater Rinaldo bitten wolle, die Trauung zu vollziehen, wäre sie sehr dankbar; er sei so verständnisvoll und umgänglich. Und sie würde Heidi Schlumberger als Brautjunger mitbringen.

«Eine bürgerliche Tänzerin als Brautjungfer!» rief die Schwanenprinzessin entsetzt, als Maxi ihr den Brief vorlas.

«Ja, ich muß sagen, das ist ein bißchen stark.» Hierin stimmte Maxi ausnahmsweise mit seiner Mutter überein.

Aber Tessa zeigte sich unnachgiebig, als er sie deswegen anrief. Wenn er und seine Mutter zu vornehm wären, um Heidi willkommen zu heißen, gäbe es keine Hochzeit.

Als Heidi von ihrer ehrenvollen Aufgabe erfuhr, war ihre Verzweiflung ungleich größer als die von Maxi und dessen Mutter.

«Nein, bitte, Tessa – nicht ich!» rief sie. «Ich weiß doch nicht, wie man sich unter all den feinen Leuten benimmt. Es wird doch jemand anders geben, den du bitten kannst, Brautjungfer zu sein.»

«Aber ich will dich, Heidi. Ich will jemand, der mir vertraut ist – jemand, der mich an die schöne Zeit hier in Wien erinnert, wo ich so glücklich war.»

Sie hatten in den Garderoben des verlassenen, eiskalten Theaters nach Kleidern gestöbert, die Tessa als Brautausstattung dienen könnten.

«Aber du wirst doch jetzt auch glücklich sein», sagte Heidi. «Ich meine, du liebst den Fürsten doch, oder?»

«Ja, natürlich. Ich denke nur, es ist vielleicht das beste, nicht zu sehr verliebt zu sein, wenn man heiratet», antwortete Tessa. «Ich meine, stell dir vor, wie schrecklich es wäre, mit anzusehen, wie alles irgendwie fad und immer weniger wird.»

«Ja, vielleicht.» Die kleinste Heidi wirkte nicht überzeugt. «Es wird bestimmt alles gut, Tessa. Ganz bestimmt!»

«Aber nur, wenn du mitkommst», sagte Tessa. «Ich will, daß du mit mir nach Spittau fährst und bis zur Hochzeit bleibst. Die Landluft wird dir guttun.»

Daß sich Heidi dem eisernen Willen der Fürstin von Pfaffenstein beugen mußte, war unvermeidlich, aber in einer Sache blieb sie standhaft. Sie würde als Brautjungfer auf keinen Fall, wie Tessa vorgeschlagen hatte, eines der Sylphidenkostüme tragen – nicht nur, weil es ihr nicht mehr paßte, sondern auch, weil sie anständig angezogen sein wollte, wenn sie schon zu dieser Hochzeit gehen mußte. Also war sie geschwind zu ihrer Mutter nach Simmering gefahren, die eine gelernte Schneiderin war, und einen Tag später mit einem reizenden und keuschen dreiviertellangen Kleid zurückgekommen.

Tessas Entscheidung, Maxi zu heiraten, stand an dem Morgen fest, der auf den Abschied von Guy auf dem Friedhof folgte. Wenn sie Maxi heiratete, würde sie die Tanten von der Wiener Stadtwohnung erlösen, denn sie würden natürlich bei ihr in Spittau leben. Spittau war zwar nicht das geliebte Pfaffenstein, aber es war auf dem Land und eine ihnen vertraute Umgebung. Es würde Personal geben und genug zu essen, ohne daß man in einem Laden anstehen mußte. Und sie könnte damit nicht nur den Tanten helfen, sondern auch der Heidi, die so blaß aussah. Und Bubi könnte kommen. O ja, die Vorteile einer Ehe mit Maxi waren zahlreich. Sie würde nicht nur Wasserspaniels züchten, sondern auch Komondore, die lustigen wolligen Hirtenhunde aus der Pußta. Und wenn noch etwas fehlte, um sie von der Klugheit ihres Entschlusses zu überzeugen, so beseitigte ein Blick auf den Eisenbahnfahrplan die letzten Zweifel, denn eine Kanne Milch konnte mit dem Zug um sechs Uhr fünf ab Spittau mittags in Wien bei Boris und Der Mutter sein.

Als Tessa ihre Entscheidung getroffen hatte, wurde sie sofort glücklich. Alle wußten, daß sie glücklich war, weil sie es sagte. Gewiß, ein paar äußerliche und traditionelle Glücksmerkmale waren nicht ganz zu erreichen. Weil es ihr schwerfiel, etwas zu schlucken, das größer war als eine Erbse, fehlte ihr das pausbackige, rosige Aussehen üblicher Bräute, und die Nächte verliehen ihren großen Augen einen hohlen Blick, den ein zufälliger Beobachter vielleicht nicht sofort als voreheliches Glück gedeutet hätte.

Trotzdem ging sie daran, ihren Entschluß so rasch und mit so viel Energie in die Tat umzusetzen, daß sie bereits eine Woche nach ihrem Brief an Maxi mit den Tanten, ihrer Brautjungfer und dem Mops in einer Reisetasche in Spittau eintraf.

Heidi, die eine schwierige Fahrt hinter sich hatte, die sie abwechselnd auf der Toilette und auf dem Boden des Abteils auf der Suche nach Tessas Verlobungsring verbrachte, war tief beeindruckt, als sie das Wasserschloß zum erstenmal sah.

«Oh», hauchte sie. «Wie wunderschön! Und so melancholisch!» Es war zweifellos das höchste Lob, das sie zu vergeben hatte.

In der gewölbten Eingangshalle von Spittau standen die Diener ihrem Rang entsprechend aufgereiht, um die neue Herrin zu begrüßen. Aber das schmerzliche Bedauern, das Tessa überkam, als sie sich wieder mit all dem Pomp und Protokoll konfrontiert sah, war schnell unterdrückt. Sie lächelte strahlend, hielt die kleine Ansprache, die man von ihr erwartete, und schritt die Treppe hinauf, gefolgt von allgemein zufriedenen Blicken.

In den folgenden Tagen war Tessa sehr beschäftigt. Sie besuchte die Pächter, von denen sie viele noch aus Kindertagen kannte, hörte sich ihre Sorgen an und beschloß, daß zumindest ein Teil von Maxis Entschädigung ihnen zugute kommen sollte. Sie ruderte zu einer benachbarten Bucht hinüber, um sich bei einem pensionierten Dragonerhauptmann einen jungen Komondor zu sichern, sobald der Welpe entwöhnt war. Und sie verbrachte viele Stunden in den Zwingern und ließ neben den neuen Pointerwelpen aufgeblasene Papiertüten knallen, damit sie später nicht schußscheu sein würden. Insofern lief alles großartig, und daß Maxi sie jetzt auf den Mund statt auf die Wange küßte, wenn er gute Nacht sagte, war völlig normal. Sie würde sich daran gewöhnen und es genießen.

Maxi war in jeder Hinsicht liebenswürdig und aufmerksam. Das einzige, was sie an ihm auszusetzen hatte, war, wie er Heidi behandelte.

«Warum kannst du nicht nett zu ihr sein, Maxi?» fragte Tessa. «In Wien warst du nicht so eingebildet. Du warst froh, wenn sie mit dir zum Essen oder ins Kino gegangen ist, weil ich keine Zeit hatte, aber hier sprichst du kaum ein Wort mit ihr. Du weißt, daß ich so etwas nicht mag. Und dabei ist sie so süß.»

«Ja, sie ist süß, das weiß ich auch. Aber sie geht mir genauso aus dem Weg. Hör zu, Butzi, laß mich einfach in Ruh' damit», sagte Maxi, der es wirklich nicht leicht hatte.

Zwei Tage, nachdem Tessa ihren Tanten einen Blick auf das Brautkleid gewährt hatte, trafen die ersten Gäste für die Hochzeitsfeier ein. Der Geiz der Schwanenprinzessin, gepaart mit Tessas Wunsch nach einer kleinen und baldigen Hochzeit, sorgte dafür, daß sich die Zahl der Gäste auf ein Minimun beschränkte.

Waltraut kam und war beleidigt, weil man sie nicht gebeten hatte, Brautjungfer zu sein. Die Erzherzogin Friederica kam und war beleidigt, weil Tante Augustine «ihr» Zimmer hatte. Monteforelli kam und grantelte wegen der Feuchtigkeit. Und Pater Rinaldo sah die Braut aus zusammengekniffenen Augen an, fuhr mit den Fingern durch ihre zipfligen Ponyfransen – und hielt den Mund.

Knapp eine Woche vor der Hochzeitsfeier hörte Tessa ein dumpfes Geräusch, als sie an Heidis Schlafzimmer vorüberkam.

Sie klopfte an, trat ein und fand die kleine Heidi zusammengerollt auf dem Himmelbett liegen. Ihre blonden Locken waren feucht, und die Tränen liefen ihr über das Gesicht.

«Heidi! Was ist los?» fragte Tessa besorgt. «Was hast du?»

Die Antwort war ein tieftrauriges Kopfschütteln.

«Du fühlst dich immer noch nicht besser, nicht wahr? Du hast wieder das Mittagessen geschwänzt. Heidi, bitte, laß mich den Doktor holen. Das geht jetzt schon zu lange so mit dir.»

«Nein!» Heidi richtete sich auf und sah Tessa entsetzt an. «Tessa, ich will auf keinen Fall einen Doktor. Mit mir ist alles in Ordnung. Es sind nur die ersten Monate. Mir wird's bald wieder bessergehen. Bei meiner Schwester war es genauso.» In ihrer Angst, daß ein Arzt aus Spittau kommen könnte, plapperte Heidi einfach drauflos.

«O mein Gott! Wie konnte ich nur so blind sein!» Entsetzt über ihre eigene Dummheit, ließ Tessa die Hand ihrer Freundin los. «O Heidi, warum hast du es mir nicht gleich gesagt? Du weißt, ich hätte dir geholfen.»

«Da gibt es nichts zu helfen. Es ist alles vollkommen in Ordnung. Meine Mutter ist sehr lieb. Sie wird mich nicht aus dem Haus jagen.»

«Aber, Heidi, was ist mit dem Vater? Ich meine, weiß er es denn? Er wird doch bestimmt helfen wollen. Oder dich heiraten? Oder ist er schon verheiratet?»

«Nein.» Heidi wandte sich ab und vergrub das Gesicht im Kopfkissen, damit Tessa nicht sah, wie sie errötete. Aber Tessa hatte es doch gesehen.

«Weißt du, Heidi, ich glaube wirklich, daß bei mir etwas nicht stimmt», sagte Tessa nachdenklich. «Vielleicht hängt es damit zusammen, daß unsereins so komisch erzogen wurde. Ich habe mich dauernd gewundert, warum Maxi dir aus dem Weg geht. Und er weiß wirklich nichts von dem Baby?»

«Nein. Und er darf es auch nicht wissen. Niemals! Versprich es mir. Bitte! Es wird alles gut werden. Nach der Hochzeit gehe ich fort, und ihr werdet mich nie wiedersehen.»

«Jaja, die Hochzeit.» Tessa saß immer noch auf dem Bett und streichelte Heidis zerzauste Locken. Aber etwas in ihrer Stimme veranlaßte Heidi, den Kopf zu heben. Tessa lächelte, und ihre Augen blickten so heiter wie schon lange nicht mehr.

«Oh, du liebst ihn wirklich! Ich habe gedacht, du würdest ihn nicht richtig liebhaben, aber jetzt sehe ich es dir an. Du freust dich richtig auf die Hochzeit, nicht wahr?» sagte Heidi und drückte Tessas Hand. Wenn Tessa glücklich war, konnte die kleine Heidi alles ertragen.

Tessa beugte sich vor und küßte ihre Freundin auf die heiße Wange. «Ja», sagte sie fröhlich. «Ich freue mich sehr auf die Hochzeit.»

Nach Guys Abreise ging das Leben in Pfaffenstein zwei Tage lang weiter wie gewohnt. Pakete mit Hochzeitsgeschenken trafen ein, erlesene Mahlzeiten wurden serviert, jeder erdenkliche Komfort wurde geboten. Am dritten Tag wurden unerklärlicherweise die Diener abgezogen, ebenso der Pförtner und die Hausmädchen.

Eine abgehetzte Thisbe Purse versuchte der Verlobten ihres Chefs die neue Lage zu erklären. «Diese Maßnahmen wurden von Mr. Farne angeordnet, Mrs. Hurlingham. Es tut mir sehr leid. Nur das Stammpersonal soll bleiben. Natürlich werden die Mahlzeiten weiterhin serviert, aber das Personal soll nur stundenweise in den oberen Räumen arbeiten. Ich fürchte, es hat Probleme gegeben. Wir müssen einfach Ruhe bewahren.»

Am nächsten Tag hielten drei Möbelwagen im Schloßhof, und Männer in braunen Arbeitsanzügen, mit runden schwarzen Hüten auf dem Kopf und einem Bleistift hinter dem Ohr, kamen, ohne zu fragen, ins Schloß. Sie deuteten auf Vasen, hoben silberne Leuchter hoch und platzten in den blauen Salon, wo Nerine mit ihrer Familie saß.

«Guten Morgen, verehrte Damen und Herren. Entschuldigen Sie die Störung, aber wir sind angewiesen, das Inventar dieses Hauses mitzunehmen.»

Der Mann, der dies sagte, war eindeutig der Chef des Unternehmens – ein großer Bursche mit gelblicher Hautfarbe und einem theatralisch gezwirbelten Schnurrbart.

«Sind Sie wahnsinnig? Was soll das heißen? Wie können Sie es wagen, hier einzudringen?» Nerine war aufgestanden und trat ihm empört entgegen, während die Crofts, die kaum Deutsch verstanden, aufgeregt riefen: «Was soll das? Was ist passiert?»

«Wir tun nur unsere Pflicht, gnädige Frau. Herr Farne muß seine Schulden zahlen. Hier ist unsere Vollmacht.» Er hielt Nerine ein mit viel rotem Siegellack versehenes Papier vor die Nase. «Ihr drei fangt hier oben an», sagte er zu seinen Untergebenen, «die anderen zwei in der Eingangshalle. Die Marmorstatuen sind leider festes Inventar, aber alles andere nehmen wir mit. Stephan, Georg, Isidor, ihr bleibt bei mir.»

«Nein! Nein! Nein!» Nerine war kreidebleich geworden. «Ich glaub es nicht!»

Doch ungeachtet der Verzweiflung Nerines machten sich die Männer an die Arbeit. Stricke wurden aus den Möbelwagen geholt, Holzwolle und Kisten. Mit unglaublicher Schnelligkeit und mit der Miene von Leuten, die ihre Arbeit gewohnt waren, nahmen sie die Bilder von den Wänden, trugen Sessel, Tische, Uhren hinaus und begannen, den Aubussonteppich aufzurollen.

«Ich habe es dir gesagt!» rief Mrs. Croft, als das Sofa, auf dem sie gesessen hatte, hinter ihr verschwand. «Es war nicht nur ein alter Jutesack, es war auch noch *Newcastle upon Tyne!*»

Nur Martha blieb gelassen. «Aye, Mädchen, du mußt dich nicht so aufregen», sagte sie mit ihrer ruhigen Stimme. «Auch wenn Guy ein bißchen in Schwierigkeiten steckt – er kommt wieder raus. Du hältst zu ihm, und dann wird alles gut. Wirst schon sehen.»

Nerine starrte Martha wütend an. «Verstehen Sie nicht, daß ich das nicht kann? Ich *kann* einfach nicht arm sein – ich *darf* es nicht.» Sie schlug die Hände vor das Gesicht. «O Gott, was soll ich tun?»

Nur einer von den Mitarbeitern des Gerichtsvollziehers schien ein gewisses Mitleid mit der schönen Witwe zu haben – ein kleiner dicklicher Mann, dessen langer blonder Bart und blondes Haar einen eigenartigen Kontrast zu seinen schwarzen, seelenvollen Augen bildeten. «Sie sollten auf Ihr persönliches Eigentum achten, gnädige Frau», flüsterte er, als er mit einem Armvoll Petitpointkissen an ihr vorüberging. «Schmuck und dergleichen. Wenn eine Verlobung besteht, sind Ihre Sachen nach österreichischem Gesetz ebenfalls pfändbar.»

«O mein Gott!» Nerine war völlig außer sich. Ihre Juwelen!

Die Diamanten, die Guy ihr geschenkt hatte, die Perlen, die Pelze!

«Entschuldigung!» Einer der Möbelpacker schob sich an ihr vorbei und nahm den ersten Spiegel von der Wand, dann den zweiten, den dritten…

«Nein! Nicht die Spiegel. *Nicht die Spiegel!*» schrie Nerine völlig hysterisch.

Dann machte sie kehrt und lief aus dem Zimmer.

19

Tessa hatte das Abteil für sich allein, und als der Zug in Spittau abfuhr, zog sie aus der Tasche ihres Lodenmantels das alte Lederetui, um seinen Inhalt noch einmal zu betrachten.

Ja, sie hatte recht gehabt mit dem, was sie zu Guy gesagt hatte. Die Lilie von Pfaffenstein war mit keinem anderen Schmuckstück zu vergleichen. Das gehämmerte Silber war dunkel, beinahe stumpf, so tief waren die Spuren, die die Zeit hinterlassen hatte; trotzdem wirkten die schön gearbeiteten Blütenblätter und der elegant geschwungene Stiel majestätisch.

Dies also war das letzte Stück aus ihrem Elternhaus, das sie aus der Hand gab. Sie brachte die Lilie nach Pfaffenstein, um sie Martha Hodge zu übergeben. Gottlob würde sie nicht aussteigen und das für die Hochzeit vorbereitete Schloß sehen müssen. Sie würde nicht sehen müssen, wie sich Nerine voller Besitzerstolz bei Guy einhängte. Martha hatte versprochen, auf dem Bahnsteig zu warten. Tessa würde sich nur aus dem Zugfenster beugen, ihr Erbstück übergeben und nach Wien weiterfahren.

«Sie werden mich leicht erkennen», hatte Martha geschrieben, als sie auf Tessas Brief antwortete, «denn ich bin so breit wie lang. Aber damit nichts schiefgeht, werde ich mein blaues Kostüm und meinen Fuchspelz tragen.»

Als der Zug in den Bahnhof von Pfaffenstein einrollte, ließ Tessa das Fenster herunter und beugte sich mit dem Etui in der

Hand gespannt aus dem Fenster. Ein Mann mit einem Korb voll Eier stieg hinten in den Wagen der dritten Klasse; eine schwarzgekleidete Frau mit zwei Kindern und ein junger Mann stiegen aus, aber sonst war niemand auf dem Bahnsteig. Merkwürdigerweise war auch Anton, der Stationsvorsteher, nicht zu sehen, der fast immer herauskam, um mit dem Lokomotivführer ein paar Worte zu wechseln.

Zögernd öffnete sie die Tür ihres Abteils und stieg aus. Martha hatte doch versprochen zu kommen. Datum und Uhrzeit hatte sie in ihrem Brief bestätigt. Schon wurden die Zugtüren zugeschlagen, und die Lokomotive schnaufte und quietschte wie immer kurz vor der Abfahrt. Dann kam der frettchengesichtige Steffl, der einzige der fünf Söhne des Postmeisters, der nicht recht geraten war, auf den Bahnsteig gerannt.

«Hoheit!» Er tippte mit dem Finger an seine Mütze. «Ich hab eine Nachricht von der Pflegemutter vom englischen Herrn. Sie ist krank und kann nicht kommen.»

«Ach!»

Der Zug fuhr in einer Minute. Jedem anderen im Dorf hätte Tessa die Lilie anvertrauen können, nur nicht dem Steffl, der ein Tunichtgut war und schon einmal mit der Polizei zu tun hatte.

Dann ging es eben nicht anders. Geschwind holte sie ihre kleine Reisetasche aus dem Abteil, warf die Tür zu und schaute wehmütig dem davonrollenden Zug nach. Dann ging sie durch das Drehkreuz der Bahnhofssperre und befand sich wenige Minuten später auf der Straße, die am See entlangführte.

Alles war ihr hier schmerzlich vertraut. Hier war die hohle Erle, wo sie ein Nest mit jungen Wasserratten gefunden hatte; dort der wie ein Vogel geformte Felsbrocken; der Rosenbusch, der im Sommer über und über mit gelben Blüten besetzt war ...

«O Gott!» stöhnte Tessa, plötzlich von Heimweh überwältigt. Sie blieb stehen und stellte ihre Tasche ab. Am liebsten wäre sie umgekehrt.

Doch dann reckte sie tapfer das Kinn, nahm ihre Tasche wieder auf, und eine Viertelstunde später war sie am Torhaus.

Die Pforte war unbesetzt. Sie betrat den Hof. Er war menschenleer. Tessa hatte plötzlich Angst. Rasch stieg sie die Stufen zur Eingangshalle hinauf. Sie trat ein und sah sich um. Wo waren die Gobelins, die Vasen, die kostbaren Waffen? Dann ging über ihr eine Tür auf, und eine zornige Stimme unterbrach die beklemmende Stille.

«Welcher Dummkopf turnt da auf dem Fahnenmast herum? Ich schieß ihn herunter, und wenn es das Letzte ist, was ich tue!» Guy erschien oben an der Brüstung. *«Du?»*

Er kam rasch die Treppe herunter. Die zusammengezogenen Brauen wirkten wie ein dunkler Balken in seinem Gesicht. Er blieb vor der kleinen Gestalt in dem grauen Lodenmantel stehen. «Und was führt dich hierher?» fragte er.

«Ich habe die Lilie gebracht. Für Nerine. Martha hat versprochen, mich am Bahnhof zu treffen und sie heraufzubringen, aber sie war nicht da. Dann wurde mir ausgerichtet, sie sei krank. Ist es etwas Ernstes?»

Guy zuckte die Achseln. «Heute morgen war sie ganz in Ordnung. Es schien ihr sogar blendend zu gehen.» Er gab die Rätselei auf. «Du kommst aus Spittau?»

«Ja.»

Er nickte mit finsterem Gesicht. «Und dem Fürsten geht es gut?»

«Sehr gut. Guy, bitte, würdest du das nehmen. Ich möchte wieder gehen», sagte Tessa und reichte ihm die Schatulle. «Gib es Nerine ... mit meinen besten Glückwünschen.»

Guy nahm das Kästchen und öffnete es. Er schwieg einige Augenblicke, während er die Lilie anerkennend betrachtete. «Ja», sagte er, «du hast recht. Es ist eine außergewöhnlich schöne Arbeit. Leider kann ich sie Nerine nicht geben, weil sie nicht hier ist.»

Tessa sah ihn verwirrt an. «Sie ist nicht hier. Aber wo –»

«Sie hat gehört, daß ich ruiniert bin, und ist gegangen. Solltest du dir wegen ihr Sorgen machen, dann laß dir sagen, daß sie es geschafft hat, alle ihre Kleider und Juwelen mitzunehmen und noch ein paar andere Kleinigkeiten, die herumlagen. Wir haben Grund zu der Annahme, daß Lord Frith bald das Glück haben wird, sie zu ehelichen.»

Tessas Augen wurden immer größer. Man konnte nicht glücklich sein, weil Guy ruiniert war, denn das war schlimm für ihn. Und trotzdem strömten kleine, unkontrollierbare Wellen eines unsäglichen Glücksgefühls durch ihren Körper. Um es zu verbergen, sah sie sich in der Halle um.

«Ist deshalb die ganze Einrichtung weg?» fragte sie. «Weil du bankrott bist? War der Gerichtsvollzieher hier?»

«Ja.»

Tessa nickte. «So sieht es fast besser aus. Nicht so überladen.»

Sie versuchte, sich auf Guys mißliche Lage zu konzentrieren, und wurde mit einer glänzenden Idee belohnt.

«Guy, wenn du ruiniert bist, mußt *du* die Lilie nehmen. Sie ist schrecklich wertvoll! Du glaubst es vielleicht nicht, weil sie nur aus Silber ist, aber es ist die Legende und all das, was damit verknüpft ist. Die Antikensammlung in New York hat meinem Vater ein *Vermögen* dafür geboten! Mit dem Geld könntest du von vorn anfangen und einen Handel aufziehen mit so etwas wie –» Doch hier ließ sie ihre Phantasie für einen Moment im Stich.

«Schnürsenkel?» schlug Guy vor, und der alte neckende Ton schwang wieder in seiner Stimme. Aber sein Gesicht verfinsterte sich sofort wieder. «Tessa, warum konntest du nicht warten–» platzte er heraus. «Warst du so erpicht auf den Fürsten?»

Tessa sah sich nach einer Sitzgelegenheit um und fand den Sockel von der Statue ihres Urgroßvaters, der zu schwer war, um weggeschafft zu werden.

«Ich wußte, daß du nach Spittau gegangen bist», fuhr Guy fort, «aber ich dachte, ich hätte genügend Zeit. Und dann hieß es, die Hochzeit sei vorverlegt worden.» Er wandte sich abrupt ab.

«Ja», sagte Tessa. «Ich hielt es für besser, weil sich Heidis Schwangerschaft nicht mehr lang verheimlichen läßt.»

«Wer zum Teufel ist Heidi? Ach ja, die Tänzerin. Was hat sie damit zu tun?»

«Ich habe neulich mit dem Gedanken gespielt, mich als Schauspielerin ausbilden zu lassen», sagte Tessa nachdenklich. «Früher wollte ich nie selbst auftreten, aber ehrlich gesagt, ich glaube fast, daß ich Talent dazu habe. Ich habe die Stanislawski-Methode angewendet, bevor ich die Treppe herunterkam – du weißt schon, man versetzt sich selbst in die Person, die man spielt –, und dann bin ich in den Bankettsaal gerauscht, wo alle beisammen waren. Ich habe Maxi einen schändlichen Verführer genannt, mit zitterndem Finger auf ihn gezeigt und was man eben so macht. Ich glaube, mein Busen hat sogar gewogt. Und wenn ich eine erfolgreiche Schauspielerin werden würde, könnte ich dir helfen –»

Guy war auf sie zugegangen und zog sie an den Handgelenken auf die Beine. Sie lächelte ihn an, und er sagte: «Hör auf, so zu lächeln, verdammt! Sag mir lieber, was passiert ist.»

«Na gut. Ich habe herausgefunden, daß Heidi und der Fürst …» Sie errötete. «Du weißt schon … Es war unglaublich blöd von mir, daß ich nicht schon eher darauf gekommen bin, aber ich habe nichts bemerkt, weil mir nie etwas Nützliches beigebracht wurde.»

«Und was weiter?»

«Und dann war es plötzlich offensichtlich, daß die beiden wie geschaffen für einander sind. Aber Maxi ist nicht besonders resolut, weißt du. Deshalb habe ich diese Szene gemacht. Ich habe ihn praktisch an den Pranger gestellt und verlangt, er müsse meine Freundin zu einer ehrbaren Frau machen. Dann hat die Schwanenprinzessin einen Herzanfall fingiert, und alle rannten aufgeregt durcheinander, nur Monteforelli blieb ruhig und hat mir zugeflüstert, seiner Meinung nach sei Gott viel zu beschäftigt, die Spatzen zu zählen, die vom Himmel fallen, als in so weiser Voraussicht –»

Guy legte ihr den Finger auf den Mund.

«Zur Sache, Tessa.»

«Ja, aber du darfst mich nicht anrühren, wenn ich mich konzentrieren soll. Ich sagte, also gut, ich werde Heidi zu ihrer Mutter nach Simmering bringen, und ihr Kind würde dort aufwachsen und einen nützlichen Beruf erlernen. Daraufhin bekam die Schwanenprinzessin einen richtigen Anfall, weil ihr Snobismus und ihr Fleisch und Blut in den Clinch gingen, aber letztere siegten. Sie sagte, kein Spittau solle fern der Stammburg aufwachsen, und dann befahl *sie* Maxi, er müsse Heidi heiraten! Als die Hochzeit vorbei war, habe ich mich auf den Weg gemacht, um Martha die Lilie zu übergeben, aber sie war nicht da.» Sie hielt plötzlich inne. «Guy, ist das da draußen nicht Martha? Aber was tut sie da?»

Tessa blickte hinüber zur Kapelle, wo Marthas rundliche Gestalt auf Händen und Knien um die Ecke gekrochen kam.

Guy rannte bereits über den Hof. «Martha, bist du komplett verrückt geworden?»

Seine Pflegemutter legte kriechend und ächzend noch einen weiteren Meter zurück; dann stand sie steifbeinig auf. «Aye, ich weiß nicht», sagte sie kopfschüttelnd. «Rudi hat gemeint, nach dieser Buße würd ich mich besser fühlen. Aber erst mal hab ich nur Löcher in den Strümpfen und blaue Flecken an den Knien. Nur was der Reverend Ridley bei uns in Byker davon halten wird…» Und weil Guy sie immer noch fassungslos ansah, fuhr sie fort: «Es ist das gleiche, was König Louis Soundso gemacht hat, als ihm der Papst nicht mehr ganz grün war. Da ist er dreimal um die Kirche gekrochen, aber auf dem Bauch. Weißt du, es war, weil ich so viel gelogen habe. Ich hab doch gesagt, ich wär krank, und David hab ich geschickt, damit er den Stationsvorsteher nicht raus läßt, nur damit wir das Mädel hier raufkriegen. Und dabei weiß ich nicht mal, ob sie den Fürsten nun geheiratet hat, wie sie alle sagen, oder nicht.»

Tessa war Guy nachgegangen, und weil sie über die Probleme von Schuld und Sühne gründlich Bescheid wußte, nahm sie jetzt die Sache in die Hand.

«Das war keine Lüge, Martha», sagte sie ernst, «sondern Strategie. Wie im Krieg.» Und dann rief sie erfreut: «Oh, Sie tragen das Medaillon! Ist das Bild nicht gut geworden? Sie glauben nicht, was er für ein Theater gemacht hat, weil er sich fotografieren lassen mußte!»

Martha stieß einen großen Seufzer der Erleichterung aus.

«Dann waren Sie es also», sagte sie. «Ich hab's doch gewußt.» Und sie breitete die Arme aus.

Als sie sich oft genug umarmt und Erklärungen ausgetauscht hatten, ging Martha ihre Strümpfe wechseln, und Guy und Tessa suchten Zuflucht in der Bibliothek, wo ihr kaum begonnenes Gespräch gleich wieder unterbrochen wurde, denn es wurde heftig an die Tür geklopft, und herein stürzte Herr Witzler.

«Herr Farne, ich habe eine schlechte Nachricht. Es ist zwar alles in Ordnung, *vollständig,* ich versichere es Ihnen. Jeder einzelne Gegenstand ist beschriftet und kann aus dem Lagerhaus in Neustadt zurückgebracht werden, sobald Sie es wünschen. Aber ich – ich selbst habe ein Meißner Figürchen zerbrochen. Boris hat mich gewarnt… Ich wußte, Sie wollten nur die Bühnenarbeiter, denn ich habe ja eigentlich keine Übung im Ein- und Auspacken, aber ich wollte unbedingt mitkommen. Schließlich war es doch meine Truppe.» Und als Guy die Stirn krauste, fuhr er hastig fort: «Ich war sehr gut verkleidet. Frau Hurlingham hat mich nicht erkannt. Aber in meiner Aufregung habe ich die Figur fallen lassen. Ich weiß, sie ist unschätzbar. Würden Sie als Entschädigung die ersten Einnahmen von *Frikassee* akzeptieren?»

«Nein», sagte Guy. «Wir haben ausgemacht, daß Sie Ihr Theater zurückbekommen, wenn Sie Ihren Auftrag erfolgreich durchführen. Von *Frikassee* war nicht die Rede, und ich bin nicht im entferntesten daran interessiert, es zu finanzieren.»

«Herr Farne, ich sage Ihnen, wenn Sie es erst einmal gehört haben –»

«Witzler, ich werde später mit Ihnen reden. Doch jetzt verschwinden Sie erst einmal.»

«Ja, natürlich, Herr Farne.»

Witzler verneigte sich, machte die Tür hinter sich zu und rannte die Treppen hinunter, wo Boris auf ihn wartete.

«Es ist alles in Butter! Genau wie wir es uns erhofft haben! Du hättest sehen müssen, wie er Tessa ansieht – als wäre sie aus dem Paradies gekommen!»

«Das möcht ich ihm auch geraten haben», brummte Boris. Er war so beeindruckt gewesen von seiner Erscheinung als Obergerichtsvollzieher, daß er sich jetzt einen echten Schnurrbart à la Zapata wachsen ließ – ein Unternehmen, das allerdings noch in den Kinderschuhen steckte.

«Tristan ist ein Flickschuster verglichen mit ihm», fuhr Witzler begeistert fort. «Du wirst sehen, er wird ihr nichts verweigern!»

Er strahlte über das ganze Gesicht. Was für eine herrliche Zukunft lag vor ihm! Erst *Frikassee,* dann *Così fan tutte,* dann *Figaros Hochzeit...* Dann eilte er ans Telefon, um seiner Rheintochter die frohe Botschaft zu verkünden.

«Guy, ich glaube nicht, daß ich alles verstehe», sagte Tessa, als sie schließlich allein waren.

«Es ist ganz einfach. Ich fand, daß es Zeit war, meine Verlobung mit Nerine zu lösen. Ich wollte sie jedoch nicht demütigen und ebensowenig in einen Streit wegen eines gebrochenen Eheversprechens verwickelt werden. Deshalb habe ich Witzlers Truppe als Gerichtsvollzieher und dessen ausführende Organe angeheuert. Dein Freund Bubi hat mich auf die Idee gebracht. Es war eine absurde Farce, die niemand, der mir auch nur ein bißchen vertraut, geglaubt hätte. Martha hat den Braten sofort gerochen, aber sie hat glücklicherweise nichts gesagt. Und, wie du siehst, es hat funktioniert.»

«Dann bist du also gar nicht bankrott», sagte Tessa, die sich nur zögernd von der Vorstellung eines freien Wanderlebens trennte.

«Ich fürchte, nein. Tatsache ist, daß ich die Zeit in Wien nützte, um einige recht einträgliche Geschäfte an Land zu ziehen. Wie ich sehe, bist du enttäuscht. Meinst du nicht, ein wohlhabender Ehemann könnte ganz nützlich sein für eine Förderin der schönen Künste?»

Dagegen war nichts einzuwenden, und Tessa nickte. «Es ist nur so... Ich habe ein Hochzeitskleid, von dem ich meine, es wäre ein Jammer, es einfach wegzuwerfen. Es ist von *Lucia di Lammermoor,* und es ist nicht blutbefleckt. Das ist nur das Nachthemd, das –»

Aber aus der möglicherweise hilfreichen Darlegung des Inhalts von Donizettis Meisterwerk wurde nichts, denn Guy bat Tessa, den Mund zu halten.

«Weißt du, ich will dich jetzt küssen», erklärte er.

Er küßte sie sehr lange. Als er sie losließ, blickte sie gekränkt zu ihm auf.

«Warum hast du aufgehört?» fragte sie.

«Ich dachte, du müßtest vielleicht auch mal Luft holen», antwortete Guy.

«Luft holen?» Tessa war schockiert. «Ich brauche nicht zu atmen, wenn ich bei dir bin. Der Odem der Liebe genügt mir.»

«Ja dann...» sagte Guy.